VOCÊ VIU A MELODY?

Sophie Hannah

VOCÊ VIU A MELODY?

Tradução de Geni Hirata

Rocco

Título original
DID YOU SEE MELODY?

Primeira publicação na Grã-Bretanha em 2017 pela
Hodder & Stoughton, uma empresa Hachette UK

Copyright © Sophie Hannah, 2017

O direito de Sophie Hannah de ser identificada como autora desta obra
foi assegurado por ela em conformidade com o Copyright,
Designs and Patents Act 1988

Todos os direitos reservados.
Nenhuma parte desta obra pode ser reproduzida ou transmitida
por meio eletrônico, mecânico, fotocópia ou sob
qualquer outra forma sem a prévia autorização do editor.

Todos os personagens nesta publicação são fictícios
e qualquer semelhança com pessoas reais,
vivas ou não, é mera coincidência.

Direitos para a língua portuguesa reservados
com exclusividade para o Brasil à
EDITORA ROCCO LTDA.
Rua Evaristo da Veiga, 65 – 11º andar
Passeio Corporate – Torre 1
20031-040 – Rio de Janeiro – RJ
Tel.: (21) 3525-2000 – Fax: (21) 3525-2001
rocco@rocco.com.br| www.rocco.com.br

Printed in Brazil/Impresso no Brasil

CIP-Brasil. Catalogação na publicação.
Sindicato Nacional dos Editores de Livros, RJ.

H219v Hannah, Sophie, 1971-
      Você viu a Melody? / Sophie Hannah; tradução Geni
Hirata. – 1. ed. – Rio de Janeiro: Rocco, 2021.

      Tradução de: Did you see Melody?
      ISBN 978-65-5532-153-1
      ISBN 978-65-5595-089-2 (e-book)

      1. Ficção americana. I. Hirata, Geni. II. Título.

21-72886
                                                   CDD: 813
                                                   CDU: 82-3(73)

Camila Donis Hartmann – Bibliotecária – CRB-7/6472

O texto deste livro obedece às normas do
Acordo Ortográfico da Língua Portuguesa.

Para Lucy Hale, que me apoiou
e incentivou desde o início.

Durante muito tempo, achei que a minha irmã Emory foi quem teve sorte. Às vezes ainda me sinto assim. Ela morreu antes que pudessem matá-la. Vida nenhuma é melhor do que uma vida passada à espera de morrer.

A coisa mais difícil é quando os Sorrisos Amáveis prometem que eu vou sobreviver — não apenas mais um dia ou semana, mas até quando eu for adulta, talvez até quando eu for velha. Se isso for verdade... mas não pode já ser verdade se ainda não aconteceu. Se acontecer no futuro, terei que parar de invejar a irmã que nunca conheci e começar a me sentir culpada porque eu consegui e ela não.

Cheguei até aqui, mas isso não significa nada. Não posso me permitir ter esperança. O que eu acho que significa que não deveria acreditar nos Sorrisos Amáveis.

Uma vez que a menor dúvida se instala, você começa a se perguntar sobre tudo.

Quando estou sozinha, eu sussurro várias vezes: "Meu nome é Melody Chapa, meu nome é Melody Chapa." Isso me faz sentir pior — como se a garota tentando me convencer devesse ter um nome diferente —, embora não haja ninguém lá além de mim.

1

9 de outubro de 2017

Se eu pudesse me virar e fugir, eu o faria. Voltar para casa, por mais tempo que demorasse. Seis meses, provavelmente — e eu precisaria ser capaz de saltar pelo Oceano Atlântico. Minhas pernas se contorcem com a vontade incontrolável de correr de volta para Patrick, Jess e Olly e fingir que nada disso jamais aconteceu.

Não que nada tenha realmente acontecido ainda. Até agora tudo o que eu fiz foi voar e pousar.

Estou do lado de fora de um café chamado Lola Coffee, no saguão do aeroporto Phoenix Sky Harbor, no Arizona, esperando pelo funcionário da locadora de veículos. Ao meu redor estão pessoas de ternos escuros, camisetas coloridas com manchas de suor nas axilas, vestidos de linho amarrotados, shorts de tecido xadrez com bolsos volumosos. Eu vi o homem que ocupou o assento do outro lado do corredor de onde eu estava no segundo dos meus dois voos. Ele roncou a maior parte do caminho de Chicago, onde eu mudei de avião, para Phoenix, alheio aos comissários de bordo que levantavam sua barriga com jeitinho para verificar se o cinto de segurança dele estava afivelado.

Um por um, os outros passageiros deixam o aeroporto com passos largos e confiantes ou então se detêm para abraçar os entes queridos que vieram para encontrá-los. Todos parecem aliviados e felizes quando dizem "Vamos para casa" de uma dúzia de maneiras diferentes.

Ninguém me diz isso. Experimentalmente, sussurro as palavras para mim mesma. Soam como uma ameaça.

Respire. Pare de alimentar pensamentos loucos. Seja paciente. Conte para controlar o pânico. 1, 2, 3, 4...

O rapaz da locadora está trinta e cinco minutos atrasado. Eu tento me convencer de que isso pode ser uma coisa boa. Significa que eu poderia me safar dessa. Posso decidir não esperar mais e não vou desapontá-lo. Se eu quiser fazer uma reserva no próximo voo de volta para Heathrow, estou no lugar perfeito. Não há nada que me impeça de tomar essa decisão.

A decisão certa. Só porque é difícil não faz com que seja errada.

Onde diabos ele está? Ele prometeu que estaria aqui. Eu já paguei pelo carro. São 22h05, horário do Arizona, e são apenas seis da manhã na Inglaterra. Perdi uma noite de sono, o que provavelmente explica por que eu me sinto oscilando de um lado para o outro em minha tentativa de ficar parada. Dirigir do lado errado da estrada pela primeira vez na minha vida vai ser divertido. Presumindo-se que eu consiga alguma coisa para dirigir.

Não quero pensar que estraguei tudo antes de chegar a algum lugar ou conseguir alguma coisa, mas é uma conclusão que tenho de continuar afastando enquanto espero e espero e, ainda assim, ninguém aparece. Eu deveria ter alugado um carro da mesma forma que a maioria das pessoas de uma das empresas do aeroporto de Phoenix, mas todas elas eram muito caras e eu já tinha gasto rios de dinheiro em tudo isso, seja o que for que eu esteja fazendo. Assim sendo, optei, em vez disso, pelo suspeito anúncio na internet de valor estranhamente baixo com um tipo de letra cafona: "Os melhores carros, extraordinariamente baratos, entregues onde quer que você esteja!"

Retiro o celular da bolsa e olho para ele. Devo mudá-lo do modo avião para que eu possa enviar uma mensagem de texto à locadora de carros?

Não. Fora de questão. Eu não teria força de vontade para ignorar todas as mensagens de texto de Patrick e Jess, Jess especialmente. Ela e eu somos as comunicadoras competentes da família. Ela, mais do que Patrick, saberia como criar uma mensagem que não me deixaria outra escolha senão responder. Olly não terá enviado uma mensagem. Ele vai presumir que não há nada que possa fazer, que Patrick e Jess dirão tudo o que precisa ser dito.

Por alguma razão, é o pensamento de Olly não fazer nada que enche os meus olhos de lágrimas. *A mamãe se foi. Ah, bem. Ela pode voltar. Acho que vou esperar para ver.*

Eu jogo meu telefone de volta na bolsa, as mãos trêmulas.

Talvez eu devesse ir dar um passeio para me acalmar. Há um corredor de lojas que se ramifica do hall principal de chegadas. Eu posso ver uma livraria chamada Hudson e algo chamado Canyon News. Não consigo imaginar reunir a concentração necessária para ler, mas posso me sentir diferente em poucos dias, depois de ter tido tempo de me adaptar à ideia de que fiz a única coisa, a única coisa, que nunca faria.

Eu devia comprar um livro. Definitivamente. Para ler na piscina do resort. Piscinas, no plural — há várias, segundo o site. Além disso, se eu quiser que o homem do carro alugado apareça, devo me afastar. Assim que eu sair deste lugar, ele vai aparecer — não é assim que a vida funciona? Vou dar quatro passos e virar-me e lá estará ele, segurando um cartaz com o meu nome.

Ou isso ou não há regras secretas que governem nossas interações com outras pessoas e, nesse caso, vamos nos desencontrar. Ele irá embora e eu vou acabar pegando um táxi para o resort, mas só depois de ter perdido mais uma hora esperando por um homem que esteve ali e foi embora.

Eu suspiro e olho o meu telefone novamente. Com certeza poderia tirá-lo do modo avião pelos vinte segundos que levaria para ligar para ele? Se eu fizesse isso e não me permitisse ver quantas mensagens estavam esperando por mim...

Impossível. Uma vez que eu soubesse com certeza que havia mensagens, teria que lê-las.

Com o polegar, pressiono o ícone "Galeria" na tela do meu telefone e percorro as fotos até encontrar minha favorita de Jess e Olly. Eles estão sentados no velho trator no jardim do pub Greyhound, parecendo tão perfeitamente normais. A boca de Olly está aberta e seus braços estão no ar, no meio de um gesto. Ele está tentando me explicar a melhor forma de dar um tiro certeiro. Enquanto eu tirava a foto, perguntei: "Como fazer o *quê*?"

Jess está sentada em frente a Olly: costas retas, queixo empinado. Ela está sorrindo do meu espanto em relação à sua posição de superioridade, como alguém que fala fluentemente a língua de Olly. Segundos depois de eu ter tirado a foto, ele suspirou e deslizou do trator com um resignado "Não importa, mãe. Você não entenderia". Jess disse: "Claro que não. Nem todos são membros da comunidade de franco-atiradores. Num *jogo*, mãe, não na vida real", acrescentou, vendo a minha expressão de preocupação. "Olly não é realmente um franco-atirador."

Eu aperto os olhos com força. Não há como as lágrimas escaparem, por mais que se esforcem.

Controle-se, Cara.

Minha própria culpa estúpida por olhar fotos de família. Jess e Olly vão ficar bem em casa com Patrick. Eu vou mesmo passar a próxima quinzena me lamuriando sobre as fotos deles como se não fosse vê-los por anos? São apenas duas semanas. Duas curtas e insignificantes semanas. Voltarei para casa antes que todos percebam.

Eu deveria guardar meu telefone e não pensar nisso novamente. Em vez disso, deslizo o dedo para a direita até ficar olhando — pela tricentésima vez desde que parti — a última fotografia que tirei antes de sair de casa. É o bilhete que deixei na mesa da cozinha, visto de cima.

Minha família não saberá que a versão que leu foi minha quarta tentativa. Tentei explicar demais nas três primeiras vezes. No final, odiando tudo o que havia escrito, decidi ser breve e simples. "Caros Patrick, Jess e Olly, tive que me ausentar por algum tempo. Eu não contei antes de partir porque estava com medo que vocês tentassem me impedir. Preciso de um tempo sozinha para resolver algumas coisas na minha cabeça. Por favor, não se zanguem. Voltarei na terça-feira, 24 de outubro. Eu amo muito todos vocês. Cara/Mamãe, beijos."

É reconfortante vê-la de novo em preto e branco: a data em que estarei em casa. É por isso que continuo olhando, eu acho. Graças a Deus que tirei esta foto antes de partir para Heathrow. Quase não me dei ao trabalho de fazê-lo. Sem uma prova concreta na forma de uma foto, já teria me convencido de que havia escrito algo terrível que não tinha a intenção de dizer e que nunca conseguiria retirar. *Caros Patrick, Jess e Olly, vocês finalmente conseguiram me afastar. Vai ser bem feito se nunca mais voltarem a me ver...*

Atrás de mim, ouço uma perna de cadeira raspar contra uma superfície dura. Eu me viro e vejo um homem sentar-se numa das mesas do café. Ele é jovem — vinte e poucos anos — com cabelo escuro e barba rala, jeans largos de cor terracota, com as barras viradas, sandálias com solas de tênis de corrida e uma camiseta cinza que diz "Rock the Hole" ao lado da foto de um buraco em um campo de golfe com uma bandeira saindo dele. Na mesa à sua frente, há uma placa com o meu nome, embora ele tenha escrito meu sobrenome errado: Burroughs em vez de Burrows. Ele está olhando diretamente para a frente, evitando o contato visual comigo, como se nós dois não tivéssemos nada a ver um com o outro.

Por um segundo, me pergunto por que ele não percebeu que a única outra pessoa em qualquer lugar perto do Lola Coffee só pode ser a mulher que ele deveria encontrar ali. Então eu entendo: suas instruções não incluem resolver nada. Tudo o que ele é pago para fazer é aparecer no aeroporto com o carro que eu contratei e uma placa com algo parecido com o meu nome nela. Ele fez ambas as coisas; por que deveria se esforçar mais?

Patrick, meu marido — cujo título oficial deveria ser "Santo Padroeiro dos que não podem ser incomodados a fazer mais do que o mínimo necessário" —, defenderia o sr. Rock the Hole com certeza, usando uma versão de sua defesa, já famosa em nossa família, na separação dos talheres. Pouco depois de nos casarmos, indiquei-lhe diplomaticamente que, no futuro, ele poderia devolver garfos limpos à seção dos garfos da gaveta dos talheres, facas à seção das facas, colheres à área das colheres, e assim por diante, em vez de atirá-los todos ao acaso e deixá-los aterrar onde quer que fosse. Ele suspirou e disse: "Cara, eu guardei *muitos* talheres. A maioria das coisas acaba onde deve acabar, mas se algo cai na parte errada, eu não estou disposto a *retirá-lo de lá e mudá-lo para uma seção diferente.*" Ele falava como se fazer isso fosse uma definição de insanidade. Aproximadamente doze anos mais tarde, sua filha perfeccionista ficou farta de enfiar a mão na gaveta dos talheres para pegar uma colher de iogurte e retirar uma faca de carne, e deu-lhe uma bronca da qual ele ainda não se esqueceu. Desde então, nossos garfos, facas e colheres têm ficado em seus lugares apropriados.

Pisco para conter novas lágrimas — mais nenhum pensamento de casa permitido, não essa noite — e me apresento ao Rock the Hole, que não se desculpa por seu atraso nem se oferece para ajudar a carregar minha bagagem.

Está quente lá fora, quase escaldante. Lembro que, segundo o site, o meu carro de aluguel deve ter algo chamado "controle climático", que espero que signifique ar-condicionado. Deve ser a mesma coisa. Eu não sei quase nada sobre carros, além do básico absoluto de como dirigi-los.

O cheiro do ar aqui não tem nada a ver com o ar de casa. Pergunto-me se este seria um cheiro específico do Arizona. Será que Nova York tem um cheiro diferente, e Chicago? Nunca estive nos Estados Unidos antes, de modo que não tenho como saber.

O carro é um Range Rover, preto e lustroso, com três listras prateadas paralelas de cada lado. Tem aparência e cheiro de novo. Sentamo-nos na frente — eu no banco do motorista e Rock the Hole ao meu lado — para preencher a papelada. Sua caligrafia é um pouco como a de Patrick: círculos incompletos para "o"s, "a"s e "e"s, como elos partidos em uma corrente. Pergunto-me se ele ficaria surpreso se eu sorrisse intencionalmente e dissesse: "Posso imaginar como é a sua gaveta de talheres."

Tendo repassado as funções básicas do funcionamento do carro, ele começa a descrever, com uma voz arrastada e entediada, suas características supérfluas: oito opções diferentes de cor para a iluminação interior; teto solar retrátil; botões de memória numerados de M1 a M4, de modo que quatro posições do assento do motorista podem ser armazenadas.

Ele não reparou que estou sozinha? O carro pode estar pronto e ser capaz de se lembrar de quatro pessoas, mas terá de se contentar com apenas uma. É uma pena — Olly adoraria essas luzes que num minuto estão cor de laranja e verde brilhante no outro.

Você ainda pode ir para casa. Você pode sair do carro e...

— Preciso que me faça um favor — digo ao Rock antes de ter a chance de mudar de ideia. Tirando o meu telefone da bolsa, entrego-o a ele e digo: — Guarde isto para mim. Devolva-o quando eu deixar o carro daqui a duas semanas. Eu lhe pago mais cem dólares; cinquenta agora, cinquenta quando tiver o meu telefone de volta.

— Ok. — Ele dá de ombros, nem um pouco curioso.

Agora que ele concordou, não tenho certeza se quero fazer isso. Quantas decisões tomadas para se arrepender imediatamente uma mulher pode manter em uma semana?

Rock estende a mão. Eu atiro meu telefone para ele com mais força do que preciso. *Toma isso, dúvidas.*

É a única maneira. Se eu o tiver comigo, vou fraquejar em poucas horas, ou em poucos dias, e ler todas as mensagens que estão esperando por mim. Não serei forte o suficiente para resistir às súplicas para voltar para casa.

— Obrigada — murmuro.

— Cinquentinha, dona. — Rock estende a mão novamente.

Eu lhe dou o dinheiro, desejando ter lhe oferecido mais dez dólares pelo direito de dizer: "Você vai cuidar bem dele, não vai?" Não fiz isso, então eu fico de boca fechada. Vou ter que confiar nele ou parar de me preocupar com o que acontece com o meu telefone — uma coisa ou outra.

Finalmente ele diz:

— Ok, está tudo certo. — Ele sai do carro e bate a porta do passageiro sem se despedir.

Nunca me senti tão sozinha em minha vida. Ou mais acordada. Uma mistura esfuziante de medo e empolgação, combinada à exaustão subjacente, me faz sentir tonta e enjoada. Eu abro minha bolsa, puxo as instruções de trajeto que imprimi na noite anterior e as desdobro.

— Pronta para partir — digo a ninguém.

Isso está realmente acontecendo. Eu, Cara Burrows, de Hertford, Inglaterra, estou a caminho do Swallowtail Resort and Spa de cinco estrelas, no sopé da montanha Camelback, Arizona. Sem o conhecimento ou a permissão da minha família. Para a maioria das pessoas, eu pareceria uma mulher partindo para as férias de uma vida inteira, não uma mulher fugindo de uma situação insuportável.

Se Patrick e as crianças estiverem com raiva quando eu os vir na próxima vez, se gritarem e berrarem comigo, eu sobreviverei. Eles também.

É por isso que estou aqui. É a única razão. Eu preciso que nós possamos sobreviver. Todos nós.

~~~

São meia-noite e dez quando chego ao resort. Constatei que o GPS do carro alugado está avariado e tive de encostar duas vezes para memorizar a próxima etapa do meu trajeto. A certa altura, tomei o caminho errado, pensando: "Isso provavelmente vai estar errado. Aposto que está errado." Passaram-se vinte minutos até que eu pudesse fazer o retorno em segurança e voltar à pista certa, e então logo me perdi novamente e acabei dirigindo sabe Deus para onde por mais quarenta minutos. Uma viagem que deveria ter levado meia hora acabou durando quase duas horas.

Agora, finalmente estou aqui e mal me atrevo a respirar. Não consigo mais dizer a mim mesma que estou a caminho de algum lugar. É isso mesmo. Cheguei. O que quer que deva acontecer no Swallowtail Resort and Spa — a coisa mágica e indefinível que fará todos os meus problemas desaparecerem — poderia e deveria e, por favor, Deus, *começará* a acontecer agora.

Em breve. Não agora, como em imediatamente neste segundo. Estabelecer metas irrealistas só vai me fazer sentir pior. Além do mais, tenho certeza de que nenhuma revelação transformadora jamais aconteceu em um estacionamento.

Paro em uma vaga, abro a porta, giro o corpo colocando as pernas para fora do carro e olho para a noite. Agora que estou aqui e que a adrenalina de controlar um carro estranho do lado errado da estrada num país desconhecido se esvaiu, o cansaço que consegui manter afastado enquanto dirigia apodera-se de mim, me deprimindo, tornando alguns pontos da minha pele doloridos.

A noite cintila com tantas estrelas que parece falsa, como um cenário num teatro. Nunca vejo nenhuma de casa. Nunca tenho tempo para olhar. Volto-me para o contorno escuro do que eu suponho ser a montanha Camelback.

— Eu ainda não posso vê-la, mas sei que você é linda — sussurro. E começo a chorar.

Pare com isso agora mesmo, Cara. Vai para o seu quarto e depois pode fazer tudo: chorar, comer alguma coisa, tomar um banho relaxante, dormir, desejar que não tivesse dado o seu telefone a um estranho grosseiro...

Chegar ao meu quarto pode ser um desafio maior do que eu esperava. O tamanho do estacionamento sugere que o

Você viu a Melody?

resort Swallowtail deve ser do tamanho de uma pequena cidade. Poderia ser maior do que Hertford, agora que penso nisso. Assim como um letreiro dizendo Edifício Principal do Hotel / Recepção, eu já vi vários sugerindo que há muitas áreas residenciais diferentes aqui: Copper Star Villas, Monarch Suites, Swallowtail Village, The Residence, Camelback Casitas.

O letreiro que vi para a recepção ficava a uma boa distância para trás. Fecho os olhos, pensando no esforço que seria necessário para levar as malas de volta até aquele ponto — e só Deus sabe a distância que será de lá até o meu quarto. Não sei se consigo fazer isso — pelo menos não essa noite. Eu poderia adormecer aqui, absolutamente feliz, com a porta do carro aberta para a noite quente. Talvez um dos botões de posição do banco do motorista, de M1 a M4, contenha a memória de como esticar completamente, como uma cama.

O som de um motor me faz sentar direito. Outro hóspede chegando? O ruído aproxima-se, depois para. Não, não era um carro. O tom errado e não suficientemente alto.

Um cortador de grama, talvez — um daqueles grandes em que você senta e sai dirigindo se tiver um grande gramado para aparar. Mas a esta hora da noite?

Ouço passos se aproximando. A voz de um homem diz:

— Senhora? Aposto que é a pessoa que eu estava esperando: sra. Cara Burrows, de Hertford, Inglaterra. Última hóspede da noite. Estou certo?

O som da voz dele me faz sentir muito melhor. É o oposto da fala arrastada e indiferente de Rock the Hole. Acho que pode ser a voz mais reconfortante que eu já ouvi. Sem corpo, no escuro, ela me faz sorrir antes de eu ver o rosto ao qual ela pertence.

— Sim, sou Cara Burrows. Desculpe, cheguei mais tarde do que disse que chegaria.

— Não precisa se desculpar, minha senhora. Estou muito feliz por você estar aqui agora. Bem-vinda ao Arizona e ao Swallowtail Resort and Spa. A senhora vai ter uma bela estadia conosco, posso lhe garantir. Todos os nossos hóspedes têm!

Claro que sim. Quando se está pagando tanto assim... Eu afasto o pensamento que consegui evitar até agora: quanto tudo isso vai custar. Um terço da poupança que Patrick e eu levamos quinze anos para acumular. Ah, Deus. É pior quando penso desse modo, pior do que o montante em si. Tão irresponsável: um terço inteiro.

Eu poderia ter escolhido um lugar menos luxuoso para ficar e ao menos cinco vezes mais barato, poderia ter reservado uma semana em vez de duas semanas. Poderia ter, deveria ter...

Mas, no entanto, não o fiz. Isto é o que eu fiz. Esta foi a minha escolha. O melhor lugar que eu pude encontrar, dinheiro não foi empecilho.

Eu não teria pensado que era possível sentir orgulho e vergonha ao mesmo tempo, mas é. Culpa e um orgulho desafiante têm estado em conflito dentro de mim desde que fiz a reserva.

Economizei pelas pontas, não só escolhendo uma empresa de aluguel de carros de aspecto duvidoso, mas também nos voos — uma conexão em ambas as pernas, economizando quase setecentas libras —, e me arrependi disso. Se eu tivesse algum amor-próprio, teria me poupado das três horas inúteis no aeroporto O'Hare de Chicago.

Ouço um clique. A luz de uma lanterna torna a noite amarela. O homem com a melhor voz do mundo se inclina e sorri para mim. Ele tem cinquenta e poucos anos, é careca e veste um blazer com um crachá do Swallowtail Resort and Spa e cinco estrelas douradas. Abaixo desse crachá, está outro que diz "Diggy". A pele do rosto dele é enrugada em alguns lugares e lisa em outros, como se fosse projetada para incluir zonas distintas, ásperas e suaves.

— Prazer em conhecê-la, minha senhora. Eu sou Diggy, é assim que todos me chamam. Agora, por mais que eu ficasse feliz em mostrar-lhe o resort esta noite, está bem escuro, eu acho que você está cansada e talvez prefira deixar isso para amanhã, não? Então por que não a levamos até a recepção? Eu tenho um carrinho e a levo até lá. Não há necessidade de caminhar no Swallowtail se você prefere uma carona! Amanhã, quando estiver descansada, ligue para a recepção e diga que você está pronta para o *tour* do Diggy. Eu irei buscá-la onde quer que esteja e lhe mostrarei tudo que precisa ver. O que acha disso? O Diggymóvel estará a seu serviço!

— Magnífico! Obrigada.

Eu assisto, maravilhada, enquanto ele pega minha bagagem como se ela não tivesse peso e a coloca na parte de trás de uma espécie de carrinho de golfe. Tem rodas prateadas, assentos de couro branco, laterais abertas e uma espécie de toldo de lona creme no topo. Subo a bordo. Diggy desliga a lanterna e salta para o banco do motorista dizendo:

— Todos a bordo do Diggymóvel!

Eu não tenho um relógio, nem meu telefone, de modo que não sei quanto tempo leva para chegarmos à recepção, mas são entre cinco e dez minutos — saindo do estacionamento e percorrendo uma série de vias sinuosas com pequenos globos de luz branco-dourados atrás de bordas de paralelepípedos em ambos os lados para indicar o caminho no escuro. Passamos por casas baixas — algumas diretamente à nossa frente, outras viradas para o lado — com arestas curvas, terraços, varandas, jardins bem cuidados atrás de muros baixos. Vislumbro uma nesga de luar refletida em água, inclino-me para fora do carrinho e vejo uma pequena piscina quadrada atrás de uma das vilas. Todos os tipos de arbustos brotam ao acaso ao lado de cada rua sinuosa. Eu não esperava por isso; sempre pensei no Arizona como um lugar seco e desértico. Quando passamos por um conjunto de quadras de tênis à direita, um pulverizador rotativo lança uma névoa refrescante no carrinho pela esquerda: uma poeira de água que atinge meu rosto. Aspersores: é isso que torna toda essa vegetação exuberante possível.

Também há cactos, muitos deles — alguns que parecem erupções de espigões em grandes vasos; outros, o dobro da minha altura ou mais, projetando-se de áreas planas de cascalho, como se tivessem saído da pedra. Os altos estão em aglomerados. Alguns têm braços que parecem levantados, como se estivessem acenando. Diggy chama a minha atenção para isso no exato instante em que estou pensando naquilo.

— Eles parecem estar dizendo olá e bem-vindos, não é? Você sabe quanto tempo leva para um desses braços começar a crescer? Setenta a cem anos. Setenta no mínimo.

Passamos por uma fonte e alguns degraus largos, uma fileira de palmeiras altas com pequenas luzes enroladas ao redor de seus troncos até o topo brilhando em rosa e azul-claros. Mais abaixo, eu posso ver o canto de um retângulo iluminado em turquesa vívido, que deve ser uma das piscinas do resort. Alguns metros mais adiante, quando me viro e olho para o outro lado, vejo dois postes altos de ferro fundido, encimados por grandes tigelas rasas de onde sobe fogo de verdade: chamas laranja elevando-se até certo ponto, fazendo um triângulo brilhante de cada lado de... o quê? Parece uma espécie de entrada.

— Uau — murmuro.

— Sim, este é o nosso labirinto, diz Diggy. — Não deixe de se perder nele enquanto estiver aqui, é uma das atrações mais populares do Swallowtail. No entanto, só tem chamas à noite. O que não torna mais fácil encontrar a saída do que durante o dia, devo avisá-la.

Por fim, o carrinho para em frente a um edifício que é muito maior do que qualquer uma das casas individuais por onde passamos. A sua fachada é um semicírculo com duas longas asas em forma de braços que se ramificam a partir dele.

— Aqui estamos nós, senhora — diz Diggy.— Vou apresentar-lhe Riyonna. Ela cuidará muito bem de você.

Ele caminha em direção ao prédio com minhas malas. Olhando para Diggy, percebo que eu também preciso caminhar. Meus membros estão entorpecidos e logo começam a doer com o choque de terem que se mover novamente depois de sacolejarem no carrinho. Eu gostaria que o resort tivesse o equivalente interno deste carrinho levando os hóspedes até seus quartos.

Sigo Diggy por uma espaçosa área de lobby que é toda de mármore vermelho com finos veios brancos e pretos. Eu poderia vê-la de forma diferente pela manhã, mas esta noite ela me faz pensar no interior de um corpo. Há plantas altas em vasos, posicionadas em cada canto — se assemelham mais a pequenas árvores — com folhas verde-escuras e resistentes troncos marrons. Elas parecem demasiado alertas diante de como estou me sentindo.

Atrás do balcão de madeira da recepção, há uma mulher negra de ombros largos, mais ou menos da minha idade, com um grande sorriso e o tipo de tranças que eu tenho certeza que são chamadas de "nagô". Como Diggy, ela tem o crachá Swallowtail em seu casaco, onde se lê "Riyonna Briggs". Ela parece genuinamente encantada em me ver e espero que não diga nada muito gentil ou solícito. Eu desataria a chorar se ela o fizesse.

Dou um sorriso fraco ao entregar o meu passaporte e o cartão de crédito. Cada movimento é difícil, cada visão é um borrão. Eu derrubo algo no balcão com meu cotovelo e isso dói. Olhando para baixo, vejo que é uma pequena estátua de bronze de Buda sentado de pernas cruzadas ao lado de uma planta estranha e desordenada. Será um cacto? Não parece duro ou espinhoso o suficiente; parece que alguém cozinhou um monte de vagens e então as jogou de qualquer maneira em um vaso de cerâmica amarela.

O Buda, olhando diretamente para a frente como se estivesse determinado a ignorar o esquisito cacto-vagem, segura uma pilha de cartões de visita do resort Swallowtail, cor de marfim, equilibrados nas palmas das mãos, como se dissesse: "Gaste o seu dinheiro aqui e toda a sabedoria será sua." É marketing inteligente, suponho, mas me provoca calafrios. Ou talvez seja a exaustão que esteja fazendo isso.

Os olhos da Riyonna estão cheios de curiosidade e, por um instante, tenho medo de que ela se incline para a frente e diga: "Então, o que há de errado com você? A vida desmoronando? Fugiu de casa?"

Como se comporta a maioria dos hóspedes que chegam no meio da noite? Não consigo imaginar que estejam em alto-astral e ansiosos para conversar.

Felizmente, Riyonna mantém uma atitude bem profissional. Tento parecer que estou ouvindo enquanto ela me fala sobre senhas do wi-fi e horários do café da manhã. Não preciso saber. Dormir é a única coisa que me interessa. *Fale-me sobre dormir.*

Diggy se despede, depois de repetir sua promessa de me mostrar o local no dia seguinte.

Você viu a Melody?

Não. Depois de amanhã. Por favor. Eu não posso prometer acordar a tempo para amanhã.

Riyonna dobra um pedaço de papelão ao meio e insere a chave — um cartão de plástico — na fenda. Eu estava errada — ela não tem a minha idade. Uns dez anos mais velha: quase cinquenta anos. Há rugas ao redor dos olhos que ela tentou muito encobrir com maquiagem.

Eu aceno com a cabeça automaticamente para tudo o que ela diz, sem realmente ouvir, e me surpreendo ligeiramente quando ela sai de trás da recepção segurando a chave do meu quarto na mão. Riyonna é baixa — mais baixa do que eu imaginava, mesmo em seus sapatos de salto agulha. Estranho. Sentada, ela parecia mais alta; deve ter sido por causa de seus ombros largos.

— Eu... você não precisa vir comigo. Realmente. Obrigada — consigo dizer.

— Tem certeza? O seu quarto é aqui mesmo, no edifício principal do hotel, de modo que não é muito longe. Gostamos de verificar se os hóspedes estão satisfeitos com os seus quartos.

— Vou ficar bem. Obrigada.

Espero não estar sendo indelicada. Não suporto a ideia de ter que manter uma conversa educada por mais um segundo. Se ela vier comigo apesar dos meus protestos, vou me deitar no chão de mármore vermelho e chorar.

Ela ri e acena com a cabeça.

— Tudo bem. Sem problema. Vá descansar um pouco.

Riyonna me dá a chave e eu a pego. *Quase lá.*

Começo a caminhar em direção ao lugar em que os elevadores deveriam estar — onde eu os teria colocado se tivesse projetado o prédio.

— Vou pedir a alguém que leve suas malas imediatamente — diz Riyonna às minhas costas.

Isso não é cedo o suficiente. A última coisa que eu quero depois que estiver no meu quarto é alguém batendo na porta. Tinha me esquecido completamente das minhas malas.

— Não, tudo bem — digo. — Eu mesma as levo para cima.

— Perfeitamente — replica Riyonna. — Como quiser. Ah, os elevadores são por ali. — Ela aponta numa direção que não me teria ocorrido. Obviamente o arquiteto do Swallowtail e eu nunca concordaríamos em coisa alguma.

O número na minha carteira de chaves de papelão começa com um "3", o que suponho que significa que o meu quarto é no terceiro andar. Quando as portas do elevador deslizam, se fechando, dou um gemido de alívio. *Quase lá agora. Muito, muito perto.* Sinto-me entorpecida e, portanto, melhor. Estou cansada demais para pensar, preocupar-me, arrepender-me, sentir falta da minha família.

Saio do elevador no terceiro andar e luto para interpretar as placas na parede, embora não possam ser complicadas — estou apenas no estado inadequado para ficar olhando para muitos números que começam com 3 e setas que apontam para todo lado. Demoro mais cinco segundos do que deveria para perceber que o meu quarto fica bem ao lado do elevador: dobro à esquerda e já estou lá.

Encosto o cartão de acesso contra o dispositivo na porta e uma luz verde pisca. Entro e arrasto minhas malas para o hall de entrada do quarto, xingando baixinho quando bato com elas contra o batente da porta. Está escuro, mas posso ver que estou num espaço retangular, de cerca de 1,80 m por 3,60 m, que se alarga no final. Na luz que vem do corredor e inunda o local, vejo o que parecem ser os pés de duas camas de casal.

Meus dedos tateiam a parede à caça de um interruptor de luz. Em vez disso, eles encontram uma pequena estrutura em forma de caixa presa à parede. Eu sei, por causa das férias de família em hotéis gregos e espanhóis, que este é o lugar onde preciso inserir meu cartão de acesso se eu quiser que as luzes funcionem. Tento colocá-lo e descubro que não consigo. Abrindo mais a porta para mais luz, percebo o porquê: já há um cartão no lugar. A pessoa que ocupou o quarto antes de mim deve tê-lo deixado ali e quem arrumou o quarto não reparou. Retiro o cartão, deixo-o cair no chão e o substituo pelo meu. Nenhuma luz se acende.

A porta ao lado do dispositivo do cartão de acesso tem que ser a do banheiro, em frente aos armários embutidos, frigobar e cofre. Eu a abro e entro, sentindo uma necessidade repentina e urgente de jogar água fria no rosto. A porta para o corredor do terceiro andar se fecha com um clique e, de repente, tudo fica escuro como breu ali dentro. Tateando novamente em busca de um interruptor de luz, não encontro nada nas paredes lisas e frias do banheiro.

Parece mármore. Provavelmente vermelho com veios brancos e pretos.

Passo o braço pelo vão da porta para tatear a parede do lado de fora no hall de entrada — deve haver um interruptor em algum lugar, sem dúvida — e finalmente encontro um, mais baixo do que eu esperava que estivesse.

Luz, finalmente. Eu tinha razão: estou no banheiro.

Isso não está certo, diz uma voz na minha cabeça quando meu coração começa a bater descompassado. Algo está errado aqui...

A sala está cheia dos pertences de alguém: um maiô de banho, verde e preto, pendurado num gancho na parede — do tamanho de uma mulher pequena ou talvez de uma adolescente; uma sunga de banho masculina, dobrada em cima da porta de vidro do box do chuveiro; um monte de grampos de cabelo de metal finos; duas escovas de dente; dois desodorantes; uma dessas antiquadas toucas de natação de borracha numa pálida cor bege-rosada; espuma de barbear, um pacote de lâminas de barbear descartáveis.

Merda. Merda, merda, merda, merda, merda. Alguém está aqui, no quarto. Eles devem estar... dormindo nas camas que eu vi. Ninguém iria deixar tantos pertences para trás. O cartão de acesso que estava na fenda da caixinha na parede quando eu entrei...

Ouço a voz de uma garota dizer:

— Eu entornei Coca-Cola em Poggy. E em Doodle Dandy.

Sua voz soa infantil e chateada. E assustadoramente perto. *Porque ela está.*

Parece que eu não sou a única que não se encontra no seu melhor estado no meio da noite. Riyonna, a recepcionista, estragou tudo. Este quarto já está ocupado — por alguém que, em menos de vinte segundos, vai me encontrar em seu banheiro. O que é que eu faço?

≈≈≈

Fique calma, Cara. Pense rápido.

Não há a menor chance de eu escapar sem ser notada, não agora que alguém está acordado lá dentro. Toda a minha bagagem está no hall. De jeito nenhum eu conseguiria tirar tudo rápido o suficiente.

A próxima voz que ouço é a de um homem.

— Coca-Cola? O quê? — Ele parece desorientado, como se tivesse sido arrancado de um sono profundo. — Você não deveria estar bebendo Coca-Cola no meio da noite, querida. Você já escovou os dentes.

— Eu não estava bebendo. — A garota parece chateada. Injustamente acusada. — Eu a derrubei sem querer. Estava na mesa, sobrou do jantar. Eu estava indo ao banheiro para ver quem está lá dentro.
— Não há ninguém lá dentro.
— Há, sim. Eu ouvi alguém se mexendo.

Ah, merda. Lá vamos nós. Por que eu ainda estou aqui, muda e congelada, como se pudesse me teletransportar para outro lugar?

Eu devia ter anunciado a minha presença imediatamente, assim que ouvi a menina falar.

O homem diz:
— A luz está acesa ali dentro. Foi você que ligou?
— Não! — A menina parece prestes a chorar. — Tem alguém lá dentro, eu sei.
— Querida, não é verdade, não há mesmo. Sssh. Fique onde está, ok? Vou dar uma olhada.
— Mas eu entornei Coca-Cola em Poggy — a garota choraminga. — Olhe para ele!
— Poggy vai ficar bem. Me escute: Poggy vai ser limpo e vai ficar como novo, prometo. A Coca-Cola sai com água. E não há ninguém no nosso banheiro. Provavelmente foi o barulho dos canos de água que você ouviu, mas deixe-me ir dar uma olhada de qualquer maneira, só para termos certeza.

Eu fecho os olhos e espero. Isso vai ser insuportavelmente horrível. Estou presa em um pesadelo. Por favor, deixe-me acordar. E se ele me bater?

— O que diabos são essas...? — A voz dele está muito perto. Ele deve estar do lado de fora da porta do banheiro, olhando para minhas duas malas.

O que há de errado comigo? Como posso deixar isso continuar por mais um segundo que seja? Eu tenho que dizer algo agora, antes que ele empurre a porta e me veja. A pior coisa que posso fazer é parecer que estou tentando me safar, esperando não ser encontrada.

— As malas são minhas. Eu estou... estou no seu banheiro — grito com os olhos apertados com toda força. Minha voz está trêmula e rouca. — Sou uma mulher, sozinha, tão assustada quanto você, eu juro. Isso é um erro e vou embora imediatamente. Acabei de sair de um avião da Inglaterra e passei a noite toda dirigindo, estou exausta e nada disso é culpa minha. A recepcionista me mandou para o quarto errado, então... por favor, não se zangue comigo. Meu nome é Cara Burrows. Sou de Hertford, na Inglaterra, e sou completamente inofensiva.

Quando abro os olhos, um homem e uma menina estão de pé no hall do lado de fora do banheiro olhando para mim, de boca aberta.

Parecem tão abalados quanto eu. Nenhum dos dois parte para cima de mim com o punho cerrado ou uma arma. Isso é algo pelo qual devo ser grata.

O homem é grande, com um peito cabeludo, braços musculosos e um pouco de barriga caindo por cima da cueca samba-canção branca. Cabelo escuro, corte de cabelo ruim: ligeiramente comprido demais nos lados e muito curto em cima. Fico surpresa com a garota, que parece ter treze anos, talvez um pouco mais velha. Ela poderia facilmente estar na série de Jess na escola ou um ano acima. Pelo que ouvi quando não podia vê-la, eu teria imaginado que ela não tinha mais do que sete ou oito anos. Que tipo de garota de treze anos chora porque derramou um pouco de Coca-Cola?

Ela está usando uma camisola longa, verde-clara, com um bordado branco ao redor da gola em "V". Seu rosto é oval, pálido, magro, coberto de lágrimas; seu cabelo é escuro, comprido, liso, repartido tortuosamente ao meio. Com uma das mãos, ela acaricia suavemente o topo da cabeça perto da linha do cabelo. Na outra, segura um brinquedo fofinho, de tricô, cor-de-rosa. Eu posso ver o que pode ser uma mancha de Coca-Cola: uma mancha marrom de um lado. Então este é Poggy. Ele é confuso de se ver, mas eu posso adivinhar como conseguiu seu nome. Ele tem a cabeça de um cachorro presa ao corpo de um porco. Feito em casa, concluo — e não muito bem-feito. Quem quer que o tenha tricotado provavelmente enganou a si próprio dizendo que estava criando um porco em cada detalhe, mas não há como isso não ser a cara e a cabeça de um *bull terrier de Staffordshire* terrivelmente rosa.

— Deram a você a chave *deste quarto*? — O homem parece estar ponderando se deve ou não acreditar em mim. — Do *nosso* quarto?

— Sim. Caso contrário, como é que eu teria entrado? Peço imensas desculpas. Deixe-me tirar as minhas malas do quarto e eu o deixarei em paz.

Dirijo-me para a porta do banheiro. Ele avança para me bloquear.

— Quem você disse que é mesmo?

— Cara Burrows. — Esposa, mãe. Pessoa normal, não ameaçadora e sã.

— Se importa de me mostrar uma identidade?

— Identidade? Hum... não, eu não me importo.

Vasculho dentro de minha bolsa, tiro o meu passaporte e o entrego a ele. A menina deu um passo atrás, para o hall. Ainda está esfregando aquele lugar na cabeça. Será que ela bateu a cabeça quando saiu da cama? Ou será algum tipo de tique nervoso?

— Ok, Cara Burrows. Posso dar uma olhada na sua bolsa?

— Minha bolsa? Por quê?

Isso está ficando um pouco ridículo. E ele pronunciou meu nome errado: *Carrah*. Nem sequer tentou dizê-lo da maneira que me ouviu dizer.

— Você aparece no meu quarto no meio da noite? Eu não vou correr riscos.

Eu lhe entrego a bolsa.

— Você está sendo paranoico. Já lhe contei o que aconteceu: uma confusão na recepção. Se eu fosse fazer alguma coisa assustadora, já não teria feito isso agora? Eu só quero sair daqui, arranjar um quarto que não tenha ninguém e ir dormir.

Ele vira-se e diz à menina:

— Volte para a cama, querida. Descanse um pouco. Está tudo bem, não há nada com que se preocupar.

Ela faz o que ele lhe manda fazer sem dizer uma palavra. Por que ele fala com ela como se ela tivesse cinco anos de idade? Porque é de noite e ela tem medo do intruso, ou ele fala com ela da mesma maneira no café da manhã? Se eu falasse assim com Jess, ela diria: "Ah tá que eu vou voltar para a cama!", faria uma lista de todas as maneiras erradas com que eu estava lidando com a situação do estranho no banheiro e então passaria ela mesma a lidar com a situação de um modo muito melhor.

Eu não gosto desse homem. Ele está mexendo na minha bolsa como se estivéssemos em um aeroporto e ele fosse o chefe da segurança.

— Onde está seu celular? — ele pergunta.

— Como?

— Seu celular. Não me diga que você não tem um. Todo mundo tem um telefone.

Eu balanço a cabeça. *Inacreditável*.

Você viu a Melody?

— Sim, tenho um telefone. Eu o dei ao sujeito da locadora de carros e pedi a ele... na verdade, paguei-lhe cem dólares para tomar conta dele para mim até eu devolver o carro.

— Por que você fez isso?

As lágrimas começam a pinicar na parte de trás dos meus olhos.

— Porque eu não queria tê-lo comigo. Porque tenho mensagens de tocaia me esperando assim que eu o ligar e não quero lê-las, e eu sabia que o faria se tivesse meu telefone ao meu alcance. E nada disso é da sua conta!

O homem me devolve a bolsa e ergue ambas as mãos em um gesto de rendição.

— Desculpe — diz ele. — Mas, convenhamos, certo? Você não pode me culpar por ser cuidadoso diante das circunstâncias.

— Provavelmente não — murmuro, passando por ele para chegar à minha bagagem e à rota de fuga.

Agora que ele está satisfeito por eu não ser um agente secreto com a intenção de cortar sua garganta, ele é todo charme e compaixão.

— Aqui, deixe-me segurar a porta para você. Ou, melhor, você abre a porta. Eu levo as suas malas para o elevador.

— Não, obrigada. Eu faço isso.

Apesar dos meus melhores esforços, uma lágrima escapou e escorre pelo meu rosto. Bato novamente no batente porta — com força, duas vezes — enquanto puxo minhas malas para o corredor.

O homem parece alarmado.

— Ei, não chore. Não aconteceu nada de mal, certo?

— Boa noite. Desculpe novamente.

— Escute, Cara...

— O quê? — Eu não disse que ele poderia me chamar pelo meu primeiro nome. Será que não pode me deixar em paz? Já estou fora do quarto dele. Assim como todas as minhas malas. Tudo o que tem que fazer é fechar a porta, então por que ele não fecha?

— Tem certeza de que está bem? Você não parece estar bem. Está com algum tipo de problema? Eu não pude deixar de ver a foto da ultrassonografia. — Ele fez um movimento com a cabeça indicando minha bolsa. — Se precisar de ajuda...

Merda. Como eu pude me esquecer da foto? Agora ele sabe algo sobre mim que nem mesmo os meus amigos mais próximos sabem.

— Eu preciso dormir e ficar sozinha — digo a ele. — Só isso.

— Amanhã, pegue seu celular de volta do cara do carro alugado. Leia essas mensagens. É melhor saber, certo?

Fantástico. Conselhos não solicitados de um estranho de peito cabeludo, seminu, num corredor de hotel.

Olho para ele, incrédula.

— Você não me ouviu dizer que *preciso ficar sozinha*?

Ele encolhe os ombros.

— Tudo bem, então... boa noite.

Aleluia. Nunca na minha vida fiquei tão contente de ver uma porta se fechar.

Tomo o elevador para o térreo, marcado "L" de *lobby*. Riyonna inclinou sua cadeira para trás e colocou os pés sobre a mesa. Ela se levanta com um salto quando eu apareço, surpresa por me ver.

— Há alguém no quarto que você me deu. Pai e filha.

— *O que foi que disse?* — Os olhos dela se arregalam. Ela se inclina para a frente.

Você viu a Melody?

— O quarto para onde você me mandou... receio ter deixado a chave lá em cima, mas tenho... — Entrego-lhe a carteira de papelão dobrada com o número do quarto escrito. — É o quarto de outra pessoa. Está ocupado. Suba e veja, se não acreditar em mim. Eu entrei e me deparei com um homem e sua filha, que estavam dormindo. Eu os acordei.

Riyonna já está digitando freneticamente em seu teclado, os olhos saltando de um lado para o outro, como se estivesse tentando olhar de perto para cada parte da tela ao mesmo tempo. Suas unhas são longas, cuidadosamente manicuradas e pintadas com um tom bem clarinho de verde.

— Ah, meu Deus — ela murmura após alguns segundos. — Eu sinto *muito*, muito mesmo. Eu... isso foi ... Ah, meu Deus. — Ela bate na própria testa, com força, com a base da palma da mão. — O que há de *errado* comigo? Eu *nunca* fiz isso antes. Não posso acreditar que fiz isso!

— Não importa. — Não estou interessada em fazê-la sentir-se melhor. — Pode me dar a chave de outro quarto, por favor? Estou muito cansada. Eu só quero...

— *Quarto?* — Ela parece horrorizada. — Ah, você não vai mais ter um simples *quarto*, não mais. Sra. Burrows, sinto-me muito mal por tê-la feito passar por essa horrível experiência. Eu realmente espero que nada... você sabe, tenha *acontecido*?

Ela está me perguntando se o homem no quarto já ocupado me agrediu sexualmente? Como se essa fosse a única maneira que minha experiência pudesse ter sido horrível? Olho furiosa para o pequeno Buda de bronze, que não precisava parecer tão pretensioso a respeito de tudo. Eu considero dar um forte peteleco nele, mas consigo resistir ao impulso.

Riyonna volta à tela de seu computador.

— Estou lhe dando acomodações melhores, sem nenhum custo adicional e com nossos cumprimentos. Estou colocando-a em uma de nossas Camelback Casitas. Eu recebi uma chamada há uns dez minutos de um casal que já deveria estar aqui, mas que no fim das contas não poderá vir. Assim... você terá sua própria piscina particular, de borda infinita, no terraço, e as melhores vistas da Camelback que o Swallowtail pode oferecer. Do "monge rezando" também. Por favor, aceite isso, bem como as minhas mais sinceras desculpas, como compensação pelo terrível susto que deve ter tido.

Eu deveria estar grata e animada, mas Riyonna começou a parecer chorosa no meio do seu pequeno discurso e tudo o que posso pensar é que, se ela começar a chorar, esse será o meu limite. Vou sair daqui e encontrar o B & B barato mais próximo — qualquer lugar que possa manter o controle de quantos quartos eles têm e quem está neles a qualquer momento.

— Obrigada — consigo dizer. — É muito gentil da sua parte. — O que ela quis dizer com um "monge rezando"? Não quero mais ninguém na minha *casita* além de mim, por mais devoto que seja. Ela não pode ter se referido a uma pessoa real.

Mas é gentil da parte dela. Muito. Ela não tinha que me compensar tão prodigamente. Quando eu acordar — no final da tarde de hoje, eu espero —, tenho certeza que ficarei encantada e acharei que Riyonna Briggs é a melhor recepcionista que existe.

— Não. Há. De. Quê — ela diz. — Eu a coloquei no número 21. Deixe-me chamar um carrinho do hotel. Não dá para andar, é muito longe.

Por favor, não deixe que o motorista seja o Diggy. Que seja alguém insosso e inexpressivo, que não fale inglês.

Você viu a Melody?

— Eu mesmo a levaria, mas... Eu. Estou. *Tremendo* — diz Riyonna. — Não acredito que fiz isso! Mil. *Desculpas.* Não consigo suportar a ideia do que poderia ter *acontecido* com você!

A parte do "poderia ter acontecido" fere meus nervos já em frangalhos — como se o que aconteceu não tivesse sido suficientemente ruim. Ela tem medo que eu a denuncie ao gerente do resort? Pareço tão má assim? Não posso assegurar-lhe que não tenho nenhuma intenção de tentar fazer com que ela seja despedida sem soar como se estivesse dizendo que poderia, se quisesse.

A essa altura, não tenho certeza de que nenhum dos meus pensamentos faça sentido. É melhor eu parar de pensar por esta noite.

Meu motorista de carrinho de golfe não é tão mudo quanto eu gostaria que ele fosse, mas é consideravelmente menos falante do que Diggy e Riyonna. Conforme seguimos pelas ruas do resort, sinuosas e iluminadas nas laterais, me preparo para algo dar errado — um pneu furado, uma tempestade de granizo, uma emboscada —, mas, felizmente, chego à minha *casita* alguns minutos depois sem nenhum problema. É espaçosa e fresca e, melhor ainda, não tem ninguém lá dentro. Verifico todos os quartos e não encontro nenhuma família escondida em lugar nenhum.

Tranco a porta, ponho a corrente e tiro peças de roupa enquanto vou tropeçando para o quarto mais próximo. Tenho tempo para dizer "Graças a Deus" a ninguém em particular antes de desmaiar.

Os Sorrisos Amáveis acreditam que Emory morreu para que eu pudesse viver. Ou algo assim. Não me lembro das palavras que usaram, mas lembro-me de pensar que isso soava como Jesus, que morreu pelos nossos pecados.

Foi isso que Emory fez por mim? Eu disse que não achava que poderia ser, porque ela não o fez deliberadamente. Ela não escolheu a morte e ninguém a escolheu para ela. Ela morreu por nenhuma razão, sem saber que eu nasceria um dia.

Os Sorrisos Amáveis sorriram e disseram que sim, claro, eu estava certa sobre isso. Eles tentaram explicar que tinham dito aquilo apenas como uma espécie de metáfora. Mas o que eles realmente acreditavam era que, às vezes, embora ninguém faça algo acontecer com suas ações, o Destino tem um plano, e talvez o Destino estivesse e ainda esteja determinado a me fazer sobreviver.

Devo achar esta ideia reconfortante, mas não acho. Se o Destino é tão poderoso, por que Ele fez com que apenas uma de nós pudesse viver? Não poderia ter embaralhado as coisas para que Emory tivesse uma chance também? Não parece justo.

"Bem, você deve ser a criança favorita", disseram os Sorrisos Amáveis. "A favorita do universo. A favorita do Destino." Tornou-se o meu nome especial para eles: Criança Favorita. Eu sempre o odiei. Parece desleal a Emory. Ela é minha irmã e sempre será.

Os Sorrisos Amáveis não se importam com Emory, apenas comigo, e eles acham que eu gosto que seja assim. Acham que isso compensa o que meus pais sentiram por nós. Eles me dizem que sou especial o tempo todo, bonita, gentil e boa.

Não quero ser especial, nem a favorita de ninguém. Quero ser uma garota comum com uma irmã, parte de uma família comum.

10 de outubro de 2017

Acordo com muito calor, o sol entrando pela janela e batendo em cheio no meu rosto. Eu não fechei as cortinas ontem à noite? Obviamente que não.

Que horas são? Com os olhos ainda fechados, estendo a mão e começo a dar tapinhas na primeira superfície que toco para encontrar meu telefone. São necessários alguns segundos até eu me lembrar de que o dei ao Rock the Hole. Droga. Isso foi uma coisa estúpida de se fazer.

Eu me sento, piscando, e olho ao redor. Folhas verdes pressionam-se contra a janela ao longo de todo o seu comprimento até a metade. Estou na maior cama que já vi. Cinco pessoas podem ficar deitadas lado a lado nela sem problemas. Há uma colcha que deslizou para o chão — hexágonos vermelhos e dourados brilhantes costurados juntos para formar um padrão de favo de mel — e almofadas de seda vermelha e dourada na cama, no chão, na poltrona de encosto alto no canto do quarto.

À minha esquerda, há uma lareira de azulejos e, em frente à cama, um televisor quatro vezes maior do que o meu em casa, com persianas. Elas estão abertas e a tela exibe uma caixa

Você viu a Melody?

azul com uma mensagem para mim: "Bem-vinda, sra. Cara Burrows. A direção e o pessoal do Swallowtail Resort and Spa desejam-lhe uma estadia inesquecível. Por favor, contate-nos se houver mais alguma coisa que possamos fazer para garantir que o seu tempo conosco seja tão especial quanto merece."

Eu fugi de casa sem contar à minha família. O que eu mereço é... hum, vamos ver... um encontro assustador com um homem violador de limites, uma menina estranha e um cão-porco híbrido felpudo no meio da noite.

O canto inferior direito da TV mostra as horas: 13:10. Eu dormi por doze horas e me sinto eu mesma novamente, o que pode ou não ser uma coisa boa. Não mais sufocada pela fadiga, minha mente começa a acelerar.

Dispensar meu telefone foi uma loucura — um erro grave. Que horas são na Inglaterra? Oito horas mais tarde, então nove e dez da noite. Patrick, Jess e Olly estão prestes a passar a sua segunda noite sem mim. Como estarão se sentindo? O que será que eles estão pensando ou dizendo? Eu poderia saber as respostas para essas perguntas se ao menos não tivesse dado meu telefone a um estranho qualquer. Deixei um bilhete para que eles não se preocupassem, mas e se eles estiverem preocupados de qualquer maneira? Realmente, seriamente, desesperadamente preocupados — como eu estaria se Patrick fizesse o que fiz.

Jess pode nunca me perdoar. Olly e Patrick não se lembram de todas as pequenas coisas do jeito que ela faz. Ela guarda rancor. A ex-melhor amiga Nuala foi alijada por assistir ao episódio final de *Pretty Little Liars* sem Jess depois de prometer não fazê-lo — e não foi mais vista em nossa casa desde então.

O que eu fiz é muito pior. Sou a pior mãe do mundo. O homem com o peito cabeludo pôde ver isso tão claramente quanto viu minhas malas em seu quarto de hotel. E por isso ele me deu conselhos não solicitados, porque pôde ver que era uma emergência, que eu estava prestes a arruinar minha vida inteira.

Respiro fundo. *Comece de novo.*

Se tudo o que faço no Arizona é me martirizar, terei desperdiçado muito dinheiro.

Isso não vai acontecer. Não vou deixar isso acontecer. Tenho essas duas semanas que eu me dei ao trabalho de roubar da minha vida real e vou fazê-las valer a pena. No bom sentido.

Ontem eu não me senti forte o suficiente para receber mensagens da minha família. Hoje, depois de doze horas de sono, me sinto. Se eles gritarem comigo para voltar para casa imediatamente, eu explicarei calmamente que ainda não estou pronta e que estarei em casa na terça-feira, 24 de outubro. Mas seria bom falar com eles e tranquilizá-los o máximo possível. Isso faria com que o que estou fazendo parecesse menos extremado.

E eu não preciso entrar em contato com o Rock the Hole e pegar meu celular. Posso ligar para casa de um telefone fixo. Há um aparelho na minha mesa de cabeceira.

Ocorre-me que o resort deve ter um centro de negócios. Prefiro enviar e-mail a telefonar, eu acho — a primeira vez, pelo menos, até ter certeza de que um telefonema não vai levar a um bombardeio de acusações.

Farei contato depois do café da manhã. Ou almoço, como suponho que deva chamá-lo. Comer vem primeiro. Estou com tanta fome, sinto-me oca. Há um menu de serviço de quarto em pé na mesa sob a TV chamando a atenção para si mesmo, mas eu prefiro sair e ver um pouco do resort. O site dizia que havia cinco restaurantes. Eu poderia muito bem experimentar um.

Tomo um banho, me visto, escovo os dentes e tiro o que preciso para hoje de uma mala: maiô azul-claro, óculos escuros, caftan verde, sandálias de dedo cor-de-rosa. Desfazer as malas pode esperar.

Parece errado sair sem antes explorar esta casinha incrível que tenho só para mim. O constrangimento e a irritação de ontem à noite teriam valido a pena para esse *upgrade*? Definitivamente não. Não hoje. Embora tenha certeza de que, se eu me fizer a mesma pergunta daqui a dois dias, minha resposta será diferente.

Ontem à noite eu só verifiquei se havia hóspedes indesejados e não observei praticamente mais nada sobre a *casita*. Não notei a cesta de vime na forma de uma flor com uma pilha alta de frutas e amarrada com um laço de cetim rosa, nem as garrafas de água natural e gasosa como esculturas de vidro soprado — cilindros curvos que parecem ter sido engenhosamente torcidos no meio. Não vi a pequena caixa de cor creme, também amarrada com fita rosa, com quatro chocolates aninhados em uma cama de cetim rosa dentro.

Este lugar é inacreditável. A TV embutida na parede da sala de estar é ainda maior do que a do meu quarto. Há uma porta de correr que ocupa a maior parte da parede de trás da sala e da cozinha. Através do vidro, percebo um vislumbre de um tentador retângulo turquesa. A minha própria piscina. Jess não pode saber disso. Nunca. Se ela descobrisse que eu tinha a minha própria piscina num resort para onde fui sem ela… Não, nem é bom pensar.

Abro a porta e saio para o terraço de azulejos. O lado de fora é uma surpresa depois do sossego de dentro. O zumbido dos pássaros e de outras criaturas é forte e hipnótico.

Eu poderia ficar aqui ouvindo o dia todo se não estivesse faminta. Talvez um mergulho rápido na piscina... mas não, quero ver primeiro as minhas outras opções de natação. Isso é matemática de resort cinco estrelas: dividir seus dias entre o número de belas piscinas disponíveis. É difícil ver como qualquer uma poderia ser mais deslumbrante do que esta. É uma piscina de borda infinita com dois lados azuis que parecem ásperos, como se arranhassem suas palmas se você esfregasse as mãos sobre eles, e dois lados pretos brilhantes que parecem mais lisos do que qualquer superfície que eu já tenha visto. *O áspero com o liso*: quase consigo ouvir o arquiteto pensando essas palavras.

A borda infinita da piscina oferece o que deve ser a melhor vista possível da montanha Camelback. Não consigo imaginar uma melhor. Noto uma seção de rocha saliente perto do topo que parece ser uma pessoa ligeiramente inclinada para baixo, como se estivesse se curvando para o topo da montanha, e exclamo baixinho "Hah!" ao perceber que aquele deve ser o "monge rezando" — The Praying Monk. Como poderia não ser?

Volto para dentro e fecho a porta. No meio de uma longa mesinha de centro de madeira polida escura, há uma pasta de couro, na frente da qual está gravado em alto-relevo o logotipo do Swallowtail: um S maiúsculo composto inteiramente de pequenas borboletas. Estou com muita fome para ver tudo minuciosamente como deveria, mas pego alguns folhetos informativos, dobro-os e coloco-os na minha bolsa. Posso lê-los durante o almoço.

O segundo quarto da *casita* é quase idêntico àquele em que dormi ontem à noite, só que o esquema de cores é azul e prateado, não vermelho e dourado. O efeito é menos deslumbrante, mais calmante. Sento-me na beira da cama.

Você viu a Melody?

Um canto da pequena piscina do terraço é visível através da janela, o que provavelmente explica a escolha do azul para a decoração aqui. Eu poderia dividir minhas noites entre os dois quartos — mais matemática de resort —; mas, assim que tenho essa ideia, compreendo que não vou fazer isso. Já penso no quarto vermelho e dourado como meu. Patrick, se eu lhe dissesse isso, diria que esse é exatamente o meu problema — que me apego às coisas muito rapidamente. Não gosto da ideia deste belo quarto azul e prateado ser desperdiçado durante duas semanas, por isso tomo uma decisão: é aqui que vou pensar. Todos os dias vou passar pelo menos uma hora aqui sentada nesta cama, ou talvez deitada nela, focando ativamente na minha situação e resolvendo o que eu quero fazer sobre ela. O restante do tempo — quando estiver por aí no resort ou no meu quarto vermelho e dourado — não me sentirei obrigada a pensar na minha aflitiva situação.

Tendo tomado esta resolução, sinto-me mais feliz e mais leve. Vou buscar minha bolsa na sala de estar, abro-a, puxo minha foto digitalizada e a levo de volta para a sala azul. Minhas fotos de Jess e Olly com doze semanas de gestação eram granuladas e difíceis de decifrar, mas esta é muito mais nítida. Se eu tivesse que adivinhar, diria que esse é um garoto e — embora ninguém que não tenha visto a foto pudesse acreditar — ele parece estar levantando uma sobrancelha.

Eu sei que isso é impossível. Ele é do tamanho de um maracujá e está a meses de ter sobrancelhas. Ou com doze semanas é um limão pequeno? Não me lembro. Apenas as mulheres que estão grávidas pela primeira vez ficam obcecadas com a fruta que mais se assemelha ao seu filho em crescimento em cada fase da gestação.

Eu seguro a foto em ambas as mãos por alguns segundos, depois a coloco na cama. *O meu terceiro bebê. Estou no*

Arizona de férias com o meu terceiro filho. A ideia me faz sorrir.

Já chega de pensar no quarto azul por ora. Eu pego a foto digitalizada e volto para a sala de estar, onde percebo imediatamente que algo está diferente. Aí está: o correio de hoje — um quadrado branco no chão junto à porta principal da *casita*. Definitivamente não estava lá antes. Sinto uma onda de ansiedade no caso de ser uma carta explicando que não posso ficar aqui — Riyonna não foi autorizada a ser tão generosa em nome do resort — ou, pior ainda, um bilhete do Homem do Peito Cabeludo, que de alguma forma descobriu onde eu fui parar. Felizmente, não é nem uma coisa nem outra. É uma nota impressa num cartão quadrado que tem o logotipo do Swallowtail estampado no canto superior esquerdo: "Se você quiser suco de laranja fresco entregue na sua *casita* toda manhã, por favor pressione o botão ao lado da porta até que a luz acenda. Não precisa acordar cedo! Deixaremos o seu suco em uma caixa térmica do lado de fora da sua porta. Obrigado!" Que botão? Eu olho e vejo que há três. Um tem uma foto de uma doméstica segurando um aspirador de pó, outro tem a mesma foto cortada por uma grande linha vermelha. A terceira tem uma imagem de um copo com um canudinho. Eu o pressiono e ele se ilumina com um brilho laranja. Uau. Coloco a imagem digitalizada no bolso seguro da minha bolsa, fecho o zíper, verifico se o fechei bem e saio para a tarde quente.

O restaurante principal do Swallowtail chama-se Glorita's e tem tantas mesas do lado de fora quanto dentro. Escolhi uma no terraço que tem uma vista incrível da montanha

Você viu a Melody?

Camelback. Um grande guarda-sol branco me protege da luminosidade do sol. Estou prestes a começar a verificar as opções quando um jovem de cabelos pretos e pele morena impecável aparece ao meu lado.

— Boa tarde, minha senhora. Sou o Felipe e vou tomar conta da senhora hoje.

Ele sorri e estende a mão. Não tenho escolha senão dizer-lhe o meu nome, embora desejasse não ter de fazê-lo. Por mais adorável que ele pareça, eu só quero que me traga comida, não que se torne um amigo de infância. Ugh, eu sei o que isso é. É a minha condição de inglesa. Vai me envergonhar enquanto eu estiver no Arizona. Em casa, sou considerada normal — ninguém em Hertfordshire quer ser amigo da pessoa que entrega o almoço —; mas, assim que ponho os pés num país amistoso como os Estados Unidos, fico tensa e arisca. Para compensar a minha deficiência cultural, sorrio para Felipe até doer o maxilar e digo-lhe que estou grávida de quase treze semanas. É culpa dele por perguntar se há alguma coisa que eu não coma.

— Ah, que *adorável* — ele diz. Ele sacode a mão na direção do meu ventre. — Olá, bebê da Cara! Bem-vindo ao Arizona!

As lágrimas pinicam por trás dos meus olhos. A ideia de que, depois de mim, a pessoa mais feliz com a minha gravidez é um estranho completo que não pode realmente se importar de nenhum modo — o que é bom por padrão, porque é o trabalho dele — me deixa tão irritada, que eu tenho vontade de arrancar a toalha vermelha da mesa e mandar todos os talheres pelos ares.

Graças a Deus pelos óculos escuros. Talvez os hóspedes de todas as outras mesas também estejam chorando por trás de suas lentes escuras. Felipe tem opiniões sobre o que eu deveria comer e beber — ele soa como se soubesse do que está falando. Seguindo seu conselho, pedi um *smoothie* de mirtilo e aveia à moda Swallowtail, uma caçarola de abóbora, chouriço e *grits* — uma espécie de papa de milho doce e cremosa, se entendi bem.

Enquanto espero que cheguem os dois pedidos, olho para o que eu trouxe comigo da pasta da minha *casita*. Os dois folhetos que escolhi aleatoriamente são um mapa do resort e uma lista de atividades disponíveis. Há o suficiente aqui para manter qualquer um ocupado por pelo menos três meses: caminhadas guiadas, passeios de jipe pelo cânion, um curso intensivo de duas semanas de "Arte para Iniciantes", aulas de tênis, meditação guiada, observação das estrelas, vinyasa yoga, workshops de flauta nativa americana, um seminário "Vórtices e o Sagrado", um curso de medicina ayurvédica...

A lista continua, em letra minúscula, preenchendo ambos os lados da folha. Há um tema da Nova Era para muitas das opções. Tenho certeza, agora que penso nisso, que li algo no site sobre o Arizona, e sobre o Swallowtail em particular, como sendo algum tipo de eixo espiritual. Ou algo que significava eixo — essa não é a palavra que eles usaram. Normalmente, qualquer cheiro desse tipo de coisa teria me afastado. Em vez disso, dei por mim pensando que talvez este fosse um lugar que pudesse elevar os espíritos — mesmo daqueles de nós que hesitam com a palavra "sagrado" e não querem ter nada a ver com vórtices.

Numa mesa do outro lado do terraço, uma mulher loura de meia-idade usando um caftan branco rendado, calções pretos e sandálias pretas de salto alto, diz à sua companheira: "A melhor escolha — *absolutamente* a melhor, sempre — é um homem gay." A adolescente com quem ela está diz entre dentes: "Ssssh! Você não pode *calar a boca*? Qual é o seu *problema*?" Devem ser mãe e filha. Americanas. Eu sorrio enquanto a mãe sacode os longos cabelos louro-platinados, soltos, e diz em uma voz ainda mais alta: "Eu poderia calar a boca se quisesse. Mas não quero."

Hah. Toma essa, tirana adolescente.

Eu me pergunto por que a garota não está na escola. Talvez ela tenha dezoito anos ou mais e apenas tenha uma aparência jovem para a idade.

Ou o contrário. Talvez ela seja uma menina de dois anos com aparência de uma anciã que chora quando derrama bebidas gaseificadas em seus brinquedos fofinhos...

Seriam pai e filha, o homem e a menina no quarto de hotel? Eu presumi que sim, mas eu não a ouvi chamá-lo de "papai".

As recomendações de comida e bebida de Felipe não são inteiramente bem-sucedidas. O *smoothie* é a coisa mais deliciosa que eu já provei, mas não gosto muito da *grits* doce e cremosa. Felizmente, estou com fome o suficiente para não me importar.

Felipe parece arrasado quando eu rejeito seu próximo conselho, que é pedir o *Signature Chocolate Trio*. Aparentemente, é uma sobremesa capaz de mudar a sua vida, e Felipe tenta sugerir que o meu bebê pode se beneficiar com ela mesmo que eu não queira, mas me mantenho firme, prometendo, em vez disso, prová-la em uma noite depois do jantar. Por fim, ele admite a derrota e me traz a conta para assinar.

Estou desesperada para ver a piscina, mas, assim que a vir, vou querer mergulhar, e provavelmente devo digerir meu almoço primeiro. Enquanto isso, posso encarar o item menos divertido da agenda de hoje: enviar uma mensagem para casa.

A ideia me faz engolir com força. Uma mensagem significa uma resposta.

Covarde.

E se eu tiver feito algo irreversível e perdido minha família para sempre? Pensei isso quando reservava meus bilhetes de avião e fazia minha reserva no Swallowtail, mas a voz na minha cabeça insistiu: *Você não tem escolha. Você tem que se afastar deles.*

Tendo feito o que eu fiz, não tenho o direito de sentir falta de Patrick, Jess e Olly, nem nenhum direito de me sentir culpada — isso é apenas uma maneira de me enganar que sou uma pessoa melhor do que sou. E eu tenho o dever de fazer contato agora, quer eu queira ou não.

Deixo o Glorita's e sigo uma placa para a recepção. Nada me parece familiar. Passo por um pátio cercado que é claramente o depósito dos carrinhos de golfe do resort. Espreitando através das ripas de uma cerca pintada de branco que serve para bloquear a área da vista dos hóspedes, vejo um grupo de homens e os ouço falando e rindo: motoristas esperando para serem convocados para transportar aqueles que preferem não andar.

Estou perdida? Devo pedir a um deles que me leve? O mapa do resort na minha bolsa revela-se inútil — ou melhor, sou inútil em interpretá-lo —, mas quero andar mesmo que acabe por fazer um percurso mais longo, por isso escolho uma direção aleatória e sigo em frente.

A recepção deveria estar aqui em algum lugar...

Eu vibro silenciosamente comigo mesma quando meus instintos de navegação mostram-se corretos. Lá está ela: a fachada semicircular do edifício principal do hotel. Riyonna acena freneticamente quando entro no lobby de mármore vermelho, aparentemente extasiada com a minha chegada.

Você viu a Melody?

Suas unhas mudaram de cor da noite para o dia: de verde-claro para lilás pálido. Espero que ela não esteja prestes a saltar de trás do balcão para me abraçar. Felizmente, ela está atendendo outro hóspede, então tenho algum grau de proteção. Uma mulher idosa está empenhada em lhe dar trabalho.

Nenhum upgrade grátis a uma casita para você, velhinha mal-humorada.

— Você está me ouvindo, Riyonna? Bem, então não olhe para lá! Eu estou bem na sua frente.

— Desculpe, sra. McNair. Eu estava...

— Eu estava *certa*. E agora que ficou *provado* que eu tinha razão, quero saber o que você vai fazer a respeito.

A mulher deve estar na casa dos oitenta anos. Ela está usando uma camisa azul, calças de veludo cotelê castanhas, sandálias marrons sobre meias-calças da cor de caramelo queimado e um chapéu que nada mais é do que uma viseira branca presa a uma tira que rodeia a sua cabeça com uma fivela na parte de trás. Ela é branca, pelo menos em teoria, com o cabelo pintado da cor exata de uma berinjela e um bronzeado da mesma cor e textura do sofá Laura Ashley marrom que tenho em casa.

Devo comprar um protetor solar: fator 50. Não há como não o venderem aqui. Em frente à recepção, há uma loja. Pela porta aberta, vejo tapetes trançados, potes de cerâmica turquesa e castanho-avermelhado, joias de prata com pedras preciosas brilhantes, flautas de madeira pintadas, objetos flutuantes infláveis para as crianças utilizarem na piscina. O protetor solar deve estar em algum lugar por ali.

O pescoço e os braços da estridente senhora idosa são magros e cheios de tendões. Parece que mais do que o número normal de músculos foram enfiados neles. Enquanto ela repreende Riyonna, gesticulando desenfreadamente, os músculos giram e ondulam sob a superfície rachada e enrugada de sua pele. Ela precisa de pelo menos um frasco de hidratante. Talvez seja por isso que ela veio até o Swallowtail. Talvez haja uma massagem especial no spa que ofereça amaciamento de couro.

— Sra. McNair — Riyonna tenta novamente.

— Ninguém acreditou em mim! — A velhota ergue os braços. — Muito menos você! Eu disse que era definitivamente ela. Definitivamente Melody! Alguém ouviu? Não. Ninguém nunca ouve. Vocês todos acham que eu sou maluca.

— De forma alguma, eu não acho isso, minha senhora.

— Sim, acha sim. Não me importo. Eu sei o que vejo e sei o que é verdade. E ontem à noite eu a vi *correndo*. Melody, correndo. Cabelos compridos, escuros, voando atrás dela. Como é que de repente ela pode correr? Meu primo Isaac pode *correr*? Deixe-me lhe dizer, ele não consegue nem *andar*!

— Seu... seu primo Isaac?

A confusão no rosto da Riyonna sugere que a sra. McNair introduziu um novo personagem. Melody é o tema da conversa, seja ela quem for; o que tem o primo Isaac a ver com isso?

— Então, agora que temos certeza, vai chamar a polícia? — a sra. McNair exige. — Diga-lhes que vi a Melody fugindo no meio da noite. Diga-lhes que ela segurava aquela *criatura* com ela? Ela estava com o namorado! Você não acha que ele é o namorado dela? Como *você* saberia? Ele poderia ser qualquer um! Vai chamar a polícia? Eu sempre tive razão. Todas. As. Vezes.

— Todas? Você quer dizer como no ano passado? É isso que quer dizer? — Riyonna fala gentilmente com ela. Eu sinto que ela está escolhendo cada palavra com extremo cuidado.

Você viu a Melody?

— Si...im. — A sra. McNair parece insegura agora. Então, ela toma uma decisão. — Sim! No ano passado e no ano anterior e nos outros anos. Todas as vezes que eu a vi.

— Mas sra. McNair, você vê uma criança diferente toda vez — diz Riyonna pacientemente. — Elas não podem ser todas Melody, não é?

— São, sim!

— Lembra-se do ano em que a senhora disse que um rapaz era Melody?

Gosto do nome. *Melody Burrows*. Para uma garota, obviamente. A sra. McNair pode acreditar em chamar os garotos de Melody, mas eu não acredito. Esse tipo de coisa pode funcionar no Arizona espiritual, mas não cairia bem em Hertfordshire.

— Eu não me importo! — retruca a sra. McNair rispidamente para Riyonna. — As pessoas podem alterar suas aparências. Não tenho a menor dúvida. Eu a vi com aquela criatura, o que significa que agora tenho provas! Então! Vou tomar uma atitude a respeito disso.

Soa como se pudesse haver uma história trágica de algum tipo associada à alucinação da velha senhora. Se eu esperar para falar com Riyonna, vou acabar ouvindo tudo sobre isso e eu não quero. Não posso ouvir histórias sobre coisas ruins acontecendo com crianças.

Eu suspiro e procuro outra pessoa para perguntar sobre o centro de negócios.

A loja. Quem quer que seja o responsável lá, vai saber e eu poderei comprar um protetor solar. Quando me afasto da recepção, ouço a sra. McNair dizer:

— Então, vai chamar a polícia? Diga-me se não vai e eu mesma telefonarei para eles. Direi que vi a Melody ontem à noite, sem a menor sombra de dúvida.

A mulher atrás do balcão da loja, em vez de me encaminhar para o centro de negócios, corre para um quarto dos fundos com uma promessa de encontrar alguém chamado Mason. A maneira como disse seu nome deu a impressão de que, se ela fosse capaz de trazê-lo, ele resolveria todos os meus problemas e possivelmente todos do mundo em geral, se ele tivesse algum tempo de sobra.

Espero ficar desapontada, mas fico agradavelmente surpreendida quando ela retorna com um jovem alto, louro e de óculos, que me entrega um iPad mini, em uma capa de couro vermelha com o logotipo do Swallowtail em alto relevo na frente, dizendo-me que eu posso ficar com ele até o final da minha estadia.

— A senhora já está completamente conectada. Acesso total e rápido à internet sempre que quiser. Não há necessidade de inserir qualquer código, nem nada.

Tal como a jovem no terraço ao almoço, Mason parece poder ter qualquer idade entre dezesseis e vinte e cinco anos.

— Sabe o que mais? — ele diz. — Vai lhe dar indicações para se deslocar pelo resort. Se você... — Ele estende a mão e eu passo o iPad de volta para ele. — Se você clicar aqui, veja, pode colocar um endereço em qualquer lugar no Swallowtail e ele lhe dirá o caminho. Se você quiser desligar as instruções faladas, pressione aqui; então, você só vai ter as indicações na tela. Não há necessidade de andar, você sempre pode mandar vir um carrinho, onde quer que esteja, e o transporte para todo o resort é inteiramente gratuito. Mas alguns dos nossos hóspedes gostam de caminhar para fazer exercício ou ver a bela paisagem.

Você viu a Melody?

— Sim, essa sou eu — digo-lhe. — Então, se eu digitar "Piscina", ele vai me levar até a piscina? É para lá que eu quero ir em seguida.

— Ah! Não é preciso digitar nada. — Mason parece chocado, como se eu tivesse sugerido que iria tentar escalar até o topo da montanha Camelback de chinelos. — Onde quer que você queira ir no resort, clique aqui e você verá o menu suspenso. Está vendo? Todas as piscinas estão listadas.

— Ah, certo. Sim.

— Deixe-me fazer isso para você na primeira vez. Qual é a piscina que você quer? A piscina do spa é só para adultos, o que significa ninguém com menos de dezesseis anos. Ou pode ir à piscina de raia, ou à The Pond — é a nossa piscina ecológica com um sistema de limpeza completamente natural, sem adição de nenhum produto químico. Ou a piscina familiar?

— Ah. Hum...

— Já experimentou alguma das nossas piscinas? — Mason pergunta inspecionando-me de perto.

— Não, ainda não. Cheguei tarde ontem à noite e dormi a maior parte do tempo desde então.

— É bom saber — ele diz.

Eu procuro ver em seu rosto uma indicação de que ele estava sendo sarcástico, mas parece sincero.

— Nesse caso, vou recomendar que comece pela piscina da família. É a maior, com as melhores vistas e há um fantástico bar e restaurante à beira da piscina se você precisar de um lanche ou uma bebida. Posso dizer que não se pode encontrar melhores coquetéis em todo o país.

Ele tem que estar de brincadeira. Mas, estranhamente, não parece estar.

— Há um serviço pessoal em qualquer lugar da piscina em que você estiver, então não é preciso se levantar se estiver relaxando. Basta pressionar o botão ao lado da sua espreguiçadeira e um garçom virá atender seu pedido. A piscina tem a forma de um L, e ambas as barras do L têm vinte e cinco metros de comprimento.

Eu aceno com a cabeça. Vi a foto no site. Estou ansiosa para ver a piscina na vida real, se Mason ao menos parasse de descrevê-la para mim.

— Há também uma banheira de hidromassagem quente com uma piscina de mergulho fria ao lado. Bebidas podem ser servidas na banheira; novamente, basta apertar um botão. As toalhas são fornecidas gratuitamente. Tudo isso soa bem?

Sinto-me tentada a revirar os olhos e dizer laconicamente: "Acho que vai servir." Em vez disso, digo:

— Maravilhoso. Ótimo. Vai ser a piscina da família.

— E quer ir andando até lá?

— Sim.

— Quer a voz ligada ou desligada?

— Voz?

— Para as instruções do caminho a seguir — Mason esclarece.

— Ah, certo. Desligue, por favor.

— Ok. Aqui está. — Ele me dá o iPad mini com um sorriso e diz: — Tenha um dia maravilhoso, senhora.

≈≈≈

O iPad me diz para atravessar o *lobby* de volta, a fim de sair do edifício principal. Ele não confia que eu possa realizar nem mesmo essa primeira etapa tão óbvia sozinha. Não há sinal da Riyonna ou da sra. McNair na recepção. Posso imaginar como pelo menos uma delas ficou feliz quando aquela conversa finalmente terminou — a menos que a tenham levado para outro lugar, fora do caminho de hóspedes impressionáveis.

Eu ando cerca de dez minutos, virando sempre que me mandam virar, e finalmente chego ao cintilante "L" turquesa que é muito mais impressionante na realidade do que parecia nas fotos. Há algumas pessoas na piscina e muitas mais sentadas em espreguiçadeiras ao redor dela, a maioria sob guarda-sóis brancos, com drinques azuis, verdes ou cor-de-rosa ao lado delas em mesas de madeira. Cada copo que consigo ver tem uma forma diferente.

Há pelo menos cinquenta espreguiçadeiras à minha escolha. Perto do bar parece uma boa ideia. Não posso beber álcool, mas um lugar como este tem de ter um cardápio de falsos coquetéis, o que é uma perspectiva bastante tentadora. Eu posso viver sem álcool por causa da criança Número 3, mas nenhum médico jamais disse que mulheres grávidas também devem ser privadas de cerejas e guarda-chuvas de papel coloridos — meu segundo e terceiro ingredientes de coquetel favoritos.

A mãe e a filha do terraço do Glorita's estão sentadas o mais perto possível do bar, o que significa que vou ter de me sentar um pouco mais longe. Com todas as espreguiçadeiras que estão disponíveis, preciso deixar um mínimo de quatro vazias entre nós se não quiser correr o risco de invadir o espaço delas. Por segurança, deixo cinco e vou para a sexta. Pelo canto do olho, vejo algo vindo em minha direção. Parece uma pilha de toalhas brancas com pernas. As pernas estão usando calções brancos e há tênis brancos nos pés.

A voz de um homem diz:

— Senhora, posso lhe dar uma toalha, um roupão e chinelos? — Eu espero enquanto ele põe tudo em ordem na minha espreguiçadeira. Apesar de eu lhe dar nota dez pelo esforço, eu não gosto do arranjo dele e vou mudar tudo assim que ele se for.

— E quer que eu abra o guarda-sol ou a senhora prefere estar ao sol?

— Não, obrigada. Quero dizer, sim, por favor. O guarda-sol aberto seria ótimo. Obrigada.

Seu trabalho feito, ele me diz para ter "um dia esplêndido". Enquanto o rapaz se afasta, eu murmuro baixinho: "Não me diga que tipo de dia ter."

Talvez eu devesse ter escolhido um resort em um país diferente, onde todo mundo é um pouco mal-humorado — em algum lugar frio e menos deslumbrante.

Como prometido, há um botão ao lado da minha espreguiçadeira com a imagem de um garçom com uma bandeja. Por mais que eu queira uma bebida, não consigo pressioná-lo. Já tive conversas suficientes por hoje. Vejo uma máquina de água fria e gelo do outro lado da piscina, com uma pilha de copos de plástico ao lado. Esse é um problema resolvido. Qual é a outra máquina, a branca do tamanho de uma mala grande com um bico na lateral? É um distribuidor de protetor solar — o que me faz lembrar que me esqueci de comprar um na loja.

Nunca tinha visto isso antes: fator 30 na torneira. Por outro lado, geralmente vou de férias à zona rural do País de Gales ou à Escócia, a hotéis que se oferecem para lhe emprestar galochas e guarda-chuvas. Esfrego mais creme na minha pele do que normalmente o faria. O sol do Arizona parece um pouco mais severo do que qualquer outra coisa que eu já tenha encontrado antes.

No caminho de volta à minha espreguiçadeira com um copo de água, preparo-me para desviar o olhar a fim de evitar o contato visual com a mãe e a filha. Eu me sinto melhor quando vejo que elas estão tão empenhadas quanto eu com o não reconhecimento mútuo. Ambas estão imersas em seus livros. O da mãe chama-se *Jane Doe January*. A filha está lendo *As Ondas*, de Virginia Woolf. Mais velha do que parece, definitivamente; ou isso ou ela é excepcionalmente erudita para a sua idade. Se Jess estivesse aqui, ela estaria lendo algo escrito por ou sobre uma Kardashian.

Sento-me, abro o iPad e pergunto-me como enviar um e-mail a Patrick quando a única conta de e-mail que tenho é a que ele e eu partilhamos. Quando estamos separados e precisamos entrar em contato um com o outro, nós sempre enviamos mensagens de texto. Há alguma razão para eu não poder enviar um e-mail de e para a mesma conta? Provavelmente não.

Decidir o que quero dizer a Patrick é mais difícil do que pensei que seria. *Eu te amo. Sinto muito. Estou zangada. Tenho saudades de você*. Sinto como se algo em que sempre acreditei tivesse se tornado uma falsificação de má qualidade.

Eu definitivamente não vou colocar isso no meu e-mail.

"Querido Patrick", começo. "Meu telefone não está funcionando no momento (longa história), então se você me enviou mensagens de texto desde que saí, eu não as vi. Não sei se, a essa altura, você já descobriu porque eu senti que tinha que fugir um pouco. Não sei se você está zangado, magoado ou confuso. Todos os três, provavelmente. De qualquer forma, sinto muito pelos problemas que causei para você, Jess e Olly. Eu espero que saiba que eu não fiz isso por capricho e que não teria feito se achasse que tinha uma escolha."

"Sinto loucamente a sua falta e estou ansiosa para ver você novamente. Quando eu voltar, espero que possamos conversar sobre tudo e resolver as coisas. Por favor, por enquanto pode me enviar um e-mail e me dizer que você e as crianças estão bem e lidando razoavelmente com isso, e que tudo está bem em casa?"

"Muito amor, C. bjs"

"PS. Estou escrevendo para as crianças separadamente, mas você pode mostrar isto a elas também, se quiser."

Eu li o que escrevi. Alcança o tom certo, eu acho. Calmo, atencioso...

Atencioso demais. Menciona a dor e a raiva de Patrick, mas não a minha.

Porque você está liderando pelo exemplo. Seu e-mail reconhece a dor dele. Agora vamos ver se a resposta dele reconhece a sua.

Não consigo decidir se essa é uma desculpa patética. Eu não sou uma representante da Comissão de Exame do Bom Comportamento. Por que Patrick deveria ter em conta os meus sentimentos quando eu mesma finjo não os notar?

Volto à mensagem e, depois de "Todos os três, provavelmente", acrescento: "Sei que estou zangada e magoada — muito —, mas não estou nada confusa. Sei o que quero e o que vou fazer." Não, isso parece muito beligerante. Refaço para "Eu sei que quero este bebê". Pressiono "Enviar" e vejo que estava certa na minha suposição: um endereço hotmail pode enviar mensagens para si mesmo sem problema algum. Ótimo. Está feito.

A seguir, Jess e Olly. Ambos têm contas de e-mail, mas nunca as olham. Toda a comunicação online com seus amigos acontece em outros lugares — Snapchat, Instagram. Eu não sei nada sobre Snapchat, mas tenho uma conta no Instagram. Configurei a conta porque as crianças queriam que eu visse suas fotos. As de Olly são principalmente de seu

Você viu a Melody?

Xbox, equipamento de computador e skates. Toda vez que Patrick compra um novo monitor ou fone de ouvido, ele posta uma foto e recebe *likes* de todos os garotos da sua classe na escola; pelo menos quatro deles estão na gangue de jogos de Olly, ou seja lá como isso se chama. ("Não se chama *assim*, mamãe", Jess diria. "Você é um verdadeiro dinossauro.")

Conheço os amigos de Olly, como Fraser, Richard, Louis e Barney, mas para fins de jogo eles são Illusion Fire, Illusion Sleepwalk, Illusion Stack e Illusion Shadow. Olly é o Illusion Blaze.

Jess adora tirar fotos em ângulos inusitados de cenas de rua e edifícios. "Todos os meus amigos só postam *selfies* de seus rostos ridículos, fazendo beicinho", ela me disse balançando a cabeça, enojada. "Eles parecem peixes que foram congelados com uma arma de choque." Ao contrário de Olly, que gosta de seus amigos de uma maneira simples, Jess tem opiniões fortes sobre os seus que nem sempre são elogiosas. Petra é ranheta e chata, e Hazel é uma vaca nojenta, mas sempre disfarça seus comentários cruéis com humor, embora ninguém perceba isso além de Jess; ela chama Jess de gorda o tempo todo como uma piada, embora Jess seja muito magra, e Hazel é gorda, mas Jess é gentil o suficiente para nunca chamar atenção para isso. Esther finge ter graves alergias alimentares, mas isso é mentira, e seus pais se odeiam tanto que não podem estar no mesmo município.

Quando vejo Jess com essas garotas, elas sempre parecem estar se divertindo muito — abraçando-se, rindo, listando os defeitos dos garotos malcheirosos, sexistas, com mau hálito, que leem livros sobre elfos, e das outras garotas que não estão em seu grupo: seu terrível gosto por dramas Netflix, seus cães malcomportados, suas mães interesseiras.

Eu não ouvi nenhuma dissidência ou maledicência dentro da pequena gangue de Jess, apenas uma concordância absoluta sobre cada assunto, como se as quatro tivessem apenas uma mente.

Certa vez, eu apresentei isso a Jess como prova de que ela poderia gostar mais de seus amigos do que diz. Ela revirou os olhos e disse: "Mãe. Não tenho *nenhuma escolha* sobre com quem eu passo o meu tempo. Estou presa na escola o dia todo com essas *palermas*. Tenho que me adaptar ou eu não teria vida social."

Todas as fotos do Instagram da Jess, sem exceção, receberam *likes* de Hazel, Petra e Esther. Tenho certeza de que ela retribuiu. Fui proibida de curtir qualquer coisa postada por qualquer um dos meus filhos. Jess tentou ser razoável quando impôs esta restrição: "Curtiríamos as *suas* fotos, mãe, se alguma vez você postasse alguma. Mas para nós seria embaraçoso ter você curtindo as nossas coisas. Todos os nossos amigos iriam ver."

Meu estômago se revira quando vejo que nem Jess nem Olly postaram absolutamente nada no Instagram desde que eu parti para o Arizona. Por que não? Estariam muito preocupados?

Uma sensação de pânico começa a se avolumar dentro de mim. Respiro fundo várias vezes para afastá-la.

— Que se dane — murmuro ao decidir quebrar a regra e curtir a foto mais recente postada por Jess: uma janela *bay window*, do tipo projetada para fora, atrás de grades de ferro.

Acrescento um comentário: "Te amo muito, querida. Até terça-feira, 24 de outubro. Estou bem. Não há nada com que se preocupar. Com todo o meu amor, mamãe. bjs." No Instagram de Olly, faço o mesmo: dou *like* na foto que ele postou — uma caixa com "El Gato" nela e adiciono uma mensagem que é quase idêntica à que eu mandei para Jess.

Eu ouço a voz de um menino gritar:

— Marco!

Erguendo os olhos, vejo que veio da piscina. Aparentemente em resposta, uma menina grita:

— Polo!

Eles fazem parte de um grupo de cinco ou seis que estão orbitando uns aos outros dentro da água. Logo outros se juntam a eles e começam a gritar também.

— Marco!

— Polo!

— Marco!

— Polo!

O grito mais alto é de longe o de uma menina de cerca de dez anos com as tranças mais grossas que já vi saindo do lado de sua cabeça — pompons azuis brilhantes na parte superior e inferior de ambos os lados, criando um estranho efeito de trança-salsicha.

Eu ouço a garota que está tentando ler Virginia Woolf dizer à sua mãe:

— Podemos nos mudar para a piscina do spa? Não consigo ouvir isso. É tortura. Por que as pessoas são tão idiotas? *Mãe*! Você está me ouvindo?

Sem resposta. Em seguida, distraidamente:

— Não, não vou sair daqui.

— Marco!

— Polo!

Deve ser algum tipo de jogo — embora, vendo os círculos sem propósito e as risadinhas que acontecem na piscina, é difícil entender quais são as regras.

— Marco!

— Por que não podemos sair daqui?

— Polo!

— Você acha que a piscina do spa não vai ter idiotas? — a mãe acaba respondendo. — Por que não? Os idiotas estão por toda parte.

— A piscina do spa não permite crianças menores de dezesseis anos.

— Então os idiotas vão ser mais velhos lá, só isso.

— É menos provável que gritem "Marco Polo!" o dia todo.

— Esta piscina tem melhores vistas e um bar de coquetéis. O spa é só água de chuva e *smoothies* de ar fresco. Odeio essa merda. Não se preocupe, tenho uma ideia. Preciso de um coquetel primeiro, depois lido com essa gente.

— Ah, você vai lidar com eles? — A filha ri. — Certo. Mal posso esperar para ver isso. Você acha que é durona e *não* é nada.

— Você vai ver — a mãe dela diz com calma e confiança.

Se esta mulher se visse inesperadamente grávida e quisesse ficar com o bebê, aposto que eliminaria toda a oposição em segundos.

Eu aguardo, esperando ouvi-la se levantando de sua espreguiçadeira e sair batendo as sandálias de salto alto em busca de um coquetel. Então eu percebo: ela simplesmente terá apertado um botão. De fato, alguns segundos depois ouço passos e um homem perguntando o que pode lhe trazer. Ela pede um Swallowtail Showboat, seja lá o que isso for. A filha pede chá Earl Grey com limão.

— Marco!

— Polo!

— Marco!

— Polo!

— Então, qual é o seu plano? — pergunta a jovem. — Afogá-los? Tipo, por que eles não estão na *escola*?

— Por que é que você não está?

— Essa é fácil: porque eu tenho uma mãe que se preocupa mais com as suas férias do que com a minha educação.

— Eu vou precisar da sua ajuda — diz a mãe durona.

— Com o quê? Com *eles*? Não. Nem pensar.

— Escolha um nome qualquer.

— O quê?

— Ande. Alguém desse livro que você está lendo.

— Credo, mãe, fala sério. Pare com isso. Vamos simplesmente nos mudar para a piscina do spa depois que tiver tomado o seu drinque.

— Ok, eu escolho: Harvey Specter.

— Quem é?

— O sujeito em *Suits*. Nós entramos na piscina, ficamos bem perto daqueles desgraçados. Então, eu grito "Harvey" a plenos pulmões e você grita "Specter". Então, fazemos isso de novo, várias vezes. Eu garanto que não vamos ouvir nem mais um pio dos Marco Polos.

Ouço movimento: passos e um som arranhado, como unhas em um tecido. A filha estará prestes a ir embora contrariada? Ou será o garçom chegando com o coquetel da Mamãe Durona? Não posso virar e olhar sem correr o risco de ser arrastada para alguma coisa.

— *Suits*? Isso é tão imbecil. Eu não sei como você pode assistir a essa porcaria de seriado. Em todo episódio, alguém diz: "Apenas faça o seu maldito trabalho e ganhe o maldito caso", enquanto as portas do elevador se fecham diante deles.

— Eu posso fazer isso sozinha, se você for muito tímida, gritar "Harvey" *e* "Specter".

De repente, ouço uma voz diferente, muito mais próxima, dizer:

— Era ela. Ninguém acredita em mim. Nunca acreditam, nunca acreditarão. Mas era ela.

Ah não. Por favor, não.

— Era a Melody. Com absoluta certeza.

Eu me viro. A sra. McNair pegou uma espreguiçadeira que está um pouco atrás da minha e à direita. Rápido, eu desvio o olhar. Tarde demais.

— Ei, você! — ela chama.

Finja que você é invisível. Finja que ela é invisível.

— Senhora da frente!

Não há saída. Volto-me para ela com um sorriso fixo.

— Sim?

— Suponho que você também não acreditaria em mim. Não, não deveria lhe contar. Há algo errado com você. O que é? Qual é o problema?

— Estou bem — digo, mantendo meu sorriso firmemente no lugar. Na verdade, de repente, estou com muito calor, mesmo na sombra.

— Não. Você não está legal. Eu posso sentir isso. Não há nenhuma conexão. — A sra. McNair aponta para mim, depois para o peito e depois para mim outra vez. — Eu não consigo sentir nenhuma conexão com você. Nenhuma.

Será porque você é uma completa estranha?

As pessoas não dizem que você sempre pensa na resposta perfeita quando já é tarde demais? Eu não. Eu normalmente penso nisso em tempo de sobra para usá-la e sempre decido não o fazer. Sou uma banana — bobona, não durona.

— Eu sei o que é. — A velhota me espreita atentamente. — É a sua energia. Não está certa. Você tem pouca energia.

Você viu a Melody?

— A sra. Eu Vejo Gente Morta escolheu a sua próxima vítima infeliz — diz Mamãe Durona à filha.

Sra. Gente o quê? O meu cérebro repete o que ouviu e eu percebo o que ela deve ter dito. É o apelido dela para a sra. McNair, evidentemente: sra. Eu Vejo Gente Morta, uma referência ao filme de Bruce Willis, *O sexto sentido*. Isso significa...?

A Melody está morta? Isso explicaria por que razão a sra. McNair demonstrou surpresa ao vê-la correndo. Seu primo Isaac — que não pode andar, muito menos correr — muito provavelmente está morto também.

Há quanto tempo todas essas pessoas estão no Swallowtail? Mamãe Durona parece saber tudo sobre a sra. McNair e seus modos peculiares.

Eu passei para o lado da filha: com "Marco!" e "Polo!" ainda sendo gritados em volume total, já passa da hora de mudar para a piscina do spa. Começo a me levantar.

— Espere — diz a sra. McNair. — Eu sei do que você precisa. Tenho uma amiga em Oak Creek. No caminho de Sedona. Ela recupera a alma. Pode trazer sua alma de volta. Usa uma técnica nativo-americana. Visualização. Ela é a melhor. É ela que você deveria ir ver. E dê um testemunho para o website dela quando terminar. Não é obrigatório. Só se você quiser. Mas por que você não iria querer? Que mal faria?

Ela agita a mão desdenhosamente como se já tivesse desistido de mim.

— As pessoas costumavam se *importar*. Elas retribuíam. Ninguém mais retribui. Você tenta ajudar as pessoas... — Ela balança a cabeça. — Era ela. Melody. Estava escuro e eu não conseguia ver o topo da cabeça dela, mas era ela.

Sem dizer uma palavra em resposta, eu me afasto o mais rápido que posso. Eu ouço a Mamãe Durona dizer:

— Droga. Perdemos nosso para-choque. A maluca agora ficou mais perto.

Só quando estou fechando o portão para a área da piscina é que me lembro de ter deixado o iPad mini para trás.

Ótimo. Simplesmente perfeito. Como eu poderia ser tão estúpida? Talvez tenha algo a ver com minha energia baixa ou falta de alma. Deve ser isso.

Merda, merda, merda. Onde está o botão para eu apertar e chamar o buscar-a-coisa-que-eu-esqueci-e-me-poupar-outro-encontro-com-a-sra.-McNair?

Eu me preparo e volto para onde estava sentada. Os olhos da sra. McNair estão fechados. Ela os abre quando eu me aproximo, olha para mim com um sorriso e diz, como se fosse a primeira vez que estivéssemos nos encontrando:

— Olá, querida!

— Na verdade, é adeus — digo enquanto pego o iPad.

Será que eu — não imensamente, mas apenas um pouco — levantei a voz em minha defesa pela primeira vez na minha vida, em vez de fugir? *Assim como*, não *em vez de*. Agora estou fugindo.

No meu sexto aniversário, meus pais me deram uma foto de Emory. Estava numa pequena moldura dourada em forma de coração. Eles disseram que achavam que eu finalmente tinha idade suficiente para vê-la e para ter minha própria foto especial dela. Foi uma espécie de choque. Até então, eu só tinha imaginado seu rosto, nunca o tinha visto.

Na foto, Emory estava morta. Eu soube disso sem perguntar. Ela parecia morta e ninguém poderia ter tirado uma foto dela deitada em tecido com padrão floral, ou qualquer tipo de foto dela, enquanto ela estava viva — fora um ultrassom, imagino.

Desembrulhei meu presente de aniversário antes de saber o que era. Minha mãe e meu pai estavam sorrindo e tinham lágrimas nos olhos, então eu pensei que seria algo realmente importante. Quando vi o que era, não consegui falar. Tive vontade de gritar e jogá-la pela sala, mas meus pais estavam radiantes, sorrindo para mim, esperando que eu ficasse encantada.

— A sua irmã não é muito bonita?— perguntou-me minha mãe.

— Sim — falei. Se eu tivesse dado outra resposta, ela não teria me dirigido sequer uma única palavra durante pelo menos duas semanas.

Deixei escapar algumas lágrimas. Eu poderia me safar, pensei, se eu fizesse os meus pais acreditarem que eu estava pensando como eles.

— Ela deveria estar aqui agora — eu disse, citando a frase mais usada da mãe.

— Sim, deveria — minha mãe concordou, também chorando. — Bem, agora você tem uma foto dela para colocar na sua mesinha de cabeceira. Assim, você pode ver seu lindo rosto todos os dias.

Pensei que eu fosse desmaiar. Não queria dormir no mesmo quarto que uma fotografia de uma garota morta, mesmo sendo minha irmã, mas não havia nada que eu pudesse fazer.

Acontece que meus pais tinham dezenas de fotos de Emory. Assim que me deram meu presente de aniversário, houve uma grande mudança na política doméstica. Era como se eles estivessem se contendo durante todos aqueles anos, achando que eu era muito jovem para ver retratos de minha irmã morta; mas, agora que eles me deram um de presente, não havia necessidade de esconder mais nada, então todos eles vieram. O quarto dos meus pais, a nossa sala de estar, a sala de jantar, o escritório — todos ficaram de repente cheios de fotos de Emory em molduras douradas de diferentes tamanhos. O tecido florido em que Emory estava deitada na minha foto de presente de aniversário estava na maioria das outras, mas não em todas. Havia algumas onde ela estava deitada em algum tipo de material prateado cintilante que parecia que poderia ter sido uma colcha chique.

Ao mesmo tempo, apareceram algumas fotos minhas, apoiadas em livros nas prateleiras da casa, sem moldura — não dezenas, mas duas ou três. Nenhuma foto minha tinha sido exposta antes; quase nenhuma tinha sido tirada. Naquela época, eu acreditava que meus pais deviam ter percebido que eu poderia me sentir excluída se visse minha irmã em todas as superfícies e eu em nenhuma, então tentaram me compensar exibindo alguns instantâneos antigos, já amassados nos cantos. Eu me lembro de pensar: "Como eles podem imaginar que isso me fará sentir melhor? Eles são imbecis? Acham que eu não notei que há trinta de Emory e apenas três de mim? Será que acham que eu não consigo ver que eles gastaram dinheiro em molduras para ela e não para mim?"

Você viu a Melody?

Acho que nunca teria descoberto a verdade sozinha. Sim, eu era uma ingênua menina de seis anos e agora sou menos assim, mas de qualquer modo... Eu não teria percebido porque é horrível demais. Minha mente nunca teria produzido a suspeita de que qualquer pai ou mãe poderia ou faria isso. E, no entanto, quando os Sorrisos Amáveis me disseram, fez sentido: meus pais não estavam tentando me fazer sentir melhor. O objetivo deles era o oposto.

Se eles tivessem colocado algumas fotos de Emory e nenhuma de mim, eu provavelmente não teria achado nada demais. Não havia fotos de meus pais em nenhuma estante. Nós não éramos esse tipo de família. Acho que eu teria presumido que as fotos de Emory eram diferentes porque ela se fora e precisávamos nos lembrar dela. Ao colocar fotos minhas também — muito menos e todas sem moldura —, minha mãe e meu pai estavam tentando me enviar a mensagem, no caso de eu não ter notado, de que amavam minha irmã morta mais do que a mim.

Não acho que os Sorrisos Amáveis entendam que toda vez que me chamam de Criança Favorita, isso me faz lembrar o quanto eu não era, para minha mãe e para meu pai. Isso me faz pensar em todas as coisas tristes.

10 de outubro de 2017

Estou a meio caminho do prédio do spa, cortesia do meu guia eletrônico silencioso, quando ouço alguém arfar atrás de mim. Viro-me e vejo Riyonna correndo em minha direção pelo gramado, saltando à esquerda e à direita para evitar os aspersores de água.

É a primeira vez que vejo alguém no Swallowtail pisando na grama. As poucas pessoas que vi até agora que parecem dispostas a usar suas próprias pernas ficam rigidamente restritas às pequenas ruas e caminhos pavimentados. A grama é lisa e radiante em todo o resort — um tapete verde deslumbrante estendido como em uma paisagem artística. Presumi que houvesse uma regra não escrita de que ninguém podia sujá-la com seus sapatos, mas talvez isso não se aplique ao pessoal do resort.

— Sra. Burrows! — Riyonna me alcança e fica ao meu lado, ofegante. — Como *está* hoje? Dormiu bem? Você *adora* a sua *casita*? Bela vista, hein?

— Estou bem, obrigada. Eu dormi maravilhosamente e a *casita* é algo do outro mundo. Realmente fantástica. Muito obrigada pelo *upgrade*.

Você viu a Melody?

— De nada. E eu sinto muito sobre mais cedo. Pude vê-la esperando para falar comigo, mas aquela hóspede em particular é um pouco exigente, como você provavelmente viu. De qualquer forma, espero que tenha contatado outro membro da equipe Swallowtail e obtido a ajuda de que precisava...

— Sim, obtive, obrigada.

— Fantástico! E agora, deixe-me adivinhar, está a caminho do nosso belo spa?

Balanço a cabeça, confirmando.

— Nesse caso, vou recomendar o meu tratamento favorito. É, sinceramente, divino. Tipo, do *céu*. Estou lhe dizendo, de coração, tem que experimentá-lo enquanto está aqui: a Massagem Corporal Completa com Agulha de Cacto. — Riyonna ri da minha expressão. — Não deixe o nome desanimá-la. O Banho de Imersão com Som também é ótimo.

— Estou vendo que vou ser mimada com muitas escolhas! — digo alegremente. Soa falso para mim, mas parece ser a maneira mais fácil de falar com um americano feliz. Qualquer coisa menos otimista e Riyonna pode franzir o cenho e perguntar se estou planejando me matar mais tarde. — Posso só perguntar...? — começo experimentalmente.

— Sim, claro. Em que posso ajudá-la?

— A senhora da recepção. Ela está bem?

— A sra. McNair? Claro. — Riyonna abana a mão, descartando a preocupação. — Ela está bem, Deus a abençoe. Vem todos os anos. Uma das nossas hóspedes, hum, mais imaginativas, com certeza!

— Ela sentou-se ao meu lado na piscina há alguns minutos e... disse algumas coisas estranhas.

— Bem, espero que ela não a tenha incomodado muito. Mas, na verdade, não há nada com que se preocupar. Ela não faria mal a uma mosca.

— Essa garota de quem ela está sempre falando, Melody...? — Espero que isso seja tudo o que eu preciso dizer. Completar minha pergunta me faria parecer muito intrometida. *Qual é a história ali?*

— Eu sei — diz Riyonna. — Ela é um pouco obcecada.

— Melody está morta?

Seus olhos se arregalam de surpresa. Ela inclina a cabeça e sacode o dedo indicador no ar.

— Você é uma senhora inteligente, sra. Burrows. Sim, temo que a pobre Melody tenha falecido anos atrás. Isso não impede a sra. McNair de vê-la em todos os lugares. Ela diz que é só aqui, mas eu não acredito nisso, pessoalmente. Acho que ela vê Melodys *onde quer que ela vá*. Passa duas semanas todo ano no Swallowtail e, a cada vez, poucas horas depois de chegar, ela se fixa em uma garota que ela acha que é Melody. Certa vez foi até mesmo um garoto! É triste para ela, sabe? Não há muito mais na vida dela, eu acho. Ah, desculpe-me!

Riyonna está olhando para além de mim, por cima do meu ombro direito. Viro-me e vejo dois homens caminhando em nossa direção. Um é negro, baixo e atarracado, com cabelo preto crespo. O outro é alto, magro e louro. Ambos estão usando ternos, camisas brancas e gravatas.

Riyonna perdeu o interesse em mim. Ela me deseja um grande dia, como se mal soubesse com quem está falando e o que está dizendo, e corre para os homens.

Estranho. Um pouco rude também. Ainda assim, pelo menos agora não preciso ouvir uma história trágica sobre a filha ou a neta morta da sra. McNair.

Estou prestes a partir para o spa quando ouço a palavra "detetive". Um homem disse isso. Terá sido um dos homens que conversam com Riyonna?

Deve ter sido. Não há mais ninguém por perto e a voz soou como se tivesse vindo daquela direção. Eu olho para trás e vejo o louro alto colocando algo no bolso. O que foi? Acabei de perder.

Terá sido um distintivo de detetive? Sua identificação da polícia?

Suponho que seja possível — até mesmo provável — que eu esteja tirando todas as conclusões erradas. Talvez ele tenha dito algo parecido. *Meu suco de laranja esta manhã estava muito esquisito. Tinha gosto de bananas, não de laranjas.*

Mas ouvi a sra. McNair dizer que ela própria chamaria a polícia se mais ninguém o fizesse. Deve ter sido isso que aconteceu.

Riyonna correu em direção a eles como se estivesse os esperando. Eu vi com meus próprios olhos. Então, ela devia saber que estavam vindo. Por que ela não ligou para eles e lhes disse para não se incomodarem — para ignorar a louca sra. McNair?

Isso normalmente faz parte da estadia anual da sra. McNair no Swallowtail? Há tão pouco crime no Arizona que os detetives estão dispostos a tirar um dia de folga do trabalho real uma vez por ano para agradar uma senhora idosa?

Altamente improvável. Muito mais plausível é que ou eu ouvi mal e ninguém disse "detetive" ou então a polícia está aqui por causa de algo inteiramente diferente.

Como não há nenhuma maneira de resolver o mistério por enquanto, eu decido que poderia muito bem ir e começar a decifrar o menu de tratamento do spa. Tenho absoluta certeza de que quero evitar agulhas de cacto, mas deve haver uma massagem relaxante de aromaterapia para mulheres grávidas. Eu provavelmente não perguntarei à minha massagista se sabe alguma coisa sobre a sra. McNair e Melody, nem porque há dois detetives no resort.

Quase definitivamente não.

Nada aconteceu, digo a mim mesma com firmeza. *Nada. Não há nenhum mistério.*

Então, por que Riyonna pareceu ansiosa quando viu os dois homens? Por que correu até eles para impedir que se aproximassem mais de onde eu estava?

A resposta deve ser: por alguma razão. Eu não sei qual, mas isso não significa que não exista. Por que eu deveria saber de alguma coisa? Estou aqui há menos de vinte e quatro horas. Um roubo de joias de uma *casita*, um vidro de carro quebrado... Poderia ser qualquer uma de mil coisas. Riyonna iria querer esconder todo e qualquer problema de mim porque sou uma hóspede. Faz sentido.

Não há nada com que me preocupar — nada que eu já não tenha trazido comigo mesma, de qualquer forma. Preciso me controlar antes que eu termine tão maluca quanto a sra. McNair.

〜〜

O spa é quase impossível de ser encontrado, mesmo com a ajuda de um iPad mandão. O problema são os entroncamentos do resort: há lugares onde "Vire à esquerda" pode, em teoria, significar tomar qualquer um de três caminhos, todos os quais podem ser considerados à esquerda, dependendo da sua definição.

Depois de uma série de voltas erradas e retornos, finalmente chego. O edifício que abriga o spa é muito mais atraente do que o hotel principal. É um grande retângulo com arestas curvas, feito de metal brilhante de uma cor cinza-escuro, esverdeada. Listras de espelho refletindo o verde das árvores ao redor alternam-se com janelas longas e finas que revelam outras árvores no interior do edifício, fazendo limite com um retângulo escuro e cintilante com uma superfície móvel. Demoro alguns segundos para perceber o que é isso: uma piscina com azulejos pretos e brilhantes.

Uau.

Dentro do spa, tudo é igualmente impressionante. Três membros da equipe estão atrás da mesa da recepção, todos usando o mesmo uniforme de calças e túnica: branco, com o logo verde-claro do Swallowtail. Eu esperava poder explorar o lugar por conta própria, mas não tenho energia para insistir, então deixo que uma jovem chamada Sujata me mostre tudo. Começamos nos vestiários femininos, onde há roupões, chinelos, toalhas, loções, produtos para o cabelo. Sujata tenta me falar sobre cada item, mas mal consigo ouvi-la por causa da tela grande embutida na parede. Um anúncio estridente de algo chamado Dolbrynol está sendo exibido. É algum tipo de medicamento, acho. O anúncio parece continuar para sempre.

Sujata aponta para o que parecem ser dois cilindros de prata sólida no canto, ambos com bicos. Um é para água fervente, o outro para água morna. Em torno deles, outras coisas estão dispostas de forma tão bonita, que quase poderia ser um santuário religioso: xícaras e pires de porcelana com padrão elaborado, dezenas de diferentes tipos de saquinhos de chá em pequenos envelopes de papel coloridos em tons pastéis, passas, damascos secos... e provavelmente outras coisas também, mas agora estou fascinada demais pela TV para prestar atenção ao que Sujata está me mostrando.

O anúncio do Dolbrynol terminou e o próximo, para algo chamado GlucoFlush, está se comportando exatamente da mesma forma bizarra: listando os efeitos colaterais negativos do produto no tom alto e pedante de um neurótico obcecado pelo pior cenário: "GlucoFlush pode causar parada cardíaca, leucemia, pé de atleta, cegueira ou halitose. Não tome GlucoFlush se estiver grávida, se for asmático, diabético, um violinista talentoso ou um apaixonado por tênis. Os efeitos colaterais incluem perda de dentes, cabelo, senso de humor, chaves de carro e virgindade. Pergunte ao seu médico antes de tomar GlucoFlush, se não quiser morrer, encolher, transformar-se em um lodo verde, inchar como um balão, perder todos os seus amigos e sua família ou vomitar para sempre."

Estou exagerando, mas só um pouquinho. Espero que a voz da desgraça se anime no final e diga, "Fora isso, é um produto muito bom!", mas não, como o anúncio anterior, este não oferece um final feliz.

Como os americanos conseguem comprar alguma coisa se é assim que funciona a sua publicidade? Pergunto-me se é apenas material médico que precisa ser anunciado desta forma ou se funciona da mesma maneira para filmes e carros. *O novo Jaguar Blá-Blá pode causar morte hedionda envolvendo incêndios por gasolina e metal retorcido. Não dirija o Jaguar Blá-Blá se você gosta de ter pés, orelhas ou um intestino delgado.*

— Como? — digo, repentinamente consciente de que eu não tinha ouvido nada. — O que foi que você me perguntou?

— Você vai precisar tirar os sapatos para o restante da visita e calçar seus chinelos de spa — diz Sujata.

Deixo minhas sandálias num armário. Para o código de quatro dígitos que eu preciso para trancá-lo, escolho a data americana prevista para o nascimento do meu bebê — americana apenas no sentido de que eles colocam o mês antes do dia.

— Pronta? — pergunta Sujata.

Deixamos a desconcertante TV para trás e seguimos para o spa propriamente dito. O cheiro é a primeira coisa que eu percebo: é meio aguado, mas também tem um toque de folhas verdes, e algum tipo de especiaria forte. É maravilhoso. Eu o usaria como perfume. Dizer que as instalações são amplas é um eufemismo ridículo. Há uma sauna a vapor de laranja, uma sauna a vapor de rosas, dois banhos turcos, três saunas que vão de muito quentes a apenas um pouco quente, uma área com um bar e um café, vinte salas de tratamento, a piscina coberta preta brilhante, uma bela piscina exterior azul com espreguiçadeiras à sua volta, uma banheira de hidromassagem com bolhas e uma sem bolhas, uma piscina de mergulho gelada e quadrada, uma piscina de hidroterapia morna e — talvez a minha favorita de todas — uma espécie de rede de Jacuzzis ao ar livre.

— Nós o chamamos de Círculo da Banheira Quente — diz Sujata. — Você o acessa através da piscina de hidroterapia, de modo que não precisa sair da água e perder calor. Basta continuar e seguir em frente. Está vendo a cortina de contas no canto? Atravesse-a e estará do lado de fora, ainda na água até mais ou menos a cintura. Siga em frente por mais ou menos 1,80 m e você vai se encontrar na entrada do círculo. Há uma corrente que vai puxá-la por todo o caminho. Pode imaginar a forma de uma rosquinha? Você pode nadar se quiser com a ajuda da corrente, ou apenas flutuar e deixá-la levar você ao redor. À medida que avança, verá que fora do círculo, à esquerda e à direita, existem áreas de Jacuzzi de diversos tamanhos. Algumas são ideais para uma pessoa sozinha, outras podem acomodar quatro ou cinco pessoas sentadas. Há uma grande que aceita até doze pessoas. Nas áreas de Jacuzzi não há corrente, então você pode parar para descansar se quiser, pelo tempo que precisar. Não há duas Jacuzzis iguais. Todas elas têm jatos em lugares diferentes, de modo que você pode experimentar algumas, ver qual é a que mais gosta. Algumas têm lotes de jatos de alta pressão para uma massagem realmente intensa do corpo inteiro. Outras são completamente suaves, como sentar-se em um banho de espuma, com um movimento muito fraco das bolhas. Enfim, não deixe de experimentar todas!

Eu aceno com a cabeça, concordando. Isso é inacreditável. Já estive em um ou outro dia de spa no Reino Unido — um presente de Natal de Patrick, um fim de semana de despedida de solteira —, mas nunca vi nada como isso antes.

— Ah, e antes de deixá-la ir relaxar, tenho que lhe mostrar a atração que é a minha favorita de todas: a gruta de cristal. — Sujata me leva por um corredor arborizado com laterais de vidro. Chegamos a uma parede semicircular de textura áspera que se projeta de uma parede lisa e plana. Na parte projetada, há uma passagem em arco aberta. Olho para dentro e vejo o que parece ser uma caverna com chão vermelho-escuro. Sujata retira seus chinelos brancos e entra. Faço o mesmo.

Estamos em uma sala perfeitamente redonda com o topo em forma de cúpula. A intervalos regulares, há luzes de parede amarelas, suaves, e cerca de duas dúzias de cristais grandes malva e cor-de-rosa em suportes de metal, também presos às paredes. Não sei em que estou de pé: uma espécie de pó de cor terracota. Está quente, como se fosse aquecido por baixo. No chão, há mais cristais cor-de-rosa e malva

— outros menores em círculos, montes independentes, tigelas de metal. Há um banco de pedra correndo ao redor da parede circular para pessoas que querem se sentar. Perto da entrada da gruta, há uma mesa alta prateada — como um estrado, mas com um tampo plano — sobre a qual se assenta um grande vaso prateado e, ao lado dele, um bloco de notas e alguns lápis.

— A gruta de cristal é para deixar as preocupações para trás — diz Sujata. — É incrível. Funciona mesmo. É assim: arranque uma folha de papel do bloco e escreva algo que esteja preocupando você — qualquer coisa que tenha estado na sua mente, talvez um ressentimento ao qual tenha se agarrado ou alguma dor ou trauma antigo. Então, sente-se na gruta segurando o papel em sua mão. Sente-se com os olhos fechados e respire profundamente, refletindo sobre o que quer que seja que você tenha escrito. Depois de cerca de dez minutos, ou qualquer que seja o tempo que pareça certo para você, levante-se e diga, "Eu escolho não carregar essa preocupação ou dor para o meu futuro" e coloque o pedaço de papel no vaso prateado antes de sair. Garanto-lhe: essa preocupação *desaparecerá* e nunca mais voltará.

— Hmm-hmm — digo diplomaticamente. Eu gosto desta pequena sala redonda. Posso me imaginar deitada sobre o que quer que seja essa coisa em pó e tendo um sono longo e profundo. Mas alguém teria que ser um idiota para escrever detalhes de seus problemas pessoais e deixá-los em um vaso para outros hóspedes lerem.

Depois da gruta de cristal, Sujata me deixa por minha conta. Dou uma olhada rápida na loja do spa — cristais de cura, apanhadores de sonhos, sabonete, loção corporal, livros sobre as propriedades sagradas e a sabedoria antiga da montanha Camelback — antes de me dirigir para a piscina exterior.

Droga. A Mamãe Durona e a Filha Intelectual estão aqui, lendo seus livros em espreguiçadeiras. Eu me pergunto se isso significa que a tentativa de silenciar os gritadores de "Marco Polo" não teve sucesso. Evito cuidadosamente chamar a atenção delas e elas retribuem. Bom. Temia que se sentissem tentadas a me envolver numa sessão de reclamações sobre a pobre e velha sra. McNair, mas, evidentemente, não querem ter nada a ver comigo, o que é um alívio. Se elas continuarem me ignorando assim, em breve poderei vê-las no resort e não pensar "Ah, merda". Espero que elas não pensem que eu as estou seguindo por aí.

A arquitetura do ambiente aqui é muito mais regular e simétrica do que na piscina da família: um retângulo de azul-royal — um pouco mais satisfatório de se ver do que o tradicional turquesa — em um pátio de paredes brancas com uma árvore de vaso em cada canto e quatro fileiras de espreguiçadeiras paralelas às paredes e aos quatro lados da piscina.

Pequenas mesas ao lado das espreguiçadeiras têm sobre elas mapas dobrados do spa, bem como pilhas de menus: comida, bebidas, tratamentos de spa que incluem tudo, desde um Revitalizador de Realinhamento de Chacra a uma Massagem dos Pés para Melhora da Aura Através da Aromaterapia. Uma jovem mulher branca usando um crachá que diz "Kimbali" aparece com toalhas para mim e leva o meu pedido de um *Virgin Colada*.

Kimbali? Será que isso é um erro de ortografia de Kimberley, pergunto-me, e erro de quem — do criador do crachá do spa ou dos pais da menina? Talvez a mãe dela se chame

Kim e ela tenha sido concebida em Bali. Ainda assim, isso não é desculpa. Com uma das mãos na barriga, eu sussurro para o meu bebê:

— Juro que não vou dar um nome estúpido a você.

Estou prestes a deitar-me na espreguiçadeira e fechar os olhos quando um homem sai do edifício do spa, esquadrinha o terraço como se estivesse à procura de alguém, passa os dedos pelo cabelo como se soubesse que as pessoas estão observando, depois volta para dentro. É o mais alto dos dois homens com quem vi Riyonna falando — o loiro bonito, consideravelmente menos atraente pelo seu ar de parecer satisfeito consigo mesmo sem nenhuma razão aparente.

Um dos detetives.

Por que é que ele está aqui? Quem é que ele procurava? Sra. McNair?

Sem parar para me questionar a respeito do que eu achava que estava fazendo, eu me levanto da espreguiçadeira e entro no prédio do spa, em perseguição. Demoro um pouco para encontrá-lo — eu não consigo me mover rápido nesses pisos lisos de azulejos com meus chinelos brancos —, mas por fim eu o vejo à minha frente falando com um funcionário de uniforme branco do spa, o único integrante masculino do pessoal do spa que vi até agora aqui. Ele abaixa a voz quando me vê aproximar, mas não antes de eu ouvi-lo dizer "... ver Melody".

Aquele nome de novo.

Vou ter que passar pelos dois homens para parecer natural. Diminuo o passo esperando ouvir um pouco da conversa, mas não adianta. O detetive me viu imediatamente e está dizendo coisas que ele decidiu que está tudo bem para eu ouvir: "Obrigado pela sua ajuda" e "Vale a pena tentar, quaisquer que sejam as probabilidades".

Eu sorrio o mais inocentemente que posso quando passo por eles. Ambos permanecem parados, ombro a ombro, devolvendo o sorriso.

Probabilidades de quê? Quem diabos é essa Melody? Há pouco tempo eu decidi que ela devia ser alguém que a sra. McNair perdeu, mas se há um detetive envolvido...

É o que ele é. Eu não duvido mais disso.

Não sei como cheguei aqui, mas estou na entrada da gruta de cristal novamente. Não há ninguém ali, por isso entro, sento-me e tento pensar.

Havia algo criminoso na morte de Melody? Ela foi assassinada?

Riyonna falou com total certeza de que ela estava morta — então por que a polícia iria acompanhar um possível avistamento, especialmente quando a mulher que afirma tê-la visto fez a mesma afirmação a cada ano sobre uma criança diferente a cada vez?

Talvez se eu escrever minhas perguntas em um pedaço de papel e colocá-las no vaso prateado, algumas respostas irão surgir.

Ah. Claro. Pois sim.

Levanto-me, vou até o vaso e enfio a mão para ver se há alguma coisa lá dentro. A largura da boca do vaso é estreita, suficiente apenas para enfiar a mão. Está quase vazio, mas não completamente. Meus dedos tocam alguns papéis dobrados.

Não, Cara. Mau e errado. Além disso, alguém pode aparecer a qualquer momento e flagrá-la.

Eu começo a discutir com a minha consciência — sobre os aspectos práticos, não sobre a ética. *Vai levar apenas alguns segundos para puxá-los para fora. Uma vez que eles estejam na minha mão e eu sentada novamente no banco,*

Você viu a Melody?

ninguém que entrasse saberia que eu os tirei do vaso. Eles iriam presumir que eram meus.

Vou arriscar.

Por alguns minutos, eu esqueço tudo sobre os detetives, sra. McNair e Melody enquanto leio o que os hóspedes do Swallowtail escolheram para escrever e colocar no vaso prateado. Há seis pedaços de papel dobrados no total. Um diz simplesmente "Empréstimo/débito". Outro diz "Tenho que discursar para mais de cem pessoas na próxima semana e estou em pânico. Odeio falar em público". O terceiro diz "Seja um marido melhor, seja um pai melhor". Meneio a cabeça e estalo a língua em sinal de desaprovação. Sujata não disse nada sobre colocar resoluções no vaso prateado; os bilhetes devem ser sobre ansiedade, ressentimentos, trauma e dor. Quem quer que ele seja, o marido e pai inadequado infringiu as regras da gruta.

A quarta é mais interessante e na caligrafia de uma criança: "Mamãe e papai me amam? Por que eles amam mais a Emory?"

Oh, meu Deus. Minha família não é a única com problemas, claramente.

Pisco os olhos diante dos detalhes intermináveis e maçantes do próximo papel que desdobro. Diz: "Vanessa me disse que minha presença NÃO seria necessária no dia 23. Disse que não haveria papel para mim e então ela sentia muito, mas eu teria que encontrar outra oportunidade. Então arranjei para fazer algo naquele dia e agora eu tenho compromissos, e de repente ela decide que QUER me envolver, afinal, porque percebeu que não vai funcionar sem a minha participação, mas ela é muito covarde para me dizer isso na cara, então convenceu o Paul a fazer o seu trabalho sujo e perguntar-me em seu nome. E agora ou eu tenho de dizer que sim, e ela se safa de me tratar assim e tenho de decepcionar as outras pessoas, ou digo que não e perco uma oportunidade que eu queria e que seria realmente benéfica."

Que entediante. O que quer que esteja acontecendo no dia 23, tenho certeza de que é algo do qual eu odiaria ter que participar.

Desdobro o sexto e último pedaço de papel, esperando por algo mais divertido... e vejo meu próprio nome.

Faço um barulho pouco digno e deixo cair o papel. Ele cai no chão.

Não. Deve ser um erro.

Meu coração começou a bater forte.

Não pode ser o que eu vi. Devo ter imaginado. As pessoas imaginam todo tipo de coisas — como naquela vez em que tive a vívida lembrança de colocar a lancheira de Olly na mochila da escola e a secretária ligou para dizer que Olly não tinha almoço e se eu podia levá-lo — e quando olhei a lancheira ainda estava na geladeira.

Escorrego do banco e me deixo afundar de joelhos no chão de pó vermelho. Quase não ousando olhar, eu me obrigo a pegar o papel de novo.

Não foi nenhuma alucinação. As palavras que li ainda estão lá. Em uma caligrafia inclinada para a frente, alguém escreveu: "Cara Burrows — ela está segura?"

— Ok. Ok — digo a mim mesma em voz alta. Na minha voz natural e num volume normal. — Só porque alguma aberração escreveu sobre mim na gruta de cristal, isso não significa que eu precise entrar em pânico.

Você viu a Melody?

Sinto uma necessidade urgente de assumir o controle da situação. Agarrando um lápis da mesa, eu escrevo sob a caligrafia inclinada, "Eu não me sinto particularmente segura depois de ler isto. Quem é você e o que diabos quer dizer? Atenciosamente, Cara Burrows".

Volto a dobrar os seis papéis e ponho-os de volta no vaso antes de sair. Uma vez fora da gruta, respiro profundamente como se tivesse estado no subsolo, sem ar.

Nunca mais vou voltar lá dentro. Nem mesmo passar pela entrada. Nunca mais.

Eu vou voltar a cada hora em ponto para ver o que mais as pessoas escreveram sobre mim.

Uma dessas afirmações provavelmente se tornará realidade. Só não sei qual delas ainda.

Começo a marchar em direção à recepção, depois paro quando percebo que não há como relatar o que vi. Eu não tinha nada que bisbilhotar no vaso. Seria humilhante demais admitir que o fiz. Eu poderia dizer que encontrei o pedaço de papel no chão, suponho, mas de que serviria? A equipe do spa não teria como saber quem o escreveu. Mesmo que soubessem, não há muito que pudessem fazer. As pessoas podem escrever o que quiserem na gruta e não há nada de ameaçador ou desagradável em "Cara Burrows — ela está segura?" Pelo contrário, parece que alguém está preocupado com o meu bem-estar.

Quem? Por quê?

Fique calma. Pense por um segundo. Quem no Swallowtail sabe o seu nome?

Diggy. Riyonna. Talvez alguns outros funcionários, mas ninguém mais. Ou...

Sim, alguém mais. Duas outras pessoas.

Sophie Hannah

O homem e a garota do quarto que invadi na noite em que cheguei. Eu disse o meu nome a eles. E o homem parecia preocupado comigo. Ele me perguntou se eu estava em apuros e precisava de ajuda. Claro — deve ser isso. Deve ser ele. Ele esteve na gruta de cristal em algum momento hoje e quis colocar algo no vaso prateado só para fazer o que se deveria fazer ali. Ele não conseguiu pensar em nenhuma grande ansiedade em sua vida no momento. Então se lembrou da mulher semi-histérica que tinha invadido seu quarto de hotel na noite anterior, o quanto ela parecia perto do limite... No lugar dele, eu não teria dito "segura", mas isso é uma pequena discussão. Eu teria escrito "Cara Burrows — ela está bem?" Talvez ele pensasse que ninguém poderia ficar em tal estado, a menos que estivesse sendo perseguida por um psicopata.

Tendo pensado bem no assunto, sinto-me melhor. Eu ando pelo spa por algum tempo, esperando ter outro vislumbre do detetive ou do homem com quem ele estava falando. Não há sinal de nenhum deles, então eu volto para a piscina. Meu primeiro mergulho no Swallowtail já está muito atrasado.

Eu adoro nadar. Em casa eu vou três vezes por semana sem falta, enquanto as crianças estão na escola, a uma academia de ginástica que costumava ser adorável e agora está um pouco decrépita.

A piscina do spa no Swallowtail é uma proposta muito diferente. Cada aspecto dela é perfeito, desde a temperatura e textura da água até os belos azulejos azuis e as vistas deslumbrantes. Qualquer que seja a direção em que se esteja nadando, há algo surpreendente para olhar. Acima das paredes brancas do pátio, podem-se ver belas árvores, a montanha Camelback, outras colinas com cactos escalando suas encostas, montanhas roxas e cinzentas ao longe.

Você viu a Melody?

Enquanto nado, tenho uma ideia. Vou tirar algumas fotos no iPad que Mason me emprestou e postá-las no Instagram, como se eu estivesse em férias normais, para que Jess e Olly possam ver que estou me divertindo e não há com o que se preocupar. Obviamente eu não posso tirar uma foto da montanha Camelback ou qualquer coisa que possa identificar onde estou. Não duvido que Patrick venha aqui para tentar me fazer sentir culpada — e isso arruinaria tudo. E eu não posso tirar fotos da piscina — isso deixaria Jess louca de inveja —, mas há muitas outras coisas para fotografar.

O sol é tão forte que estou seca tão logo saio da água. Pego o iPad e ando pelo terraço da piscina à procura de temas para o Instagram. Uma árvore em um vaso — isso serve perfeitamente. Duas bebidas em uma mesa, uma verde, com textura granulada e pequenos pedaços pretos, e uma rosa — perfeitas. Ambos os copos estão cheios. O casal a que pertencem as bebidas está dormindo, ambos; obviamente o esforço de encomendar provou ser demasiado para eles.

Volto à minha espreguiçadeira, sento-me com o iPad e entro no Instagram. Gostaria de ter pensado em um nome melhor para mim mesma. Eu escolhi "Docendo79", que é metade do meu antigo lema da escola, *Docendo Discimus*, mais o meu ano de nascimento.

Jess e Olly riram quando viram que eu me chamei assim. Eles me acusaram de ser "tão nerd". Eu disse a eles que era exatamente isso que eu era na escola e que tinha orgulho disso. Nerd, na língua deles, significa "pessoa inteligente que trabalha duro e se preocupa mais com livros do que com esmalte de unhas ou jogos de computador". Sempre fui uma das melhores da minha turma na escola, obtive grau máximo na universidade, me ofereceram o emprego dos meus sonhos uma semana depois de me formar, fiz isso com muita alegria até que Jess apareceu e eu decidi que queria ser tão dedicada e focada em formar uma família quanto sempre fui no trabalho.

Eu era feliz como uma mãe e esposa que não trabalhava. Nunca olhei para trás, nunca me arrependi da minha decisão. Não até que engravidei uma terceira vez e tudo mudou...

Você não deveria estar pensando sobre isso agora. Deveria estar postando fotos.

Nem Olly nem Jess me deixaram qualquer tipo de mensagem, mas... pensando bem, não sei se é possível enviar mensagens privadas no Instagram. Eu nunca fiz nada com isso além de olhar os posts dos meus filhos. Talvez tudo o que você possa fazer é deixar comentários embaixo das fotos.

Isso torna ainda mais urgente para mim postar fotos. Uma vez que eu tenha feito isso, Jess e Olly podem escrever o que quiserem em comentários junto às minhas fotos. Escrevo legendas estúpidas para acompanhar as imagens: "árvore bonita!" e "*smoothies* exóticos!" Quanto tempo terei de esperar até que um dos meus filhos responda?

Nenhum deles publicou nada desde a última vez que procurei, mas não esperava que o fizessem. É noite na Inglaterra, eles estarão dormindo.

Eu saio do Instagram e entro no Hotmail. Patrick não abriu o e-mail que mandei. Ainda aparece como uma mensagem não lida na caixa de entrada da conta que compartilhamos. Ele provavelmente está dormindo agora também. Nós sempre tivemos relógios biológicos opostos. Ele salta da cama todas as manhãs às 5h30 ou 6h, ansioso para começar o dia, mas não consegue manter os olhos abertos depois das dez da noite. Eu me sinto como se algo terrível tivesse acontecido comigo se eu tiver que acordar antes das oito da manhã, mas posso facilmente ficar acordada até uma ou

Você viu a Melody?

duas da manhã se eu precisar. Funcionou muito bem quando as crianças eram pequenas e mal dormiam: eu fazia os turnos da noite, e Patrick assumia o comando às quatro da manhã, tendo ido para a cama às 20h30 ou 21h anterior, permitindo-me dormir até às 9h, quando ele tinha de partir para o trabalho. Cada um de nós estava convencido de que tinha o melhor negócio.

Por que Patrick não está disposto a ir dormir às 20h30 e acordar às 4h para este bebê? Ele já fez isso duas vezes antes — seria realmente tão insuportável para ele ter que fazer isso uma terceira vez?

Eu suspiro, saio da conta de e-mail e fecho os olhos. Quem me dera, quem me dera, quem me dera ter o meu celular comigo. Fico doente ao pensar que ele está em algum lugar no escritório ou no apartamento de Rock the Hole com mensagens da minha família que eu estou desesperada para ler. Como eu pude ter sido tão imprudente e estúpida?

Foi o que Patrick disse, palavra por palavra, quando contei a ele que estava grávida. Ele quis sair e comprar preservativos. Fui eu quem disse "Não acredito que isso vá importar, só desta vez. Nem sequer está perto do meio do meu ciclo".

Pare.

Eu não posso me deixar pensar em nada disso agora. Vou esperar até estar de volta à minha *casita* no quarto azul e prateado, meu quarto de pensar.

Quando abro os olhos, a Mamãe Durona está me encarando. *Merda.* Eu devo ter suspirado muito alto. Olho para o meu iPad e toco nos botões aleatoriamente para evitar encontrar o olhar dela. A página inicial do Google aparece na tela. O que posso pesquisar? Deve haver algo que eu queira ou precise saber. Há apenas uma coisa sobre a qual estou curiosa no momento. Digito "Melody morta polícia

McNair" na caixa de pesquisa. Isso vai ser uma perda de tempo colossal, mas vai me manter ocupada até que a Mamãe Durona tenha perdido o interesse em mim.

Eu clico em "retornar".

Espere...

Olho para a primeira página de resultados sem acreditar no que está na minha frente. Palavras e nomes se confundem enquanto pestanejo repetidamente tentando me concentrar. Há um sobrenome: Chapa. Melody Chapa. E a palavra "assassinato". Está em todos os lugares. *Assassinato, assassinato, assassinato...*

Não. Esta não pode ser a mesma Melody. Esta Melody é famosa.

Percorrendo os resultados da pesquisa, eu vejo, na primeira linha de texto sob um dos títulos encontrados, outro nome familiar...

O mundo se inclina, depois congela.

Ah, droga. Ah, meu Deus. O que é isso? O que eu encontrei?

A agitação no meu estômago me diz que é melhor eu não saber, que é mais seguro fugir. Só que já pesquisei e é isso que eu acho que encontrei.

Eu não tenho que olhar. Poderia desligar o iPad e esquecer o assunto.

Respirando fundo, rolo a página até o topo dos resultados da pesquisa e abro um blog chamado "Melody Chapa: A história completa".

≈

Há muita coisa aqui para ler rapidamente. O blog está dividido em seções com títulos como "Provas do Julgamento", "Advogados e Júri", "Declarações de Abertura e Depoimen-

Você viu a Melody?

tos de Testemunhas", "Veredito e Sentença", "Cobertura da Mídia". A primeira seção, só ela mais longa do que qualquer outro blog que eu já tenha lido, é chamada de "O assassinato de Melody Chapa: uma visão geral". Essa é apenas a primeira parte de doze, e... maldição, até mesmo a visão geral é dividida em três partes. A história inteira continua para sempre. Respirando rápido demais, eu começo no topo, depois desisto na metade do primeiro parágrafo.

Não consigo me concentrar. Não consigo ler isso agora, não adequadamente. Uma rápida rolagem através de toda a entrada me dá alguns dos pontos básicos — o suficiente para saber que agora não é a hora de sentar e ler calmamente por horas. Eu tenho que fazer algo. Urgentemente.

Tento me levantar e caio de volta na minha espreguiçadeira. Mamãe Durona e a Filha Intelectual erguem os olhos para mim. Será que dá para elas verem que eu estou nervosa? Isso vai dar a elas algo para reclamarem mais tarde.

Antes de ir a qualquer lugar, preciso descobrir o que vou dizer. O que eu sei? Quais são os fatos básicos? Eu tento fazer uma lista:

1. Melody Chapa está morta, de acordo com a internet. Ela foi assassinada quando tinha sete anos;
2. Seus pais estão na prisão por seu assassinato;
3. Melody Chapa não pode estar morta, porque eu a vi.

Eu a vi.

Ela era a garota com o Homem do Peito Cabeludo no quarto de hotel onde eu nunca deveria ter entrado. Sei disso por causa do brinquedo, Poggy. Esse foi o outro nome familiar que eu vi nos resultados da busca. Agora, depois de folhear este blog por apenas alguns minutos, sei que Melody

Chapa possuía um brinquedo amado chamado Poggy. Parecia um pouco como um porco e um pouco como um cachorro, e assim os pais de Melody, enquanto ela ainda era um bebê, deram-lhe o nome de Poggy.

Os mesmos pais que assassinaram sua única filha sete anos mais tarde.

Espere, não vi alguma coisa sobre eles terem outra filha?

Deslizo a tela para cima e para baixo freneticamente, não tenho certeza se vi alguma coisa. Meus olhos pousam em sequências aleatórias de palavras que se confundem quando tento me concentrar nelas. O sol não está ajudando; eu deveria voltar para minha *casita*.

Espere, aqui está. Annette e Naldo Chapa tiveram outra filha que...

Eu cubro a boca com a mão. *Ah, Jesus. Ah, meu Deus.*

Os pais de Melody Chapa tiveram outra filha antes de Melody. Seu nome era Emory.

Mamãe e papai me amam? Por que eles amam mais a Emory?

O pedaço de papel que tirei do vaso prateado na gruta de cristal. Melody Chapa escreveu essas palavras — a mesma Melody Chapa que está morta desde 2010?

Até que ponto Emory é um nome comum na América?

Não. Isso é loucura. Era ela. Se era Poggy, era Melody. Eu ouvi a sra. McNair dizer a Riyonna "Ela carregava aquela criatura com ela". Ela quis dizer Poggy? Presumi que ela se referisse a uma pessoa porque disse algo sobre um namorado logo em seguida.

E a garota que conheci estava esfregando a cabeça. Tenho certeza que eu vi...

Rolo a tela através do blog novamente. O texto voa para cima e para baixo. Sim. Sua cabeça — lá está ela. A sra.

McNair também mencionou isso: "Estava escuro, e eu não conseguia ver o topo da cabeça dela, mas era ela."

Ou eu estou tão louca quanto ela ou Melody Chapa ainda está viva.

Junto minhas coisas e me forço a caminhar em um ritmo normal até a recepção do spa, respirando lenta e profundamente. Excesso de adrenalina pode ser ruim para o bebê. O homem de branco que estava falando com o detetive está atrás do balcão da recepção e sorri para mim.

— Espero que esteja tendo um dia excelente, minha senhora — diz ele. — Posso ajudá-la em alguma coisa?

— Sim. O detetive, aquele com quem você estava falando antes. Ele ainda está aqui?

— Ah! — Ele está surpreso que eu saiba. — Eu, hum... Não. Ele voltou para o hotel em um dos nossos carrinhos há cerca de cinco minutos. Se quiser, posso entrar em contato com eles e...

— Você pode me chamar um desses carrinhos o mais rápido possível, por favor? Mesmo destino. Preciso falar com ele urgentemente.

— É pra já, minha senhora. — Não consigo ver as mãos dele por baixo do balcão, mas imagino que o botão relevante esteja sendo pressionado. Menos de um minuto depois, meu motorista e o carro chegam.

Durante todo o trajeto de volta ao hotel, eu olho fixamente para cada prédio, árvore, banco e varanda que passo na esperança de ter um vislumbre da Melody com Poggy na mão. Quando não a vejo, me pergunto — sem nenhuma razão, a não ser o medo de que eu chegue tarde demais — se ela está morta agora, mesmo que não estivesse ontem à noite.

Pelo amor de Deus, Cara. Se ela sobreviveu por longos sete anos desde que supostamente foi assassinada, por que morreria de repente agora?

Solto uma arfada quando a resposta me atinge: por minha causa. Eu poderia ter arruinado tudo vendo-a, vendo Poggy, ouvindo-a dizer o nome...

— Você está bem aí atrás, dona? — pergunta o motorista. Dona?

— Sim, obrigada. Tudo bem.

Estou me deixando empolgar. Mas faz sentido. Se a Melody estava aqui no Swallowtail, então ela estava aqui disfarçada. Uma garota que deveria estar morta não iria se exibir abertamente em um resort de férias — seria muito arriscado.

E ela fugiu no meio da noite depois que você a viu com Poggy porque ficar de repente se tornou arriscado demais. Seu disfarce estava estragado.

— *Cara Burrows* — *ela está segura?*

O Homem do Peito Cabeludo deve ter escrito isso. Exceto... se ele e Melody deixaram o Swallowtail no meio da noite, quando a gruta de cristal e spa estavam fechados, como é que isso é possível?

No balcão de recepção principal, um homem com uma linha de cabelo recuada e uma fina linha reta de bigode me oferece ajuda. Ele parece ter mais ou menos a minha idade e está usando um crachá que diz "Dane Williamson, Gerente de Resort". De categoria mais alta do que Riyonna, então. Bom. Ele vai servir.

— Havia dois detetives aqui antes, sobre um possível avistamento de Melody Chapa — eu digo, como se tudo isso fosse normal. — Eles ainda estão aqui?

Você viu a Melody?

— Eu... hã... Acho que deve estar enganada, minha senhora. — Seu sorriso é feroz.

— Não estou. Eu os encontrei antes com Riyonna, então vi um deles novamente no spa agora mesmo. Uma hóspede chamada sra. McNair...

— Sim, sim, compreendo. — Ele faz sinal com as mãos para que eu me cale. — Por que não vamos até o meu escritório onde podemos conversar em particular?

— Primeiro preciso falar com os detetives.

— Eles saíram há cinco minutos. Mas farei o melhor possível para...

— Fico feliz em conversar com o senhor, mas primeiro temos que chamar a polícia e dizer-lhes para voltarem. Ligue para eles agora. Não podem ter ido longe.

— Por favor — diz Williamson, indicando uma porta fechada atrás da recepção. Presumo que seja o escritório dele.

— Por favor o quê? — Não vou me mexer até que ele faça o que estou lhe pedindo. — Vai chamar a polícia? Não foi só a sra. McNair. Eu vi Melody Chapa também. Ela estava aqui no Swallowtail ontem à noite.

O sorriso de Williamson desaba mais um pouco no seu rosto.

— Se você sabe quem é, era, Melody Chapa, então você sabe que é impossível que alguém a tenha visto aqui ontem à noite. Certo? Eu sei por que deveria ser impossível. Também sei o que vi.

Explico que fui enviada por engano para um quarto que já estava ocupado. Para proteger Riyonna, porque Dane Williamson me parece um homem que poderia gostar de demitir pessoas melhores do que ele próprio, eu digo que "uma recepcionista" cometeu um erro, e não digo seu nome. Conto

99

a ele sobre a sra. McNair e o que eu a ouvi dizer há pouco, incluindo a parte sobre ela ter "aquela criatura" com ela.

— A garota que conheci no quarto do hotel tinha o brinquedo favorito da Melody com ela, Poggy. Parte porco, parte cachorro. Eu vi com os meus próprios olhos e a ouvi referir-se a ele como Poggy. Além disso, Melody tinha uma irmã... mais ou menos, uma irmã já morta... chamada Emory.

Conto a Williamson sobre o pedaço de papel que tirei do vaso prateado na gruta de cristal.

— Ah, meu Deus. — Ele parece mais chocado com isso do que com o fato de eu ter visto uma garota já assassinada.

— Minha senhora, a gruta de cristal é um lugar para os hóspedes, em particular...

— Ah, pelo amor de Deus! Sim, violei a privacidade de outros hóspedes, mas eles escolheram deixar detalhes pessoais por aí, em um lugar público. Peço desculpas. Eu não deveria ter feito isso, ok? A questão é que os detetives podem olhar e ver por si mesmos o que Melody escreveu: não apenas uma referência a Emory, mas a uma irmã chamada Emory. Ela não diz explicitamente que Emory é sua irmã, mas é bem claro. Quero dizer, vamos *lá*...

Williamson melhora seu sorriso.

— Se isso vai fazer a senhora se sentir melhor, eu certamente vou passar a informação que a senhora me deu.

— Bom. Obrigada. Então... o que devo fazer?

— Não precisa fazer nada, minha senhora. Apenas continue com a sua programação normal.

— Onde está Riyonna? Posso falar com ela?

— Como estou dizendo, não há necessidade de se preocupar com nada. Eu trato disso. Certifique-se de aproveitar o restante das suas férias.

Ele sorri novamente e me dá um aceno, depois desaparece no escritório ao fundo, fechando a porta atrás dele.

— Note que ele não perguntou seu nome, número do quarto, número do celular — diz a voz de uma mulher. — Ele não tem intenção de chamar nenhum detetive.

Eu me viro. É a Mamãe Durona. Não há sinal da filha dela.

— Ouviu tudo isso?

— A maior parte. Aliás, o vaso na gruta? Não se preocupe com isso. Eu também bisbilhotei, quem poderia resistir? Nossa, como as pessoas são chatas! Certo? Quando olhei havia um que dizia "Empréstimo", apenas uma palavra. Quem quer que tenha escrito isso deve ser um verdadeiro linguarudo, hein?

— Você quer dizer "Empréstimo/dívida"?

— Sim, isso mesmo. — Ela exibe um sorriso torto. — Você também viu, hein?

— Quando você olhou? Quantos havia lá dentro?

— Meu primeiro dia aqui. Portanto, isso seria... há quatro dias. Havia apenas dois, cada um mais maçante do que o outro: "Empréstimo/dívida" e depois um outro sobre... Credo, não consigo nem mesmo me recordar. Alguém tinha convidado alguém, ou não convidado alguém, e havia uma data...

— Era Vanessa, que fez Paul fazer o trabalho sujo por ela?

— Sinceramente, não saberia lhe dizer. — Mamãe Durona me espreita como se eu fosse um espécime peculiar. — Por que se importa?

— Havia uma data específica mencionada? Dia 23?

— Sim, esse mesmo. Era tão dolorosamente maçante que eu quase desmaiei.

— Tem certeza de que não havia outros no vaso, só os dois?

— Ah, sim. Eu fucei tudo, menina. — Ela ri. — Aquele sobre o qual você falou com aquele cretino pomposo, com Emory nele? Nenhum sinal, então deve ter sido mais recente.

— Havia um que dizia: "Cara Burrows — ela está segura?"

— *Não* havia. — Mamãe Durona me lança um olhar aguçado. — Eu *adoraria* ter encontrado esse. Parece interessante. Quem é Cara Burrows e por que ela pode não estar segura?

— Porque ontem à noite ela entrou no quarto de hotel errado e viu uma garota morta, alguém que supostamente foi assassinada há sete anos.

É estranho falar tão livremente com essa mulher cujos olhos eu tenho cuidadosamente evitado o dia todo.

— Cara Burrows sou eu — digo a ela.

Melody Chapa — A história completa

Uma visão geral

O assassinato de Melody Chapa: Parte 1 — Melody desaparece
(todas as idades dadas são para 2 de março de 2010)

Antes de desaparecer em 2 de março de 2010, Melody Grace Chapa (2003-2010) — que foi apelidada de "a mais famosa vítima de assassinato da América" por alguns comentaristas da mídia — era uma menina comum de sete anos que vivia na Filadélfia, PA, com seus pais Annette Connolly Chapa (39) e Naldo Enrique Chapa (38). Na época, Annette dirigia uma empresa de marketing e Naldo era analista atuarial na Reliance Standard Life Insurance Company, na Filadélfia. Melody era sua segunda filha. Em fevereiro de 2002, Annette perdeu um bebê com vinte e quatro semanas de gestação. O bebê, que morreu *in utero* após o rompimento da placenta, recebeu o nome de Emory Laurel Chapa. Ela foi sepultada na Igreja Episcopal de Saint Mark, no distrito financeiro da Filadélfia, em 18 de março de 2002.

Quando Annette Chapa chegou à Hoade Godley Elementary School na tarde de 2 de março de 2010 para buscar Melody, os professores disseram a ela que Melody não tinha sido vista naquele dia. Ela não havia aparecido de manhã e a mulher que normalmente a deixava, Kristie Reville, tinha telefonado para o escritório da escola para dizer que Melody não estaria lá porque ela andara vomitando. No entanto, quando questionada, Kristie Reville negou ter dado o telefonema, alegou ter deixado Melody na escola como de costume e que a tinha visto entrar no prédio.

A secretária da escola não pôde confirmar que tinha sido Kristie quem havia telefonado, ela disse mais tarde, apenas que a mulher se identificou como Kristie Reville.

Ninguém parecia ter nenhuma ideia de onde Melody estava. A última vez que foi vista com certeza foi às sete e meia da manhã de 2 de março de 2010, quando, de acordo com ambas as mulheres, Annette Chapa a deixara com Kristie Reville para ser levada para a escola. Às dez horas da manhã seguinte, Melody Chapa foi declarada oficialmente desaparecida.

Kristie Luanne Reville (40) e seu marido Jeff Reville (42) eram os vizinhos de Annette e Naldo Chapa. Sem filhos próprios, diziam que eles eram "como pais para Melody". Jeff Reville era professor de arte na Barbara Duchenne Center City High School, e Kristie Reville era uma artista aspirante sem nenhum emprego remunerado além de cuidar ocasionalmente da Melody, o que fazia quando Annette e Naldo Chapa estavam ocupados com o trabalho e precisavam de sua ajuda, geralmente durante os períodos de férias escolares ou para levar e trazer da escola. Kristie e Jeff também costumavam cuidar de Melody de graça regularmente. Melody tinha o hábito de ficar na casa deles uma noite a cada fim de semana para que Annette e Naldo Chapa pudessem ter algum tempo sozinhos como um casal.

A área local foi amplamente vasculhada pela polícia e por equipes de voluntários. A princípio, nenhum vestígio de Melody foi encontrado. Os detetives inicialmente suspeitaram de Kristie e Jeff Reville. Nenhum dos pais ou professores que estavam nos portões da escola ou no playground no dia em que Melody desapareceu tinha qualquer lembrança de ver a menina ou Kristie naquela manhã em particular. A polícia começou a se perguntar se Kristie estava mentindo sobre ter ficado no playground e visto Melody entrar com segurança no prédio.

Você viu a Melody?

Por sugestão da polícia, Naldo e Annette Chapa apareceram no *Jessica Sabisky Show* em 5 de março de 2010, onde deveriam fazer um apelo emocionante a quem quer que tivesse levado Melody. Annette aderiu ao roteiro dado a ela pelos detetives, dizendo que já havia perdido uma criança preciosa — Emory — e não podia suportar perder outra. Mais tarde, ela foi acusada pela mídia e por comentaristas online de soar fria e insensível, recitando palavras que ela havia memorizado com antecedência. Naldo Chapa não usou o texto acordado de sua declaração pré-preparada: "Por favor, quem tiver a nossa querida Melody, traga-a de volta para casa em segurança." Em vez disso, ele teve um colapso nervoso e disse de forma controversa: "Eu vou caçar quem quer que tenha matado minha filha e matá-lo com minhas próprias mãos." Annette Chapa prosseguiu dizendo: "Quem quer que você seja, se for a pessoa que fez isso, vamos pedir que a pena de morte seja desconsiderada se você admitir que matou a nossa filha e nos disser onde está o corpo dela."

Este apelo ao vivo pela TV atraiu uma quantidade considerável de publicidade e atenção, a maior parte negativa. *Feeds* de notícias foram criados em várias redes de televisão e muitos grupos de bate-papo online dedicados a discutir as últimas novidades do caso Melody Chapa surgiram por volta dessa época. Annette Chapa foi considerada por muitos como sendo demasiadamente desapegada e seu marido muito vingativo. A reação foi de choque com a suposição óbvia dos Chapa de que sua filha já estava morta quando não havia nenhuma evidência que sugerisse que ela estivesse.

Alguns que assistiram ao apelo foram mais solidários. A psicoterapeuta dos famosos Ingrid Allwood disse que alcançar o pior cenário possível e presumir que seja verdade é um mecanismo de defesa comum em situações traumáticas. Em 9 de março de

2010, Allwood defendeu essa posição no popular programa da NBC *Justiça com Bonnie*, alegando que muitas pessoas não se permitem a esperança por medo da decepção potencial. Ela disse: "Os Chapa podem supersticiosamente acreditar que, ao presumir que o pior aconteceu, eles estejam encorajando o Destino a provar que estão errados."

A apresentadora do *Justiça com Bonnie*, a comentarista jurídica Bonnie Juno, fez o melhor que pôde para demolir os argumentos de Allwood, afirmando que, como ex-procuradora, ela havia conhecido centenas de vítimas de crimes graves e que era altamente incomum — e, portanto, suspeito — para os pais de uma criança desaparecida, especialmente uma que havia desaparecido tão recentemente, não ter aparentemente nenhuma esperança de recuperar sua filha viva.

Nesse episódio de *Justiça com Bonnie*, Juno deixou fortemente implícito que acreditava que Annette e Naldo Chapa tinham assassinado sua filha. Ela recebeu condenação generalizada por isso e foi acusada de não ter nenhuma evidência para apoiar sua teoria. Naquela fase, ninguém mais tinha apontado o dedo para os pais de Melody, provavelmente porque a mídia estava cheia de todas as evidências que se acumulavam para implicar Kristie Reville.

Kristie tinha o hábito de apanhar o marido Jeff depois do trabalho em qualquer dia da semana à tarde em que ela não estava apanhando Melody na escola. Em 2 de março de 2010, Annette deveria ter ido buscar sua filha, e assim Kristie foi buscar seu marido, que não dirige.

Um colega de Jeff Reville, Nate Appleyard (56), viu Jeff e Kristie em seu carro, um Toyota Camry, no estacionamento da Barbara Duchenne School naquela tarde. Ele se lembrou de algo que precisava contar a Jeff e correu para o carro. Mais tarde, ele disse à polícia que Kristie tinha levado um susto e ficado visivelmente transtornada quando o viu. Claramente, ele disse, ela não esperava que ela e Jeff fossem perturbados dentro do carro deles. Seus olhos estavam inchados e vermelhos e ela obviamente estivera chorando. "Eu perguntei se ela estava bem", Appleyard disse aos detetives, "mas ela estava tentando não olhar para mim. Ela estava mexendo com botões na lateral do assento, talvez tentando ajustá-lo. Não sei o que me fez olhar para baixo, para onde estava a mão dela, entre o assento e a porta, mas vi que havia sangue em seu antebraço, logo acima do pulso: uma listra de sangue. Então me perguntei se ela estava empurrando seu braço para baixo entre o assento e a porta do motorista para tentar esconder o sangue."

Appleyard disse à polícia que ele pensou se deveria perguntar a Kristie Reville se ela precisava de ajuda, e quase o fez, mas tanto ela quanto Jeff estavam evitando contato visual e no final ele decidiu não mais constrangê-los. Enquanto estava se despedindo deles, ele notou algo no chão do carro, à frente dos pés de Kristie: uma meia de criança branca com rendas na borda e manchas de sangue visíveis. Mais tarde, entrevistado no *Justiça com Bonnie*, Appleyard disse que "Kristie pareceu ver a meia encharcada de sangue ao mesmo tempo que eu. Ela estava jogada a cerca de dez centímetros diante dos seus pés. Assim que vi, pensei: 'Epa, algo não está certo aqui.' Abri minha boca para perguntar; mas, antes que eu conseguisse formular as palavras, ela havia deslizado o assento para a frente e a meia não estava mais visível. Vou lhe dizer uma coisa: o que quer que Kristie soubesse naquele dia, o que quer que ela tivesse feito, o que quer que ela estivesse tentando esconder, Jeff sabia também. Ele estava agindo de forma estranha — ambos estavam. Eu comecei a perguntar sobre a meia, mas eles foram embora enquanto eu falava. Vou ser franco. Pensei: 'Lá vão duas pessoas com algo a esconder'."

Sophie Hannah

Quando a polícia revistou o Toyota Camry de Kristie Reville, não havia nenhuma meia manchada de sangue dentro dele, mas testes forenses encontraram o sangue de Melody no carro, apesar das claras tentativas de terem tentado limpá-lo. Jeff Reville tinha um álibi — ele já tinha ido trabalhar quando Annette Chapa levou Melody para sua casa e a deixou com Kristie, e ele esteve com outras pessoas no trabalho durante todo aquele dia.

Kristie Reville inicialmente não ofereceu nenhum álibi. Ela insistiu que era inocente de causar qualquer mal a Melody e não sabia nada sobre o paradeiro da criança. Quando lhe perguntaram como havia passado o dia 2 de março de 2010 entre deixar Melody na escola às 8h15 da manhã e pegar Jeff no trabalho às 16h30, Kristie alegou que tinha "ido dar uma longa caminhada". Ela não conseguiu apresentar quaisquer testemunhas que pudessem corroborar as suas atividades naquele dia.

Em 7 de março de 2010, um proprietário de um posto de gasolina local se apresentou para dizer que os Reville tinham parado em seu posto em 2 de março, o dia em que Melody desapareceu, e que Kristie tinha sangue em sua mão e no braço. Ela havia usado seu banheiro para lavá-lo, ele disse aos detetives; quando saiu do banheiro, seu braço e sua mão estavam limpos. Isso foi o suficiente para a polícia, que levou Jeff e Kristie Reville sob custódia.

A área ao redor do posto de gasolina ainda não tinha sido revistada, mas agora foi e uma bolsa foi encontrada em um terreno baldio, coberto de mato, nas proximidades. Verificou-se que se tratava da mochila de Melody e que continha seu estojo, livros e os restos de um almoço em um recipiente de plástico hermético. Para surpresa dos detetives, a mochila não continha o querido brinquedo de Melody, Poggy, que ela levava para a escola consigo todos os dias e escondia em sua mochila para não parecer infantil aos amigos. Nem o brinquedo nem o corpo de Melody jamais foram encontrados.

A mochila estava manchada por dentro e por fora com sangue, que o teste de DNA revelou ser de Melody. Ela continha uma meia de renda branca manchada de sangue que Annette e Naldo Chapa mais tarde identificaram como sendo da filha e que Nate Appleyard confirmou que parecia idêntica à que tinha visto no carro de Kristie.

As meias, é claro, vêm em pares — e uma característica interessante desta história é que, em noventa e nove de cada cem casos, talvez não houvesse como ter certeza de que a meia manchada de sangue que Nate Appleyard viu no carro de Kristie Reville era a mesma que mais tarde apareceu na mochila de Melody. No entanto, tanto Annette Chapa quanto Kristie Reville disseram separadamente aos detetives que tinha sido impossível encontrar um par de meias de Melody que combinasse naquela manhã e, assim, pela primeira vez em sua vida, Melody partiu para a escola usando apenas uma meia com uma borda de renda ao redor do topo. A outra meia que ela usou naquele dia era branca e com nervuras, sem renda. Assim, os detetives foram capazes de concluir que a meia que tinha aparecido na mochila da escola era muito provavelmente a mesma que Nate Appleyard tinha visto no carro de Kristie Reville.

Havia também fios de cabelo de Melody em sua mochila escolar e muitas moscas varejeiras mortas e larvas da mesma espécie — uma que é conhecida como a mosca de caixão por ser encontrada regularmente perto de cadáveres. Testes nos fios de cabelo de Melody revelaram que a menina tinha sido sujeita a envenenamento por arsênico por um período de pelo menos três meses.

Em 22 de maio de 2010, dia em que o caso foi apresentado a um grande júri para decidir se Kristie Reville deveria ser julgada por assassinato, Bonnie Juno entrevistou Annette e Naldo Chapa ao vivo no *Justiça com Bonnie*. Os pais de Melody conquistaram muitos americanos insistindo que Jeff e Kristie Reville não poderiam ter raptado ou machucado sua filha. A maioria dessas pessoas acreditava que Kristie Reville tinha assassinado Melody e escondido seu corpo, e que Jeff estava lhe dando cobertura. No entanto, a determinação dos Chapa em acreditar na bondade de seus vizinhos e amigos de confiança os fez serem adorados por toda a nação. Bonnie Juno disse aos Chapa que entendia muito bem por que eles acreditavam que os Reville eram inocentes, deixando fortemente implícito que eles mesmos eram culpados. Annette Chapa desatou a chorar e ela e o marido abandonaram o set, terminando a entrevista prematuramente.

Bonnie Juno, agora tão impopular quanto Kristie Reville, foi atacada amplamente em todas as plataformas de mídia. Juno tem 1,80 m de altura e compleição robusta, e foi acusada pelo comentarista jurídico Mark Johnston de ser "uma megera transformista, rançosa e vingativa" — um insulto pelo qual Johnston mais tarde se desculpou publicamente. O ex-marido de Juno, o renomado advogado de defesa Raoul Juno, deu uma entrevista à rival profissional de sua ex-mulher, Nancy Grace, da HLN, na qual ele entrou em detalhes sobre os problemas que haviam terminado seu casamento e revelou muitos detalhes embaraçosos para Juno. Sua tentativa de processá-lo por suas revelações não teve sucesso e, em 18 de junho de 2010, ela foi presa por causar um distúrbio em frente à casa de Raoul Juno. Após esse incidente, Bonnie Juno ficou ausente do próprio programa por dois meses. Quando voltou, em 21 de agosto, foi para anunciar que em breve ela teria o privilégio de entrevistar ao vivo no *Justiça com Bonnie* um convidado cujo testemunho mudaria tudo no caso Melody Chapa.

10 de outubro de 2017

— Simplesmente não compreendo. — Eu levanto os olhos do iPad. — Tudo isso aconteceu, digo, a parte que li até agora, antes de alguém declarar Melody oficialmente morta. Como essa Bonnie pode sugerir que os pais da Melody são assassinos, na TV, ao vivo, e se safar com isso?

Estou no Mountain View Cocktail Bar do Swallowtail com Tarin e Zellie Fry sentada a uma mesa no terraço. Vai demorar um pouco até que eu possa pensar nelas de outra forma que não seja Mamãe Durona e Filha Intelectual. Tarin é a mãe. Zellie é o diminutivo de Giselia. Quando nos sentamos, Tarin me disse:

— Você pode dizer o que quiser na frente de Zellie. Não pense nela como qualquer tipo de criança. Aos treze anos, já tinha visto todos os episódios de *Dexter*.

Ela já tem dezesseis anos e devia estar na escola, mas não está porque, segundo a mãe:

— Para quê? Ninguém naquele estabelecimento de merda ensina nada pelo qual valha a pena perder umas férias. Ela vai aprender mais lendo sozinha. Seu pai desaprova, então eu o deixei em casa. Se você se casa com um chorão, tem que agir com força assim que ele começar a reclamar.

— Como se você não fosse encontrar uma desculpa para deixá-lo em casa — murmurou Zellie.

— Bem-vinda à justiça americana — diz Tarin com um sorrisinho irônico. Ela parece estar gostando da situação e da minha perplexidade em particular, como se tudo fosse exatamente o que ela esperava como um acompanhamento para as suas férias.

— Quer dizer que tudo isso é normal e... permitido?

Tomo um pequeno gole do meu mais novo coquetel falso — um azul, desta vez, com um pouco de roxo mais para o fundo — e me pergunto se vou acabar jantando com essas duas estranhas. Eu quero e preciso conversar com alguém sobre tudo o que aconteceu, mas uma refeição inteira juntas parece um grande comprometimento com pessoas que nem conheço.

— NFA, *Normal For America*. Normal para os Estados Unidos. — Tarin sacode-se com uma risadinha.

— Como pode ser normal? — exclamo. — Se algo vai a julgamento, o júri estará completamente tendencioso, tendo ouvido tudo isso em um... programa diário de justiça ou o que quer que seja.

— Ah, vai a julgamento. Não exatamente o julgamento que todos esperavam — diz Tarin. — Você sabe que são os pais de Melody que estão na cadeia por assassinato, e não Kristie Reville?

— Sim. E pelo que li até agora, isso não faz sentido.

— Você precisa ler o resto. Nós, ianques, tivemos sorte: tivemos a história toda espalhada ao longo de *anos* até o julgamento acontecer. Bonnie Juno ficou obcecada o tempo todo. Ela continuava encontrando novas pessoas para entrevistar, qualquer um que já tivesse conhecido Naldo Chapa em uma conferência, qualquer um que já tivesse vendido um sanduíche para Annette Chapa, ela os teria no programa e perguntaria por suas *impressões* de décadas, como se isso fosse contar alguma coisa a alguém. Você não estava mentindo, não é? Nada disso chegou até vocês na Inglaterra?

— Nada. Eu nunca tinha ouvido falar de Melody Chapa até hoje.

— Sorte a sua.

Não me sinto com sorte. O que devo fazer se o gerente do resort não quer me levar a sério? Devo chamar a polícia local pessoalmente? Como? Não sei os nomes dos dois detetives que estiveram aqui e não tenho nenhuma razão para pensar que alguém iria me ouvir mais do que ouviram a sra. McNair. Por que eles deveriam? Como a internet me lembra toda vez que verifico, Melody Chapa está morta.

— A meia manchada de sangue... — Neste ritmo, em breve estarei tão obcecada quanto Bonnie Juno. — Quero dizer, tudo o que Nate Appleyard disse no *Justiça com Bonnie* sobre o que ele viu no carro de Kristie Reville... é como se todo o julgamento, desde provas a argumentos, estivesse acontecendo na televisão, e não no tribunal.

— Você está certa. — Tarin assente. — Todo o sistema está falido. Não é justiça, é uma farsa. Procure no Google "farsa jurídica de Melody Chapa" e você vai encontrar uma centena de longas análises de como tudo ficou distorcido.

— Então, não há nenhuma regra aqui sobre não dizer publicamente nada que possa influenciar os jurados?

— Não. Terrível, certo? Estou lhe dizendo, você ficaria horrorizada.

— Eu estou.

— Temos de tudo nos bons e velhos Estados Unidos: jurados assinando contratos para vender suas histórias antes mesmo de o julgamento começar e que não enfrentam quaisquer sanções, familiares enlutados e banidos dos tribunais porque o psicopata que assassinou o seu ente querido conseguiu convencer um juiz de que acha *traumática* a presença deles no tribunal. Sim, claro. Mais provável é: o júri tem menos probabilidade de condenar se não conseguir ver os familiares da vítima chorando. E não me façam começar a dar aulas sobre cenas de crime.

— Diga-nos como fazer você parar — diz Zellie.

Tarin, em pleno fluxo de sua argumentação, a ignora.

— Você não vai acreditar nisso, Cara. Às vezes, os júris são levados em turnês pela cena do crime para que eles possam ter uma sensação real das coisas. Grande ideia, não é? Exceto que você não acharia que o tribunal iria impor algum tipo de obrigação para que a cena do crime fosse preservada exatamente como estava logo após o crime ter sido cometido? Não acharia que um advogado de defesa teria de enfrentar uma multa ou, melhor ainda, acusações de desrespeito, se ele tivesse mandado limpar todo o sangue e massa encefálica, de modo que o local ficasse impecável, e pendurasse fotografias emolduradas da mulher e dos filhos que o seu cliente doente matou até o alto das escadas, como se eles tivessem estado sempre lá, como se o assassino algum dia tivesse se importado com eles?

— A pergunta retórica mais longa do mundo — murmura Zellie. Ela pega o copo da mãe e bebe um gole de Campari com soda, dando-me um olhar que diz claramente: "Diga uma palavra e estarás morta."

Tarin não percebe. A tarde está se transformando em uma bela noite; eu já posso ver uma chuva de estrelas. A montanha Camelback está deslumbrante: um contorno preto contra um céu azul-escuro.

Você viu a Melody?

Eu rolo a tela do iPad vasculhando o texto pelas palavras que estou procurando.

— Não consigo encontrar a parte que vi antes, sobre a cabeça da Melody. A garota que conheci ontem à noite não parava de esfregar o topo da cabeça. Eu me perguntei sobre isso na ocasião.

— Isso mesmo. Melody tinha uma marca na frente da linha do cabelo. — Tarin aponta para sua própria cabeça. — Aqui, certo?

Eu concordo com um aceno da cabeça. Exatamente onde a garota esfregou, no mesmo local.

— É um círculo grande, marrom-escuro, como uma sarda superdimensionada, quase do tamanho de uma moeda de 25 centavos. Os americanos sabem disso intimamente. Bonnie Juno manteve fotos da marca em seu programa por meses, ampliada, aproximada... O assunto surgiu na corte no julgamento dos Chapa. Melody teve crosta láctea quando bebê. Você não deve tentar tirá-la, embora seja tentador, como arrancar uma casca de ferida. Todo mundo avisa: raspar a crosta láctea pode levar a infecções e/ou cicatrizes para toda a vida. Annette Chapa admitiu no tribunal que tinha tirado um grande glóbulo da cabeça de Melody, ela não conseguiu resistir. Claro, isso deu à raivosa Bonnie Juno a oportunidade de fazer um show inteiro sobre "Que tipo de mãe *terrível* e *abusiva* faria tal coisa contra uma orientação médica oficial?". Faça-me um favor! — reclama Tarin, bufando. — Fiz todo tipo de coisas que não devia ter feito quando a Zellie era bebê. Uma vez, dei-lhe um frasco de pasta de anchovas em vez de comida para bebê. Eu estava tão aborrecida com aquela papa fedorenta que você deve dar a eles. Ela vomitou *por todo lado*.

Zellie alcança o Campari novamente. Desta vez, Tarin repara e dá tapas na mão dela.

— Pare com isso!

Voltando-se para mim, ela diz:

— Annette Chapa não deu ouvidos aos avisos. Ela tirou a crosta láctea e isso deixou uma mancha marrom. Conforme a cabeça de Melody aumentou de tamanho, a mancha também aumentou. Isso não faz de Annette Chapa uma assassina.

— Então, como é que ela e o marido foram parar na prisão por matarem Melody?

Tarin indica o iPad com a cabeça.

— Continue lendo. Acho que você não chegou à parte sobre Mallory Tondini, não é?

— Não.

— Bem, você vai.

— A garota que eu vi deve ter sido a Melody. Por que outra razão ela esfregaria a cabeça? Ela não sabia que eu nunca tinha ouvido falar de Melody Chapa. Ficou com medo que eu visse a marca marrom na cabeça dela e a reconhecesse.

Zellie faz um muxoxo.

— Você está falando como se ela não estivesse morta. Ela está morta.

— Como é que você sabe? — Tarin pergunta.

— O quê, você realmente acredita nessa porcaria? — Zellie vira-se para mim. — Não estou te acusando de mentir, está bem? Mas... qual é? Melody Chapa está morta há muito tempo. Qualquer garota pode ter uma fixação estranha e chamar o seu brinquedo de Poggy e esfregar a cabeça por, tipo, uma grande variedade de possíveis motivos.

— Eles nunca encontraram o corpo dela — diz Tarin. — Além disso, encontraram a mochila dela sem Poggy.

— Sim e isso significa que o corpo e o brinquedo podem estar literalmente em qualquer lugar. A mochila escolar que encontraram tinha cabelos da Melody e os testes mostraram envenenamento por arsênico. E havia moscas na mochila, do tipo que só aparece se alguém estiver *morto*.

— Eu sei. — Tarin se mantém serena. — Mas ainda não tem corpo.

— Mãe, um tribunal decidiu que ela estava morta. — Zellie revira os olhos. — Os pais dela estão na prisão, nunca mais sairão de lá. É tão típico de você pensar que sabe mais do que todo mundo.

— O seu trabalho tem alguma coisa a ver com a lei? — pergunto a Tarin.

— Ha! Vamos, mãe, diz à Cara o que você faz. Promotor Público, não é? Juiz da Suprema Corte? Oh, espere, não, não é nenhuma dessas duas coisas.

Tarin está exibindo um sorriso enviesado. Tenho a impressão de que Zellie já disse isso ou algo semelhante a ela antes.

— Sou florista. Tenho minha própria loja em Lawrence, Kansas. E daí, porra? Isso não me impede de pensar.

— É justo que você saiba disso, Cara. Minha mãe é totalmente tendenciosa. Ela quer que você tenha visto Melody Chapa e quer que Melody não esteja morta. Você sabe por quê? Porque então Bonnie Juno pareceria a maior idiota viva e ela *odeia* Bonnie Juno.

— Isso é verdade — Tarin confirma. — Todos os americanos civilizados odeiam Juno. Ela é uma hipócrita, ou uma idiota, ou ambos. Provavelmente ambos. Quando era promotora, *todos* eram culpados. Especialmente as pessoas que ela processou, eles eram os mais culpados de todos, naturalmente. Então, ela muda de carreira e se torna comentarista jurídica na TV. De repente todo mundo está sendo insensível e cinicamente enquadrado de acordo com ela. Os policiais estão sempre errados, os promotores sempre errados, os réus sempre inocentes. É como se algo tivesse acontecido para virar Juno contra sua antiga profissão e empurrá-la para os braços do outro lado, o lado *mais sombrio*. Melody Chapa desaparece, Kristie Reville parece culpada pra caramba e os policiais pensam que ela é responsável? Juno faz questão de declará-la inocente. Ninguém suspeita dos pais? Oh, espere, alguém suspeita! Bonnie Juno suspeita, principalmente porque a polícia não suspeita. Ela diria qualquer coisa para ser do contra. Eu juro por Deus, se os policiais tivessem apontado o dedo para os pais de Melody desde o início, Juno teria protestado a inocência deles como se sua própria vida dependesse disso. Narcisismo, é isso que é. Ela é uma narcisista. Os acusados de crimes são culpados ou inocentes para atender às necessidades do seu ego em um determinado momento.

— Se os pais de Melody estão na cadeia pelo seu assassinato, isso pode significar... — Eu não termino a frase.

— Que Bonnie Juno acertou desta vez? — Tarin faz um barulhinho de assobio. — Cara, você é a única que *viu Melody*. Aqui, no Swallowtail. Viva. Ou melhor, mantendo a mente aberta, você viu uma garota que pode ser Melody. Suponho que seja possível que a garota que você viu seja outra pessoa com um brinquedo chamado Poggy, um tributo ao Poggy de Melody, e é possível que essa garota por acaso tenha tido uma coceira na cabeça ontem à noite. Ou, melhor ainda, sua mania, seu *barato*, é fingir que ela é a Melody. Talvez ela estivesse preocupada que você não visse nenhuma marca marrom na cabeça dela e quebrasse o feitiço gritando: "Espere um segundo, você não é a Melody!" — Tarin ri, ergue o braço no ar e grita: — Outro Campari e soda aqui.

O garçom mais próximo se apressa a atender seu pedido.

Você viu a Melody?

— Não se preocupe em perguntar se queremos alguma coisa — diz Zellie.

— Acho que você a viu — Tarin me diz, sem prestar atenção à filha — a verdadeira Melody e o verdadeiro Poggy. A sra. McNair parece bastante louca; então, quando a ouvi tagarelando sobre ver Melody Chapa, não prestei atenção. Mas você? Você é sã.

— Como você pode saber? — pergunta Zellie.

Ambas olham para mim.

— Calma — diz Tarin. — Pessoas loucas, como as *iludidas*, inventam besteiras. São imaginativas. Cara, quando você mencionou uma garota dizendo que tinha entornado Coca-Cola em Poggy e Doodle Dandy, admito que pensei: "Aqui vamos nós! Doodle Dandy, isso é um alerta de loucura de bandeira vermelha, essa mulher inventou um novo personagem de brinquedo para uma garota morta." Depois percebi: você não é assim tão imaginativa, certo? Não entenda isso como um insulto. Nem todo mundo tem que ser imaginativo.

— O que quer dizer com isso? Eu mencionei Doodle Dandy porque ela falou, a garota.

— Certo. Esse é o meu ponto. Eu acredito em você. Acho que você não tem imaginação para inventar um novo brinquedo e dar um nome a ele.

Não consigo deixar de me irritar com aquilo.

— Na verdade, eu já dei nome a muitos brinquedos. Quando os meus filhos...

— Por favor! — Tarin abana a mão, descartando as minhas palavras. — Você deu nome a brinquedos de pelúcia que tinha que nomear porque seus bebês eram muito jovens para fazer isso sozinhos. Eu aposto que você chamou os brancos de "Branca de Neve" ou "Homem da Neve" e os pretos... — Ela para e franze a testa. — Merda, me deu um branco. O que é preto?

— Nelson Mandela — diz Zellie com voz arrastada e entediada. — Talvez ele também não esteja realmente morto. Juro que o vi na nossa banheira hoje de manhã.

— O que quero dizer, Cara, é que, se você estivesse inventando um monte de besteiras, não precisaria dar nenhum outro brinquedo a Melody, a não ser Poggy. Ele é tudo o que você precisa para um encontro convincente com Melody. Eu não acho que você inventaria uma segunda coisa fofinha. Se o fizesse, sendo britânica, eu não acho que você o chamaria de Doodle Dandy, que é uma abreviação de Yankee Doodle Dandy.

Estou ficando cansada de ouvir sobre mim mesma de uma mulher que não sabe nada sobre mim. Quero jantar sozinha. Não que eu esteja com fome.

— Quando a sra. McNair estava sendo uma idiota antes, perto da piscina, você mudou de lugar. Uma pessoa imaginativa teria encontrado uma maneira de fazer com que *ela* mudasse de lugar. E você está aqui sozinha. Por quê? Você não está aqui a negócios.

— Como é que você sabe?

— Você não se locomove energicamente o suficiente. Parece meio perdida e desfocada, e não está com amigos, nem família. Se eu tivesse de adivinhar...

— Mas você não tem — Zellie aconselha. — Você podia se meter com sua própria vida pela primeira vez.

— Eu diria que você tem um problema de algum tipo e não sabe como resolvê-lo. O que prova que você não tem imaginação. Deve *haver* uma maneira de lidar com isso. Se eu soubesse qual é o problema, eu lhe daria a solução. Não que eu esteja me intrometendo. Mas, sim... — Tarin acena

Você viu a Melody?

para mim com a cabeça enquanto o garçom coloca um Campari com soda na mesa na frente dela. — Acredito que você viu e ouviu o que diz que viu e ouviu. O que significa, talvez, provavelmente, que pela primeira vez a sra. McNair está certa: Melody e seu acompanhante fugiram ontem à noite.

— Por minha causa. Porque, desde que invadi o quarto deles, acham que eu sou uma ameaça. Eles não estavam de malas prontas nem nada. Estavam dormindo, com suas coisas por todo o banheiro: lâminas de barbear, uma touca de natação, grampos de cabelos. Nada que eu tenha visto indicava que estivessem planejando ir a qualquer lugar ontem à noite.

Sento-me na ponta da cadeira.

— O quarto! Podemos descobrir quem deveria estar naquele quarto, ou a polícia pode, se nós os chamarmos. Em que nome está reservado, se alguém está lá. Merda!

— O quê? — Tarin agarra meu braço. — Você se lembrou de mais alguma coisa?

— Pelo contrário. Não consigo me lembrar qual era o número do quarto. Era no terceiro andar, mas fora isso...

— Não se preocupe com isso. Haverá um registro no sistema.

Ela se levanta e entorna o restante da bebida goela abaixo, derramando um pouco pelo pescoço durante o processo.

— Mãe! — Zellie protesta. — Modos.

Tarin estala os dedos.

— Carrinho! — ela chama por cima do ombro. Depois, para apaziguar Zellie, complementa: — *Por favor.*

Melody Chapa — A história completa
Uma visão geral
O assassinato de Melody Chapa: Parte 2 — Um álibi surpresa

A difamação de Bonnie Juno pela mídia continuou durante os dois meses em que ela esteve longe de seu programa. Também durante esse tempo — sem conhecimento do público —, um dos oficiais envolvidos no caso Melody Chapa estava começando a ter sérias dúvidas sobre a culpa de Kristie e Jeff Reville. O detetive Larry Beadman tinha sido contatado por um homem chamado Victor Soutar, que se descreveu como massoterapeuta. Soutar afirmou que Kristie Reville tinha passado o dia inteiro com ele em 2 de março de 2010. Ela chegou ao seu apartamento às nove da manhã, disse ele, o que lhe teria dado tempo suficiente para chegar lá no intenso trânsito da manhã se ela tivesse deixado Melody na escola na hora habitual, e ficou até três e meia da tarde: a hora exata em que teria precisado sair para buscar o marido depois do trabalho às quatro e meia.

Soutar disse a Larry Beadman que ele havia pensado duas vezes sobre se apresentar, daí o atraso. Ele estava acompanhando o caso nas notícias como a maior parte do país e tinha entendido o fato de Kristie Reville não tê-lo apresentado como um álibi porque ela preferia arriscar uma condenação por assassinato a ter a verdade revelada. Soutar disse que pessoalmente ele não podia ver por que ela teria tanta vergonha da verdade, mas se tinha, isso era assunto dela. Perguntado por que, nesse caso, ele tinha se apresentado, Soutar respondeu: "Eu não sei. Acho que

Você viu a Melody?

não se trata apenas de Kristie. É sobre a menina também. Quem quer que a tenha matado pode se safar com isso. Eu não quero isso na minha consciência."

Soutar acabou por não ser um terapeuta de massagem comum. Ele era "um encantador", com modos e apresentação impecáveis, e tinha especialização em massagem erótica especificamente para mulheres com problemas de fertilidade. Kristie Reville tinha respondido a um anúncio que ele tinha colocado na Craigslist.

Quando o detetive Beadman examinou de perto o negócio de Soutar, logo descobriu que ele era "uma fraude com um monte de clientes extremamente crédulos". Estes incluíam Kristie Reville, que não tinha dito nada ao marido sobre suas sessões regulares com Soutar no apartamento dele. Ela subsequentemente admitiu: "No fundo, eu sabia que o que Vic estava pregando era pura fantasia, mas eu não queria admitir isso para mim mesma porque precisava acreditar que algo poderia funcionar. Jeff e eu já tínhamos tentado todo o resto. Nós estávamos tão desesperados por um bebê... Jeff também, embora eu ache que provavelmente eu era pior do que ele. Eu teria feito qualquer coisa, pago qualquer dinheiro, mesmo por algo em que não acreditava de fato."

Com essa notícia, a mídia entrou em erupção novamente. Se Kristie estava tão desesperada por uma criança, alguns disseram, então isso certamente lhe deu um poderoso motivo para assassinar Melody, que nunca poderia ser sua filha? Outros argumentaram o contrário: Melody era a coisa mais próxima que Kristie Reville tinha de uma criança sua; portanto, não faria sentido para Kristie matá-la. De qualquer forma, Kristie Reville de repente tinha um álibi para 2 de março de 2010. Ninguém podia pensar em nenhuma razão para Victor Soutar mentir, especialmente porque sua exposição como um charlatão que falsificou histórias de sucesso e referências de mulheres que não existiam pôs fim ao que para ele tinha sido um negócio lucrativo. Kristie Reville confirmou o relato dele do seu dia e admitiu que tinha mentido porque tinha medo que o marido descobrisse. Ela não tinha certeza, disse, de que Jeff não consideraria o seu "tratamento" com Soutar uma forma de infidelidade sexual, bem como uma traição por causa do segredo envolvido.

Soutar confirmou que Kristie Reville tinha saído de seu apartamento aos prantos em 2 de março de 2010, depois de uma longa e franca conversa. "Quinze dias antes de eu vê-la naquele dia, ela havia feito quarenta anos. Acho que ela viu isso como um marco. Se não estivesse grávida aos quarenta anos, talvez nunca estivesse. A fertilidade das mulheres diminui rapidamente depois dos quarenta anos, dizem. Kristie me perguntou se havia alguma coisa que eu pudesse fazer além do que já estava fazendo por ela e que, se não houvesse, talvez deixasse de aparecer para os encontros comigo."

Soutar convenceu-a a concordar com pelo menos mais uma sessão, mas ele não conseguiu levantar seu ânimo. Isso talvez explique por que o colega de Jeff Reville, Nate Appleyard, a viu com olhos vermelhos e inchados naquele dia.

Questionado sobre qualquer sangue no braço e na mão de Kristie, Soutar disse que ele estava certo de que não havia nenhum sangue no braço de Kristie quando ela saiu de seu apartamento.

Perguntada se tinha confiado em alguém sobre seus tratamentos de massagem de fertilidade de Victor Soutar, Kristie Reville no início disse que não, mas Larry Beadman não acreditou nela. Ele pressionou-a neste ponto, mas ela manteve o silêncio. A resposta, surpreendentemente, veio de Soutar. Quando a polícia lhe fez a mesma pergunta, ele revelou que Kristie lhe contara que ela havia confiado numa amiga próxima: Annette Chapa. Annette confirmou isto e finalmente Kristie admitiu que tinha dito a

Você viu a Melody?

Annette e a mais ninguém. Para explicar suas mentiras, ela mais tarde disse em uma entrevista com Bonnie Juno: "Parece loucura, mas senti que já era ruim o bastante eu não contar ao Jeff. Se eu admitisse ter dito a alguém mais, isso faria ter escondido o fato de Jeff soar muito pior. Eu não tinha meu próprio emprego... não um emprego de verdade. A maior parte do que paguei ao Vic era dinheiro ganho por Jeff com seu trabalho."

Pouco depois da história de Victor Soutar sobre o álibi de Kristie ter vindo a público, uma das mães da escola, Shannon Pidd, se apresentou. Ela se lembrou de ter visto o Toyota Camry de Kristie Reville no estacionamento da escola com Kristie e Melody dentro dele. Entrevistada mais tarde por Bonnie Juno, Pidd se desfez em lágrimas e admitiu que não tinha se "lembrado de repente" — ela se lembrou desde o início, mas estava relutante em contradizer a visão geral de que Kristie e Melody não tinham estado lá naquele dia.

Quando Juno gritou com ela, "O que você estava pensando? Como pôde reter provas tão importantes?", Pidd concordou que o comportamento dela era repreensível, mas disse: "Eu acho que simplesmente presumi que tinha me lembrado errado. Se todos os outros tinham certeza de que elas não estavam lá, pensei que podia ter confundido os dias."

Crucialmente, Pidd não viu Kristie ou Melody saírem do carro naquela manhã. Ambas ainda estavam lá quando Pidd e seu filho saíram do estacionamento e foram em direção ao prédio da escola. Perguntada por detetives se ela havia sido capaz de avaliar o humor de Kristie ou Melody, Pidd disse: "Kristie estava ao telefone e Melody parecia estar apenas sentada ali esperando, muito entediada, na verdade."

Bonnie Juno, quando voltou ao ar depois de dois meses de afastamento, estava ansiosa para falar sobre a meia branca manchada de sangue vista por Nate Appleyard no carro de Kristie

Reville e mais tarde encontrada na mochila da Melody na grama atrás do posto de gasolina. Juno tinha uma pergunta e queria uma resposta: se Kristie não tinha sequestrado e matado Melody (e Juno acreditava que não), como aquela meia manchada de sangue foi parar no carro de Kristie?

No *Justiça com Bonnie*, em 24 de agosto de 2010, Juno disse: "Só há uma maneira de ter ido parar naquele carro: se Annette Chapa a colocou lá em uma tentativa deliberada de incriminar Kristie Reville pelo assassinato de Melody. Pense nisso: Kristie não confiou em ninguém além de Annette Chapa sobre suas sessões com Victor Soutar. Ninguém em todo o mundo sabia que o carro de Kristie estaria estacionado à porta do apartamento dele nesse dia — à exceção de Annette Chapa." Juno e Lexi Waldman, a advogada dos Chapa, tiveram uma discussão acalorada no programa de Juno na qual Waldman acusou Juno de ser "a única desesperada para incriminar pessoas inocentes em toda a vizinhança deste caso".

Até então Bonnie Juno estava mais impopular do que nunca, mas era claro que ela não tinha intenção de desistir de sua posição. A entrevistada que ela havia prometido, cujo testemunho iria convencer o mundo da culpa de Annette e Naldo Chapa, não se materializou tão rapidamente quanto Juno havia sugerido, e várias pessoas — incluindo convidados em seu programa — a acusaram de ser uma fraude e uma mentirosa. Enquanto isso, Juno repreendeu o detetive Larry Beadman pela falha da polícia em fazer uma busca completa na propriedade de Annette e Naldo Chapa e em seus dois carros. Beadman disse-lhe ao vivo no *Justiça com Bonnie* que ela não sabia do que estava falando, e forneceu as duas datas em que a casa dos Chapa tinha sido revistada.

Juno argumentou que essas buscas não contavam, por uma razão diferente em cada caso. A primeira busca na propriedade da família aconteceu no dia seguinte ao desaparecimento de

Você viu a Melody?

Melody, quando os detetives tinham esperanças de encontrá-la sã e salva, por isso era tanto uma busca por uma criança que ainda estava viva como por provas de um assassinato. A segunda busca foi realizada quando Kristie Reville já estava sob forte suspeita, portanto os detetives que revistavam a casa de Chapa provavelmente não teriam sido muito minuciosos, já que suas suspeitas naquela fase estavam voltadas para outro lugar.

O detetive Beadman chamou as teorias de Juno de "ridiculamente fracas" e acusou-a de inventar uma história que se adequava à sua necessidade de perseguir e vilipendiar os outros, bem como de tentar forçá-la a ajustar-se aos fatos. Ele deixou claro que não havia planos de revistar a casa dos Chapa pela terceira vez. Nessa altura, ele e sua equipe estavam tratando o caso como um possível homicídio. Ele disse: "Mesmo que Annette e Naldo Chapa sejam culpados de assassinar sua filha — e pessoalmente acredito que é um insulto monstruoso para pais inocentes, duas vezes enlutados, sugerir que são —, qualquer um com um cérebro funcional que tenha matado uma criança em março teria usado os cinco meses desde então para remover qualquer evidência incriminatória. Eu não acredito que Naldo e Annette Chapa sejam tão estúpidos quanto não acredito que eles sejam assassinos. Se Kristie e Jeff Reville são inocentes, isso não significa que os Chapa sejam culpados."

Ingrid Allwood apresentou uma teoria interessante por volta dessa época. Em discussão com Mark Johnston na CNN, Allwood disse: "Seja o que for que ele alega, acredito que o detetive Beadman e seus colegas já teriam revistado a casa dos Chapa novamente se não fosse pela abordagem agressiva adotada por Bonnie Juno. Para uma mulher inteligente, ela está agindo de modo muito estúpido, se você quiser minha verdadeira opinião. Ao repreender os policiais pelo que não estão fazendo, quando, pelo que ela sabe, eles podem estar prestes a fazê-lo, ela os está antagonizando desnecessariamente. Da última vez que o Larry Beadman foi ao programa dela, havia um grande ódio nos olhos dele. Eu acho que há um perigo real de que sua determinação em rejeitar qualquer coisa que venha de Juno possa levar a que aspectos vitais deste caso sejam negligenciados." Quando perguntado quais seriam esses elementos vitais, Allwood respondeu que não cabia a ela especular. Perguntada se ela, como Bonnie Juno, suspeitava que os Chapa tivessem assassinado sua filha, ela disse: "Eu prefiro guardar minhas suspeitas para mim quando não posso provar nada de um modo ou de outro. Eu também gostaria de lembrar às pessoas que o corpo de Melody Chapa não foi encontrado. Ainda não sabemos ao certo se esta pobre menina desaparecida está morta."

A polícia foi lenta em retirar as acusações contra Kristie e Jeff Reville — algo pelo qual Bonnie Juno os repreendeu em várias ocasiões. E então um episódio de *Justiça com Bonnie* mudou tudo.

10 de outubro de 2017

Posso sentir a impaciência de Tarin enquanto Riyonna olha para a tela do computador na frente dela balançando a cabeça a cada intervalo de segundos. Zellie, ao seu lado, está apática. Ela não quer estar aqui comigo e com a mãe se aprofundando nesse negócio estúpido da Melody. Não há dúvida de que tudo isso é uma grande perda de tempo.

A frustração de Tarin é mais significativa. Ela bate no pequeno Buda de bronze, no topo da cabeça, com uma batida de tambor, como se isso pudesse fazer algo acontecer rapidamente. O fato de só poder ver as costas do monitor a está consumindo. O que Riyonna está vendo que está fazendo seus olhos se arregalarem desse jeito? Eu também quero saber, mas aparentemente não tanto quanto Tarin. Ela vai marchar para o outro lado do balcão da recepção se Riyonna não nos disser nada.

Não gosto da maneira como Tarin se tornou a força motriz em tudo isso. Foi ela quem contou a Riyonna a história completa, mais sucintamente do que eu poderia ter feito. Sinto como se ela estivesse se intrometendo em algo que é meu, o que não faz sentido, já que eu nunca tinha ouvido falar de Melody Chapa até hoje.

— Eu sinceramente peço desculpas — diz Riyonna, piscando furiosamente, desolada mais uma vez graças a mim.

— Lamento muito, sinceramente. Toda essa confusão é culpa minha. Mandei a sra. Burrows para o quarto errado e agora não consigo me lembrar do número e não consigo encontrar a informação de que precisa no nosso sistema. Talvez alguém mais possa, alguém que saiba como procurar por dados que foram deletados, mas, pelo que vejo, simplesmente não... está aqui. — Ela abana a cabeça novamente, como se não conseguisse entender. — Deveria estar... — A voz dela desaparece.

— Espere, o que isso significa? — pergunta Tarin. — Você está dizendo que o sistema deveria ter um registro do erro que você cometeu, mas alguém o apagou?

Riyonna parece aflita.

— Ela não pode te dizer isso sem ser pouco profissional — diz Zellie.

— Ah, que se dane o não profissional — diz Tarin. Agora ela está brincando com a planta de vagens no vaso amarelo. A qualquer momento, ela vai arrancar um talo inteiro com suas unhas afiadas. — Não, quero dizer, que se dane o *profissional*. Eu quero saber o que está acontecendo aqui. Que tipo de resort esquisito é esse? Meninas assassinadas aparentemente vagando por aí, pessoas com câncer que estariam melhor no hospital, octogenários loucos cambaleando como zumbis...

— Tão sensível, mãe. — Zellie se afasta, enojada. — Então, você é médica agora, que sabe que tratamento médico as pessoas precisam? Se você disser mais alguma coisa sobre Hayley, eu juro... As pessoas doentes não podem sair de férias? Nem os idosos?

Você viu a Melody?

— Ora, sim, eles podem. No Resort Cinco Estrelas dos Zumbis, onde os mortos-vivos brincam de "Marco Polo" na piscina até você querer se matar e onde um acompanhamento de guacamole vem com cada maldita refeição sem ser solicitado. Até mesmo bife. — Tarin se inclina e se coloca cara a cara com Riyonna. — Você vai nos dizer o que está acontecendo, ou não?

Riyonna começou a chorar. Tenho quase certeza de que isso não teria acontecido se eu tivesse sido capaz de lidar com isso sozinha, sem Tarin a reboque.

— O quê? — Tarin pergunta a Zellie. — Eu não xinguei. Disse "maldita".

— Vou ser muito honesta, sra. Fry — diz Riyonna com voz trêmula. — Não sei o que se passa, tal como você, e isso está me assustando um pouco. — Ela limpa os olhos. — O sistema não registraria nada como um erro, não iria sinalizar qualquer tipo de erro, mas mantém um registro de todos os check-ins e check-outs que remontam a vários meses. O que deveria estar aqui é a informação que a sra. Burrows foi registrada nesse quarto e então, logo depois, saiu dele. Se isso estivesse aqui, eu poderia encontrar o número do quarto, mas não está aqui e não consigo entender por que não.

— Pode ser que o sistema não esteja funcionando bem — digo. — Isso explicaria também por que o quarto parecia disponível quando não estava.

— Talvez eu deva dizer... — Riyonna começa, hesitante. — Eu não poderia lhes dizer o número do quarto ainda que o achasse. Esse tipo de informação é confidencial.

— Mesmo eu tendo *ido* a esse quarto? Eu poderia facilmente ter me lembrado do número.

— Mas não se lembrou e... bem, como a senhora infelizmente descobriu, é o quarto de outro hóspede. — Ela encolhe os ombros se desculpando.

— Típica enrolação — diz Tarin rispidamente. — Por que se dar ao trabalho de procurar o número se você não tinha nenhuma intenção de nos dizer qual era? Tem certeza de que não apagou qualquer registo que devesse estar no sistema para fazer de conta que o seu erro nunca aconteceu?

— Sim, senhora — diz Riyonna entre lágrimas.

— Se ela o apagou, porque te diria que devia estar aqui e não está? — diz Zellie.

— Isto não está nos levando a lugar algum. — Tarin bate as palmas das mãos na bancada. Ela vira-se para mim. — Você disse que era no terceiro andar. Tem certeza?

— Absoluta.

— Vamos lá, então. Uma vez lá em cima, talvez você se lembre. Algo pode refrescar sua memória.

Eu abro a boca e depois a fecho outra vez.

— E então? — Tarin se inclina para olhar para mim. — O que vai ser?

É claro que sim. Posso encontrar o quarto facilmente, mesmo sem saber o número. Eu me sinto estúpida por ter levado tanto tempo para pensar nisso, correndo o risco de ser adicionada à lista de Tarin de espécimes com morte cerebral e outros defeitos que inundam o resort com sua presença.

— Sei o que fiz quando saí do elevador, como eu andei. Eu estava no elevador da esquerda, não da direita. Há dois, lado a lado. Saí e virei imediatamente à esquerda. Eu não apenas me desviei de leve para a esquerda, como de fato andei para a esquerda e para trás, mais ou menos para trás de onde o elevador estava. E era um beco sem saída, eu me lembro disso. O fim do corredor. Eu não poderia ter passado pelo quarto para outros quartos.

— Vamos — diz Tarin. Para Riyonna ela diz: — Assim que tivermos o número do quarto, voltaremos para descobrir quem está lá dentro.

Você viu a Melody?

— Sra. Fry, receio que eu não possa partilhar informações confidenciais sobre...

— Apenas certifique-se de que nenhuma outra informação seja apagada até lá. E traga aqueles detetives de volta aqui.

— Muitas pessoas têm acesso à rede do hotel. — Riyonna parece estar em pânico. — Eu não sou a única. Mas... não consigo entender o que está acontecendo, eu realmente não consigo!

Isso é horrível. Eu deveria estar pensando em meus próprios filhos, não em Melody Chapa. Meu próprio bebê, não uma garota americana morta.

Não tenho nada a ver com este lugar. Tudo isso... é o pesadelo de outra pessoa, não meu.

— Sra. Burrows, a senhora está bem? — A voz gentil da Riyonna irrompe em meu pânico silencioso.

— Eu... sim, estou bem. — Ou melhor, sou inglesa, então é assim que sempre vou responder a essa pergunta.

Tarin me dá uma cutucada com o cotovelo.

— Vamos lá — diz ela. — Terceiro andar.

Zellie suspira enquanto segue atrás de nós em direção aos elevadores. Quando entramos no primeiro que vem, Tarin suspira e diz:

— Isso vai ser decepcionante.

— Por quê? — pergunto. Ela não confia na minha memória? Não posso culpá-la, se assim for. Estou com medo de que cheguemos lá e não faça a menor ideia. A luz azul move-se do "1" para o "2" acima das portas do elevador.

— Não reparou em nada, lá embaixo no lobby, antes de entrarmos no elevador? — Tarin me pergunta.

— Como o quê?

— Sim, como o quê, mãe? Vamos ouvir mais um pouco das suas observações geniais, por favor.

Tarin sorri afetadamente.
— Vocês vão ver — diz ela. — Vocês duas.

≈

Automaticamente, sem pensar — essa é a melhor maneira de fazer isso. As portas se abrem e eu saio, fingindo para mim mesma que estou sozinha, rezando para que Tarin fique quieta enquanto eu me oriento.

É tarde, você está exausta, acabou de chegar dirigindo do aeroporto...

Isso é fácil. Eu me lembro. Fiquei parada aqui, olhei os números e flechas pintados nas paredes, percebi que tinha que virar à esquerda, virar a esquina, atrás...

Merda. Não tão fácil, afinal de contas.

— O que foi? — Tarin ataca.

Fora do elevador, vire à esquerda na esquina — essa parte está certa. Definitivamente certa. E o beco sem saída: também correto. Mas há um problema. Há duas portas à minha frente, não uma. Quartos 324 e 325.

— Você não vai...

— Cale-se, Zellie. Não vou dizer uma palavra. Ainda não. Cara? Qual era o quarto? Qual dos dois?

— Não sei. Eu... não me lembro de haver duas portas. Só me lembro de uma.

— Talvez alguns hóspedes fantasmagóricos tenham adicionado novos quartos e apagado informações dos computadores — diz Zellie.

— É claro que não — retruco. A voz sai mais áspera e mais dura do que eu pretendia. — Obviamente, estes dois quartos estavam aqui ontem à noite, mas eu não notei o segundo. Eu vi apenas o que precisava ver: a porta que eu

Você viu a Melody?

precisava abrir para encontrar a cama onde eu ia dormir, ou assim esperava. E não consigo me lembrar que porta era essa. Sinto muito.

— Você vai sentir ainda mais em um segundo — diz Tarin. — Venha cá. — Ela acena, me chamando de volta para os elevadores. Quando eu chego onde ela está, ela diz: — Ok. O que você vê?

Diga a ela que você não está com disposição para brincadeiras.

— Os elevadores. Um corredor. Um tapete cinza. Uma foto emoldurada do Grand Canyon na parede.

— Ok, pare. Quantos elevadores você vê?

O que há de errado com ela? Não é óbvio quantos?

— Dois.

— *Dois?* — Tarin grita, um guincho agudo. — Sério?

— Estou olhando para dois. Você me perguntou o que eu podia ver. Sei que há outros atrás de mim.

— Ao vencedor, as batatas! — Tarin bate palmas. Ela me agarra e me faz dar meia-volta. — E o que você vê agora? Quantos elevadores?

Ah, meu Deus. Não posso acreditar que fui tão estúpida.

— Dois elevadores deste lado, dois daquele lado — diz Tarin. — Você se lembra de sair do elevador e virar imediatamente à esquerda para um corredor com um beco sem saída, mas, olhe, há um beco sem saída ali também. Quartos 322 e 323, exatamente o mesmo, uma imagem de espelho. Você se lembra de que estava no elevador à esquerda, não à direita, mas há uma esquerda e uma direita em *ambos* os lados. Você podia ter saído do elevador da esquerda em *qualquer* um dos lados, virado à esquerda na esquina e ficado num beco sem saída olhando para duas portas. Estou supondo, pelo olhar no seu rosto, que você não se lembra para que lado foi, não é?

Eu balanço a cabeça.

— Depois de apertar o botão, enquanto esperava que o elevador chegasse, o que podia ver? — Tarin persiste.

— Não me lembro. Portas de elevador, suponho.

Tenho vontade de deitar-me no chão e chorar. Como é que me livro destas pessoas, desta situação?

— Sim, mas no lobby elas são espelhadas no exterior, certo? Um exagero de requinte. Olhando para um lado, você teria visto as portas do restaurante Sunset Grill refletidas. Olhando para o outro lado, você veria a pequena loja falsa. Sabe à qual estou me referindo?

— Loja falsa?

— Uau, Cara. Você não nota *nada*? Grande bojo de vidro na parede, com sapatos dourados e bolsas incrustadas de diamantes? Tem um poncho lá dentro que eu queria experimentar e ninguém podia abrir a maldita caixa de vidro para mim. Deve haver uma chave, mas você acha que encontrei um único membro da equipe do resort que soubesse onde ela estava?

— Pobre mamãe — diz Zellie. — Deve ser tão difícil ser você.

— Bem, desculpe, mas de que serve ter uma bolha de vidro colada à parede com mercadorias que você quer que as pessoas comprem e depois, quando elas querem examiná-la, você não consegue encontrar a chave?

— Não me lembro de ter visto nada refletido nas portas do elevador — digo. — Estava exausta. Eu mal reparei, não estava prestando muita atenção.

— Bem, nós reduzimos a busca a quatro quartos, eu acho. Isso é melhor do que nada. — Tarin aperta meu braço. Dói. — E Zellie e eu podemos ajudar. Podemos reduzir para três.

— Como?

Você viu a Melody?

Tarin vai até a porta do quarto 325, tira um cartão de acesso do bolso de seu short e o segura contra o dispositivo de acesso. Uma luz verde pisca e a porta se abre.

— O quarto para onde você foi não era este — diz ela. — Este é nosso, meu e da Zellie.

≈

Não. Recuso-me a acreditar. Algo não está certo.

Tarin está segurando a porta aberta, esperando eu entrar. Zellie já está lá dentro chutando suas sandálias.

— Você vai entrar ou não? — Tarin pergunta. — Vamos ligar para a recepção e obter os nomes com a Riyonna, os hóspedes dos outros três quartos, e depois pedir o serviço de quarto. Você não está morrendo de fome? Eu podia comer um maldito cavalo. Com o maldito guacamole, obviamente. Sem chance do cavalo chegar sem, não neste resort. Podemos comer na varanda, há muito espaço. Cara?

— 325 é o seu quarto?

— Bem... sim? Quero dizer, é por isso que estou nele. Algum problema?

— Por que você não me disse?

A boca de Tarin se achata em uma linha.

— Dizer o quê? Dizer quando? Já lhe disse. Acabei de dizer.

— Quando eu disse que me lembrava de que o quarto para onde a Riyonna me mandou ficava no terceiro andar. Por que você não disse então que seu quarto é no terceiro andar?

— É irrelevante. Por que eu mencionaria isso? Deve haver cinquenta quartos neste andar. Eu não sabia que não seria fácil conseguir o número do quarto para o qual você foi enviada e eu não sabia que você acabaria reduzindo a busca a quatro quartos, incluindo o meu. Satisfeita? — Tarin põe a mão no quadril agora. Minhas dúvidas estão atrasando o seu jantar.

Não sei se estou satisfeita. Eu gostaria de ter a chance de pensar sem que ela fique observando todos os meus movimentos.

— Claro — digo. Se eu jogar bem, será mais fácil escapar. — Ouça, vou voltar para a minha *casita*. Não estou especialmente com fome e preciso fazer algumas coisas, então...

— Que coisas? Você não quer saber quem está nos outros três quartos?

— Sim, mas eu realmente só preciso...

A gargalhada de Tarin corta a minha fala.

— Você realmente *só precisa* aprender a dizer o que pensa. Não quer jantar com Zel e comigo? Tudo bem. Não me importo. Se você suspeita que eu esteja escondendo Melody Chapa no meu quarto de hotel porque é um dos quatro na sua lista, vá em frente. Não estou ofendida. Eu acho hilário!

— Só quero ficar um pouco sozinha, apenas. — Por que eu pareço estar implorando a ela?

— Ok. Bem, vou descobrir quem está naqueles outros três quartos e se a polícia está a caminho. Eu quero saber o que diabos está acontecendo. Você não quer?

Atrás dela, Zellie aparece com seu cabelo louro e cor de morango num coque no alto da cabeça. Ela olha para mim, faz com que eu registre seu olhar de quem não está impressionada, depois abre uma porta atrás de Tarin. Ela se projeta para o estreito corredor de entrada, bloqueando minha visão do quarto. Eu ouço o som de uma torneira aberta e cheiro de baunilha.

Você viu a Melody?

— Não acho que você e eu possamos descobrir muita coisa — digo a Tarin. Ela tem razão: eu deveria ser mais direta em vez de tentar sempre suavizar as coisas. — Não temos autoridade para fazer perguntas. Se houver alguma coisa duvidosa acontecendo, a polícia vai resolver isso. Sim, como você, quero saber o que está acontecendo. Claro que sim, essa é a coisa mais bizarra que já aconteceu comigo. Estou tão intrigada quanto você, mas acho que não vamos conseguir a resposta hoje.

Tarin está mordendo a parte interna do lábio.

— Sabe o que mais? Eu não tenho certeza se a polícia do Arizona é de quem precisamos agora. Eles já estiveram aqui e se foram, nenhuma surpresa lá. Melody Chapa foi assassinada na Filadélfia, o que diabos isso tem a ver com eles? Não é problema deles! Se a sra. McNair estiver certa e Melody deixou o Swallowtail ontem à noite, eu não acredito que nenhum policial do Arizona vai descobrir que ela esteve aqui, só para começar. A vida deles será muito mais fácil se *não* descobrirem isso. Entende o que eu quero dizer? Algo tão grande quanto isso, que atravessa as fronteiras estaduais... isso me parece federal.

— Você está dizendo que acha que deveríamos contatar... — Deixo a pergunta inacabada. Eu me sentiria muito tola dizendo isso.

— Sim. O FBI.

Isso é demais para mim. Demais.

— Eu tenho que ir — eu sussurro. — Desculpe.

— Cara? Cara! Você está mesmo fugindo de mim? Ah, meu Deus!

O elevador vem depressa, felizmente. Não me permito respirar até que as portas estejam fechadas e eu esteja me afastando de Tarin Fry e indo em direção à segurança.

Sophie Hannah

≈

De volta à minha *casita*, peço serviço de quarto — uma salada Caesar de frango e um suco de laranja — para chegar exatamente em uma hora e meia. Sinto o meu rosto ruborizar ao especificar o tempo de entrega desejado, embora o Swallowtail seja o tipo de lugar onde você pode fazer isso e ninguém vai ladrar "Olha, você vai receber a sua comida quando receber, está bem?"

Preparo um banho desejando ter um pouco do óleo de baunilha da Zellie ou o que quer que ela estivesse usando. Em vez disso, eu me contento com a pequena garrafa de sabonete líquido do Swallowtail, que cheira a eucalipto e algo cítrico. Despejo-o na água corrente quente, respirando o aroma. Meu Deus, como isso é bom. Quem precisa de baunilha?

Enquanto espero a banheira encher, eu ando pela minha *casita*. Ainda é tão bonita quanto era quando estive aqui pela última vez — eu não imaginava. Toco em paredes e bancadas, sinto a suavidade dos tapetes e dos azulejos frios contra as solas dos meus pés e faço questão de não pensar em Tarin Fry, Melody Chapa, Bonnie Juno, Kristie Reville... Eu não sabia nenhum desses nomes ontem e por enquanto pretendo fingir que ainda não sei.

Devia verificar o Instagram. Jess ou Olly pode ter comentado nas fotos que postei. A ideia de olhar — de enfrentar o que os meus filhos possam querer me dizer — é aterradora. Também preciso verificar se Patrick respondeu ao meu e-mail.

Eu engulo em seco. Estou muito tentada a adiar o momento do acerto de contas para mais tarde, tomar o meu banho e jantar primeiro, mas se fizer isso, não vou apreciar nenhum dos dois. E se não o fizer, se olhar agora, posso ficar muito chateada para comer.

Você não achava que poderia deixar tudo isso para trás, não é, Cara?

Minhas mãos executam as ações necessárias enquanto meu cérebro se apaga. É a melhor maneira, a única maneira. Tenho de saber o que está lá esperando por mim.

Meu corpo inteiro desaba quando vejo que são boas notícias. Bem, não são notícias, na verdade, mas certamente boas. Definitivamente não são ruins. Não há nenhum e-mail de Patrick, mas há um comentário de Jess sob uma das fotos que postei. Isso deve significar que ela ficou acordada até tarde — mais tarde do que eu teria permitido. São 19h30 no Arizona, então oito horas depois na Inglaterra: 3h30 da madrugada. Ela deixou o comentário no que seria meia-noite no horário de lá.

Embaixo da minha foto dos dois coquetéis coloridos, ela escreveu: "Sim, parece ótimo. Obrigada por não ter me levado. Papai e Olly estão me deixando louca. Olly é um fedelho enfurecedor! Por que você partiu sem nos dizer nada?! O que diabos está acontecendo? Você e o papai estão se separando? Espero que não! Aliás, papai é imcapas de ser um pai adequado. Mim e Olly estamos na casa da vovó. Está muito quente, nenhuma das janelas abre e há rádios falando besteira em todos os cômodos. Ela os deixa ligados o tempo todo! Volte!!!!!! bjs"

Olly e eu, não mim e Olly. Incapaz, não imcapas.

Eu começo a chorar, sentindo falta de casa, feliz de ver que Jess soa como Jess. Ela está bem. Eles estão bem. Tudo vai ficar bem, de alguma forma.

Em seu Instagram, Jess postou uma foto de uma janela fechada com tinta descascando na moldura. Reconheço a casa da mãe de Patrick. Olly dorme sempre no sótão, e Jess no quarto de hóspedes principal. Deixo um comentário embaixo da foto: "Voltarei em breve — na terça-feira, 24 de outubro. Morrendo de vontade de te ver, querida. Muito amor para você e Olly, bjs. E não, papai e eu não estamos nos separando, eu prometo."

Posso prometer isso? Tarde demais. O comentário já foi.

Patrick não me deixaria, a mim e às crianças. Não importa o que aconteça. Nem mesmo se eu fizer com que ele tenha mais um filho do que ele quer.

Você tem certeza disso?

As palavras de Tarin voltam para mim: *Eu diria que você tem um problema de algum tipo e não sabe como resolvê-lo. O que prova que você não tem imaginação. Deve haver uma maneira de lidar com isso. Se eu soubesse o problema, eu lhe daria a solução.*

Por favor, Deus, me poupe da receita de Tarin Fry para melhorar minha vida.

Afundo no meu banho perfumado por uma hora, olhando para a lista de atividades em oferta no Swallowtail. Se houvesse um *workshop* sobre tomada de decisão, eu consideraria me inscrever — "O que fazer em situações impossíveis" ou algo assim.

Minha salada Caesar de frango chega com uma tigela de guacamole não solicitada, o que me faz pensar em Tarin novamente. Quisera não ter deixado tão óbvio que eu suspeitava que ela estava me enganando deliberadamente. Pensando racionalmente, ela estava certa: não havia razão para ela dizer: "Espere! Terceiro andar? É onde fica o meu quarto", quando o mencionei pela primeira vez.

Não acredito sinceramente que Tarin e Zellie estejam escondendo alguma coisa — alguma coisa, neste caso, relativa a uma garota oficialmente morta cujos pais estão na prisão pelo seu assassinato. A ideia é risível. Embaraçosa. Vou ter que encontrar Tarin em algum momento e me desculpar. Em meu desespero para me livrar de suas garras arrogantes, exagerei.

Acabada a minha comida, empurro o meu prato para o lado. Quem me dera poder empurrar meus pensamentos com essa facilidade, fazer com que parassem de ficar voltando para Melody Chapa.

Ela deve estar morta. Houve todo um julgamento, enormes quantias de dinheiro gastas, sem dúvida, em processar, defender, apelar. Esteve em todos os meios de comunicação durante anos. O país inteiro não pode estar sob a ilusão de que esta menina está morta se ela não estiver. É impossível. Esse deveria ser o meu ponto de partida. Ou melhor ainda, não o meu — o de outra pessoa. A propriedade é a última coisa que eu quero — isso não tem nada a ver comigo.

Mas quero descobrir o fim da história. Quem foi o convidado surpresa do programa de Bonnie Juno, aquele que mudou tudo e fez com que as suspeitas mudassem dos Reville para Annette e Naldo Chapa?

Eu pego o iPad e escrevo os nomes "Bonnie Juno" e "Melody Chapa" na caixa de busca, juntos. Alguns dos primeiros resultados que aparecem são clipes do YouTube. O primeiro da lista, e o mais recente, tem data de 2014 e tem o slogan: "Bonnie Juno fala de Melody Chapa no *Ken Hayun Show*: a controvérsia da meia ensanguentada." Eu clico na seta branca e o clipe começa a tocar.

BONNIE JUNO ENTREVISTADA POR KEN HAYUN,
CNN, 23 DE JUNHO DE 2014

KH: Meu próximo convidado não precisa de apresentação. Bem-vinda, Bonnie Juno. Obrigado por estar conosco hoje.

BJ: Sempre um prazer, Ken. Obrigada por me receber no programa.

KH: Eu não esperava um "sim" de você, Bonnie. Vou ser franco: pensei que diria que já havia dito tudo o que tinha a dizer sobre Annette e Naldo Chapa...

BJ: Também pensei assim, Ken, agora que a justiça foi feita e aqueles dois monstros malignos estão atrás das grades, onde é o lugar deles. Mas certas pessoas — pessoas determinadas a não enxergar a verdade — continuam espalhando desinformação, e eu não posso deixar isso passar sem ser questionado por causa da pobre Melody, pelo bem de sua memória.

KH: Bem, acho que posso entender...

BJ: Mesmo com seus assassinos atrás das grades, injustiças ainda podem ser perpetradas contra ela, e é isso que eu acredito que esteja acontecendo aqui. Este último derramamento de lixo de Ingrid Allwood — eu me recuso a chamá-la de "doutora", ela não merece o título — é o exemplo perfeito de...

KH: Bonnie, estou feliz por você ter levantado a questão do recente artigo de opinião da dra. Allwood. Nós convidamos a dra. Allwood para se juntar a nós esta noite. Infelizmente ela recusou o convite.

BJ: Sim, aposto que sim!

KH: Para aqueles de vocês em casa que perderam, estamos falando do artigo da dra. Ingrid Allwood no *New York Times*...

BJ: Não é um artigo, Ken, é um pedaço de lixo sem valor. Só porque é feito de palavras não o torna melhor do que lixo. É um insulto à pobre Melody, é tudo o que é. Eu jurei a mim mesma que sempre defenderia os interesses dela o melhor que pudesse e é por isso que estou aqui hoje. O que Allwood está fazendo é mentir — mentiras perigosas projetadas para atrair simpatia para Annette e Naldo Chapa. Ei! Eu tenho novidades para o público americano: algumas pessoas na prisão são realmente culpadas, independentemente do que vocês gostem de assistir em suas TVs. Todos esses programas sobre o sistema condenar pessoas inocentes... eles estão distorcendo a mente das pessoas! Uma garotinha está morta, as pessoas certas estão presas e eu estou determinada a manter as coisas assim.

KH: Bonnie, você claramente está muito envolvida por isso...

BJ: Pode crer que sim.

KH: Claro, mas podemos falar sobre um ponto específico levantado pela dra. Allwood no *New York Times* — a meia de Melody Chapa com sangue nela? Ela diz...

BJ: Não, Ken, desculpe interrompê-lo, mas receio que você já esteja errado. Allwood não diz absolutamente nada. Esse é o problema! Ela não tem conclusões nem teorias para oferecer. Ela não parece pensar que os Chapa sejam culpados de assassinato, mas também não vai admitir que suspeita de Kristie

Sophie Hannah

e Jeff Reville. Quem ela acha que fez isso, então? Papai Noel? Ela pergunta muito e não responde nada — isso por si só é altamente enganoso. Apenas deixa as perguntas pairando no ar. É um truque retórico, e a maioria das pessoas é burra demais para ver isso. Ela está tentando fazer todo mundo pensar que a resposta, se nós a soubéssemos, certamente apontaria para a inocência de Annette e Naldo Chapa.

KH: Espere... deixe-me aprofundar um pouco aqui. Não, por favor... eu realmente quero que você aborde este ponto-chave que a dra. Allwood levantou. Para isso, vamos precisar de uma recapitulação dos fatos incontestáveis. Nate Appleyard viu a meia com sangue — uma meia branca de criança — dentro do carro de Kristie Reville no dia em que Melody desapareceu. Mas quando os detetives revistaram o carro, a meia não estava lá. Algum tempo depois — perdoe-me, não me lembro do tempo exato, mas foram algumas semanas, eu acho —, foi encontrada uma bolsa que acabou sendo a mochila da Melody. Estou certo até agora?

BJ: Totalmente correto.

KH: Ok. Dentro da mochila da Melody, a meia foi encontrada. Manchada de sangue, que acabou sendo de Melody. Nate Appleyard foi perguntado pelos detetives se aquela era a mesma meia que ele tinha visto no carro de Kristie Reville e ele a identificou positivamente: as mesmas manchas nos mesmos lugares — sem dúvida nenhuma.

BJ: Sim.

KH: E então a dra. Allwood levantou a questão, e eu devo admitir que me parece válida... Digamos que Annette e Naldo Chapa queriam enquadrar os Reville...

Você viu a Melody?

BJ: Era exatamente o que eles queriam. Eles montaram tudo e quase funcionou. Pobre Kristie Reville, que sempre foi uma boa vizinha para eles, cuidou de sua filhinha enquanto Annette estava ocupada com o trabalho. Annette e Naldo Chapa estavam preparados não só para matar a sua pobre e doce filha a sangue frio, mas também para incriminar um casal inocente que nunca lhes tinha feito mal nenhum. É por isso que eu os chamo de personificação do mal e vou insistir nessas palavras até o dia em que eu morrer. Eles me dão arrepios.

KH: Então vamos imaginar por um segundo que você é os Chapa, você assassinou sua filha e quer incriminar Kristie Reville. De alguma forma, você consegue colocar a meia manchada de sangue da Melody dentro do carro da Kristie — isso é uma grande sacada, certo? Kristie Reville disse categoricamente aos detetives que ela *sempre* trancava seu carro, que nunca se esquecia — ela era muito preocupada com segurança, especialmente quando visitava seu massagista Victor Soutar, que morava em um bairro decadente.

BJ: Olhe, Ken, acredito que a Kristie ache que está dizendo a verdade. Eu acredito que ela ache que sua memória está cem por cento correta nesse ponto, mas acho que está errada. Todos nós cometemos erros de vez em quando: deixamos coisas destravadas que poderíamos jurar que trancamos perfeitamente. Quando Kristie visitou Victor Soutar no dia em que Melody desapareceu, ela deixou o carro destrancado. Annette e Naldo Chapa, tendo assassinado a filha, foram até a casa de Soutar e plantaram aquela meia manchada de sangue no carro de Kristie. Kristie estava com problemas naquele dia, lembra-se? Ela estava enfrentando o fato de que os tratamentos de Soutar nunca iriam ajudá-la a conceber uma criança. Trancar o carro teria sido a última coisa em sua mente.

KH: Bem, com todo respeito, Bonnie, essa é a sua hipótese: que ela não trancou seu carro e que os pais de Chapa plantaram a meia ensanguentada. Ninguém os viu fazendo isso, viu?

BJ: Correto, ninguém os viu. A outra parte? Errada. Não é só a minha hipótese. É também o veredito de um júri e, portanto, a hipótese do sistema judicial americano, que eu respeito mesmo que você e Ingrid Allwood não o façam. Se Annette e Naldo Chapa assassinaram Melody — estou dizendo "se" em deferência a você, Ken; ambos sabemos que não é mais um "se" —, então é claro que eles plantaram a meia. De que outra forma ela iria parar no carro de Kristie? Não importa que ninguém os tenha visto. Nós sabemos que deve ter acontecido.

KH: Mas então a meia foi movida de lugar, não foi? Não ficou no carro. Acabou na mochila da Melody, que mais tarde foi encontrada em algum matagal perto de um posto de gasolina local. Você diria que Annette e Naldo Chapa devem tê-la movido, eu suponho — e a dra. Allwood pergunta: *Por que eles fariam isso?* Colocar essa meia no carro da Kristie Reville... é uma maneira bem-sucedida de incriminação, não é? Nate Appleyard viu e, se a meia tivesse ficado no carro, a polícia a teria encontrado mais cedo do que eles na propriedade de Kristie Reville. Então, por que movê-la? A dra. Allwood está certa, não está? Não há razão para os Chapa quererem ou precisarem fazer isso.

BJ: Veja, esse é o perigo dessas perguntas que Allwood, e agora você, deixam no ar.

KH: Que perigo?

BJ: Você só leva o processo de pensamento até esse ponto — apenas o suficiente para lançar dúvidas. É repugnantemente desonesto. Vamos mais longe: se os Chapa não tivessem razão para mover a meia ensanguentada da Melody, isso

Você viu a Melody?

poderia significar que eles são inocentes. Certo? Está bem, vamos acatar isso. Se eles são inocentes, isso significa que outra pessoa raptou e assassinou a pobre Melody. Ou Kristie e Jeff Reville ou alguém mais deve ter feito isso — podemos concordar com isso?

KH: Eu acho que sim, sim.

BJ: Digamos que Kristie e Jeff fizeram isso. Então a meia está no carro deles porque eles são totalmente culpados e eles decidem movê-la para onde? Uma mochila que está coberta pelo DNA de Kristie — ok, ela sempre levava Melody para a escola e deve ter segurado muito a bolsa, mas ainda assim essa bolsa está coberta pelo DNA de Kristie e cheia de sangue de Melody, seu cabelo que mostra evidências de envenenamento por arsênico, moscas que devem ter entrado em contato com seu corpo morto... Desculpe, Ken, não consigo evitar. Eu não sei como alguém pode falar sobre este crime horrível sem ficar emocionado — você deve ter um coração de pedra.

KH: É um caso muito perturbador, Bonnie. Você quer...?

BJ: Eu estou bem, obrigada, Ken. Vamos voltar às hipóteses. Por que Kristie iria mover a meia *que ela sabe que Nate Appleyard já viu no carro* dela para a mochila da Melody cheia de fios de cabelo, sangue e moscas? Por que se ligar à evidência de assassinato dessa forma? Eu não posso vê-la fazendo isso. Não consigo ver ninguém fazendo isso.

KH: Então, de acordo com você, os Chapa plantaram a meia no carro de Kristie Reville e também depois a mudaram para a mochila da Melody?

BJ: Com certeza.

KH: Então eles tiveram sorte duas vezes? Kristie Reville deixou seu carro destrancado duas vezes, em dois momentos muito oportunos para Annette e Naldo Chapa?

BJ: Eu não acredito que a preocupação de trancar o carro seria uma prioridade da mente de Kristie Reville em 2 de março de 2010. Ela ficou arrasada ao pensar que sua infertilidade poderia ser permanente, não temporária, como sempre tentou se convencer. Isso era o que estava acontecendo com ela naquele dia. Então, sim, não tenho nenhum problema em acreditar que ela poderia ter esquecido de trancar seu carro mais de uma vez.

KH: Mas a própria Kristie diz o contrário. Ela diz que não importa em que estado estivesse, sempre trancava o carro — em 2 de março de 2010, o mesmo de sempre.

BJ: Tenho uma teoria sobre isso, que não posso provar. Não acredito que Kristie queira admitir que sua melhor amiga, como considerava Annette — sua única amiga no mundo, na verdade —, poderia fazer isso com ela. Kristie e Jeff ainda insistem que seus bons amigos e vizinhos, os Chapa, são inocentes. É de partir o coração, na realidade. Esse é o problema com as pessoas verdadeiramente boas, no entanto: elas não veem o mal. Simplesmente não o veem, não o reconhecem.

KH: Era como uma sociedade de absolvição mútua, certo? Os Chapa dizendo que os Reville eram inocentes e os Reville dizendo o mesmo sobre os Chapa? Não é o que se poderia esperar.

BJ: Sim. Os Reville acreditavam ingenuamente que os Chapa não podiam ser culpados. Os Chapa, entretanto, *sabiam* que os Reville eram inocentes porque eles mesmos eram totalmente culpados.

KH: Em seu artigo, a dra. Allwood também levanta a questão de por que havia tanto sangue na mochila da escola quando os fios de cabelo encontrados, que provaram ser de Melody, indicavam envenenamento por arsênico. Os Chapa envenenaram sua filha até a morte ou eles a mataram de uma maneira que a fez derramar muito sangue?

BJ: Bem, eu não posso acreditar que tenho que destacar isso, Ken, mas os dois não são mutuamente exclusivos! Você pode envenenar alguém *e* fazer com que ele derrame sangue. Por alguma razão, Annette e Naldo Chapa mudaram de ideia sobre o método de assassinato. Eles começaram com veneno, depois fizeram um novo plano. Não tenho ideia do por quê. Não entendo a mentalidade de um pai ou uma mãe que mataria seu próprio filho, ou qualquer filho, e estou muito feliz por não o fazer, francamente.

11 de outubro de 2017

Eu acordo com um sobressalto. Há luz lá fora. O sol flui através das janelas. Estou no sofá da minha *casita*. Meu pescoço dói, como se eu tivesse dormido em cima dele, torto, e minha boca está dolorosamente seca.

Droga. Devo ter adormecido no meio do clipe da Bonnie Juno que eu estava vendo — essa é a última coisa de que me lembro de ontem à noite: Bonnie discutindo com um apresentador de *talk show*. Qual era o nome dele? Ken qualquer coisa.

Procuro o iPad mini e o encontro no chão. Deve ter escorregado das minhas mãos quando eu dormi. Eu o ligo. A bateria caiu para 23%. Vou ter que voltar para a loja do resort em algum momento e pedir um carregador ao Mason.

São 9h20 da manhã. Não posso acreditar que dormi tanto tempo e tão pesadamente. Eu verifico se há mais comunicações de Jess, Olly ou Patrick. Meu coração dá um salto quando vejo que tenho um comentário de Olly no Instagram. Ele escreveu: "Jess diz que eu tenho que escrever algo para que vc saiba que estou bem, eu estou bem, conversamos quando vc voltar em 24/10, é ainda quando vc vai voltar?"

Você viu a Melody?

Eu publico uma resposta: "Definitivamente estarei de volta em 24 de outubro, Ol. Mal posso esperar para te ver. Amo muito você e Jess, bjs." Ainda não há notícias de Patrick. Ele vai ter que falar comigo eventualmente, por mais zangado que esteja.

Também vou conversar um pouco. Não me parecia possível antes. Meu cérebro não moldaria os sentimentos de uma forma coerente que pudesse ser expressa em palavras, no máximo um grito de angústia. Minha boca se recusava a abrir. O oposto: sentia meus lábios se apertando mais quando Patrick aparecia.

Eu não conseguia falar, então fugi.

Não vou enviar um e-mail para ele novamente. Qualquer outra tentativa de comunicação seria uma concessão que não posso me dar ao luxo de fazer. Cabe a Patrick o próximo passo.

Eu preciso de água, muita água, antes de poder fazer qualquer coisa. Vou para a cozinha e encho um dos copos do balcão diretamente da torneira fria: beber, encher, beber, encher. Aos poucos vou me sentindo mais humana.

No banheiro, jogo água fria no rosto e desfruto da sensação de senti-la escorrer pelo meu pescoço. Olhando para a minha pele molhada no espelho, penso no traje de banho verde e preto da menina que vi em outro banheiro recentemente pendurado para secar, e na touca de borracha...

Seriam de Melody Chapa? Por que uma garota que se supõe que esteja morta — que presumivelmente está se escondendo — iria nadar em um resort de férias movimentado? Seja qual for o número daquele quarto, não havia nenhuma piscina particular anexada a ele. Se Melody nadou, ela deve ter feito isso em plena vista de outros hóspedes do Swallowtail.

Estou estendendo a mão para pegar uma toalha para secar o rosto quando me ocorre: algo tão óbvio que nem acredito que não me tenha ocorrido antes — imediatamente, assim que aconteceu. Como eu poderia não ter percebido isso?

O banheiro. A porta...

Vou ao telefone mais próximo da *casita*, pego nele e pressiono o "0" para a recepção. Uma mulher responde, expressa a esperança apaixonada de que eu já esteja tendo um dia verdadeiramente maravilhoso e pergunta como pode ajudar a torná-lo ainda melhor. Pergunto por Riyonna.

— Ela ainda não chegou, pelo que peço desculpas, mas deve chegar a qualquer momento. Posso pedir-lhe que ligue de volta? Não haveria problema?

— Sim. Se ela puder me ligar de volta...

— Claro que pode! Nenhum problema! Ela vai ficar satisfeita por fazê-lo.

— Isso seria maravilhoso, obrigada.

Estados Unidos: terra das declarações hiperbólicas.

Penso na descrição que Bonnie Juno faz dos pais de Melody: "Monstros malignos." Talvez ela tenha razão, e isso é o que Annette e Naldo Chapa são, mas a maneira como Bonnie disse as palavras, com tanto gosto, a fez parecer um monstro também. Talvez este seja o lado negativo inevitável das declarações exageradas americanas. *Tenha um dia fantástico — a não ser que você seja um monstro maligno!*

A maquiagem excessiva de Juno no clipe — a máscara bege alaranjada lisa onde sua pele deveria estar, os lábios rosa-escuros e brilhantes, o brilho azul cintilante acima dos olhos — a fez parecer monstruosa também; assim como seus cabelos duros de laquê, tingidos de preto como carvão, que nunca saíam do lugar, e seu ar de absoluta confiança de que ela estava certa sobre todos os aspectos do caso Melody Chapa.

Você viu a Melody?

Mesmo sentada, ela parecia uns trinta centímetros mais alta que Ken, e continuava se esticando para cima em sua cadeira para olhar para ele de cima para baixo com mais eficiência. Ela usava saltos que tinham pelo menos dezoito centímetros de altura para a entrevista. Se eu tivesse a compleição dela, eu usaria os sapatos mais rasos que pudesse encontrar em todos os momentos. A maioria das mulheres o faria.

Eu me pergunto se Bonnie Juno tomou uma decisão no início da carreira de exibir sua altura em vez de ter vergonha disso.

Se os detetives voltarem hoje para me entrevistar, se acreditarem em mim e me levarem a sério, quanto tempo levará até que Bonnie Juno descubra que uma turista qualquer da Inglaterra está apresentando uma história que contradiz diretamente a dela? E se mandar seus pesquisadores tentarem desenterrar sujeira a meu respeito ou me atacar em seu programa? Ela parece ser capaz de dizer o que quiser e se safar.

Não se iluda, Burrows. Nenhum grande programa de TV dos EUA vai se interessar por você.

Considero ir dar um mergulho na minha piscina particular, mas se eu fizer isso e a Riyonna ligar, posso perder a chamada. Além disso, estou faminta.

Eu ligo para o serviço de quarto e peço o café da manhã: ovos à fiorentina e chá *English Breakfast* com leite frio. Enquanto espero que ele chegue, olho novamente para a minha lista de resultados de pesquisa de ontem à noite. Muitos deles são clipes no YouTube de Bonnie Juno que parecem semelhantes àquele durante o qual adormeci ontem à noite. Aqueles que não são parecem ser versões diferentes da história da Melody Chapa.

Eu vejo, anexado a um dos clipes do YouTube, a manchete "Onde está o Poggy da Melody? perguntam Bonnie

Juno e Ingrid Allwood". O vídeo é datado de 10 de junho de 2010, três meses depois que Melody desapareceu.

Não tenho a menor ideia de onde Poggy está agora, mas duas noites atrás ele estava no quarto trezentos e vinte e tal no Swallowtail Resort and Spa, Arizona. Pelo menos, eu acho que ele estava.

Não. Tenho certeza que estava.

Suspirando de frustração, bato na flecha branca para tocar o clipe. Ingrid Allwood tem um rosto rosado e redondo, grandes olhos acinzentados, brincos de concha e um lenço bordô enrolado na cabeça; seus finos cabelos louros cacheados se derramam sobre as bordas do lenço. Ela está usando óculos escuros com grossas armações de madeira azul, mas na testa, sobre o lenço, não sobre os olhos. Enquanto Bonnie Juno — com saltos altos vermelhos de dezoito centímetros dessa vez — fala, Allwood parece que está tentando não sorrir, como se Juno não passasse de uma piada para ela.

O clipe começa com Juno em meio ao seu discurso.

BJ: ... especular quando ele o leva em uma direção que você quer ir, mas não quando pode levar a uma conclusão que apoie meu argumento. E você tem a coragem de negar que é uma hipócrita? Rá! Não me faça rir!

IA: Isso não é verdade, Bonnie. Você parece determinada a me entender mal, então vou explicar de novo. Fico feliz em especular em todas as direções, desde que estejamos cientes de que isso é tudo o que estamos fazendo. Você não pode afirmar que sabe onde está esse brinquedo Poggy. Ele não foi encontrado em nenhum lugar.

BJ: Não... nem o pobre corpo da pequena Melody. E mesmo assim, esse corpinho trágico — o corpo de uma doce e

inocente garota assassinada *por seus próprios pais* — tem
que estar em algum lugar, certo? E anote minhas palavras,
quando for encontrado, Poggy será encontrado com ele. Sem
dúvida alguma.

IA: Temo que você não possa dizer "sem dúvida" sobre algo que
ainda não aconteceu e pode nunca acontecer.

BJ: No meu coração, não há dúvida. Annette e Naldo Chapa
tiraram Poggy da mochila da Melody e, onde quer que a tenham
enterrado, o enterraram com ela. Em suas mentes perversas,
colocar seu brinquedo favorito ao lado dela teria representado
algum tipo de conforto. A mensagem, só se pode supor, é
"Desculpe por ter ter matado você, mas aqui está, tome
seu brinquedo favorito como consolo." É um tipo horrível de
sentimentalismo distorcido... além de chocante para qualquer ser
humano normal, mas é típico desses dois monstros. Deixe que
me processem se eu estiver errada a respeito deles.

IA: Tenho certeza que sim, se não estivessem dedicando todos os
seus recursos para tentar encontrar a filha desaparecida.

BJ: Responda a isto: que pais genuinamente transtornados
deixariam de expressar quaisquer temores ou preocupações
sobre sua linda filhinha estar sendo atacada? Estar nas garras
de um predador sexual? Esse é o pior pesadelo de todos os
pais. É também um dos principais motivos para um estranho
raptar uma criança. Todo mundo sabe disso, nós sabemos disso.
Mas nem uma vez — nem uma vez — Annette ou Naldo Chapa
expressaram aos detetives em busca de sua filha qualquer medo
nesse sentido. Eles nem sequer mencionaram a possibilidade de
Melody ser vítima de violência sexual.

IA: Não que você saiba.

BJ: Pergunte ao detetive Larry Beadman se você não acredita em mim. Ele lhe dirá. *Nem uma vez.* Tudo isso está bem documentado. Você sabe que não estou inventando. E não vamos esquecer que os Chapa pareciam não ter nenhuma esperança, desde o primeiro dia, de que a pobre Melody seria encontrada viva e bem. Nã-nã-não. Eles convidaram publicamente o assassino dela a confessar. Ah, eles sabiam que aquela doce criança estava morta — sem dúvida alguma.

IA: Você continua insistindo que não há dúvida — e eu acredito que se sinta assim —, mas está factualmente errada. O que você tem é um forte palpite e nada mais. Você não tem, você *não pode* ter, conhecimentos específicos de qualquer uma das coisas que alega saber. Como psicoterapeuta, eu sei que famílias desesperadas, em sofrimento, são capazes de um comportamento que parece estranho para aqueles de fora — sim, as reações dos Chapa parecem um pouco fora de controle, mas você não está disposta a acreditar no quanto isso é normal.

BJ: E suponho que eu não tenha interagido com famílias que estão desesperadas de tristeza e pânico? Todos os meus anos como promotora pública no escritório do Procurador Geral na Filadélfia? Acredite em mim, eu sei o que é normal, e, além disso, sei o que é normal para a Filadélfia — minha casa por tantos anos.

IA: A angústia dos pais é a mesma na Filadélfia e em todos os outros lugares dos Estados Unidos.

BJ: E a falta dela também. Conheço pais aflitos quando os vejo. As reações de Annette e Naldo Chapa? Anos-luz longe das de qualquer pai ou mãe inocente, em sofrimento, que eu já tenha encontrado.

Você viu a Melody?

IA: Então você os reconhece. Já ouvi falar. Mas em relação ao brinquedo, Poggy, seu argumento é fraco.

BJ: Não, não é.

IA: Tudo bem, então Poggy não estava na mochila da Melody quando ela foi encontrada, mas pode ter caído a qualquer momento. Kristie Reville, decisivamente, não viu Melody fechar o bolso lateral em que ela colocaria o brinquedo. Então, com certeza, alguém pode ter levado o brinquedo, mas ele também poderia ter caído.

BJ: Não, não poderia. Ele não poderia ter caído. Você deveria dar uma olhada nessa mochila. O bolso onde Melody mantinha Poggy nos dias de escola era fundo, e ela o empurrava bem para dentro para ter certeza de que ele não iria cair. Kristie Reville a viu fazer isso no dia em que desapareceu, antes de partirem no carro para a escola. Poggy nunca havia caído daquele bolso antes e não caiu dele no dia em que Melody foi levada e assassinada. Satisfeita? Annette e Naldo Chapa tiraram Poggy daquele bolso para enterrar ao lado da menina assassinada, para se sentirem boas pessoas. É verdadeiramente repugnante.

IA: Você está sendo completamente ilógica. Digamos que seja por isso que Poggy foi removido da mochila, para que ele pudesse ser enterrado com Melody — e devemos deixar claro aqui que Melody não foi declarada morta, seu corpo não foi encontrado...

BJ: *Ainda* não foi encontrado.

IA: Mas, ok, digamos que alguém a matou e a enterrou com Poggy para lhe fazer companhia... Eu não vejo por que você acha que devem ter sido os pais dela que fizeram isso, ou em particular a mãe dela, Annette. Kristie Reville, que foi descrita como uma segunda mãe para Melody, poderia ter tido o mesmo impulso maternal, não poderia?

BJ: Kristie Reville não tinha motivo para matar Melody. Eu não compro essa linha de mulher obsessiva e sem filhos com ciúmes. Esse é mais um exemplo de como as mulheres que não são mães são demonizadas em nossa sociedade. Culpe a bruxa estéril! Sempre foi assim.

IA: Como uma mulher sem filhos, você não acha que é mais provável que queira culpar Annette Chapa — a mãe que estava sempre ocupada demais para cuidar de sua própria filha, e então terceirizou os cuidados para uma vizinha — do que culpar Kristie Reville?

BJ: Não, não acho isso. *Você* pensa assim. Obrigada por sugerir que minha falta de filhos prejudicou meu julgamento e me fez querer condenar mães que também têm carreiras. Não aconteceu. Não há nenhuma evidência de que Kristie Reville tenha tido ciúmes de Annette Chapa. Ela nunca tentou se agarrar a Melody por muito tempo ou algo assim. Eu entrevistei muitos de seus amigos e conhecidos que relataram que sua atitude em relação à pequena Melody era saudável e normal até onde eles podiam ver. Kristie, de acordo com todos que a conheciam, estava obcecada *em ter um bebê dela*. Ela não queria Melody. E gostava de Annette Chapa — ela não teria prejudicado aquela família. Ela *não* fez isso — categoricamente não fez. Eu apostaria minha vida nisso. A verdade virá à tona um dia e então todos que vilipendiaram a pobre Kristie Reville irão se arrepender. E todos vão ver a Annette e o Naldo Chapa como eu os vejo. Quero dizer, pelo amor de Deus, esses são os pais que espalharam fotos do bebê que haviam perdido por toda a casa. Sua filha morta — seu cadáver! Desculpe, mas isso não é de forma alguma um comportamento normal. Imagine como a pequena Melody deve ter se sentido vendo aquelas fotos o tempo todo. Ah, e o que dizer do e-mail vazado de Annette Chapa para outra mãe da escola em que ela especulou que Jeff Reville poderia ser gay, e por isso ele e Kristie não estavam "fazendo bebês"? Quem você acha que vazou isso? Annette Chapa, é claro. Ela quer parecer estar defendendo a inocência dos Reville enquanto secretamente espalha uma mensagem muito diferente: "Olhe: possível desvio sexual aqui!" Ainda vivemos num mundo profundamente homofóbico e...

IA: Sim, infelizmente, é verdade, mas espere... não faz sentido o que você acabou de dizer. Se Melody fosse um menino e não uma menina, talvez, mas... você está dizendo que Annette Chapa acha que as pessoas vão acreditar mais na culpa dos Reville se ela conseguir convencê-los de que um gay Jeff Reville — que presumivelmente deseja homens ou meninos — sequestraria uma garotinha? Como é que isso funciona?

BJ: É simples. Há muita gente de mente fechada por aí — fanáticos nojentos que equiparam a homossexualidade à pedofilia, e a pedofilia ao roubo e ao dano de crianças. Além disso, Jeff Reville categoricamente *não* é gay, então... você tem que se perguntar por que Annette Chapa escolheria aquele momento — com sua filha desaparecida e ela e Naldo aparentemente perturbados — para se entregar a essa fofoca maliciosa e infundada. E voltando às muitas fotos de Emory Chapa morta e toda vestida como uma boneca na lareira da família onde as fotos de Melody deveriam estar... você pode explicar a *aterrorizante* equivalência falsa empregada por Annette Chapa ao falar sobre suas duas filhas? Eu assisti a cada entrevista que ela deu pelo menos vinte vezes. Você assistiu?

Sophie Hannah

IA: Bem, eu...

BJ: Resposta: Não, você não assistiu. Tudo bem. Nem todo mundo é tão obsessivo quanto eu. Cada uma das entrevistas que essa mulher deu, quase — desde que lhe disseram que ela precisava agir como se achasse que Melody ainda estivesse viva — ela falou sobre como Melody deveria estar em casa, onde é o seu lugar, como Melody deveria estar com sua mamãe e papai que a amam tanto. Surpreendentemente, fala sobre Emory — Emory, que nunca viveu, que morreu *in utero* — exatamente nos mesmos termos! "Emory deveria estar aqui agora, comigo e com o Naldo, para nos dar amor e apoio." Pelo amor de Deus, que mãe desejaria que seu bebê tragicamente falecido voltasse à vida para *confortá-la* depois da perda de sua outra filha? Quem se importa que a pobre Emory tivesse então que ficar desolada por causa da sua irmã mais nova desaparecida, certo? Desde que ela esteja lá para fazer sua mãe se sentir melhor! Você honestamente não vê como isso é doentio e disfuncional? Em outra entrevista, Annette disse que "Emory devia estar com Melody no dia em que ela desapareceu. Kristie deveria ter deixado duas meninas naquela escola, não uma. Se Emory estivesse lá como deveria, ela teria visto o que aconteceu com Melody". Então ela se corrigiu e disse: "O que eu quero dizer é que Emory nunca teria deixado nada acontecer com Melody."

IA: O que você quer dizer com "ela se corrigiu"? Para encobrir o quê, exatamente?

BJ: Para dar a impressão de que a fantasia que tinha acabado de saltar em sua mente era uma em que o foco estava em salvar Melody. Mas não era. Tudo tinha a ver com Emory — Emory estar viva, indo para a escola, como deveria estar fazendo se não tivesse morrido. Que ela poderia ter salvado sua irmã era claramente uma reflexão posterior. Isso é o que eu quero dizer com equivalência falsa. No mundo distorcido de Annette Chapa, a perda de uma filha que você conheceu e criou por sete anos está no mesmo nível da perda de um bebê nos últimos estágios da gravidez. Eu sei que serei chamada de monstro por dizer isso, e não estou de modo algum tentando minimizar a agonia do aborto espontâneo ou do natimorto, mas espera lá! Que mãe na situação de Annette Chapa — que mãe inocente — escolheria para falar ao vivo na televisão sobre o bebê que perdeu há oito anos, por um segundo sequer, quando podia passar todo o seu tempo no ar falando sobre Melody? Ela sente as duas perdas como comparáveis e no mesmo nível — esse é o meu ponto.

IA: Eu vejo isso. Mas tenho medo de que você e eu, como mulheres que nunca perdemos um bebê durante o terceiro trimestre...

BJ: Ah, por favor. Pergunte a uma dúzia de mulheres que *perderam* bebês no final da gravidez e depois passaram a ter filhos saudáveis que foram sequestrados ou prejudicados de alguma forma. Pergunte a elas se a reação de Annette Chapa — constantemente apresentando a perda de Emory, *desviando* a atenção da Melody — é normal. Ou posso lhe poupar o esforço: não é. Está a *anos-luz* do normal. E que tal Naldo Chapa abrindo a porta do quarto da Melody e dizendo a Larry Beadman: "Este deveria ter sido o quarto de Emory. Nós o decoramos para ela antes de perdê-la." Palavra por palavra, primeiras palavras que saíram da sua boca. Isso, a meu ver, diz tudo. Annette e Naldo Chapa não conseguiram perdoar Melody por não ser Emory.

IA: Uau. Desculpe, mas você simplesmente não pode dizer isso.

BJ: E mesmo assim eu acabei de dizer, não foi?

Sophie Hannah

A campainha da minha *casita* toca e é como ser puxada de um mundo para outro. Afasto o iPad, como se eu tivesse sido flagrada quebrando uma regra do resort.

Quando um rapaz amável, sardento, fala comigo sobre o tempo e onde eu gostaria que ele colocasse minha bandeja de café da manhã, tudo o que quero fazer é perguntar a ele sobre a Melody. Ele seguiu a história no noticiário? Acha que Annette e Naldo Chapa são culpados?

Assino o recibo pelos meus ovos à fiorentina e deixo-o ir sem o interrogar. Ele parece ter uns vinte e dois anos e provavelmente estava ocupado em 2010 com o equivalente americano dos exames GCSE da Inglaterra — e não colado a noticiários de TV e *talk shows*.

Tarin: É a ela que eu deveria perguntar, se quiser satisfazer a minha nova obsessão. Tento me convencer de que quero falar com ela e falho.

Saboreando meu café da manhã, que é delicioso e não está acompanhado de guacamole, fico olhando para o telefone desejando que ele toque. *Vamos, Riyonna. Ande logo.*

Eu pego o iPad dizendo a mim mesma que não posso continuar fazendo isso o dia todo, não posso ler tudo.

Só mais um.

Este clipe parece interessante: "Mallory Tondini no *Justiça com Bonnie*, 2 de setembro de 2010 — a entrevista que mudou tudo no caso Melody Chapa." Eu também fico tentada por "A teoria de Melody Chapa da dra. Ingrid Allwood vai surpreendê-lo!".

Mallory Tondini: já ouvi esse nome antes. Acho que Tarin a mencionou. E que teoria a aparentemente cautelosa dra. Allwood acabou por apresentar?

Clico no link de Allwood primeiro e espero ver um artigo ou blog, mas eu me vejo olhando para uma sala de bate-papo. Ou fórum de bate-papo — não tenho certeza do que chamá-lo. Há uma grade de caixas descendo a página e em cada caixa uma pessoa diferente deixou um comentário, muitos respondendo a comentários mais altos na linha de discussão. Há uma citação de Ingrid Allwood no topo: três parágrafos. Essa deve ser a teoria que vai surpreender. Estou prestes a começar a lê-la quando meu olho é atraído por um nome que reconheço mais abaixo na grade: McNair. Há um comentário de uma Lilith McNair.

Será ela a sra. McNair do Swallowtail, a velha senhora que aparece todos os anos, seleciona uma criança ao acaso e decide que ela é Melody Chapa?

E então... o quê? Este ano, por acaso, ela teve sorte de encontrar a verdadeira Melody no resort de férias, onde anteriormente ela só tinha encontrado falsas Melodys? Loucura.

Não posso decidir se a Lilith McNair no fórum de bate-papo é, de fato, a mesma mulher ou se é uma grande coincidência... até eu ler o seu comentário e todas as minhas dúvidas desaparecerem.

É ela. Ela escreveu algum absurdo prolixo sobre uma "vidente espiritual", uma grande amiga dela que teve uma visão de Melody andando por um campo cheio de flores — papoulas vermelhas e amarelas. Melody estava feliz, diz ela — radiante e alegre.

Eu dou uma sonora risada. O primo da sra. McNair, Isaac, também é mencionado aqui, assim como o seu linfoma. Deve ter sido isso que o matou. Eu me pergunto se ele e a sra. McNair eram próximos e se de alguma forma foi isso que desencadeou sua obsessão por Melody Chapa.

Difícil de ver por quê — um primo morrendo de uma doença é muito diferente de uma garotinha assassinada por seus pais.

No comentário, a sra. McNair explica que, na visão da vidente, o primo Isaac também estava brincando nas papoulas com Melody. Portanto, esse deve ser um campo florido especial para pessoas mortas.

Depois, a sra. McNair apresenta a própria teoria: que Melody foi morta por Mallory Tondini. Tendo feito essa afirmação, ela termina seu comentário: "Pense nisso. Você verá que estou certa."

Isso não explicaria por que a alma de Melody estaria em paz na visão. E eu sou uma idiota em pensar que qualquer coisa vinda da sra. McNair poderia fazer sentido.

Quem diabos é essa Mallory Tondini? Eu não posso esperar mais para descobrir. Fecho o fórum de bate-papo e clico no link para a entrevista dela no programa da Bonnie Juno. Então é assim que o set do show se parece: um estúdio preto e prateado com duas cadeiras vermelhas e *Justiça com Bonnie* gravado em uma tela grande atrás delas. Bonnie Juno está sentada em uma das cadeiras, usando botas pretas de salto alto e um vestido prateado. Presumo que a mulher na outra cadeira seja Mallory Tondini. Ela parece ter cerca de trinta anos, tem uma testa grande e uma linha de cabelo excepcionalmente alta. Suas longas madeixas escuras estão presas por algum tipo de clipe de um lado e soltas no outro. Ela está usando roupas que são tão escuras e indefinidas que é impossível ver o que elas são, mas não são apenas as roupas que a estão cobrindo.

Os subtítulos em caixas quadradas e retangulares e tiras de todas as cores — azul, vermelho, cinza, amarelo — ocupam a maior parte da metade inferior da tela. Toda a escrita é branca e parte dela está em maiúsculas: "Os pais de Melody Chapa estão na iminência de serem presos?", "URGENTE: NOVA PROVA SURPREENDENTE NO CASO DO

ASSASSINATO DE MELODY", "Ajude-nos a encontrar Melody! Você a viu? Ligue para este número..."

Como é que eles podem chamar um caso de homicídio e, ao mesmo tempo, pedir aos telespectadores que ajudem a encontrar a Melody como se ela estivesse viva? As contradições neste caso são estonteantes.

Eu vim para o Arizona para tentar colocar a minha cabeça no lugar. Pensar demais sobre Melody Chapa não está ajudando. De jeito nenhum.

Tomo uma decisão: vou assistir a este último clipe e então acabou — nada mais desta alucinante história de crime verdadeira. Morta ou viva, Melody não tem nada a ver comigo e não posso mais pensar nela. Eu tenho um mistério mais importante em que me concentrar: o que vai acontecer na minha própria vida? O que vai acontecer com meu casamento e minha família?

Só eu sei que esse mistério existe. Só eu me importo em resolvê-lo.

BJ: Assim, aqueles que seguem este programa sabem que prometi receber um convidado especial esta noite. E aqui está ela. Bem-vinda, Mallory Tondini.

MT: Obrigada, Bonnie.

BJ: Fale mais alto se você quiser ser ouvida, querida. O que você acha de estar ao vivo no *Justiça com Bonnie*?

MT: Um pouco sufocada.

BJ: Bem, por favor, saiba que você é muito bem-vinda aqui — na verdade, eu não me lembro de ter ficado tão feliz em receber um convidado no meu show. Senhoras e senhores, o que estão prestes a ouvir a sra. Tondini dizer vai mudar *tudo* — e aposto que não preciso lhes dizer isto, mas estou me referindo, naturalmente, ao trágico caso da pobre Melody Chapa. Espere — eu disse que isso mudaria tudo? Correção: O testemunho da sra. Tondini *já* mudou tudo. Por que não nos diz onde passou esta manhã, sra. Tondini — e com quem?

MT: Por favor, chame-me de Mallory. Eu... uh... Passei a manhã com o detetive Lawrence Beadman...

BJ: É o Larry Beadman, o detetive principal do caso Melody Chapa.

MT: Sim.

BJ: E em um momento, vamos ouvir o que aconteceu quando Mallory falou com o detetive Beadman, mas primeiro preciso dar a todos vocês um pouco de contexto. Como eu tenho certeza de que o mundo inteiro sabe — e nunca falei sobre isso publicamente até agora —, tive um colapso em junho que me fez ficar ausente deste programa por dois meses. Houve muitos fatores que contribuíram para isso: para começar, a minha natureza obsessiva, determinada — *mea culpa* nessa contagem. Depois houve o meu desespero com a recusa dos detetives em levar a sério a minha forte suspeita de que Annette e Naldo Chapa eram monstros e totalmente responsáveis pelo que tivesse acontecido com a doce e pequena Melody. Houve o meu vil ex-marido, Raoul Juno, que escolheu um momento em que ele sabia que eu estava sofrendo extremo estresse profissional e difamação pública para revelar ao mundo certos assuntos que eram profundamente embaraçosos para mim e que eu teria preferido manter em segredo. A última gota que levou ao meu colapso foi ser presa por perturbar a paz quando tudo o que eu estava tentando fazer era extrair um pedido de desculpas do meu ex-marido — um pedido de desculpas que ele *ainda* me deve pelo seu comportamento desprezível. Desculpe-me por chorar, Mallory. Peço desculpas também aos telespectadores em casa. A última coisa que eu quero é fazer disso uma situação sobre mim e meus sofrimentos pessoais.

MT: É... Você quer...

BJ: Não, estou bem para continuar. Isso é importante. Em meus momentos mais sombrios após o colapso, quando eu ficava na cama incapaz de me levantar ou falar com alguém ou fazer qualquer coisa produtiva... bem, eu tinha muito tempo para pensar. Revi todos os acontecimentos dolorosos dos meses anteriores, torturando-me com as lembranças. Uma dessas lembranças foi uma discussão que tive ao vivo na televisão com uma charlatã sem princípios: Ingrid Allwood. Essa conversa me deixou nauseada na época e continuou a me fazer mal muito tempo depois de ter terminado. Deitada na minha cama, continuei a repeti-la — como se eu pudesse, de alguma forma, fazer com que ela se desenrolasse de forma diferente, fazer com que Allwood fosse sensata. Na minha cabeça, eu implorei a ela: "Você pode honestamente afirmar que uma mãe que é inocente de assassinato e realmente lamenta a perda de sua filha — essa mãe usaria entrevista após entrevista para dizer que, oito anos atrás, havia perdido outra filha? Falaria das duas perdas como se fossem comparáveis? Não estaria ela focada apenas na Melody nesse ponto?" Agora, todos vocês sabem que resposta eu daria a essa pergunta, mas esse não é o ponto do que estou tentando dizer. O ponto, senhoras e senhores, é o número oito. Oito anos atrás. Foi quando Annette Chapa perdeu seu primeiro bebê, Emory. *Oito anos atrás.* Quando percebi o que isso significava, sentei-me na cama, sobressaltada. De repente, eu *vi*. Sinceramente, eu acredito que o Senhor me deu esse discernimento para me salvar. Sem ele, eu poderia ter ficado na cama para sempre. Obrigada, Senhor. Agora, vocês todos em casa, vocês ainda não sabem o que quero dizer com tudo isso e não sabem como isso se relaciona com Mallory aqui, mas logo saberão. Mallory, por que você não nos diz onde você mora e trabalha, e qual é o seu trabalho?

MT: Eu moro na Filadélfia e trabalho para o Programa de Luto Perinatal no Hospital Hahnemann, na Filadélfia.

BJ: Então você trabalha com mulheres que sofrem de perda de gravidez em estágio avançado, correto? Você oferece um programa de aconselhamento?

MT: Sim.

BJ: E foi assim que você veio a conhecer a família Chapa?

MT: Sim. Annette Chapa devia ter o seu primeiro filho no Hospital Hahnemann...

BJ: Essa é Emory.

MT: Sim. Mas ela perdeu o bebê com a gravidez bem adiantada. Nessas circunstâncias, a equipe para a qual trabalho oferece aconselhamento...

BJ: E os Chapa aceitaram a sua oferta?

MT: Sim, aceitaram.

BJ: Tudo bem. Agora, em um momento vou compartilhar com os telespectadores em casa a percepção que tive ao me deitar na cama em um estado de agonia emocional e psicológica, mas antes, Mallory, gostaria de pedir que nos desse alguns fatos concretos. Algumas datas. Como alguém que trabalha no Hospital

Você viu a Melody?

Hahnemann, você pôde verificá-las. Então nos diga: quando Annette Chapa teria tido seu primeiro bebê, a pequena Emory, se a gravidez tivesse ido até o fim?

MT: Se... se ela não tivesse morrido, Emory Chapa teria nascido em 10 de maio de 2002. Uma cesariana estava agendada para esse dia.

BJ: E Melody Chapa? Ela nasceu por cesariana no seu hospital. Quando?

MT: 11 de janeiro de 2003.

BJ: E ninguém sabe disso melhor do que você, Mallory, porque... ?

MT: Em uma situação como a que os Chapa estavam, nós lhes oferecemos aconselhamento adicional no caso de uma segunda gravidez. Nós nos oferecemos para estar com eles no nascimento porque, obviamente, pode ser...

BJ: Claro — e Annette Chapa quis você no nascimento de sua segunda filha?

MT: Sim. Ela e o Naldo — nós já tínhamos ficado bem próximos a essa altura —, ambos queriam que eu estivesse presente no nascimento da Melody. E... eu vim a este programa para dizer que acho que eles jamais teriam prejudicado a própria filha. Eu sei que eles não fizeram isso!

BJ: Por enquanto, por favor, apenas responda às perguntas que lhe faço. Então Melody nasceu viva e bem no Hospital Hahnemann em 11 de janeiro de 2003. O que significa que ela foi concebida quando? Quando é que Annette Chapa ficou grávida da sua segunda filha?

MT: Bem... teria sido por volta de abril do ano anterior.

171

BJ: Abril de 2002. Nove meses antes de janeiro de 2003. Eu não tenho certeza se todos já descobriram o que isso significa, então me deixe soletrar: Melody Chapa foi concebida em abril de 2002. Emory Chapa, se não tivesse morrido tragicamente *in utero*, teria nascido em maio de 2002. Essa foi a constatação surpreendente que tive, pessoal — aquela que me disse para sair do meu leito de maldito desespero porque eu *nunca* posso parar de fazer o que faço, não agora que o Senhor me mostrou que precisa de mim para fazer este trabalho vital. O que percebi foi o seguinte: se Emory Chapa não tivesse morrido, ela ainda estaria crescendo dentro do útero de sua mãe em abril de 2002, quase pronta para sair — o que significa que Annette não teria sido capaz de conceber Melody. Agora vou ser mais direta: se Emory Chapa não tivesse morrido quando morreu, Melody Chapa nunca teria existido. Mallory — Mallory Tondini, da equipe de luto perinatal do Hospital Hahnemann —, tudo o que acabei de dizer é verdade, não é? Irrefutável?

MT: Sim. É verdade.

BJ: Obrigada, Mallory. E você tem meu maior respeito por concordar em vir ao *Justiça com Bonnie* quando discordamos sobre a provável culpa de Naldo e Annette Chapa.

MT: Bonnie, eu só concordei em vir ao programa porque Annette Chapa me pediu. Ela receava que você distorcesse o quadro e queria que eu, como alguém que a compreende e compreende o que ela passou, tentasse contextualizar os fatos.

BJ: O que ela quer é que você a defenda, apesar dos fatos. Eu entendo. Mas não vamos perder o foco nas datas que acabamos de ouvir, senhoras e senhores em casa. Essas datas importam. Nossa, como são importantes! Deixe-me dizer-lhes por quê: quando repassei em minha mente a discussão que eu tinha tido na televisão ao vivo com Ingrid Allwood... quando me ouvi dizer que os Chapa tinha perdido Emory *oito anos atrás*, de repente me chamou a atenção: Melody tinha sete anos quando desapareceu, quando morreu. Se Emory tivesse oito anos, eu pensei, a diferença de idade entre elas não é muito grande. Quase nenhuma. "Espere, Bonnie", disse a mim mesma. "E se Melody não pudesse e não tivesse sido concebida se Emory não tivesse morrido?" Pensem nisso, pessoal. Pensem em todas as vezes que viram Annette Chapa em sua TV dizendo que Emory ainda deveria estar aqui, deveria estar confortando seus pais em sua hora de dor e necessidade, deveria ter sido deixada na escola por Kristie Reville no dia em que Melody desapareceu. Pensem em Naldo Chapa mostrando ao detetive Larry Beadman o quarto de sua filha desaparecida Melody e as primeiras palavras de sua boca são "Este deveria ter sido o quarto de Emory". Isso é um monte de "deveria" dos pais de Chapa. É absolutamente cristalino, não é? Eles estão *furiosos* porque Emory não está mais por perto porque ela *deveria* estar. Eles querem desesperadamente que ela esteja — isso está claro.

MT: Mas, Bonnie...

BJ: Sem *mas*, Mallory. Desculpe, mas qualquer tolo pode ver isso! Se Annette e Naldo Chapa acham que Emory ainda deveria estar viva, isso tem que significar que eles não acreditam que Melody nem deveria ter sido concebida. É por isso que eu fiz com que a minha equipe descobrisse onde Melody nasceu e foi assim que eu vim a conhecer Mallory. Eu queria fazer a ela uma pergunta muito específica — não uma pergunta sobre os Chapa desta vez. Uma pergunta que finalmente me daria a prova de que eu precisava para fazer a polícia se sentar e prestar atenção. Agora, Mallory, você e eu nos conhecemos há dez dias, não foi? E o que você me disse colocou um grande sorriso no meu rosto.

Você não só estava no quarto quando a pequena Melody Chapa nasceu, mas já conhecia os Chapa há algum tempo. Você os aconselhou depois que eles perderam Emory, a primeira filha. Quando ouvi isso, gritei: "Bem, obrigada, Senhor!" Em voz alta. Certo?

MT: Sim, foi o que você fez.

BJ: E então lhe fiz uma pergunta. Você se lembra qual foi?

MT: Você queria saber quando Emory teria nascido se ela não tivesse...

BJ: Ah, claro, mas não é isso que quero dizer. Para aqueles telespectadores que acabaram de se juntar a nós, já estabelecemos que, se Emory Chapa não tivesse morrido tragicamente no útero, Melody não poderia ter sido concebida quando foi e, portanto, nunca teria nascido. Mas Mallory, o que eu te perguntei em seguida? Quero que nossos telespectadores ouçam isso de você, não de mim.

MT: Você perguntou se era comum para um casal passar por um aborto espontâneo, uma gravidez ser interrompida, e então ela ficar grávida novamente durante o tempo em que ainda estaria grávida do bebê que perderam.

BJ: Está bem. Isso é complicado, não é? Ha! Mas espero que todos possam acompanhar o que estamos dizendo. *Se Emory não tivesse morrido, Melody não teria vivido.* Isso é simples, certo? Eu pensei: isso deve acontecer muito. Não fui abençoada com filhos, mas eu os quis, ah, desesperadamente, por muitos anos — você não tem ideia! Enquanto estava casada com meu primeiro marido — o vil e impiedoso Raoul Juno; não me faça começar a falar dele! —, eu engravidei duas vezes. Perdi ambos os bebês, um com dez semanas, outro com treze semanas. Um coração despedaçado nem começa a descrever o que senti. Em ambas as ocasiões, eu disse ao Raoul, "Vamos tentar de novo. Por favor, não vamos desistir". Em ambas as vezes, eu podia teoricamente ter engravidado de novo — não engravidei, mas podia ter engravidado — *antes que o bebê que eu tinha perdido devesse nascer*. Assim, imaginei que tinha de ser bastante comum que isso acontecesse. Mallory, que resposta você me deu?

MT: O que você acabou de dizer é comum. Muitas mulheres concebem logo após a perda de um bebê — durante o que teria sido sua gravidez anterior, se não tivesse abortado.

BJ: Hum-hum. E você e sua equipe, seus colegas — vocês apoiam essas mulheres ao longo dessa gravidez subsequente, não é? Quando elas estão nervosas, temendo que a mesma coisa possa acontecer de novo — que a gravidez possa não chegar até o fim?

MT: Apoiamos, sim.

BJ: Então você é uma verdadeira especialista. Em seguida, perguntei se as mulheres nessa posição — na posição de Annette Chapa depois que Melody nasceu, um bebê saudável e vivo — costumam comentar o fato de que elas não teriam esse belo bebê novo e vivo em seus braços se não tivessem abortado sua gravidez anterior?

MT: Sim, costumam.

BJ: O quê — às vezes, muitas vezes? Raramente? Vamos ver o contexto aqui.

MT: Quase sempre.

BJ: Desculpe, Mallory, sei que isso é difícil para você. Deve parecer que está me ajudando a discutir um caso com o qual não concorda, mas tudo o que estou pedindo são os fatos. Você acha que estou decidida a colocar Annette e Naldo Chapa atrás das grades? Bem, isso pode ser verdade, mas nenhum fato jamais teve uma agenda. Fatos são apenas fatos. Eles são neutros e são tudo o que temos para continuar, então... precisamos ouvi-los. Você vai dizer aos telespectadores em casa ou vou eu?

MT: As mulheres na posição de Annette Chapa quase sempre dizem que se sentem em conflito: estão tão felizes por terem o seu bebê, obviamente — isso é uma coisa alegre, mas ao mesmo tempo, sabem que esse bebê não estaria ali se não tivessem perdido o bebê que não conseguiu nascer. Elas se sentem culpadas. Perguntam se não há problema em estar feliz com o novo bebê — se celebrar sua chegada é celebrar indiretamente a morte do bebê falecido. Eu sempre digo a elas que é claro que não é esse o caso, absolutamente, que é claro que devem comemorar...

BJ: Annette Chapa disse alguma coisa do gênero depois de Melody nascer? Você estava lá: uma testemunha em primeira mão. Annette e Naldo ficaram tomados de alegria quando a Melody chegou a este mundo sã e salva?

MT: Tenho certeza que sim.

BJ: Você tem certeza, é? Eles expressaram essa alegria de que você tem tanta certeza que estava em seus corações? Verbalmente, quero dizer, ou com a linguagem corporal deles?

MT: Não, mas nem todos são iguais.

BJ: O que Annette Chapa disse a você quando Melody nasceu, Mallory?

Você viu a Melody?

MT: Ela disse que era uma tragédia Emory não estar lá com eles. Achava que Emory deveria ter estado lá para conhecer sua irmãzinha e desejou que ela pudesse ter estado.

BJ: Ela disse essas palavras: "Emory *deveria estar* aqui"?

MT: Sim.

BJ: Ela disse isso sabendo que, se Emory estivesse lá, Melody não estaria?

MT: Isso faz com que soe... Ela não quis dizer isso! Ela só quis dizer...

BJ: A Annette alguma vez lhe disse o que, como você mesma admitiu, *quase todas as mulheres* nessa posição dizem — que ela estava muito feliz por ter Melody, mas também se sentia culpada? Ela já lhe perguntou, como tantas mães fizeram ao longo dos anos, se era errado ela estar feliz com a chegada de Melody sabendo que isso não teria sido possível se Emory não tivesse morrido? A Annette ou o Naldo alguma vez lhe disseram algo assim?

MT: Não.

BJ: Mesmo assim, surgiu na conversa, não foi? Diga-nos como.

MT: Eu visitei os Chapa na casa deles quando Melody tinha três semanas. Naldo parecia bem. Annette não. Ela estava quieta e abatida. Fiquei preocupada. Pensei que talvez fosse o tipo de culpa de que estamos falando.

BJ: Então, embora ela nunca tivesse lhe dado nenhuma razão para pensar que se sentia culpada, você se perguntou se Annette estava se punindo por estar feliz com a chegada de Melody — caso essa felicidade pudesse ser interpretada, indiretamente, como uma aceitação da morte de Emory?

MT: Eu me perguntei, sim. Como eu disse, esse sentimento é tão comum entre as mulheres que...

BJ: Então, perguntou à Annette se era este o caso?

MT: Sim.

BJ: E o que ela disse? Como ela respondeu?

MT: Veja, as mulheres que acabaram de ter bebês dizem todo tipo de coisas estranhas e assustadoras. É muito comum. E imediatamente depois, como Annette o fez, elas desatam a chorar e dizem que não era exatamente aquilo que queriam dizer.

BJ: Devemos provavelmente mencionar que este comportamento é conhecido entre os autoproclamados especialistas como *"ugly coping"* ou *"coping ugly"*. Para aqueles que não estão familiarizados com o termo, isso significa lidar com um incidente traumático de uma forma que é incompatível com o comportamento socialmente aceitável. Foi cunhado pelo dr. George Bonanno, da Universidade de Columbia, e agora é regularmente usado para defender assassinos que são verdadeiramente culpados — então, obrigado por isso, dr. Bonanno. Foi usado por Jose Baez para defender Casey Anthony, que saiu para as festas e fez uma nova tatuagem dizendo "La Bella Vita", quando ela supostamente estava desesperada de preocupação com a filha desaparecida, Caylee Marie. Mallory, vou ser honesta: não tenho mais tempo para essa teoria do *"ugly coping"* agora do que tinha em 2009. E você não respondeu à minha pergunta: o que disse Annette Chapa quando lhe perguntou se ela se sentia terrivelmente culpada por estar tão emocionada por ter a sua linda e nova Melody? Tenho certeza que você está desejando agora que nunca tivesse me dito o que ela disse, mas você disse, e é meu dever divulgar isso, então...

MT: Ela disse que era o contrário. Disse que se sentia como se, ao permitir que Melody nascesse, ela tivesse sido conivente com a morte de Emory. Como se, ao ter Melody, de alguma forma tivesse tornado a morte de Emory definitiva e irreversível e... às vezes isso a fazia sentir que odiava Melody e desejava que ela nunca tivesse nascido. Mas...

BJ: E aí está, senhoras e senhores. Annette Chapa desejava que a sua linda filha Melody nunca tivesse nascido. A mulher é um monstro. Mallory Tondini, obrigada por se juntar a nós aqui no *Justiça com Bonnie*. A seguir, vou conversar com a advogada dos Chapa, Lexi Waldman, e perguntar a ela: há *alguém*, algum monstro lá fora, que ela não defenda? Será que ela não tem moral alguma? Até depois do intervalo.

11 de outubro de 2017

Posso mesmo parar agora, sem saber como acaba a história de Melody Chapa?

Você prometeu a si mesma que o faria.

Sim, prometi. Mas isso foi antes que eu soubesse o quanto gostaria de saber o que aconteceu depois que Bonnie Juno entrevistou Mallory Tondini. Certamente suas teorias sozinhas não foram suficientes para fazer com que os detetives prendessem Annette e Naldo Chapa e os acusassem do assassinato de sua filha.

Ainda há a última parte da visão geral para ler. E nela estarão as respostas às minhas novas perguntas. Uma rápida olhada me mostra que a parte três é curta. Tenho que lê-la. Então vou parar. E vou me concentrar nos meus próprios problemas.

Melody Chapa — A história completa
Uma visão geral
O assassinato de Melody Chapa: Parte 3 — Bonnie Juno, Mallory Tondini e uma mudança de direção

Depois da entrevista ao vivo de Bonnie Juno com Mallory Tondini no *Justiça com Bonnie* em 2 de setembro de 2010 — e apesar da repetida insistência de Tondini nesse show de que ela não acreditava que Annette e Naldo Chapa tivessem prejudicado Melody —, a investigação oficial sobre o desaparecimento de Melody Chapa tomou um rumo diferente. Annette e Naldo Chapa foram submetidos a um interrogatório cruzado novamente e sua casa foi revistada com mais minúcia do que antes. Mais uma vez, nada foi encontrado. Desta vez, porém, o detetive Larry Beadman decidiu dar um passo adiante e também fazer uma busca nos locais de trabalho dos pais de Melody. Isso, incrivelmente, nunca havia sido feito — sem dúvida por causa das provas circunstanciais que se acumularam contra Kristie Reville.

No fundo de um armário no escritório de Annette Chapa, Beadman e seus colegas encontraram vários sacos de lixo cheios de livros que estavam esperando para ir a um leilão de caridade. No fundo de um deles, encontraram algumas moscas e larvas mortas — a mesma espécie encontrada na mochila da Melody. Como dito anteriormente, essas moscas são comumente encontradas em e perto de cadáveres, o que levou os detetives a concluir que partes de corpos pertencentes a uma pessoa falecida devem ter estado dentro do saco em algum momento. As análises laboratoriais revelaram que havia sangue por todo o interior do saco. Testes forenses confirmaram que o sangue era de Melody. No escritório de Naldo Chapa, uma camisa pertencente a Melody e coberta com o sangue dela foi encontrada em uma bolsa que Naldo alegou ter esquecido que estava lá e na qual não havia tocado há vários anos.

Os protestos dos pais da Melody sobre a própria inocência não convenceram ninguém. Eles enfrentaram várias acusações, embora ambos continuem a protestar sua inocência até hoje. Em junho de 2013, após terem contratado e despedido três equipes jurídicas diferentes, foram finalmente considerados culpados do assassinato da sua filha, Melody Chapa, e posteriormente condenados à prisão perpétua sem possibilidade de liberdade condicional.

Nunca foram apresentadas acusações contra Jeff e Kristie Reville. Eles recusaram um contrato vantajoso para publicar um livro e nunca falaram publicamente sobre o caso. Em 2014, criaram uma instituição de caridade para crianças, que ainda dirigem: a Fundação Melody Chapa.

Muitos livros foram escritos sobre esse caso e muitas perguntas foram feitas. A maioria delas permanece sem resposta e talvez sempre permaneça assim. Quem levou a Melody? Annette e Naldo Chapa estavam comprovadamente em outro lugar — então enviaram outra pessoa para sequestrar sua filha do estacionamento da escola, tendo estabelecido álibis sólidos para si mesmos?

Kristie Reville admitiu, pouco depois de os Chapa terem sido acusados de homicídio, que ela não levou Melody até o pátio da escola, como alegou a princípio. Ansiosa por chegar à casa de Victor Soutar, e já um pouco atrasada, ela deu adeus a Melody no estacionamento e depois foi embora. A caminhada do estacionamento até o playground é de menos de cem metros e há pais

Você viu a Melody?

e crianças andando por lá em grande número naquela hora da manhã. Alguém pegou a Melody e a enfiou no seu carro sem que ninguém percebesse? Parece improvável, mas que outra conclusão podemos tirar?

Tem sido sugerido que, se uma terceira pessoa agindo para os Chapa assassinou Melody e se desfez de seu corpo, é improvável que o saco de lixo e a bolsa contendo todas as evidências incriminatórias teriam encontrado seu caminho até os escritórios de Annette e Naldo Chapa. Essa é apenas uma das muitas contradições que o caso levantou. Bonnie Juno declarou acreditar que Annette e Naldo Chapa pediram a quem contrataram para executar o serviço para levar a cada um deles uma lembrança do assassinato e que isso explicaria as provas encontradas em seus escritórios. "Naldo ficou com a camisa da escola manchada de sangue que Melody estava vestindo no dia em que morreu, e Annette ficou sabe-se lá com o quê. Eu não posso imaginar que ela teria ficado satisfeita com cinco moscas mortas, então acho que havia uma roupa naquele saco quando o recebeu. Não tenho ideia de onde essa roupa está agora, mas suspeito que ela a removeu dali ou se desfez dela depois de ver Mallory Tondini no meu programa. Ela sabia que o cerco estava se fechando e tentou se desfazer das provas."

Como parece improvável que os Chapa jamais venham a admitir sua culpa, nós provavelmente nunca saberemos ao certo por que eles assassinaram sua filha, ou se ela foi assassinada por um terceiro. Bonnie Juno sempre insistiu que eles fizeram isso porque, finalmente, não poderiam perdoar Melody por não ser Emory — a filha que perderam.

No *Larry King Live*, Juno disse: "Deixe-me dizer algo sobre pais abusivos, Larry. A maioria deles afirma amar os seus filhos — e nunca mais do que quando essas crianças estão sentadas quietas, com cabelo e roupas limpas, silenciosamente tremendo de medo de cometer um único erro. Crianças perfeitamente comportadas, crianças que dormem — elas não são um desafio. Elas não fazem com que uma mãe ou um pai abusivo queira agredi-las. O mesmo vale para crianças mortas. Eu acredito firmemente que Annette e Naldo Chapa adoravam Emory *somente* porque ela nunca viveu, nunca lhes causou nem um segundo de estresse. Ela era o anjo perdido deles, uma lembrança perfeita. Melody, por outro lado, era uma pessoa de verdade, de carne e osso, com necessidades e vontades. Como todas as crianças, ela deve ter feito birras, deve ter quebrado coisas, chorado, não conseguido dormir algumas noites. Pais bons e amorosos aprendem a lidar com tudo isso, mas os Chapa, como todos sabemos agora, não eram bons e amorosos. Eram monstros — monstros que mataram a própria filha para castigá-la pela morte de sua irmã. São doentes e perversos e espero que apodreçam."

Nem Annette nem Naldo Chapa revelaram o paradeiro do corpo de Melody. Até agora, ainda não foi encontrado.

O som da campainha me lembra que há um mundo fora da minha cabeça, um mundo que está além da história de Melody Chapa.

Deve ser do serviço de quarto, aqui para coletar minha bandeja de café da manhã.

Quando chego à porta, já decidi: não gosto da Bonnie Juno, mas concordo com ela. Annette e Naldo Chapa são culpados.

De quê? Melody está viva, lembra-se? Você a conheceu.

Além disso... se Kristie Reville é totalmente inocente, por que tinha sangue no braço? Nate Appleyard e o homem do posto de gasolina viram.

Você viu a Melody?

Não é o garçom do serviço de quarto à porta. É Tarin Fry em calças de linho branco, uma blusa azul-marinho com um padrão estampado em cor-de-rosa, sandálias brancas e um chapéu de sol cor-de-rosa. Seus olhos estão escondidos atrás de óculos escuros.

— Já superou seu episódio paranoico? — ela me pergunta. Atrás de Tarin há um carrinho de golfe e um motorista à espera.

— Vamos, temos muito que fazer. Estou cansada de esperar e ficar imaginando coisas. Vamos encontrar a Riyonna, ver se ela já chamou aqueles policiais aqui de volta. Pegue a chave do seu quarto. Vamos. — Ela bate palmas.

Eu abro a boca para protestar, mas ela virou as costas e está marchando de volta para o carrinho.

— Espere! — grito e corro para dentro para pegar minha bolsa e a chave da *casita*.

— Vamos, motorista — Tarin diz quando eu já estou no carrinho. Em seguida, volta-se para mim: — Então... estamos bem, você e eu?

Ela está perguntando se eu ainda estou chateada?

— Ontem à noite você perguntou por que eu não te disse antes que eu e a Zel estávamos no terceiro andar. É porque tenho um certo orgulho. Quando você disse que o quarto para onde a Riyonna te mandou estava no terceiro andar, pensei: "Que coincidência! Também estamos no terceiro andar!" Eu poderia ter dito isso, mas é o tipo de coisa que só um idiota diria. Tipo "Você acredita que estamos tendo esse tempo?" ou "Você não cresceu desde a última vez que eu te vi?". Então eu não disse nada.

— Muito bem. Desculpe se pareci assustada. Ouça, eu descobri uma coisa. Ontem à noite, quando estava no corredor conversando com você à porta do seu quarto... você estava à porta... a Zellie foi por trás de você e entrou no banheiro, não foi? Ela entrou por uma porta à direita. À direita de onde eu estava, quero dizer.

— E?

— O quarto onde conheci o homem e a garota era o oposto, a porta do banheiro ficava à esquerda depois de você entrar.

— Boa! — Tarin parece impressionada. — Essa é uma maneira útil de filtrar as opções. Eu também fiz progressos. Andei perguntando por aí e tenho os nomes dos hóspedes nos outros três quartos.

— Como conseguiu isso?

— Enfeiticei meu garçom do café da manhã. — Ela sorri. — Eles têm uma lista datilografada todas as manhãs de quem esperam que possa pedir o café da manhã. E ao lado do nome, há o número do quarto. — Tarin enfia a mão no bolso da camisa e retira um pequeno envelope branco com o logotipo do Swallowtail gravado em alto relevo. — Quer ouvir? Está bem. Quarto 322: Carson Snyder e Yegor Lepczyk, ambos homens. Um casal gay. O garçom com quem falei, Oscar, sabe quem eles são, já os serviu algumas vezes. Diz que parecem jovens, divertidos, hóspedes regulares. Então, esses estão descartados. Quarto 324: Robert e Hope Katz. Sem informações de Oscar. Ele não se lembra de tê-los encontrado e não os reconheceria de vista. Quarto 323: Suzanne Schellinger, uma jovem empresária viajando sozinha, está aqui para um congresso em Scottsdale. Oscar sabe quem ela é. Diz que está sempre um pouco distante e sempre no laptop obcecada por qualquer trabalho chato com que esteja desperdiçando sua vida.

— Ele disse isso?

— O quê? Não, não. Essa é a minha opinião. Então, de qualquer forma... Eu acho que está bem claro.

— O que está claro?

— Tem que ser o quarto 324. Robert e Hope Katz. Esses são o seu pai e filha. Esses são os nomes com que Melody e seu... guarda-costas, ou quem quer que ele seja, estão viajando. Aposto o seu último dólar. Abra a porta do quarto deles e o banheiro fica à esquerda. — Tarin balança a cabeça e dá uma risadinha abafada. — Mal posso esperar para que Bonnie Juno tome conhecimento desse novo capítulo da história. Eu *sabia* que ela estava errada sobre os Chapa. Não sei quantas vezes eu disse para quem quisesse ouvir: "Mas ainda não há nenhum corpo." A pergunta é: algum dia Juno vai admitir isso? Talvez o seu parceiro em desvendar crimes, Deus, a ajude a resolver essa nova fase do mistério e fazer um trabalho melhor desta vez. Tenho certeza que sim. Parece importante para Deus que os índices de audiência de *Justiça com Bonnie* permaneçam altos.

Nosso carrinho de golfe passa pelas quadras de tênis. Todas estão ocupadas — bolas voando pelos ares e batendo com força em raquetes. Como as pessoas podem fazer isso neste calor?

— O casal gay Carson não-sei-o-quê e seu parceiro... — começo a dizer, sem saber ao certo o que quero perguntar. Por que minha mente parou neles em particular? Então, meu cérebro desperta. — Ontem, eu ouvi sem querer você dizendo alguma coisa à Zellie sobre a melhor escolha ser sempre um homem gay. Eu não estava deliberadamente bisbilhotando...

— Quem se importa se você estivesse? Nossa, Cara, você é tão *inglesa*... Deve ser horrível. Tenho que me lembrar de nunca visitar o seu país. Eu não me encaixaria.

— O que você quis dizer com esse comentário. De que estavam falando?

Tarin me olha fixamente.

— Pergunta interessante. Você tem alguma espécie de teoria da conspiração em andamento?

— Segundo Bonnie Juno, Annette Chapa disse em um e-mail que Jeff Reville era gay.

— Ela disse? — Tarin dá de ombros. — Eu estava falando sobre contratar funcionários para a minha loja. Entrevistei algumas pessoas na semana passada. Ainda não fiz nenhuma oferta porque ninguém era adequado. Nenhum homossexual se candidatou. *Nem um*. Era disso que eu e a Zellie estávamos falando. Eu estava dizendo: o que quero é um homem gay, não um homem heterossexual e não uma mulher heterossexual.

— Porque não?

— As mulheres querem sempre sair mais cedo e chegar mais tarde se tiverem filhos; e, se não tiverem filhos, vão tentar ter filhos; ou, se forem mais velhas, vão querer uma folga para tomar conta dos netos. Eu posso passar sem isso. E homens heterossexuais? Eles têm esposas que querem que eles vão para casa cedo, ou cheguem ao trabalho tarde depois de deixar as crianças na escola, ou encomendar um aparelho de fondue, ou consertar a porta de tela... e mesmo que esses caras não queiram fazer nada dessas merdas, eles não podem dizer não para suas esposas porque são um bando de bundões.

— E quanto a mulheres gay?

— Dois úteros em vez de um? Não, obrigada. Por casal, quero dizer — Tarin esclarece. — Ah, motorista? Podemos passar pelo Studio Zone no caminho? É melhor eu ir buscar a Zellie de sua aula de arte. Chegamos um pouco cedo, mas quanto menos tempo ela passar com a Hayley, a que está morrendo de câncer, melhor, no que me diz respeito.

O meu choque deve ficar estampado no meu rosto, porque Tarin diz:

— O quê? Ah, você acha que eu sou cruel? Acha que é bom para Hayley ter um amigo? Olhe, eu sou mãe. Não quero que a Zellie se aproxime dessa jovem e depois fique toda aflita quando ela morrer e comece a pensar na própria mortalidade. Ninguém de quem eu gostasse morreu até eu ter mais de quarenta anos e é assim que deve ser. Quer dizer, perdi a minha mãe aos vinte e dois anos, mas digamos que foi uma morte com uma vantagem poderosa.

Quem é essa mulher? O que estou fazendo com ela?

— Essa aula de arte? — Tarin continua falando, distraída. — No outro dia, fizeram retratos. Todos os dias eles fazem uma coisa artística diferente: tinta spray, cubismo, aquarelas, o que você quiser. Enfim, eles precisavam de modelos e, sabe como é, todos os pais de aula de arte perdem uma manhã de suas férias, mas tudo bem. Adivinhe como Zellie chamou o quadro que pintou de mim? Ficou, na verdade, muito bom, à parte o título. *Declínio irreversível.* — Tarin ri. Ela parece mais orgulhosa do que irritada. — Nada tão simples como *Retrato da Mamãe* para a minha Zellie. E sabe o que vão fazer hoje? Escultura. Maldita escultura! Não estou *nada de acordo* com arte que tira espaço do chão. O mesmo se aplica ao espaço de prateleira, ao espaço de mesa...

Ela parece ter perdido o interesse no que está dizendo, o que é uma sorte, já que não consigo pensar em uma resposta adequada.

— Annette Chapa acha que Jeff Reville é gay? — ela diz de repente. — Tem certeza? Eu nunca ouvi isso.

— Eu fiquei sabendo pela internet. Talvez não seja verdade.

— Você se deparou com a teoria engenhosa de Ingrid Allwood durante suas investigações online?

Estou prestes a dizer que sim quando me apercebo que isso está errado. Eu não fiz isso. Estava prestes a ler sobre isso, mas me distraí ao ver o nome da Lilith McNair, depois cliquei em outro link e me esqueci de tudo.

— Conte-me — digo.

— Allwood afirmou, e eu acredito que ela ainda está defendendo sua hipótese, que nem os Chapa nem os Reville poderiam ter sequestrado e matado Melody sem a ajuda do outro casal. Ela pensa que os quatro estavam todos envolvidos e que o objetivo deles era se safar com isso plantando evidências para incriminar todos eles, todos os quatro. Sabiam que seria impossível destruir todas as evidências, ou não deixar nenhuma, mas se cada casal pudesse fazer parecer como se o outro tivesse tentado incriminá-lo enquanto também se certificava de que havia outras coisas para sugerir que cada casal não poderia ter feito isso, talvez todos eles pudessem ser absolvidos. Ou nem mesmo serem acusados, para começar. Pessoalmente, não acredito. Eu não consigo ver um plano elaborado "Ei, pessoal, vamos todos nos incriminar! Aqui estamos nós."

O carrinho para no exterior de um edifício de estilo bangalô, marrom, longo e retangular, com uma porta vermelha, ao longo da base do qual alguém — uma aula de arte anterior, sem dúvida — pintou uma fileira de flores amarelas e azuis com caules verdes.

— Espere aqui — diz Tarin. — Vou entrar e pegar Zellie, depois vamos procurar Riyonna. Demoro dez segundos.

Normalmente, quando as pessoas dizem isso, querem dizer que vão demorar pelo menos vinte minutos, mas Tarin

Você viu a Melody?

é uma mulher de palavra. Ela e Zellie emergem do prédio quase imediatamente.

Elas estão discutindo sobre a Hayley.

— Ela está doente, mãe. Eu posso fazer uma pintura para você a qualquer momento. — Zellie não me cumprimenta nem reconhece a minha presença. — Você é tão egoísta. Não me ouviu dizer que ela está piorando?

— Mas eu sou florista e é uma pintura de flores! — Tarin reclama. — Quero dizer, tenho que soletrar?

— Sim, bem, Hayley, apesar de não ser florista, também a adora, portanto, pare com isso.

Tento não imaginar Tarin brigando com uma criança doente terminal por um quadro. O professor de arte teve que intervir? Além de qualquer outra coisa, como houve tempo para que isso acontecesse? Quanto dissabor poderia Tarin inserir em quatro segundos? Provavelmente bastante.

Tarin suspira, derrotada.

— Recepção do hotel, por favor, motorista — diz ela.

— Espere! — eu digo. Vi alguma coisa. *Alguém*. Ao longe. Não pode ser. Isso está errado. Pessoa errada, lugar errado. Ah, meu Deus. É, sim. É ele.

Eu pulo do carrinho e corro, ignorando os gritos de protesto de Tarin. Continuo dizendo a mim mesma que devo estar errada até não haver mais dúvidas, até eu estar na frente dele sem fôlego e suando.

— Oi. — Ele sorri como se não houvesse absolutamente nada de extraordinário no fato de nós dois estarmos aqui dando de cara um com o outro.

É mesmo ele: meu marido. Patrick.

11 de outubro de 2017

Eu pestanejo, inspiro, expiro, repito — *pestanejo, respiro, pestanejo, respiro* — mas não faz diferença. Patrick ainda está aqui.

— Você poderia tentar parecer um pouco satisfeita por me ver — diz ele com um sorriso irônico. — Corri para o aeroporto como o herói romântico de um filme brega, determinado a encontrar o meu único e verdadeiro amor.

Ele voou por dez horas para chegar aqui e não parece zangado por eu ter desaparecido sem aviso prévio. Eu deveria estar um pouco feliz com tudo isso.

— Não? — Patrick está mantendo o tom de brincadeira, mas eu posso ver que ele está magoado. Deve ter esperado que eu caísse em prantos e atirasse meus braços ao redor dele. — Tudo bem então, que tal um pouco de admiração relutante pelas minhas habilidades de investigação? Eu te localizei com sucesso e sozinho.

Não consigo olhar para ele.

— Com muita astúcia e presença de espírito? — ele tenta novamente, esperançoso.

Preciso que ele pare de falar. O desconforto e o choque que senti assim que o vi está se transformando em uma fúria crescente. Se eu ao menos pudesse gritar com ele, a minha raiva poderia se desfazer, mas nunca fui capaz de deixar que isso acontecesse. Prefiro fazer planos secretos e desaparecer para outro continente do que dizer a qualquer um como me sinto.

Você é uma piada, Cara. Uma bagunça.

— Como foi que você me encontrou? — consigo dizer. Muito mais fácil do que *Eu não me importo com o que você queira. Não vou me livrar do bebê.*

— Aha! — Patrick sorri. — Você não deixou muitas pistas, quase nenhuma, na verdade, mas se esqueceu de algo muito importante. Você se esqueceu de apagar seu histórico de navegação no computador.

— Eu não saberia como fazer isso mesmo que tivesse pensado nisso.

Nunca considerei que ele pudesse ignorar a minha evidente necessidade de ficar sozinha durante algum tempo.

O que você espera? Você tem filhos. Responsabilidades.

— Ah, bem, você vê... se você tivesse sido uma fugitiva mais experiente em tecnologia, poderia ter se safado. Eu pude ver que você andara pesquisando vários resorts e hotéis nos Estados Unidos, e o que você tinha olhado com mais frequência e mais recentemente era este. E depois havia a localização: a montanha Camelback. Você não costuma fugir de casa, então deve ter havido algum tipo de catalisador, uma gota d'água. Eu me perguntei se a montanha Camelback poderia tê-la atraído por algum motivo.

— Então você abandonou as crianças, reservou um voo e veio?

— Bem, eu verifiquei se você estava aqui primeiro. Liguei. No começo, eles não quiseram me dizer, alegaram que não podiam dar informações confidenciais blá-blá-blá. Então esperei, liguei de novo uma hora depois e pedi para ser transferido para o seu quarto, como se eu soubesse que você estava hospedada aqui. Eles caíram nessa. "Não estou recebendo resposta da *casita* da sra. Burrows, senhor." Eu os enganei como um agente duplo engenhoso.

— As crianças detestam ficar na casa da sua mãe. E quanto à escola?

— O que é que tem a escola? Em termos gerais, eu sou a favor dela.

Finalmente, Patrick deixa o disfarce de comediante.

— Você *fugiu de casa*, Cara. Sem dizer por quê, nem falar comigo, nem nada. Teria preferido que eu tivesse dado de ombros e dito: "Ah, bem, isso foi divertido enquanto durou, não vale a pena tentar recuperá-la, é melhor simplesmente aceitar?"

Eu não fugi. Eu fui embora. Não sou uma criança ou um pertence que possa ser recuperado contra a minha vontade.

— Meu bilhete deixou claro que eu iria voltar. Eu disse exatamente quando: 24 de outubro.

— Portanto, eu estava destinado a simplesmente ficar sentado em casa esperando sem nenhuma pista do que estava se passando na sua cabeça ou onde você estava? Qual é! O que eu deveria dizer a Jess e Olly? Cara, o que foi? Qual é o problema? Desculpe, isso soa irreverente. Eu não quero dizer isso. O que quero dizer é: quero fazer com que tudo fique bem, mas você vai ter que me dar uma pista. É sobre... — Ele para.

— Você não consegue dizer "o bebê", não é?

— Bem, ainda não é um bebê, é?

— Não é?

— Não sei. Não era quando você me disse pela primeira vez. Você disse que não era maior que uma azeitona. —

Patrick suspira. — Você quer desesperadamente ficar com ele? Quero dizer... ok. Tudo bem.

— Não foi isso que você disse antes. Você, Jess e Olly, todos vocês, deixaram seus sentimentos muito claros: nenhum de vocês quer o inconveniente, vocês acham que nossa família é exatamente do tamanho certo...

— Nós deixamos nossos sentimentos claros porque você nos perguntou. Você continuou nos perguntando. Então nós lhe dissemos, você acenou com a cabeça, ouviu e nos encorajou a sermos honestos, a compartilhar todas as nossas reservas e ansiedades. E então nos castiga saindo de casa? Quero dizer... a menos que se trate de outra coisa qualquer.

— Você não faz ideia, não é?

— Certo. — Patrick acena com a cabeça. Eu vejo as primeiras manifestações de raiva no rosto dele. — Porque você não me disse. Por que você não me diz?

Respire, Cara.

Eu poderia responder a ele — tão facilmente, que as palavras estão quase saltando da minha boca — mas não vou. Não devíamos estar tendo esta conversa agora, aqui. Deveria acontecer na terça-feira, 24 de outubro, em casa. Era quando eu queria que acontecesse. O que quero deve importar — e não só para mim.

— Eu te mandei um e-mail — falei. — Você ignorou meu e-mail. Podia ter me respondido e perguntado tudo o que queria saber. Você não precisava...

— Eu não respondi porque já estava a caminho daqui. Queria conversar cara a cara. Isso é assim tão errado?

Talvez não seja. Tudo o que sei é que, se não posso ter estas duas semanas para mim — para pensar, para perceber quem sou e o que quero —, então não posso ter tempo algum, nunca. Esta é a minha única oportunidade.

— Eu disse a você quando eu iria voltar. Você deveria ter respeitado isso.

— Desculpe, mas isso é besteira, Cara. Você tomou uma decisão unilateral de desaparecer. Tudo bem, você teve suas razões, que não quer me contar, mas, tendo feito isso, não pode me acusar de impor meus termos contra sua vontade. Pelo menos eu estou conversando contigo!

— Você nunca me perguntou, nem uma vez, se eu queria este bebê! — Estou muito zangada e infeliz para aguentar mais. — Nunca me perguntou como eu me sentia. Passamos horas falando sobre isso, eu perguntando a você e às crianças o que pensavam, como se sentiam, ouvindo atentamente tudo o que diziam, todas as suas razões: a despesa e o estresse, onde seria o quarto do bebê, não podemos mudar de casa, é muita confusão, tudo isso. E *nenhum de vocês* me perguntou uma única vez, ainda que indiretamente, de forma alguma, o que *eu* queria fazer. Todos vocês me trataram como alguém que estava presidindo uma reunião importante, alguém cujas opiniões e sentimentos não eram suficientemente relevantes para serem mencionados.

— Presumi que você estava indecisa. Desculpe por não ter perguntado diretamente, mas... pelo amor de Deus, Cara, nós falamos sobre isso por horas. Jess, Olly e eu dissemos o que pensávamos e você poderia ter feito o mesmo. Por que não fez isso? Não teria sido a coisa mais sensata a fazer, em vez de esperar que nós lhe perguntássemos, para que você pudesse partir num acesso de mágoa, quando nós não o fizéssemos? Espere... é por isso que nos perguntou tantas e tantas vezes, para nos lembrar que tínhamos esquecido de te perguntar? Isso é loucura. Por que não ser mais direta?

— Tudo bem, vou ser. Eu gostaria que você fosse embora. Gostaria que você voltasse para a Inglaterra, resgatasse nos-

Você viu a Melody?

sos filhos da casa superaquecida da sua mãe e os levasse de volta para casa para que eles possam começar a ir à escola novamente. Eu volto no dia 24 de outubro, como disse no meu bilhete, e então conversaremos.

Patrick tenta falar, mas eu levanto a mão para fazê-lo parar.

— Se você fizer apenas isso por mim, é muito provável que eu volte e admita que você tem, ao menos em parte, razão. Nunca vou pensar que está tudo bem por você ter esquecido de me perguntar como eu me sentia ao me ver inesperadamente grávida, mas sim, eu estava fraca e covarde, e lidei com tudo isso de maneira errada. Então, depois que eu me desculpar pelo meu comportamento e você se desculpar pelo seu, vamos poder conversar sobre o bebê e como nos sentimos sobre ele. E eu *vou* mantê-lo, quer você queira ou não. Não vou me livrar do meu próprio bebê.

— Cara, por mim *tudo bem*. E pelas crianças. Olha...

— Espere. Eu ainda não terminei. Fico feliz que você ache que está tudo bem, mas eu não quero, *não posso*, discutir isso agora. Você precisa ir para casa sem dizer mais uma palavra e me deixar aqui, para que eu não pense sempre que você arruinou algo importante que tentei fazer. Espero que isso faça sentido.

— Cara. — Patrick sorri como se eu tivesse dito algo meigo e divertido. — Não vou para casa sem você. Por favor, tente...

— Então eu vou. Eu vou embora. — Sem olhar para trás, corro o mais rápido que posso para longe dele.

— Cara! — Patrick grita. Ele não está me seguindo... ainda. Vai seguir, quando vir que não vou me virar como um bumerangue bem treinado e correr obedientemente de volta para ele.

Eu corro e corro. Para onde vou? De volta à minha *casita*? Não, para o estacionamento. Tenho a minha bolsa comigo, com as chaves do carro alugado dentro dela, meu passaporte e minha carteira, minha foto da ultrassonografia do bebê. Isso é tudo que eu preciso.

Tenho de me afastar imediatamente do Swallowtail se Patrick se recusa a ir embora. Eu tenho que ganhar.

— Cara.

A voz — não é a do meu marido — é calma e vem de trás de mim. Viro-me para ver quem é. A mão de alguém dispara para a frente do meu rosto, assustando-me. Algo amarelo move-se rapidamente, é pressionado com força contra o meu nariz e minha boca. Eu tento gritar, mas não consigo fazer nenhum som.

Eu ouvi algo no rádio no outro dia: perguntou-se a uma convidada em um *talk show* qual era a sua palavra favorita. Ela disse "férias". Achei que ela estava trapaceando. Eu não podia acreditar que ela gostasse da palavra por si mesma, pelo som das vogais e consoantes e pela forma como se harmonizam. "Férias" é uma palavra que soa bem, mas se significasse "trabalho incrivelmente árduo", ainda assim ela a teria escolhido?

Não tenho uma palavra favorita, apenas duas palavras de que menos gosto: "pais" e "família". Posso escrevê-las facilmente, mas odeio dizê-las e, acima de tudo, odeio ouvi-las quando não estou preparada. Mas se "férias" significasse "pais" e "pais" significasse "sorvete" e "sorvete" significasse "família", acho que eu me sentiria diferente sobre todas essas palavras. Acontece que eu não tinha o direito de pensar que a mulher no rádio estava trapaceando. É muito difícil separar a palavra do seu significado.

Quando inventei a expressão "Sorrisos Amáveis" para as únicas pessoas que jamais sorriram para mim, eu tinha seis anos. Tenho quatorze agora, mas não consigo parar de pensar nelas dessa maneira.

Devo ter sido muito ingênua quando era criança. Eu pensei que poderia me proteger da minha mãe não olhando para ela. Às vezes funcionava, mas nem sempre. Certa vez, eu estava sentada no carpete rodeada de brinquedos e bonecas com as quais gostava de brincar. Na outra extremidade da sala, meus pais estavam vendo televisão. Nesse dia em particular, um dos meus ursinhos de pelúcia, Rosa, tinha um segredo que não contava a ninguém.

Sophie Hannah

Os outros estavam se aglomerando ao redor dela implorando para saber, dizendo que os verdadeiros amigos não guardam segredos um do outro. Eu estava explicando, na voz da Rosa, que esse era um segredo tão importante que ela não poderia compartilhá-lo — ainda não. Eu não tinha decidido qual seria o segredo. Estava ansiosa para decidir mais tarde.

Minha mãe desligou a TV de repente. Nunca tendo mostrado qualquer interesse nos meus jogos antes, ela se levantou da poltrona, caminhou até onde eu estava sentada e pegou Poggy. Movendo-o de um lado para o outro enquanto falava por ele, disse:

— Você não está sendo justa, Rosa. Guardar segredos é errado. Você sabe disso. Nós não guardamos segredos na nossa família.

Eu não suportava ver as unhas rosa-claro da minha mãe afundando-se na lateral de Poggy. A voz também estava toda errada, nada parecida com a que eu havia inventado para ele. Queria gritar "Solte ele", mas não consegui. Eu também estava preocupada com o que aconteceria com Rosa, mas Poggy era minha principal preocupação. Se alguma coisa acontecesse com ele, eu morreria.

Meu pai não fez nem disse nada, apenas observou.

— Conte a Poggy o seu segredo, Rosa — disse minha mãe.

— Eu não sei o que é — disse a ela na minha própria voz. — Ainda não me decidi.

— Ah, é assim? — disse ela.

Ela largou Poggy, arrancou Rosa da minha mão e levou-a para fora da sala, para a cozinha. Eu ouvi uma gaveta sendo aberta. Meu pai olhava fixamente para a televisão desligada. Mais ou menos um minuto depois, minha mãe voltou, tendo cortado Rosa em pedaços marrons brilhantes. Ela deixou-os cair no meu colo.

— Assim é melhor — disse ela. — Nada mais de segredos.

2

11 de outubro de 2017

Tarin Fry tamborilava os pés descalços no chão ouvindo o zumbido do silêncio do outro lado da linha.
Vamos lá, atende. Hoje, de preferência. Idiotas preguiçosos.
Zellie logo estaria de volta de seu cochilo-pós-almoço-em-uma-mesa-de-massagem para encher seu quarto de hotel com o cheiro do óleo Arnica Alpine — seu aroma favorito de todos os que estão disponíveis no spa, apesar do Raiz de Gengibre, muitas vezes superior, também estar disponível — e este telefonema era um que Tarin não queria que ela ouvisse.
Embora, pensando bem, talvez isso fosse apenas adiar o problema, porque não havia nenhuma maneira de Tarin poder fazer o que ela planejava fazer sem Zellie descobrir eventualmente. Nem pensar.
— Senhora? — Uma mulher outra vez, mas uma mulher diferente. Espero que ela seja mais útil do que a última. — Posso esclarecer: era o detetive Sanders ou o detetive Priddey com quem deseja falar?
Tarin fez uma expressão confusa ao telefone. Ela nunca tinha ouvido nenhum dos dois nomes antes.

— Alto e louro: detetive Bryce Sanders. Baixo e moreno: detetive Orwin Priddey. — A mulher deu uma risadinha. — Nós os chamamos de Starsky e Hutch.

— Que interessante — disse Tarin, inexpressiva. — Olhe, eu não conheço nenhum desses dois sujeitos. Por que você está me perguntando sobre eles?

— Eles são os detetives que estavam no Swallowtail. Disseram-me que a senhora queria falar com um deles.

— Qualquer um deles. Eu não me importo com a cor do cabelo, apenas coloque um deles ao telefone. Você pode fazer isso?

— Ah, compreendo. Certo. Entendi. Colocando você de volta em espera enquanto vou atrás deles.

— Ótimo — Tarin murmurou para ninguém.

A porta do quarto do hotel se abriu e alguns segundos depois se fechou com uma batida.

— Voltei — gritou Zellie. Ela apareceu alguns segundos mais tarde numa onda de Arnica Alpine. — Essa foi a massagem menos efetiva que eu já tive. Era um *homem*. Ele não aplicou qualquer pressão, basicamente apenas pingou óleo nas minhas costas e espalhou-o um pouco.

Tarin desligou o telefone. Ela queria contar a Zellie sobre seu plano se tivesse que contar a ela e não que ela ouvisse sem querer sem saber o motivo.

— Para quem você estava telefonando?

Tarin desviou o assunto com uma pergunta.

— Você viu Cara Burrows no caminho quando foi ou quando voltou do spa?

— Não. Por quê?

— Ela não está junto à piscina nem na sua *casita*, nem em lugar nenhum, tanto quanto eu sei.

Zellie revirou os olhos.

— Certo. Então, porque você não sabe exatamente onde ela está, decidiu que ela *desapareceu*. Por favor, diga-me que você não estava ao telefone com a polícia. Sério? Mãe!

— Você pode ter razão. Talvez ela apareça.

Tarin resolveu deixar até o dia seguinte para chamar a polícia novamente. Quais eram os nomes dos detetives? Ela já os tinha esquecido. Moreno e loiro, Starsky e Hutch.

Eles estariam mais propensos a ouvir depois que uma noite inteira tivesse passado. Era mais difícil dizer que alguém estava desaparecido quando você viu a pessoa naquela mesma manhã. E se relatar a ausência de Cara do Swallowtail podia esperar até o dia seguinte, então seu plano... também podia. A outra coisa.

Tarin iria mesmo colocá-lo em prática? Sim, estava decidida. Por que não? Que mal poderia fazer?

≈≈≈

Abro os meus olhos e sei: algo está perdido. Algo importante.

Eu o perdi? A culpa é minha?

O bebê?

Por favor, não o bebê.

Não, não foi isso que se perdeu. Foi o tempo. Um pedaço inteiro dele está faltando. Não sei quanto.

Meus cabelos caíram na frente dos meus olhos. Não consigo ver bem — apenas lampejos de tecido xadrez amarelo e verde e madeira escura barata. Esta não é a minha *casita*. E não posso afastar meus cabelos porque...

Minhas mãos não se movem.

Solto a respiração, arfante, convulsionada por uma onda de choque que transforma o sangue nas minhas veias em gelo. Alguém amarrou meus pulsos juntos. Meus tornozelos também.

A voz de um homem disse meu nome. Apenas meu primeiro nome, apenas "Cara".

O pavor sobe dentro de mim até que seja um peso de chumbo na minha língua, impedindo-me de pedir ajuda.

O que eu sei? O que posso fazer?

Estive inconsciente. Minha cabeça está pesada e dolorida no fundo, como se alguém tivesse derramado metal líquido nela e que agora está se tornando sólido. Estou banhada em suor, minhas roupas úmidas e torcidas, minha garganta arranhada e seca. Eu preciso de água. A sede ainda não se transformou em dor, mas logo o fará.

O pano amarelo... deve ter sido assim que ele me derrubou, com clorofila. Não, clorofórmio. Clorofila é algo que tem a ver com árvores.

Ninguém viu nada? Patrick... mas não, ele não podia ter visto. Eu já tinha corrido para longe demais quando isso aconteceu. Eu o tinha deixado para trás. Se ao menos eu tivesse ficado com ele, continuasse falando...

Será que alguém já está à minha procura? O homem me carregou inconsciente até seu carro em seus braços? De alguma forma, ele deve ter me trazido aqui sem...

Meu pensamento entra em um beco sem saída. *Aqui.* O que significa isso? Onde é aqui?

Não é nenhum lugar que eu reconheça. Balanço a cabeça para tirar os cabelos da frente do rosto para que eu possa enxergar direito. Eu estou em um quarto de 4,5 m por 3 m, aproximadamente. Há armários de cozinha de madeira escura de vários tamanhos, alguns com portas de vidro mostrando copos, canecas e pratos. Outros estão fechados, com frentes de madeira falsa folheada, manchadas e lascadas. Ninguém se importa com a decoração deste lugar há muito tempo. Tem um ar de abandono.

Não. Não pense assim. Você não foi abandonada.

O pânico é a pior e mais estúpida coisa que eu poderia sentir. Vou sair daqui. Em breve alguém — o homem que me trouxe aqui — vai entrar, me desamarrar e explicar o que está acontecendo.

Eu preciso continuar pensando, continuar tentando entender o que está acontecendo. Armar-me com o máximo de informação que puder para que, quando ele voltar, eu esteja pronta para ele.

Quem quer que ele seja.

A voz dele... eu a reconheci? O detetive que vi no spa? O homem do quarto de hotel errado para onde Riyonna me mandou? Foi Mason, quem me deu o iPad, ou Dane Williamson, o gerente do resort?

Talvez tenha sido alguém que nunca conheci, mas apenas li sobre ele: Jeff Reville, Victor Soutar... Eu tento me lembrar de outros homens da história de Melody Chapa e não consigo pensar em nenhum. Não pode ser Naldo Chapa — ele está na prisão.

Tem que ser sobre ela: Melody. Nada na minha vida faria com que isso acontecesse comigo — nem mesmo fugir de casa, abandonar minha família sem aviso prévio.

Por que não me meti na minha própria vida, calei a boca sobre o que vi naquele quarto de hotel?

Cara Burrows — ela está segura?

Ela poderia estar, se ao menos não tivesse dito nada.

Se eu não estou segura, meu bebê também não está. Sem a mãe, Olly e Jess não estão seguros. Patrick não é o suficiente. Meus filhos precisam de mim. Precisam de mim em casa. Tenho que voltar para eles, não importa o que eu precise fazer.

Pense, Cara. Encontre uma saída.

A que distância estou do Swallowtail? Pela bexiga cheia, acho que fiquei inconsciente pelo menos uma ou duas horas, talvez três ou quatro. Ainda há luz lá fora. Espere, as janelas... elas estão erradas. Cortinas de xadrez amarelo e verde, mas esse não é o problema. São os cantos das janelas — são curvas, não retas. Sem ângulos retos. Elas me lembram de janelas de trem.

Toda esta sala está errada. O que é isso? Uma cozinha? Então por que é que há uma cama no outro extremo? Uma colcha amarela com um padrão de pequenas flores cor-de-rosa, fronhas combinando. Estou deitada num sofá de couro de cor caramelo que mais parece um banco. É duro como pedra, o encosto de couro é embutido na parede ao lado de uma das duas portas.

Cozinha, sala e quarto... tudo junto. Há uma cadeira, uma monstruosidade suja, laranja e castanha, e armários demais, mas a área de cozinha — fogão, forno, bancada de trabalho — é ridiculamente pequena, como uma miniatura. Não é bem do tamanho de uma casa da boneca, mas quase.

Entre a cadeira e a parede, há uma mesinha baixa com livros em cima. O que está no topo da pilha, o único que vejo, chama-se *The Devil Dragon Pilot*, de alguém chamado Lawrence A. Colby. A única coisa nas paredes é uma televisão presa a um suporte e um calendário que ainda está na página de agosto. Acima da grade para os dias do mês, há um desenho de um gatinho branco sentado numa xícara de chá listrada de rosa e azul piscando e acenando.

Arrasto meu corpo para a esquerda para que eu possa ver por cima da borda do banco. O linóleo do chão — mais cinzento do que castanho e ainda mais obviamente falso do que as portas dos armários da cozinha. Para encobri-lo — um desejo compreensível —, alguém colocou um tapete azul-marinho felpudo que parece um tapete de banheiro de grandes dimensões.

Tudo o que consigo ver através das janelas é um céu azul brilhante, fios, uma torre elétrica. Sem árvores ou edifícios altos. Se eu pudesse me levantar e ver fora das janelas... Mas com minhas mãos e pés amarrados, isso é impossível. Alguém queria ter certeza absoluta de que eu ficaria onde eles me deixaram.

— Droga! — digo em voz alta. — Droga!

Uma onda de medo se apodera de mim, depois me deixa arrasada. Tudo o que eu quero é a minha família. *Por favor.*

Como pude fazer isso? Eu queria tanto sair de casa e agora talvez nunca mais volte para lá. Todos os problemas que eu pensava que tinha antes não eram nada — pequenos aborrecimentos. Eu estava cega demais para ver. Afortunada demais.

Tenho que tentar me levantar. Balançando minhas pernas, eu impulsiono minha metade superior para a frente. Aterrisso mal — de mau jeito e desequilibrada, com uma torção do tornozelo direito — e caio no chão.

Estremecendo, giro meu pé para ver se distendi alguma coisa. Acho que não. Dói, mas não muito.

Não consigo ver uma maneira de me levantar, agora que estou deitada no chão. Era mais fácil do banco de couro — eu podia balançar minhas pernas para cima e para baixo. Desta posição, não consigo ver como o faria.

A menos que eu possa, de alguma forma, ficar de joelhos, e então...

Um som arranhado congela o pensamento inacabado em minha mente. O que foi isso? Uma chave na porta? Há um baque alto, surdo, como algo batendo contra uma folha de metal. O chão treme debaixo de mim.

Metal...

Sei o que é isto.

Estou em um trailer, uma van, seja qual for o nome. Uma casa sobre rodas. É por isso que todos os diferentes cômodos estão juntos.

Ouço o som de uma chave novamente e a porta mais próxima de mim se abre. Um homem entra usando uma camisa xadrez e shorts jeans. Botas de amarrar empoeiradas, marrons.

— Cara Burrows — diz ele. Ele tem um aspecto horrível: abatido, tenso, exausto.

Claro que é ele. Eu deveria ter sabido.

— Por favor, deixe-me ir — digo com uma voz firme e clara. — Deixe-me ir e prometo que não direi nada. Não direi nada a ninguém.

— Cara, sinto muito — diz ele. — Desculpe-me. — E ele começa a chorar.

12 de outubro de 2017

— Ei, não é seu aniversário semana que vem? — perguntou o detetive Bryce Sanders enquanto tirava o carro do estacionamento da delegacia de polícia de Paradise Valley. — Terça-feira, não é?

— Quarta-feira — disse o detetive Orwin Priddey.

— Althea vai pagar o jantar em algum lugar especial?

— Não sei. Vamos fazer alguma coisa, eu acho, mas sem planos ainda.

— Você devia comemorar o seu aniversário, OP. Faça planos, amigo. A gente só vive uma vez.

Três garotos adolescentes estavam parados na calçada mais à frente. Um deles estava mesmo à beira da calçada, de costas para a rua. Parecia que poderia cair no trânsito em movimento a qualquer momento. Priddey pensou em estender a mão para tocar a buzina. Por outro lado, ele não estava dirigindo, então não era problema dele.

— A menos que você seja Melody Chapa — acrescentou Sanders como uma reflexão tardia.

— O quê?

— Você só vive uma vez, a menos que seja Melody Chapa. Se você for Melody Chapa, é assassinado e, de repente, sete anos depois, está vivo de novo e se divertindo em um spa. — Sanders riu. — Quanto você acha que custa uma noite em um lugar como esse? Mais do que eu poderia pagar, isso é certo. Você ficaria bem, casado com uma mulher de posses.

— Desperdício de dinheiro.

— Temos sorte, podemos ir lá de graça. Talvez hoje a gente possa incluir um mergulho. Tenho certeza de que o nosso amigo gerente do resort, o sr. Dane Williamson, não diria "não".

— Hoje? Vamos voltar para lá?

Sanders acenou com a cabeça.

— Aquela mulher telefonou outra vez... Riyonna?

— Não.

— Então por quê? Eu não sei por que nos demos ao trabalho de ir na primeira vez. Aquela velha senhora está à beira da loucura.

— Tem certeza disso, amigo? Porque eu tenho que lhe dizer... houve mais dois avistamentos.

Priddey não reagiu. Era tudo besteira. Ele sabia disso e Sanders também sabia. Mesmo assim, ele não se importava. Podia passar o dia tanto no Swallowtail quanto em qualquer outro lugar.

— E adivinhe só? — Sanders tentava novamente despertar o interesse do outro. — Uma das mulheres que viu Melody viva desapareceu. Uma tal de sra. Cara Burrows, da Inglaterra. Então, depois que ela desapareceu no ar sem deixar vestígios, houve um terceiro avistamento de Melody — desta vez por uma sra. Tarin Fry. Foi ela quem me chamou.

Ah, e Riyonna Briggs? De acordo com Tarin Fry, também não há sinal dela. Estou te dizendo, OP, alguma merda está acontecendo naquele resort. Eu não sei o que, mas... alguma merda estranha, isso é certo.

— Algum tipo de histeria coletiva, muito provavelmente. — Priddey bocejou. Ele não queria falar sobre Melody Chapa. Se ela estiver viva, ótimo. Se ela estiver morta... bem, isso não era novidade. De uma forma ou de outra, isso não o afetou.

Ele havia lido tudo o que havia para ler sobre o caso entre 2010 e 2014, quando a cobertura da mídia finalmente começou a secar. Ainda se lembrava dos nomes de todos os envolvidos, mesmo aqueles com apenas um papel menor — Shannon Pidd, Nate Appleyard, Victor Soutar —, assim como se lembrava do carro que Kristie Reville possuía em 2010: um Toyota Camry vermelho. Ele simplesmente não se importava com nada disso hoje, nem se importou dois dias atrás, quando Riyonna Briggs convocou pela primeira vez Sanders e ele para o Swallowtail. Se era trabalho, então ele não se importava com isso — essa era a regra.

— E se encontrarmos a Melody viva? — perguntou Sanders. — Imagine isso.

— Não vamos encontrá-la. Ela não está lá.

— Sim, você pode estar certo. Ainda assim. *Ela* pode não estar lá, mas alguém estará. Você vai ter uma grande surpresa, amigo.

Priddey costumava gostar de surpresas. Ele não gostava mais.

— O que quer dizer?

— Espere e veja, OP. Espere e veja.

Eu acordo em choque, arfando. Tento abrir os olhos, mas não funciona.

Por que não?

Choro. Choro sem fim, até que a escuridão lá fora começou a se dissipar. O que significa que estou olhando para o novo dia através de fendas estreitas e inchadas.

A luz brilhante flui através das janelas do trailer. *Prisão ensolarada.*

Gritei até ficar rouca ontem à noite. Ninguém veio e eu não ouvi nada. Ou esse trailer está em um lugar isolado ou então ele sabia que ninguém que me ouvisse iria se importar. A primeira hipótese parece mais provável. Ele teria tampado minha boca com uma fita, caso contrário.

Não há como saber que horas são. Estou faminta, minha bexiga está tão cheia que dói e o interior da minha garganta parece que está prestes a se quebrar ressecada por causa da sede.

Quando ele virá? Não posso esperar muito mais.

Não é possível que ele não volte. É? Ele me deixou sozinha durante a noite, mas deve saber que preciso usar o banheiro. Ontem ele se ofereceu para me levar ao banheiro e eu disse que não, e agora me sinto como se fosse explodir. Se não estivesse tão desidratada, a explosão já teria acontecido há algum tempo. Eu também preciso de comida, água. Principalmente água. Se eu conseguisse chegar à torneira, nunca pararia de beber. Tal como está, não suporto nem mesmo vê-la. Olhar para ela, imaginar a água que pode produzir, é tortura.

Ele não me deixaria aqui para morrer.

Não, não deixaria. Ele disse que lamentava. E sabe que você está grávida. Ele encontrou a foto do ultrassom quando vasculhou sua bolsa.

Você viu a Melody?

O homem do quarto do hotel no meio da noite, aquele em que eu nunca deveria ter entrado.

Tento me concentrar nesse novo fato. Ontem, eu me perguntava quem tinha feito isso comigo. Listei nomes na minha cabeça. Não pude adicionar o dele à lista porque eu não sabia. Ainda não sei. Mas agora eu sei que é ele. Decidi considerar isso um avanço.

Meus olhos parecem que vão cair se eu chorar mais, então, em vez disso, tento pensar. Não é difícil entender isso. Se Riyonna não tivesse me mandado para aquele quarto por engano, eu não teria visto Melody Chapa nem a ouvido falar sobre Poggy. Mas eu vi. E isso aconteceu comigo. O homem com Melody deve ter decidido que a resposta para a pergunta "Cara Burrows — ela está segura?" era "Não".

Isso tem de significar que há esperança. Se eu conseguir convencê-lo de que não direi uma palavra a ninguém, ou que direi muito se ele assim preferir, me certificarei de que o mundo inteiro saiba que eu *não vi* uma garota que tenha esfregado a cabeça e mencionado o nome do brinquedo fofinho preferido de uma vítima de homicídio. Sou apenas uma pobre e confusa mulher grávida que não sabe de nada neste momento.

Se eu mostrar que estou disposta a cooperar, ele pode me deixar ir. Posso fazer com que acredite em mim, eu sei que posso. Ele não quer me machucar. Estava claro no rosto dele, na maneira de falar...

Ele parecia amável. No quarto do hotel, e ontem aqui, ele parecia um sujeito bom. Tanto que eu mal posso acreditar que ele é o responsável por fazer isso comigo.

Não, Cara. Você é a culpada.

Como pude deixar o país e pôr um oceano entre mim e todas as pessoas que amo? Espaço para pensar, tempo para mim mesma... a ideia de afirmar agora que eu preciso dessas coisas me faz querer gritar. Tudo o que preciso é da minha família. Só isso. Isso é tudo de que eu sempre vou precisar — que nós cinco estejamos juntos e seguros.

Não acredito em Deus, nem em carma ou algo assim, mas sei com absoluta certeza que, se estou sendo punida, não é por entrar em um quarto de hotel já ocupado. Esse foi o erro da Riyonna, não o meu. O meu foi tentar fingir que umas férias de luxo de duas semanas era algum tipo incrível de plano de resgate de casamento.

Como pude ser tão egoísta? Todas as coisas que Patrick, Jess e Olly disseram e fizeram, ou não disseram e não fizeram, todas as coisas que eu pensei que importavam tanto e me feriram tão profundamente... Eu não me importo mais com nenhuma delas. Só quero estar em casa com a minha família.

De alguma forma, isso vai acontecer. O homem não me fará mal.

Mas ele pode pegar o caminho mais fácil e deixar você morrer assim: amarrada em um sofá em um trailer.

Meu estômago se revira com a ideia, mas eu tenho que pensar em todas as possibilidades. Essa é a melhor estratégia se eu quiser sair daqui. Tenho que encarar isso: se ele pode sequestrar, ele pode matar.

Ouço o arranhão da chave na fechadura e um grande "Não" enche minha mente. Eu queria tão desesperadamente que ele voltasse e agora só consigo pensar que não estou pronta. Eu não tenho um plano. Não consigo enganá-lo. Tudo o que posso fazer é implorar, esperar, rezar.

Qualquer coisa. Qualquer coisa que eu tenha que fazer para sair daqui, para me libertar.

Heidi Casafina odiava Nova York. Detestava o lugar. Não era culpa da cidade — ela sabia disso —; mas, por mais que tentasse, ela não conseguia fazer com que a lógica afetasse o que sentia. De qualquer forma, seu tempo aqui estava prestes a terminar e ela deveria estar grata por isso. No fim das contas, Nova York não era uma armadilha da qual ela nunca pudesse escapar.

Todas as suas malas estavam prontas. Assim que o calvário de hoje terminasse, ela iria direto a um aeroporto e estaria a caminho da casa de seus pais em Indiana — não particularmente emocionante, mas serviria por agora.

Heidi tinha amado a cidade de Nova York de longe durante a maior parte da vida, então fez a mudança de Bloomington há três anos. Quase imediatamente após a chegada, ela conseguiu seu emprego dos sonhos na televisão — ou assim pensou — trabalhando em um show que era tão importante quanto famoso: *Justiça com Bonnie*.

Heidi tinha começado por baixo — baixo status, baixo salário, trabalho de burro de carga — e não se importava nem um pouco. Bonnie tinha feito com que tudo valesse a pena. Ela havia levado Heidi para um drinque depois do seu primeiro dia de trabalho, apenas as duas, e disse como estava entusiasmada por juntar Heidi à sua leal equipe. Heidi ficara lisonjeada com a atenção. No final da noite, Bonnie inclinou-se, olhou-a nos olhos e disse: "Você, Heidi Casafina, está destinada a grandes coisas. Você pode parecer uma princesa da Disney e pode ter apenas vinte e três anos, mas é astuta. E apaixonada. Você me faz lembrar a jovem Bonnie. Fique por perto e subirá *rapidamente* todos os escalões."

Logo depois, Bonnie cumpriu sua promessa. Heidi se tornou produtora executiva do programa dentro de seis meses e, quando um punhado de colegas começou a tornar seu ressentimento aparente, Bonnie introduziu uma nova regra: qualquer um que sequer olhasse para Heidi da maneira errada estaria demitido antes que pudesse abrir a boca para se defender.

Quase desde o primeiro dia, ficou claro que o desejo e a expectativa de Bonnie era que ela e Heidi tivessem noites regulares para as meninas — bebidas e jantar depois do trabalho, sempre por conta de Bonnie. "Regular" significava três ou quatro noites por semana — sempre que o marido da Bonnie, Will ("meu segundo marido — o primeiro era um monstro", ela adicionava a cada menção a ele), estava fora da cidade a negócios.

Bonnie era fascinante e superinteligente. Ela afirmava coisas que ninguém mais ousaria afirmar ou teria a imaginação para pensar em primeiro lugar. Como sua própria teoria: SAPS, também conhecida como Teoria do Primeiro Suspeito.

SAPS significava "Síndrome do Apego Polícia-Suspeito". Bonnie acreditava que, quando um crime grave era cometido, em vez de esperar o tempo que demorasse a reunir todas as provas disponíveis antes de desenvolver uma teoria, os detectives tendiam a fixar-se no primeiro item de evidência significativo, ver para quem apontava e depois formar um apego obsessivo à ideia dessa pessoa como o perpetrador do crime. Não importava se essa era a única coisa em todo o caso que apontava para essa pessoa ou se três semanas depois houvesse dezessete peças de provas concretas indicando que outra pessoa era culpada; tudo o que importava para alguns detetives — "muitos, *muitos*", disse Bonnie — era a narrativa que eles tinham criado em torno da primeira descoberta significativa, à qual se apegavam desesperadamente, às vezes fabricando provas ou destruindo provas que contradissessem sua teoria.

Em consequência, Bonnie argumentava, era mais comum do que qualquer um percebesse que o primeiro suspeito em um caso fosse acusado e condenado, independentemente de sua culpa ou inocência. Ela havia dito a Heidi pelo menos vinte vezes em seus anos de trabalho conjunto: "Sou uma defensora dos direitos das vítimas, Heidi. Os acusados inocentes, em perigo de perder sua liberdade para sempre, são tão vítimas de crime quanto os estuprados, assassinados e defraudados. Não se esqueça disso. Demasiadas vezes, detetives e advogados conspiram involuntariamente com criminosos para garantir a segurança e prosperidade dos culpados. E isso *tem* de acabar." A formulação variava ligeiramente, mas era praticamente o mesmo discurso todas as vezes.

Então veio a segunda parte da sua lengalenga, também com apenas pequenas alterações para cada narração: "Olhe para o caso Melody Chapa — exemplo perfeito. A suspeita recaiu imediatamente sobre Kristie Reville e, como resultado, o comportamento de alerta psicológico de bandeira vermelha de Annette e Naldo Chapa em torno do desaparecimento de sua filha foi definitivamente ignorado."

Nunca se esqueça disso, Heidi.

Ela não se esqueceu de nada que sua chefe lhe dissera desde o dia em que se conheceram. Bonnie era fascinante mesmo quando fazia propaganda em louvor a si mesma. Quando Heidi percebeu que as noites regulares de pós-trabalho significavam que ela havia sido oficialmente nomeada Melhor Amiga e Colega Favorita, ela ficou emocionada. Os problemas começaram quando um sujeito atraente se mudou para o apartamento ao lado do apartamento de Heidi e eles começaram a namorar. Heidi se viu querendo passar mais tempo livre com Seth, mas não conseguia dizer isso a Bonnie. Cada vez que ela tentava formular as palavras em sua mente ("Nós vamos ter que mudar nossa rotina. Eu só posso vê-la duas noites por semana a partir de agora.") ela ficava ciente de como seria sempre impossível proferi-las em voz alta para a pessoa que precisava ouvi-las.

Bonnie, ela não tinha dúvida, se tornaria fria em uma fração de segundo. Heidi tinha visto a Fria Bonnie eviscerar aqueles que a irritavam e não tinha nenhum desejo de estar no lado sujeito a isso. Ela perderia seu emprego, com certeza, e nenhuma carta de recomendação lisonjeira para futuros empregadores seria enviada. E assim, em vez de tomar quaisquer medidas para reduzir o seu tempo com Bonnie, Heidi se viu explicando a Seth que sair com Bonnie depois do espetáculo ter sido transmitido fazia parte do seu trabalho.

Ele não ficou em sua vida por muito tempo. Depois do término, Heidi não se deu ao trabalho de tentar sair com mais ninguém. Ela entendeu que estava presa ao melhor emprego do mundo e se odiava por não se importar mais. Ela não podia suportar culpar Bonnie por qualquer coisa, mas permitiu que o seu rancor contra Nova York crescesse mais e mais: o barulho, a poluição, a grosseria, o esnobismo...

Ela disse a si mesma que deveria estar se sentindo mais feliz esta manhã. Iria finalmente poder deixar a cidade para trás e começar uma nova vida — esperançosamente uma vida com algum espaço para a vida, não apenas para o trabalho. Ela estava prestes a ser demitida e deveria estar extasiada. Em vez disso, ela estava cheia de aversão por si mesma. Bonnie jamais a perdoaria. Era só nisso que ela conseguia pensar. Disseram-lhe para esperar na recepção como um estranho.

— Sra. Casafina? — A recepcionista solene, não muito mais do que uma adolescente, abordou-a cautelosamente como se ela fosse uma bomba-relógio, não se aproximando muito. — A sra. Juno está pronta para vê-la agora.

Heidi não disse nada enquanto era ostensivamente conduzida por uma garota que sabia que ela conhecia o caminho tão bem quanto sabia o próprio nome.

Bonnie estava ao lado da porta aberta do escritório com um largo sorriso no rosto.

— Entre, Heidi. Sente-se.

Então ela não tinha ficado fria. Será que despediria Heidi num espírito amigável?

Um sentimento estranho e reconfortante tomou conta de Heidi. Ela se perguntou se conseguiria escapar sem dizer nada, apenas deixando Bonnie dizer o que tinha a dizer e assentindo de vez em quando. Ela escolheu a cadeira turquesa com um assento gordo e braços pequenos — Bonnie tinha cinco poltronas de grife em seu escritório para visitantes, todas em cores diferentes — e sentou-se.

Bonnie sentou-se à frente, em sua cadeira de capitão, de couro marrom.

— Então. Um sujeito do Arizona, um detetive, nada menos que isso, liga *três vezes em uma hora* para dizer que há um resort em Paradise Valley onde *três hóspedes distintos* afirmaram ter visto Melody Chapa viva nos últimos dias... e você não acha que isso deve ser mencionado para mim? Você o dispensa como um excêntrico?

— Desculpe, Bonnie. Devia ter lhe dito. Não sei no que eu estava pensando.

— O detetive Bryce Sanders não é nenhum excêntrico, Heidi. Eu verifiquei. Seus colegas, seus oficiais superiores, todos o *amam*. Quer saber a palavra que eu sempre ouvia?

"Iniciativa". Como me chamariam. Felizmente ele ligou de volta uma quarta vez e pegou Steve em vez de você, ou eu não ficaria sabendo de nada disso.

— Não a culpo por ter ficado furiosa — disse Heidi.
— Não essa, mas uma palavra que rima com ela.
— O quê?
— Curiosa. Isso é o que eu estou. Por que você não me falou sobre Sanders, Heidi?

Ah, Deus. Bonnie não podia simplesmente despedi-la e acabar com isso?

— Ok, deixe-me facilitar as coisas para você — disse Bonnie. — Tem que ser uma de duas razões. Ou você pensou que Sanders era uma perda de tempo, um maluco, ou... pensou que ele poderia estar certo, que talvez Melody não esteja morta afinal de contas e você não queria que a notícia se espalhasse.

— Eu estava tentando proteger você. — Heidi lutou contra as lágrimas. — Desde sua entrevista com Mallory Tondini, tem havido muito respeito lá fora pela sua capacidade de julgamento. Alguns deles ressentidos, claro, mas ainda assim... respeito. Eu estava com medo de que se Melody no fim estivesse viva... — Ela encolheu os ombros. — O corpo dela não foi encontrado. Parecia improvável, mas não impossível, que ela não tivesse sido assassinada, afinal de contas. Ingenuamente, loucamente, eu esperava que se bloqueasse as tentativas de Bryce Sanders de entrar em contato com você sobre isso, ele poderia desistir e tomar o caminho mais fácil: dizer a si mesmo que esses três hóspedes estavam dizendo besteira e seguir em frente.

— Então... deixe-me ver se entendi. Porque temia o dano à *minha* reputação se Melody estivesse viva, você esperava que pudesse fazer com que tudo desaparecesse?

Você viu a Melody?

Heidi acenou com a cabeça.

— E, presumindo que você pudesse fazer esse pequeno problema desaparecer, onde isso deixaria Annette e Naldo Chapa?

— Injustamente condenados. Deixados apodrecendo na prisão graças a mim.

— Sei. E você se importou com isso?

— Um pouco, mas eu poderia ter vivido com isso. Bonnie, achei que você poderia desmoronar se fosse provado que estava errada sobre a Melody. Ter um colapso nervoso ou... eu não sei. Sendo honesta, eu suponho que também havia um elemento de medo pela minha própria reputação. Eu trabalho para o programa também. Não por muito mais tempo talvez, mas...

— Você acha que eu te chamei aqui para te despedir?

— Bem, não foi?

— Ok, duas coisas. Primeiro: sou grata pela sua lealdade. De verdade. Que você deixaria duas pessoas inocentes apodrecendo na cadeia para proteger meu bom nome... — Bonnie riu. — Isso é impressionante, garota. Acho que não há mais ninguém neste mundo que vá tão longe por minha causa.

Heidi sentiu um novo tipo de medo: que Bonnie não estava prestes a bani-la. Suas malas estavam prontas e alinhadas na porta de seu apartamento, prontas para aquela nova vida...

— Mas Heidi, se eu estivesse *errada*, se eu fosse parte de um esforço para colocar Annette e Naldo Chapa atrás das grades por um assassinato que não cometeram, que talvez *ninguém* tenha cometido... bem, isso não poderia ficar assim.

— Tem razão, Bonnie. Eu... eu não sei o que deu em mim.

— Não perca o seu sono, querida. Todos nós cometemos erros. Eu sei disso melhor do que ninguém. Lembre-se: o monstro do meu ex-marido encheu seus bolsos imundos vendendo a história de todos os erros que já cometi. Está tudo bem, você não tem que fingir que não leu. Todo mundo já leu. Graças a Raoul Juno, há um monte de gente lá fora que ainda pensa em mim como uma bêbada violenta, incontinente, pervertida, com um distúrbio alimentar. E... não que isso importe... não eram vinte docinhos, eram seis. Apenas seis.

Bonnie estalou a língua em reprovação.

— Estou ficando toda defensiva de novo. A questão é: sei tudo sobre cometer erros... mas, Heidi, você nunca precisa me proteger dessa maneira. Eu não tenho medo de estar errada. Estive errada centenas de vezes e, sem dúvida, estarei errada outras tantas centenas de vezes. É a vida. Eu posso lidar com isso.

Heidi acenou com a cabeça.

— Agora que tiramos isso do caminho, vamos passar para a parte interessante: esses supostos avistamentos de Melody. Três deles no espaço de menos de uma semana. — Bonnie sorriu. — Eu estive esperando por algo assim. Algo grande e notável. Algo destinado a causar uma grande agitação.

— O que quer dizer?

— Annette e Naldo Chapa são pessoas engenhosas, intelectual e economicamente. Quando todos os seus recursos falharam, pensei comigo mesma: "Eles não vão desistir. Tentarão outra coisa e, o que quer que eles decidam, ninguém vai ver acontecer." Bem... aqui estamos nós. É isso. Nunca subestime a resiliência do mal, Heidi.

— Você acha que Annette e Naldo Chapa estão por trás desses avistamentos de Melody?

— Supostos avistamentos. Aposto a minha vida nisso. — Bonnie levantou uma sobrancelha. — Será que me esqueci de mencionar que tive razão cento e *uma* vezes?

— Então o quê, encontraram outra jovem que... ou alguém agindo a mando deles encontrou...

— Não sabemos se houve outra jovem, não é? Ainda não. Tudo o que sabemos é o que três pessoas disseram e nem sequer o fizeram em primeira mão para nós. Elas podem estar todas mentindo.

— Bonnie, posso apenas esclarecer... então, eu não estou sendo despedida?

Bonnie pareceu impaciente.

— Você pode parar de sentir pena de si mesma e reservar uma equipe de filmagem no próximo voo para Phoenix? Se a resposta for sim, então não, você não está despedida. Agora, se manda daqui. Tenho ligações a fazer.

~~~

Ele entra. Não olha para mim. Jeans, camisa xadrez azul e cinza, manchas escuras de suor debaixo dos braços. Está carregando algo que parece uma embalagem de plástico enrugado e, assim que fecha a porta do trailer, ele começa a desembrulhá-la. Eu sinto cheiro de comida e meu estômago rosna em resposta.

— Trouxe almoço para você: um sanduíche de salsicha e bacon — diz ele, colocando-o na bancada da pequena cozinha.

De onde? Eu me pergunto. Estamos perto de um café? Lojas?

— E uma lata de Coca-Cola.

Ele saiu do meu campo de visão, mas eu ouço a batida quando ele a põe na bancada.

— Não é diet, é normal. Espero que não haja problema.

— Almoço?

— Sim, são quase duas horas da tarde. Você deve estar faminta.

— Quanto tempo você vai me manter aqui? Se me deixar ir, eu juro que não direi nada. Não quero lhe causar nenhum problema e não me importo com o que você fez, mas precisa me deixar ir. Estou grávida. Tenho uma família. Você não pode fazer isso. — Estou falando muito depressa, atacando pesado, mas não consigo parar. — Se você me machucar, as pessoas vão descobrir. O meu marido já deve estar à minha procura, a polícia...

— Cale-se, Cara. Vai ter a sua oportunidade de falar, mas por agora preciso que me ouça.

Ter a minha oportunidade? Porque é justo que nos revezemos. A vez dele primeiro. Minha vez de ficar deitada aqui, amarrada.

Seu maldito monstro.

Ficar em silêncio é a coisa mais difícil que já fiz na vida.

— Ótimo. Assim é melhor — diz ele. — Ok, você precisa comer e beber alguma coisa. Imagino que também precise ir ao banheiro, não é?

— Sim.

— Então, vou desamarrar seus braços e suas pernas, mas para fazer isso você deve comer, beber, fazer xixi, sem arriscar a segurança de ninguém. Vou ter que tirar minha arma desta gaveta e mantê-la apontada para você o tempo todo. Compreende?

— Sim — respondo. A palavra "arma" aterrissa em minha mente e continua afundando, como uma pedra pesada descendo na água. *Ele tem uma arma. Na gaveta. Ele a colocou lá antes sabendo que iria precisar dela.*

— Não quero te assustar, está bem? A arma é a única maneira de eu não precisar te manter amarrada o tempo todo. Você entende, certo?

— Não.

— Não? — Ele parece surpreso.

Eu ouço o barulho de uma gaveta se abrindo e se fechando.

— Você pode me deixar ir e *nada acontecerá com você* — digo, soluçando. — Não contarei a ninguém, nunca. Não direi que ninguém me levou a lugar algum. Vou dizer que eu estava errada sobre ter visto Melody Chapa. Juro pela vida do meu bebê! Tudo que você precisa fazer é...

— Cara, eu não posso. Hoje não. Pare, ok?

— Por que não pode? Por quê? Por que eu mentiria para você? Acha que eu juraria pela vida do meu bebê se não estivesse falando a verdade?

— Cara, eu...

— Se você não confiar em mim e me deixar ir agora, como vai fazer isso em outro momento? Você vai me matar? Por que, se não precisa fazer isso? Não vê que é melhor para você se apenas...

— Cale-se!

Eu olho para a arma que está apontando para o meu rosto. Sinto toda a minha energia furiosa se esvair. Era eu que gritava alguns segundos atrás?

— Você vai me matar — sussurro.

— Não, não vou. Eu vou te levar ao banheiro e te dar comida. Foi tudo o que vim aqui fazer hoje. Assim que você estiver calma, eu te desamarro e...

— Isso é tudo o que você veio fazer *hoje*, mas e amanhã? Na próxima semana? Você vai me matar então, ou me deixar ir? Porque se vai me deixar ir, é melhor fazer isso agora.

Você deve ser capaz de ver isso. E se vai me matar, por que ainda não o fez?

Ele suspira e passa a mão livre pelo rosto.

— Cara, acredite, se eu pudesse mudar nossa situação, eu mudaria.

— Acha que tenho alguma informação de que você precisa ou algo assim? Não tenho! Eu não sei de nada! Nem sequer sei se a garota no quarto de hotel com você era ela ou não... Melody.

— Não vamos falar sobre isso hoje.

— Pare de dizer "hoje"! Quantos dias mais vamos passar aqui? Quanto tempo você vai...

— Eu não sei! — ele grita. A arma cai no chão, arrancada de sua mão pela explosão de sua voz. — Não sei, Cara. Pare de me perguntar.

São alguns segundos até meu corpo parar de tremer. Silenciosamente, eu conto até dez, depois até vinte, observando a arma enquanto percorro os números. Se ela fosse disparar depois de cair com tanta força, teria feito isso imediatamente. Está apenas ali parada.

O homem cobre o rosto com as mãos. Ele está tremendo mais do que eu. Mal pode esperar para estar longe de mim. Tudo que preciso fazer é comer, beber, usar o banheiro e então ele pode me amarrar de novo e sair daqui. Por que eu não me apresso e facilito as coisas para ele? É o que ele está pensando.

Quando ele me soltar, preciso encontrar uma maneira de mantê-lo aqui, mantê-lo falando comigo. Eu não suporto a ideia de poder andar e mover meus braços livremente por meia hora só para depois ser amarrada com cordas novamente.

Talvez ele ficasse se eu falasse sobre algo neutro: o clima do Arizona ou nossos filmes favoritos.

Você viu a Melody?

Ele se recuperou um pouco e está apontando a arma para mim novamente.

— Desculpe — digo. As palavras quase me sufocam.

Ele acena com a cabeça.

— Está tudo bem. Eu compreendo. Isso não é fácil para nenhum de nós dois.

Há tantas perguntas correndo pelo meu cérebro, mas eu seria louca se as fizesse. E acho que encontrei pelo menos uma resposta.

Se eu pudesse mudar nossa situação, eu mudaria.

Posso ver isso em todo o seu rosto: ele não sabe o que vai acontecer além de hoje mais do que eu sei. Ele não está no controle de nada disso.

Esta é a operação de outra pessoa. O plano de outra pessoa.

13 de outubro de 2017

— Senhor, com todo o respeito, tem de ir para *casa*.

Sim, essas foram as palavras que ele ouviu. O detetive Orwin Priddey não podia acreditar. Bonnie Juno — uma mulher que ele só tinha visto na TV até hoje — estava contando a um homem desesperado cuja esposa estava desaparecida que ele precisava pegar um avião para Londres, Inglaterra, e esquecer tudo sobre encontrá-la.

Juno estava dirigindo o show aqui, sem dúvida — tão certo quanto Priddey presumiu que ela dirigia seu próprio show. Havia sete pessoas presentes hoje — ele mesmo, Bryce Sanders, Juno, sua produtora "boneca Barbie", cujo nome Priddey esqueceu segundos depois de ouvi-lo, o gerente do resort, Dane Williamson, uma hóspede que afirmou ter visto Melody Chapa viva e Patrick Burrows, marido da veranista britânica desaparecida.

O Swallowtail evidentemente se orgulhava de estar bem equipado para reuniões executivas. Todos os presentes tinham um pequeno bloco de folhas destacáveis, um lápis e dois copos de água na frente deles. No centro da grande mesa, estavam doze garrafas de água: seis normais e seis com gás. Até agora, ninguém tinha escrito ou bebido nada.

Além das sete pessoas, o ar-condicionado mais forte que Priddey já conheceu também estava presente na reunião. Ele continuava dizendo a si mesmo que iria pedir para que o desligassem se ninguém mais o fizesse nos cinco minutos seguintes.

— Ir para casa? — Patrick Burrows parecia estar lutando para manter o autocontrole. — Não vou a lugar nenhum até que Cara seja encontrada. Como eu posso? Como posso ir para casa e dizer aos meus filhos que a mãe deles desapareceu? Que eu não sei onde ela está? A primeira coisa que eles iriam perguntar é por que eu não fiquei e a encontrei. Então é isso que vou fazer. Eu a encontrei uma vez. E posso fazer isso de novo.

— E ela ficou contente de vê-lo quando a confrontou? — Bonnie Juno perguntou. — De maneira nenhuma! Todos nós ouvimos isso da sua própria boca: ela estava furiosa por você ter desrespeitado os desejos dela. Ela estabeleceu um limite: 24 de outubro, a data que escolheu para retornar ao lar, e você violou esse limite. As últimas palavras que ela lhe disse antes de fugir foram: "Se você não for embora imediatamente, eu irei." Antes de continuar, deixe-me verificar... Estou *errada* sobre isso? Heidi?

Era esse o nome da produtora Barbie: Heidi.

— Foi o que ouvi também, Bonnie.

— Dane? Detetive Sanders?

— Eu também, Bonnie — disse Dane Williamson rapidamente. Priddey teve a impressão de que ele queria dar o seu "de acordo" antes que Sanders pudesse. Os dois estavam sentados um de cada lado de Juno. Pelo menos Sanders tinha feito parecer que tinha acabado de escolher o lugar em que estava e podia muito provavelmente ter escolhido qualquer outro. Só que Priddey sabia que não era assim, pelo olhar "objetivo alcançado com sucesso" no rosto de Sanders, que ninguém mais poderia interpretar: olhos arregalados e inocentes, bochechas ligeiramente infladas.

Williamson não era um manipulador tão tranquilo. Estava visivelmente ofegante em sua ânsia de se aproximar da famosa personalidade da TV. A primeira coisa que ele fez depois de se sentar foi arrastar sua cadeira para mais perto da cadeira de Juno — tanto que ela se sentiu apertada e se aproximou mais de Sanders, levando a bochechas ainda mais infladas.

— Eu também ouvi isso, Bonnie — disse Sanders.

— Ah, bom — replicou Juno. — Bem, então meus ouvidos *estão* funcionando. Sr. Burrows, vou falar francamente com você e um dia vai me agradecer por isso. Não acho que a Cara tenha ido longe. O carro dela ainda está aqui, certo? Acho que ela está se escondendo em algum lugar deste resort. Mas temos um problema aqui. Seus problemas conjugais ficaram misturados com a questão de Melody Chapa e temos de agir depressa para sabermos com o que estamos lidando. *Você* precisa agir rápido. Se, como parece esmagadoramente provável, ninguém levou sua esposa e ela está se escondendo por opção, evitando *você*... bem, precisamos saber isso super-rápido. A melhor coisa que você pode fazer, *de longe*, é pegar um avião de volta para a Inglaterra. Eu apostaria minha última moeda de dez centavos que Cara reaparecerá no momento em que você se for.

— Como Cara vai saber que ele foi embora? — perguntou Tarin Fry, um dos três hóspedes do Swallowtail que aparentemente tinha visto Melody Chapa viva. — Como não sabemos onde ela está, não podemos lhe dizer, certo? Se ela

Você viu a Melody?

estivesse perto o suficiente do Patrick para observar os movimentos dele, acho que todos nós já a teríamos avistado a essa altura.

— Ah, ela vai saber — disse Bonnie Juno. — Pode acreditar em mim. Ele parte — ela apontou para Burrows por cima das garrafas de água, o braço totalmente estendido — e ela vai aparecer aqui de volta, do nada.

— Do nada? — murmurou Tarin Fry, meneando levemente a cabeça.

Juno voltou-se para Dane Williamson.

— Dane, se você se importa com a família Burrows, diga ao sr. Burrows que não há vaga para ele no Swallowtail. Sr. Burrows, quer ficar por perto? Tudo bem. Vá para Mesa ou Glendale. Posso parecer severa, mas estou tentando ajudá-lo. E se não sair do caminho? A próxima vez que verá sua mulher será em 24 de outubro, quando ela sempre planejou voltar para casa, e você passará cada segundo entre agora e então preocupado com que algo terrível tenha acontecido a ela. Dane?

Williamson parecia nervoso. Talvez estivesse imaginando a manchete: "Gerente de resort expulsa à força marido desesperado de turista desaparecida."

Tarin Fry diz a Juno:

— Deixe Patrick em paz. É sério que você vai afastá-lo do hotel onde sua mulher foi vista pela última vez?

Aquilo era um pouco engraçado. Priddey estava gostando mais do seu trabalho, agora que não se importava com nada além do salário.

Sanders não dizia nada. Ele permanecia sentado, olhando para a parede, como se essa parte da conversa não lhe dissesse respeito.

— Tenho uma pergunta para a Bonnie. — Tarin Fry novamente.

— Mande — disse Juno.

— A maneira que você disse "Ah, ela vai saber" há um minuto, significando que Cara vai saber assim que Patrick partir... você viu Cara ou se comunicou com ela desde que chegou aqui? Você a está ajudando a se esconder?

Juno sorriu indulgentemente.

— Que pergunta peculiar. Não, categoricamente, eu não estou. Por que você pensaria isso?

— Bem, você estava reivindicando certo conhecimento de algo que você não pode saber, a menos que *saiba* mais do que está deixando transparecer.

— Hah! Querida, esse é o meu estilo.

— Claro, sei disso. Mas isso é uma questão de substância, não de estilo. Você fez uma afirmação: que Cara saberia instantaneamente se Patrick fosse embora. Estou lhe perguntando se você é capaz de fundamentar essa afirmação.

Juno se inclinou para a frente e olhou para ela.

— Você é a florista, certo?

— Eu sou *uma* florista. Pelo que eu sei, pode haver outras ao redor da mesa. Ele, talvez? — Fry apontou para Sanders.

— Não, senhora — disse Sanders com uma risadinha.

Priddey decidiu que gostava de Tarin Fry. Ela era divertida.

— Por que você não é uma advogada, com toda a sua conversa sobre fundamentar afirmações? — Juno perguntou-lhe.

— Eu gosto de ser florista.

— Huh. — Juno parecia intrigada com isso. — Bem, tudo bem, você mostrou um ponto de vista justo. Não sei *ao certo* que Cara Burrows iria reaparecer se seu marido fosse embora daqui. É um palpite, só isso.

Você viu a Melody?

— Alguma chance de conseguirmos que o ar-condicionado seja desligado? — Sanders perguntou.

— Eis uma ideia — disse Tarin Fry. — Patrick, você pode sair temporariamente, depois voltar em poucas horas, para colocar a teoria de Bonnie à prova. Se Cara aparecer *do nada* enquanto você estiver fora, ótimo. Se ela não aparecer, saberemos que algo está errado e que a polícia pode começar a tentar encontrá-la como uma verdadeira pessoa desaparecida.

Juno deu de ombros ligeiramente e assentiu.

— Parece um bom plano para mim.

— Enquanto eles estiverem nisso, podem tentar encontrar Riyonna também — acrescentou Fry.

— Espere! — Bonnie ergueu a mão. — Eu perdi alguma coisa? Dane, você me disse que Riyonna Briggs foi embora por vontade própria depois que você a repreendeu.

— Eu falei com Riyonna, sim. Ela ficou... visivelmente transtornada depois disso. Talvez eu tenha sido um pouco duro com ela. A verdade é que eu não podia acreditar que ela tivesse dado ouvidos a sra. McNair até aquele ponto, indo tão longe a ponto de chamar a polícia, deixando os outros hóspedes ouvirem o que estava acontecendo de modo que todos ficassem assustados e começassem a imaginar que tinham visto Melody também. Sem ofensa a nenhum de vocês dois oficiais, mas... Riyonna deveria saber que estava fazendo-os perder seu tempo. Lilith McNair vê uma Melody Chapa diferente cada vez que se hospeda conosco. Uma vez, era um menino!

Williamson olhou em volta, claramente esperando por uma reação favorável à sua piada. Ninguém reagiu. Alguns deles tinham ouvido falar de Menino Melody antes. Outros não se importaram.

— Riyonna disse que quis ser minuciosa — o gerente do resort continuou. — Foi a sra. McNair ter visto Poggy que a fez sentir que, desta vez, podia ser diferente e não podia ser ignorada. A questão é que, independentemente de como possa ter se sentido sobre isso, tomar medidas sem passar por mim era inaceitável. Pouco profissional. Eu lhe disse diretamente: ela teve sorte de ainda ter um emprego depois de fazer uma proeza dessas. Deixou o meu gabinete aos prantos.

Bonnie Juno suspirou.

— Está bem, então, tudo indica que Riyonna está se sentindo uma tola, orgulho ferido, e estará de volta assim que se recuperar. Heidi, coloque nosso pessoal nisso. Vejam se ela pode ser encontrada, com urgência. Procure o Dane quando terminarmos aqui, pegue o telefone dela, endereço e tudo o mais.

— Pode deixar, Bonnie. — Heidi fez uma anotação em seu bloco.

— Pode valer a pena lhe mandar uma mensagem conciliatória — Sanders sugere a Williamson. — Caso ela esteja apavorada demais para dar as caras por aqui. Você sabe: "Por favor, volte, tudo já foi esquecido"?

— Grande ideia, detetive — disse Juno. — Faça isso, Dane... agora, se não se importar. — Williamson assentiu e pegou seu telefone.

— Isso é ridículo — Tarin Fry exclama abruptamente. — Você está dando tratamento preferencial a uma hipótese menos provável do que a uma mais provável. Duas mulheres estão desaparecidas. Ambas deveriam estar aqui no Swallowtail, e não estão. Ambas...

— Eu acho que todos nós precisamos manter a calma e não tirar conclusões precipitadas de que qualquer um que

Você viu a Melody?

não possamos ver ao redor desta mesa tenha sido raptado por um sequestrador sem rosto — Sanders a interrompeu. — É assim que a histeria se espalha e, acreditem em mim, quando isso acontece, é difícil que qualquer coisa faça sentido.

— Não podia estar mais de acordo, detetive — disse Bonnie Juno.

— Ainda bem que vocês dois concordam, mas ainda não terminei. — O sorriso de Tarin Fry era frio. — Ok, não vou dizer "desaparecida" se vocês ficam melindrados. Duas mulheres, de repente, não estão aqui. Uma viu Melody Chapa viva e a ouviu mencionar Poggy pelo nome, a outra chamou a polícia depois que outra hóspede do resort viu a mesma coisa: Melody com Poggy. Agora, vocês vão me dizer que tudo isso pode ser uma grande coincidência e, sim, Cara e Riyonna tiveram razões para fugir que não tinham nada a ver com Melody, eu não estou discutindo isso. E antes que alguém diga que a sra. McNair também viu Melody e eu também e ninguém nos raptou, obviamente estou ciente disso. Em resumo, no entanto, eu ainda acho que Cara e Riyonna foram retiradas do Swallowtail e levadas sabe Deus para onde contra sua vontade. Aqui está o porquê.

Tarin Fry levantou-se e começou a andar à volta da mesa, passando por trás das costas das pessoas. Bonnie Juno ajustou sua cadeira para que ela pudesse ver Fry de frente enquanto se aproximava dela. Priddey sentiu como se estivesse assistindo a um drama no qual todos amavam um pouco demais as suas próprias falas. Ele se perguntou por quanto tempo teria que ficar ali sentado ouvindo todos eles.

— Cara primeiro — disse Fry. — Ela pede a Patrick para ir embora, para permitir que fique sozinha durante esse tempo tão necessário. Ele tenta convencê-la a ficar feliz por ele permanecer aqui, ou ele se recusa a partir, ou seja lá o que for. Cara quer vencer essa briga e a única maneira na qual consegue pensar em fazer isso, se ele não for embora, é desaparecer e deixá-lo aqui abandonado. Certo?

Juno, Sanders, Heidi e Williamson, todos eles concordam com a cabeça. Patrick Burrows parecia atordoado, olhando para longe, como se estivesse sozinho na sala.

— Ok, que bom — disse Fry. — Então, o que poderia ser mais estúpido e autodestrutivo para Cara do que fazer valer seu ponto de vista *permanecendo no Swallowtail*, o resort de onde o marido se recusa a sair? E ele certamente não vai a lugar nenhum uma vez que ela tenha sumido. Ela saberia disso. Este é um resort enorme, mas vamos encarar os fatos: se ela estiver aqui, será encontrada até o fim do dia e lá estará Patrick esperando por ela. Em vez disso, ela poderia ter entrado no carro alugado e já estar a meio caminho de Santa Fé antes de Patrick ter encontrado o caminho para a recepção. Acho que era isso que ela teria feito.

Priddey concordou. Ele não disse nada.

— Passando para Riyonna... — Tarin Fry tinha voltado para sua cadeira e estava de pé atrás dela. — Ela havia sido repreendida por seu chefe e estava aborrecida. Sr. Williamson, eu tenho duas perguntas para você: Riyonna é uma funcionária insolente, combativa? E será que ela tem outra fonte de rendimentos além do seu trabalho aqui? Marido rico ou pais ricos, qualquer coisa assim?

— Não — disse Williamson. — A Riyonna é uma funcionária muito respeitosa. Amável, cortês. E não se encontra em grande forma financeiramente desde o seu divórcio no ano passado.

— Deferente à sua autoridade, você diria?

— Inteiramente. Fora essa única vez. — Ele suspirou. — Eu provavelmente deveria ter sido um pouco menos duro com ela.

— Quando ela saiu do seu escritório em prantos, era o fim do seu turno?

— Não. Mais perto do início.

Tarin Fry acenou com a cabeça e esboçou um sorriso.

— Bem, não sei quanto a vocês, mas se eu tivesse pouco dinheiro e acabado de receber uma advertência do meu chefe depois de uma grande besteira que fiz, a última coisa que eu faria seria sair antes do fim do meu turno. Corrija-me se eu estiver errada, mas se você fizer uma asneira no trabalho e for repreendido, isso não lhe dá o direito de sair mais cedo.

— Não, não dá — disse Bonnie Juno pensativamente. — E se você precisasse de cada centavo em que pudesse colocar as mãos, pós-divórcio...

— Você se desculparia com seu chefe e continuaria fazendo seu trabalho — Tarin Fry terminou a frase por ela. — A única maneira de *não* fazer isso é se tiver um problema com autoridade, e acabamos de ouvir que Riyonna não tem. *Eu poderia sair daqui e arriscar um desemprego de longa duração e a penúria, em vez de engolir sapo servido por um idiota... sem ofensa, sr. Williamson... mas não acredito que Riyonna fizesse isso.*

— Esses são alguns pontos muito bons — disse Juno.

— Ainda bem que gostou deles. Agora tenho algo a dizer a vocês dois. — Fry apontou para Priddey, depois para Sanders. — Em vez de perderem o seu tempo vasculhando cada centímetro deste lugar à procura de Cara, concentrem-se no quarto 324 e nos esquivos Robert e Hope Katz.

—Opa, opa, opa! — Bonnie Juno interrompeu-a. — Quatro quartos de repente se transformam em um quarto? Que tal 322, 323 e 325?

— *Eu* estou no 325 e já disse a todos vocês que Cara disse que o banheiro do quarto onde ela entrou...

— ...estava do outro lado do corredor — disse Juno. — Sim, você disse. Mas nós só temos sua palavra para isso, não é?

— Sim, é verdade. — Fry não se intimidou. Voltando-se para Priddey, ela disse: — Confie em mim. 324 é o tal. Robert e Hope Katz. Que eu estou apostando que não existem. Outro lugar que vocês precisam procurar? A *casita* de Cara, onde ela estava hospedada. O DNA do sequestrador pode estar por todo lado. E ela carregava um iPad consigo, que pediu emprestado da loja aqui, no prédio principal. Vejam se conseguem encontrá-lo. Acho que ela não o teria deixado por vontade própria. Era uma forma de entrar em contato com os filhos. Ah, ela usou o Instagram para fazer isso, acho, então isso é outra coisa que vocês deveriam fazer: olhar e ver se ela e os filhos acessaram o Instagram, mandaram mensagens uns para os outros ou seja lá como se chama isso. Se um dos filhos lhe enviou uma mensagem há algum tempo e ela não respondeu... bem, esse é outro sinal de que ela não saiu daqui voluntariamente, certo?

— Tenho uma pergunta para você, srta. Fry — disse Bonnie Juno.

— Senhora.

— Por que você e Lilith McNair ainda estão aqui? Será que esse mestre raptor não é muito meticuloso?

Tarin Fry não se abalou.

— Demasiado minucioso seria muito óbvio. Mesmo vocês, desesperados como estão para fingir que nada está seriamente errado aqui, até mesmo vocês não poderiam razoavelmente explicar *quatro* desaparecimentos inesperados. Ninguém precisa remover a sra. McNair da cena. Quanto mais ela fala, mais louca ela soa. É melhor deixá-la aqui para desacreditar, por extrapolação, *todos* os avistamentos de Melody viva.

Juno estreitou os olhos.

— E você?

— Eu cuido bem de mim. Não ando por aí em uma neblina ingênua como Cara e Riyonna, pensando que o mundo é um lugar doce e adorável. Você não acredita em mim? Vamos pôr à prova. Contrate alguém para tentar me jogar no porta-malas de um carro e me tirar daqui. Você vai ver o que acontece.

— Eu não ousaria — Bonnie Juno disse, cansada.

Tarin Fry virou-se para Priddey.

— Vá até o spa e encontre o pedaço de papel no vaso prateado da gruta de cristal em que está escrito "Cara Burrows — ela está segura?". Isso está lá desde antes de Cara desaparecer. Ela o encontrou. Isso a assustou, compreensivelmente.

Tendo dito sua parte, Tarin Fry voltou para sua cadeira e sentou-se.

Bonnie Juno fechou os olhos por alguns segundos. Quando os abriu, ela disse:

— Heidi, Dane, iniciem o processo de localizar Riyonna Briggs. Tentem encontrá-la rapidamente para que possamos refutar todas as teorias inteligentes da srta. Fry. Humm... *agora*?

Dane Williamson e Heidi saltaram dos seus lugares. Uma vez que já tinham ido embora, Juno exalou ruidosamente e disse:

— Bom. Vamos esperar que eles obtenham o resultado certo em breve: Riyonna a salvo, bem, de volta ao Swallowtail.

Cara Burrows também. Maldição. Vou ser honesta com vocês: *ninguém* odeia mais engolir sapos do que eu.

※

— Como estava? — O meu raptor sorri para mim. Uma arma e um sorriso largo. Nunca pensei que veria os dois juntos, ambos direcionados para mim. — Melhor ou pior do que o primeiro?

— Melhor. O bacon estava mais crocante.

O almoço de hoje foi outro sanduíche de bacon e salsicha. Acontece que conseguir água e comida no trailer é tão fácil quanto fazer perguntas é problemático. Na última hora, além do sanduíche, ganhei um café descafeinado, um copo de suco de laranja e uma maçã. Também tomei um banho de chuveiro: gel de ducha de limão.

Deduzi certo: ele está disposto a ficar e conversar desde que eu não fale sobre Melody ou sobre nossa situação. Isso significa mais tempo com a arma apontada para a minha cabeça, mas vale a pena. Qualquer coisa é melhor do que cordas penetrando nos meus pulsos e tornozelos, cortando minha circulação.

— Eu não gosto muito de bacon — ele diz. — As pessoas sempre dizem que é a coisa de que elas mais sentiriam falta se parassem de comer carne, mas eu não. Eu não sentiria falta.

Mais sentiriam falta. Essas palavras são quase suficientes para me exasperar novamente. Consigo evitar chorar ou gritar.

— Preciso te perguntar uma coisa — digo num tom tão casual quanto possível. — Não as mesmas perguntas que já fiz, prometo.

— Bom.

Você viu a Melody?

Ele parece grato. Ele gosta da Cara Bem Comportada. Decidi arriscar.

— Olhe, entendo que você não é o responsável por... o que quer que esteja acontecendo aqui e que você não sabe as respostas para muitas das perguntas que eu fiz antes. Mas você pode me dizer pelo menos uma coisa. — Eu me obrigo a sorrir.

— Ok. Dispare. Ah! — Ele abana a arma no ar. — Desculpe. Má escolha de palavra.

— Sim, vamos mudar isso para "*Não* dispare".

Ele ri. O meu raptor me acha engraçada. Isso é bom.

Ele não protestou contra a minha sugestão de que alguém está puxando as cordas. Isso não me surpreende. É um bom rapaz e nada é culpa dele — é assim que ele se vê e como precisa que os outros o vejam.

— Eu ficaria muito grata se pudesse enviar uma mensagem à minha família. Obviamente você não vai me entregar um laptop e me deixar fazer isso, mas... se eu lhe dissesse o que escrever, você acha que você poderia talvez...

— De jeito nenhum. Desculpe.

— Por favor, me escute. Se você estiver preocupado que a mensagem seja rastreada até o seu computador, que tal me deixar escrever uma carta? Você poderia lê-la antes que eu a enviasse. Se eu pudesse apenas deixar minha família saber que estou segura, que estou sendo bem tratada...

— Cara, *por favor*. — Pela voz dele, qualquer um pensaria que eu é que estava torturando-o, que era eu com a arma e as cordas. — Não nos faça passar por isso. A resposta é não.

— Mas... — Não consigo evitar que as lágrimas caiam. — Isso não é justo. Desculpe, não quero colocá-lo numa situação difícil, mas não é. Eu não sei quanto tempo vou ficar aqui e...

— Você acha que eu não sei disso? Não é justo, não. Nada sobre toda essa maldita bagunça é justo.

Olhando nos olhos dele, é difícil não acreditar que está pensando mais na situação dele do que na minha. Qual será, exatamente? Ter que alimentar, tomar conta, conversar e lidar com o medo e a angústia de uma mulher que um dia ele talvez tenha que matar?

Não. Pare.

Se eu começar a pensar dessa maneira, isso só vai me deixar em pânico. Não posso arriscar fazer com que ele me mate mais cedo do que o planejado. E eu tenho que acreditar que esse pode não ser o plano. Se quem está no comando definitivamente quisesse me matar, eu já estaria morta agora. Minha única esperança é mantê-lo falando sobre assuntos que não o deixam agitado até que eu possa pensar em uma ideia que me tire daqui.

— Tudo bem, se não posso enviar uma mensagem à minha família, talvez eu possa ter outra coisa que eu queira.

— Como o quê?

Tenho medo de dizer isso. Tenho medo do que isso significará se ele disser que não.

— Ácido fólico.

— O que é isso? Você quer dizer drogas?

Ele acha que estou pedindo LSD?

— É um suplemento de saúde. As mulheres grávidas são aconselhadas a tomá-lo. Tenho na minha *casita* no resort. — *E agora eu não tenho. Não tive tempo para fazer as malas.*

— Claro, vou buscar um pouco disso. Sem problema.

Ele parece feliz. Isso é algo com que ele pode facilmente concordar.

Sinto-me pior do que antes de perguntar. Sua disposição não significa que ele se importa com a vida do meu

Você viu a Melody?

bebê. Significa apenas que quer se sentir bem consigo mesmo. Se lhe disserem para me matar a esta hora na próxima semana, ele vai fazer isso pensando: "Fiz o melhor que pude por ela. Eu trouxe aquele ácido fólico para ela, não trouxe?"

— Obrigada — digo. — Eu também gostaria de ter alguma informação.

— Algo relacionado com a gravidez?

— Não. Sobre Melody Chapa, seus pais...

— Não.

— Por que não?

— Pare de perguntar sobre Melody. — Ele está olhando para a arma. Alguns segundos atrás ele estava olhando para mim.

— Ouça — digo suavemente. — Se você quer que eu pare de perguntar, eu paro, mas posso te dizer uma coisa primeiro? Só porque acho que se você entendesse por que eu estava perguntando, você não se importaria tanto assim.

Seus olhos se movem pela sala: até o teto, até a janela. Eu estou me perguntando se ele me ouviu e entendeu quando ele diz de repente:

— Vá em frente.

— Obrigada. — *Aqui vai. Não estrague tudo, Burrows.* — Sei que estou aqui por causa de algo a ver com Melody Chapa. Porque eu a vi e contei às pessoas. Entendo tudo isso. E sei um pouco sobre o caso. Por exemplo, sei que o corpo dela nunca foi encontrado. Eu li o máximo que pude online quando soube que a tinha visto. E agora estou aqui por causa dela, indiretamente. Quero dizer, eu não estou dizendo que é culpa dela que eu esteja aqui, mas... fiquei presa a tudo isso e a culpa também não é minha. Realmente não é. — A minha voz falha.

Eu paro e limpo os olhos. Sentir pena de mim mesma não vai me levar a lugar nenhum.

Ele se arrasta um ou dois centímetros para mais perto de mim.

— Cara, acredite em mim, eu sei que nada disso é culpa sua.

— O que estou tentando dizer é que saber mais sobre a situação, ter mais informações, me faria sentir muito melhor. Apenas ser capaz de *compreender*. Não mereço isso? Não seria nenhuma ameaça para você ou qualquer outra pessoa. Não posso sair daqui, não posso me comunicar com ninguém. Que mal faria saber a história em que me envolvi?

— Quanto menos souber, mais segura estará. Acredite em mim.

Uma explosão de raiva me arranca do modo "negociador racional".

— Então é mesmo o velho clichê, não é? Você poderia me dizer, mas então teria que me matar?

Ele olha para a arma, o cenho franzido. Eu desejo que ela vire e dispare todas as suas balas na cara dele, uma após a outra. Se isso acontecesse, eu poderia me levantar e sair daqui. Não haveria nada que me impedisse.

— Não brinque com isso, está bem?

— Desculpe. Isso foi inapropriado.

Ele acena rápida e repetidamente, como se precisasse de mim para tranquilizá-lo de que eu vou fazer com que tudo fique bem. Sempre que lhe agradeço, peço desculpas, coopero, ele imediatamente mostra sinais de estar grato.

— Se você não tem permissão para me contar a história, a verdadeira história, a parte secreta, que tal me trazer um computador para que eu possa ler e ver o que está lá fora e no domínio público? Certamente, isso não pode fazer nenhum mal. Você pode sentar-se ao meu lado com a arma para ter certeza de que eu não tento enviar nenhuma mensagem.

— Não. Não me peça novamente.

— Eu não entendo. — Um grito se ergue dentro de mim. Se ele não me deixar fazer nada além de comer, beber e falar sobre coisas que não importam, então eu poderia muito bem...

Não. Nem pense nisso.

Não posso desistir ainda.

— Eu vou parar de perguntar quando você me der uma explicação que faça sentido — digo. — Por que não posso ler artigos sobre Melody Chapa na internet?

— É melhor que você não faça isso.

— Melhor para quem?

— Por favor, não levante a voz para mim, Cara.

— Annette e Naldo Chapa, os pais da Melody? Veja, eu sei os nomes deles. É melhor para eles que o mundo acredite que eles assassinaram sua filha? Não consigo ver como.

— Eu vou amarrá-la e sair, se você continuar assim.

— E se eu não parar, você vai fazer o quê? Ficar aqui apontando uma arma para mim e se recusando a fazer qualquer coisa que torne minha vida suportável? Que escolha.

— Se você me fizer sair daqui com suas perguntas, não voltarei por muito tempo. Droga, Cara, a última coisa que eu quero fazer é te ameaçar. Não podemos apenas...

— É a Kristie Reville? Não pode ser Annette e Naldo Chapa. Eles estão na cadeia. — É ela quem dá as ordens? Ou...

Não. Não pode ser.

Pode?

Uma garota que encontrei uma vez no banheiro errado do hotel no meio da noite. Uma criança de quatorze anos, assustada, com um brinquedo de lã manchado na mão.

É Melody? É ela quem decide se eu vivo ou morro?

~~~

— Ei. Ei, espere.

Tarin Fry virou-se para ver Patrick Burrows se dirigindo velozmente para ela. Bom. Ela estava querendo procurá-lo depois de ter visto Zellie, mas como ele estava ali agora...

— O que vamos fazer? — ele perguntou.

— Nós?

— Sim. Você acha que agora eles vão levar o desaparecimento da Cara a sério? Quer dizer, vamos deixar por conta deles e esperar pelo melhor?

— Então, de repente, somos um "nós"? — questionou Tarin. — Depois que você me deixou montar o caso sozinha sem dizer uma palavra sequer de apoio?

— Do que você está falando? Concordei com tudo que você disse. Eu achei que você foi brilhante.

— No entanto, você não disse isso na frente dos detetives e da celebridade da TV.

Patrick pareceu confuso.

— Bem, não havia razão para ambos dizermos a mesma coisa. Ora, o que você achou que eu...

— Esqueça. — Tarin o interrompeu abruptamente. — Vamos entrar? Você vai se queimar se ficar ao sol. Ao menos passou algum protetor solar? Claro que não. Então vamos para o meu quarto para que eu possa ver como está a minha filha. E não vou andar neste calor. Vou arranjar um carrinho do hotel.

Você viu a Melody?

— De onde? — Patrick olhou em volta. — Eu não vejo nenhum.

— Vê o pequeno telefone branco preso à parede? — Tarin adiantou-se e apertou alguns botões. — Um carrinho vai aparecer agora. A menos que a equipe de Bonnie Juno esteja usando todos. Ela tem precedência com a polícia, com o pessoal do hotel. Você viu aquele pulha do Williamson? Ele mal conseguia se conter para não lamber o rabo dela.

— Odeio esses carros de clube — disse Patrick com veemência. — Sinto-me como um inválido sendo levado para todo lado numa cadeira de rodas. Quem decidiu que era uma boa ideia construir um resort de férias grande demais para você poder andar por aí?

— É o excepcionalismo americano em ação — disse Tarin. — Eu adoro isso. Ouça. Você ouve o som distante das rodas se aproximando?

— Esse não está vindo para nós. É muito rápido.

— Ah, esse é o nosso, sim. Vai virar aquela esquina a qualquer momento. — Ela sorriu quando ficou provado que ela estava certa. — Agora, pare de choramingar e entre. Tenho perguntas para você.

Patrick esperou até que estivessem no carro de golfe e a caminho antes de dizer:

— Perguntas?

— Sim. Você contou a todos nós que Cara saiu de casa sem te dizer, deixando apenas um bilhete, porque precisava de um tempo sozinha. Por que é que ela fez isso?

— Ela estava grávida.

— Sim, eu sei. E você sabe que eu sei. Todos nós falamos sobre isso, não foi? Então, não me faça perder tempo. Por que é que ela fez isso?

Patrick parecia estar encurralado. Não queria dizer a ela, evidentemente, mas sendo inglês e, sem dúvida, mais reprimido do que Tarin poderia imaginar, ele ainda mais não queria dizer que não era da conta dela.

— A gravidez não foi planejada. Só queríamos ter dois filhos. Cara disse a mim, ao nosso filho e à nossa filha que estava grávida e perguntou-nos o que queríamos fazer. Todos nós respondemos honestamente: nenhum de nós queria realmente outro bebê. Eu porque, francamente, já é cansativo o suficiente ter dois com quem se preocupar, e as crianças... Eu acho que elas só ficaram com medo. Elas gostam de suas vidas agora e não queriam que nada mudasse. Mas... — ele parou.

— Mas o quê?

— Eu não sei.

— Mas *o quê*? Pare de enrolar.

— Quando encontrei Cara aqui e conversamos, ela estava zangada porque nenhum de nós lhe perguntou como se sentia em relação à gravidez. Ela havia nos perguntado, mas nós não tínhamos perguntado a ela.

— Sério? Nenhum de vocês disse: "E você? O que você acha de ficar com esse bebê ou se livrar dele?" Apesar de ser ela a carregar o bebê? Legal. Eu não a culpo por fugir.

— Não perguntei porque eu não precisava. — Patrick parecia aborrecido. — Não podia ter sido mais óbvio que ela queria ficar com o bebê. E quanto mais óbvio se tornava, menos eu e as crianças tentávamos convencê-la a desistir. Nós paramos de expressar qualquer objeção muito antes dela fugir. Eu acho que todos nós aceitamos isso. Pensei que ela soubesse disso.

Tarin gemeu.

— Você pensou que ela soubesse? Mas, tipo, vocês não discutiram isso? Nenhum de vocês disse: "Sabe o que mais?

Você viu a Melody?

Se você quer ficar com esse bebê, nós também queremos. Vamos fazer isso e tudo ficará bem." Em vez disso, todos vocês simplesmente pararam de expressar objeções e esperavam que Cara ficasse feliz com isso. E enquanto isso, do princípio ao fim, ninguém perguntou a ela diretamente como se sentia?

Patrick suspirou.

— Se você coloca assim, soa terrível. Talvez seja. Se eu pudesse voltar atrás, faria de outra forma.

— Eu duvido — Tarin murmurou. — De qualquer modo, nós concordamos sobre uma coisa: Cara não desapareceu por vontade própria. Temos de fazer alguma coisa. Se a polícia local não notificar o FBI, então eu o farei.

— O... o FBI?

— Sem dúvida. Turista inglesa desaparecida, caso de assassinato de Filadélfia espalhando-se para o Arizona? Certamente, o FBI. E aqui está o que você vai fazer para me ajudar. Você disse antes que você e Cara compartilham uma conta de e-mail. Isso é um pouco patético, já que vocês são dois adultos, mas nesse ponto eu não estou nem um pouco surpresa que seja verdade. É verdade?

— Bem, eu tenho um diferente para o trabalho, mas...

— Ok, aqui está o plano. Você vai enviar um e-mail para si mesmo a partir dessa conta, como se fosse da Cara. Diga: "Não posso escrever muito. Preciso de ajuda. Eu e Riyonna fomos sequestradas. Diga à polícia." Mantenha a mensagem realmente básica e curta.

Patrick esquivou-se.

— Você perdeu a cabeça? Está me pedindo para mentir para a polícia? Não. Nem pensar.

— Você quer os federais aqui num piscar de olhos? Eu também. Essa é a maneira de conseguir isso.

— Eles iriam rastrear a mensagem até o meu telefone numa questão de minutos.

— Não, eles não fariam isso. Isso acontece nos filmes, não na vida real. Sim, eles podem rastreá-la, mas vai demorar um pouco. Enquanto isso, estarão procurando por Cara e Riyonna mais efetivamente do que qualquer coisa que possamos esperar de nossos dois policiais locais, Bajulador Sanders e Passivo Priddey. *Desenxabido* Priddey.

O carrinho de golfe parou em frente às portas principais do hotel. Patrick seguiu Tarin enquanto ela caminhava pelo lobby em direção aos elevadores.

— Ora, vamos, eu não posso fazer isso e você sabe — ele disse.

Ela se virou para ele.

— Você quer encontrar sua esposa enquanto ela ainda está viva?

— Não diga isso.

— Pelo amor de Deus, Patrick. Você precisa... Entre no elevador. Se quer encontrar Cara sã e salva, você precisa fazer isso. Eu faria se pudesse, mas não compartilho um endereço de e-mail com sua esposa. Você compartilha.

— Eu disse a senha à polícia. Eu também posso te dizer. É bangalô, tudo em minúsculas, depois o número 77: bangalô77.

— Ótimo. Então agora eu vou fazer isso. Tudo bem. E a polícia vai te contar sobre o e-mail e você vai fazer o quê? Dizer que sou eu? Porque isso é inútil, não é?

— Não, eu não faria isso. Eu não diria nada.

— Está falando sério? — Tarin perguntou, incrédula. — Você é realmente assim tão frouxo? Você não vai fazer isso para não se meter em problemas, mas vai me deixar enviar a mensagem e não dizer nada?

Patrick gemeu.

— Tudo bem, é justo. Eu envio.

— Obrigada. — Tarin não conseguiu evitar fazer um barulho de desdém. — Você é fácil de convencer, hein?

As portas do elevador se abriram. Ela saiu e ficou parada com um pé no corredor para impedir que se fechassem.

— Que barulho foi esse?

Patrick fez menção de segui-la, mas ela o empurrou de volta.

— Espere. Eu consigo ouvir o carrinho de uma camareira. Espere aqui. Mantenha as portas abertas.

Ela caminhou na ponta dos pés e espreitou pela esquina, em seguida voltou balançando a cabeça.

— Inacreditável. Inacreditável.

— O que você viu?

— Não faça perguntas. Siga-me e me apoie. Não contradiga nada que eu disser.

— Ajudar você a fazer o quê?

Tarin saiu do elevador caminhando com determinação e virou a esquina. Uma empregada baixa e rotunda, uma latina, estava meio dentro e meio fora do 324, o quarto pertencente a "Robert e Hope Katz". Seu carrinho estava na entrada. Havia um saco de plástico transparente cheio de lixo em sua mão.

— Desculpe, minha senhora — disse Tarin. — Eu sou a detetive Tarin Specter, polícia de Paradise Valley. Este é o meu assistente, o detetive Patrick... Ross. Quem a autorizou a limpar este quarto?

— Está na lista que eles me dão. — A empregada parecia confusa. — Ninguém diz o que eu não dever fazer.

Tarin endureceu o rosto e exalou, como se estivesse incrédula. Na verdade, não havia nenhum "até parece" sobre isso. A incredulidade era tão genuína quanto seu status de detetive era falso. Mesmo que todos suspeitassem que Cara tivesse desaparecido por opção, qualquer pessoa com um cérebro teria dado a ordem para que os quatro quartos — 322, 323, 324 e mesmo 325, o quarto de Tarin e Zellie — fossem mantidos intocados por enquanto. Se houvesse mesmo uma chance de que uma Melody Chapa não-morta tivesse se hospedado em um desses quartos...

Dane Williamson deveria ter pensado nisso. Os detetives Sanders e Priddey deveriam ter pensado nisso. Bonnie Juno, sem dúvida, deveria ter pensado nisso. Tarin odiava pensar em quanto DNA poderia ter sido aspirado.

— Você já fez o 322 e o 323? — ela perguntou à camareira.

— Não, senhora.

— Bom. Ok. Eu vou precisar do aspirador de pó e do saco de lixo na sua mão. Então caia fora daqui. Não limpe mais nenhum quarto neste andar até que eu pessoalmente lhe diga o contrário, está me ouvindo?

A empregada acenou freneticamente com a cabeça.

— Fora o 325, que você pode limpar como sempre — Tarin acrescentou, pensando na pasta de dentes que ela havia esguichado acidentalmente por toda a pia naquela manhã.

— Eu já fiz o 325.

— Fantástico. Nesse caso... obrigada e adeus.

Quando a camareira desapareceu, Tarin entregou o aspirador de pó a Patrick e disse:

— Tira o saco daí. Esconda-o em algum lugar. E se me disser que não sabe como remover um saco de aspirador de pó, eu dou cabo de você. — Ela começou a vasculhar o saco do lixo.

— Eu sei remover. Tarin, eu não gosto disso. Realmente, realmente não gosto disso. Nós acabamos de nos fazer passar por policiais.

— Sim, eu notei que você deu tudo de si para o papel. Já pensou em uma carreira de palco? — Ela olhou para ele. — Sei que você não gosta, Patrick. Eu esperava ter deixado bem claro que não dou a mínima para o que você gosta e não gosta neste momento. Preciso que você mande essa mensagem da Cara para si mesmo. Logo. Tipo, *agora*. E uma vez que você... — Ela parou de repente.

— O que foi? — Patrick perguntou. — Encontrou alguma coisa no lixo?

— Não. Adeus, Patrick. — A mão de Tarin tremia como se o pedaço de papel que ela acabara de tirar do saco fosse muito pesado para segurar.

— Isso é sangue seco na borda da página? O que você encontrou? Diga-me!

Tarin dobrou o papel e o colocou no bolso.

— Se você quer que eu confie em você, faça o que lhe pedi para fazer.

— Tarin, você e eu estamos do mesmo lado aqui.

— Você pode dizer isso, mas como eu sei que é verdade? — ela perguntou de modo prosaico. — Como, por exemplo, posso saber se a pessoa que raptou Cara e talvez a tenha ferido, talvez até *assassinado*, não é você?

Não consigo decidir o que quero mais: estar segura para sempre ou ser eu para sempre. Os Sorrisos Amáveis dizem que tenho que escolher e que ter os dois juntos é impossível. Sei que eles estão certos. Enquanto eu tiver este rosto, há uma chance de eu ser reconhecida. Algumas pessoas mudam muito entre os sete e quatorze anos, mas eu não mudei. Ainda sou reconhecidamente eu. E, como se meu rosto não fosse perigoso o suficiente, também tenho o botão chocolate na cabeça — é assim que os Sorrisos Amáveis o chamam. Poucas garotas se parecem exatamente com Melody Chapa ou têm um sinal marrom no topo de suas testas aparecendo sob o cabelo.

Os Sorrisos Amáveis dizem que, no final, depende de mim. Tem que ser minha escolha e decisão. Apesar de tudo que fizeram por mim, o esforço que fizeram pela minha segurança, eles não me forçariam. Vou ter que me forçar eu mesma, porque não posso decepcioná-los agora. Todos nós sabemos qual é a escolha sensata, e eles arriscaram tudo por mim. Se isso significa que tenho de deixar que um médico corte o meu rosto com uma faca, terei de fazer isso. Farei isso. Se há uma coisa em que sou melhor do que qualquer outra pessoa no mundo é desligar os meus sentimentos e fazer o que tenho de fazer para que os outros se sintam melhor.

Eu não tenho medo de acabar mais feia do que sou agora. Poggy é feio, mas isso não me impede de amá-lo. E sei que, aos olhos da maioria das pessoas, minha mãe é linda e meu pai é bonito, e eu não quero ser nada parecida com eles.

JUSTIÇA COM BONNIE (13 de outubro de 2017)

TRÊS POSSÍVEIS AVISTAMENTOS DE MELODY CHAPA, VIVA, EM RESORT DE FÉRIAS DO ARIZONA — ELA FOI ASSASSINADA EM 2010 OU NÃO?

VOCÊ CONHECE ROBERT E HOPE KATZ? LIGUE PARA A NOSSA LINHA DIRETA!

BJ: Boa noite e bem-vindos ao episódio desta noite de *Justiça com Bonnie*. Agora, como resultado de alguns eventos simplesmente *extraordinários* que estão se desenrolando no Arizona em relação ao caso Melody Chapa, estamos transmitindo ao vivo esta noite a partir do Swallowtail, um resort spa cinco estrelas em Paradise Valley. Atrás de mim, está o edifício multimilionário do spa do resort e estou acompanhada do detetive Bryce Sanders. Detetive Sanders, o que está acontecendo aqui?

BS: Bem, Bonnie, parece que três hóspedes afirmam ter visto Melody Chapa viva, aqui no Swallowtail, desde terça-feira, 10 de outubro. Uma dessas hóspedes, uma turista britânica de Hertford, na Inglaterra, *desapareceu* desde então.

BJ: Esta é uma notícia surpreendente, para dizer o mínimo! Até onde o sistema legal americano sabe, a pobre Melody Chapa foi assassinada em março de 2010. Seus pais, Annette e Naldo

Chapa, estão cumprindo penas perpétuas por seu assassinato. O que, diante disso, significa que... esses três hóspedes devem estar loucos, certo? Quero dizer, que outra explicação poderia haver? Dane Williamson, você é o gerente do resort, então me diga: está colocando alguma coisa na comida que está afetando a visão dos seus hóspedes?

DW: Ha ha. Não, Bonnie, posso lhe assegurar que não estamos fazendo tal coisa. Continuamos a servir comida deliciosa aqui no Swallowtail, criada por um dos maiores...

BJ: Conte-nos sobre essas três hóspedes e o que elas dizem que viram.

DW: Bem, a primeira foi a sra. Lilith McNair, uma hóspede regular aqui. Ela diz ter visto Melody Chapa saindo do resort no meio da noite. A segunda hóspede a ver Melody foi a sra. Cara Burrows.

BJ: A turista inglesa que está desaparecida, certo? Esposa e mãe esperando seu terceiro bebê?

DW: Sim, correto. A sra. Burrows não fez check-out e deveria ficar um pouco mais, mas no momento seu paradeiro é desconhecido. A terceira hóspede do Swallowtail a ver Melody foi a sra. Tarin Fry, de Lawrence, Kansas.

BJ: Certo. A sra. Fry se juntará a nós em um momento, mas primeiro vamos até nossa Heidi Casafina, que está dentro do hotel. E para aqueles de vocês que acham que isso significa que ela está perto de onde estou agora, deixem-me dizer-lhes, este resort é *enorme*. Heidi, você está no terceiro andar do edifício principal do hotel, no corredor junto aos elevadores. Diga-nos o porquê.

Você viu a Melody?

HC: Bem, Bonnie, foi aqui que uma história realmente muito bizarra começou para Cara Burrows, de Hertford, Inglaterra. E só podemos esperar e rezar para que termine com ela sendo encontrada muito em breve, segura e bem. A sra. Burrows chegou ao resort tarde da noite, em 9 de outubro, e foi enviada por uma recepcionista possivelmente demasiado cansada *para um quarto que já estava ocupado.* Ela entrou e, ao fazê-lo, acordou os hóspedes do quarto que, segundo a sra. Burrows, eram um homem de cerca de quarenta, quarenta e cinco anos, e uma adolescente. Mais tarde, ela disse às pessoas do resort que tinha certeza que a jovem era a Melody Chapa.

BJ: Então, Heidi, que quarto era esse? Pode nos mostrar?

HC: *Boa* pergunta, Bonnie, e que tem uma resposta confusa. Então, *estou* perto do quarto para onde Cara Burrows foi enviada por engano, mas não posso dizer qual é, porque Cara não se lembrava do número do quarto. De acordo com aqueles que falaram com ela por último, ela se lembra claramente que tomou o elevador até o terceiro andar e que, ao sair, virou à esquerda... e lá estava a porta para o quarto onde ela entrou. Bonnie, se você me observar agora, vai ver por que isso é um problema... porque, olha, há dois conjuntos de elevadores diretamente em frente um ao outro.

BJ: O que significa duas maneiras de virar à esquerda, dependendo se você sair *desses* elevadores ou *daqueles*. O que estamos vendo agora — todos vocês podem ver tão claramente quanto eu — é a demonstração da Heidi sobre as possíveis direções que Cara Burrows poderia ter tomado. Então, Heidi, você acabou de fazer uma das duas curvas à esquerda... ah, meu Deus, olhe o que está na sua frente!

HC: Exatamente, Bonnie. *Duas* portas. Quartos 322 e 323. E agora, olhe, se eu me afastar daqui e fizer esta curva à esquerda em vez disso...

BJ: A mesma coisa: duas portas. 324 e 325. Então, Heidi, parece que o quarto para o qual Cara Burrows foi enviada por engano poderia ter sido qualquer um dos quatro, certo?

HC: É verdade, Bonnie. Embora eu acredite que o quarto 325 esteja ocupado por uma das outras duas mulheres que afirmam ter visto Melody: Tarin Fry.

BJ: Obrigada, Heidi. Nós nos juntaremos a você em breve, mas vamos voltar para o detetive Bryce Sanders por um segundo. Detetive Sanders, o que você descobriu até agora sobre esses quatro quartos?

BS: Como a Heidi acabou de dizer, 325 é o quarto de Tarin Fry e sua filha. Resumindo, Bonnie, três dos quatro quartos estão designados a hóspedes que localizamos e com quem falamos, o que inclui Tarin Fry. O quarto 324 parece designado a um "Robert e Hope Katz", mas não conseguimos encontrá-los até este momento.

BJ: E eu acredito que há um número na tela para nossos telespectadores ligarem se souberem de um Robert e Hope Katz. Mas estou mantendo a mente aberta sobre isso, porque é muito fácil assumir que Robert e Hope Katz e o quarto 324 são em que deveríamos estar focando nossas suspeitas. Então vamos falar sobre os hóspedes nos quartos 322 e 323 por um segundo. No 322, temos um casal jovem. Eu não vou dizer seus nomes e comprometer sua privacidade. Ah, e Robert e Hope Katz, se vocês são cidadãos reais, inocentes e cumpridores da lei, peço desculpas por comprometer a sua, mas encontrá-los é mais importante no momento. Então, detetive Sanders, este

Você viu a Melody?

jovem casal no 322. Eles são, creio eu, uma veterinária e um trabalhador da construção civil, respectivamente, ambos do Tennessee. Depois, no 323, há uma mulher de negócios em marketing de telecomunicações. Detetive, essas três pessoas já foram entrevistadas?

BS: Falei com todas pessoalmente, sim. Estou satisfeito, são confiáveis e não têm nada a esconder.

BJ: Isso me faz pensar o quanto você fica facilmente satisfeito, detetive. Talvez eu mesma fale com eles mais tarde. De volta à Heidi no terceiro andar. Heidi, o que aconteceu quando a Cara Burrows entrou em seja qual for o quarto? Ela acordou o homem e a menina e... e depois?

HC: Disseram-me que ela foi direto para o banheiro, Bonnie, e viu que ele estava cheio dos pertences de outro hóspede: maiô, lâminas de barbear, touca de borracha, acessórios de cabelo. Então ouviu vozes que a fizeram saber que não estava sozinha. Ela ouviu uma voz de menina dizer "Eu entornei Coca-Cola em Poggy" e então um homem e uma menina apareceram na porta do banheiro. A menina tinha uns treze ou quatorze anos, segundo as estimativas da sra. Burrows, e estava *esfregando a cabeça*, bem aqui, e continuou a fazê-lo enquanto a sra. Burrows a teve em seu campo de visão.

BJ: Então, o mesmo lugar onde a pobre Melody tinha uma marca distinta?

HC: O local exato, sim. A menina segurava um bichinho de pelúcia na mão, de acordo com o que Cara Burrows disse mais tarde às pessoas, e ela descreveu esse animal como não sendo um porco nem um cão, mas um pouco como ambos. E parecendo manchado com Coca-Cola ou algum outro líquido escuro. Mas, como Cara Burrows está desaparecida, só temos essas informações em segunda mão.

BJ: Soa como Poggy para mim, Heidi. Mas, por outro lado, qualquer um poderia fazer alguma pesquisa e depois descrever o animal de pelúcia mais famoso da América. Então, suponho que a sra. Burrows ficou envergonhada, pediu desculpas e saiu do quarto imediatamente?

HC: Aparentemente sim. E agora, como sabemos, ela está desaparecida. Bonnie, também vale mencionar que Cara Burrows, ao que parece, nunca tinha ouvido falar de Melody Chapa e não sabia nada sobre o caso até que ela ouviu Lilith McNair falando sobre ter visto a menina. Mais tarde, a sra. Burrows concluiu que tinha visto a mesma pessoa e só então ela descobriu quem era Melody.

BJ: Obrigada, Heidi. A sra. Lilith McNair, que também afirmou ter visto Melody, infelizmente se declarou indisponível para falar conosco. Dane Williamson, gerente do resort, acho que nem todo mundo se preocupa tanto com uma menina assassinada e uma mãe britânica desaparecida?

DW: Não seja muito dura com a sra. McNair, Bonnie. Ela...

BJ: Gasta muito dinheiro no seu resort?

DW: Eu ia dizer que ela pode ficar um pouco confusa às vezes. Ela afirmou no passado que várias outras crianças eram Melody Chapa, incluindo uma que era um menino.

BJ: Ah, meu Deus! Então uma das três hóspedes que supostamente viram Melody tem um excesso de imaginação. A outra só Deus sabe onde está e então não pode nos dizer nada, e a terceira está no quarto 325 — um dos quartos sob suspeita. Eu

Você viu a Melody?

odeio parecer uma teórica da conspiração, mas isso cheira *muito mal* para mim. Devo dizer que ainda acredito que Melody Chapa foi assassinada por seus pais. Minha visão não mudou ainda. Mas se eu estiver errada e Melody estiver viva, precisamos descobrir. Então eu vou fazer um apelo direto. Cara, querida, você não me conhece, mas, acredite, eu me importo com a sua segurança e a segurança do seu precioso bebê. Volte, por favor, se puder. Entre em contato com este programa, com a polícia, com seu marido. Detetive Sanders, qual é a sua teoria sobre o paradeiro atual da Cara?

BS: Bonnie, sabemos que a sra. Burrows não levou seu carro alugado. Neste estágio, acreditamos que ela provavelmente ainda está em algum lugar no Swallowtail.

BJ: Então vá até lá e encontre-a, detetive. Vamos falar agora com a terceira hóspede do Swallowtail que diz ter visto a Melody: Tarin Fry, de Lawrence, Kansas. Sra. Fry...

TF: Trate-me por Tarin.

BJ: Tudo bem, Tarin. Conte-nos o que você viu. E quando.

TF: Eu vi uma adolescente com cabelos longos e escuros. Receio não ter notado se a garota tinha um sinal marrom perto da linha do cabelo. Ela estava passando pelas quadras de tênis. Eu estava em um carrinho de golfe indo na direção oposta. Ela estava segurando na mão um brinquedo que, sim, parecia um cruzamento de um porco com um cachorro. Eu sabia o que a sra. McNair tinha dito que viu e também o que a Cara me tinha contado, pois tínhamos passado algum tempo juntas. Então, o que eu pensei quando vi a garota foi: "Ela podia muito bem ser a mesma garota que a Cara e a sra. McNair viram." Mais tarde, procurei no Google alguns dos mais fanáticos sites de conspiração sobre Melody Chapa e encontrei esboços de como Melody seria em várias idades. Você sabe, eles pegam uma foto de Melody aos sete anos e usam algum tipo de software... De qualquer forma, foi quando senti o sangue gelar nas veias e pensei comigo mesma: "Esse é o rosto dela. Essa é a garota que eu vi."

BJ: Fascinante. E quando você viu essa garota?

TF: Ontem. Oito e trinta, oito e quarenta da manhã, aproximadamente.

BJ: Então, depois que Cara Burrows desapareceu. Deixe-me perguntar-lhe uma coisa: é possível que você tenha visto uma adolescente de cabelos escuros *segurando algo* e se convenceu de que era Melody com Poggy?

TF: Por que eu iria querer me convencer? Eu não ganho nem perco nada de qualquer maneira.

BJ: Eu não estou dizendo que você iria *querer,* somente que se acreditasse em Cara Burrows e Lilith McNair...

TF: Eu acreditei nelas. Muito antes de elas a verem ou eu a ver, acreditei que ela provavelmente ainda estava viva. O seu corpo nunca foi encontrado. Agora sabemos o porquê. Nós também sabemos que fios de cabelo da Melody foram encontrados em 2010 e eles mostraram evidências de envenenamento por arsênico e sangue foi encontrado e moscas... Parece que alguém se deu a muito trabalho para falsificar seu assassinato. Se eu fosse você, Bonnie, estaria perguntando: quem iria querer fingir que uma menina estava morta se ela não estivesse? E por quê?

BJ: Sinto que eu deveria estar lhe oferecendo um emprego no nosso programa, Tarin.

Você viu a Melody?

TF: Não, obrigada. Por que o FBI ainda não está aqui? Alguém já ligou para eles?

BJ: Obrigada pelas suas explicações, Tarin. Agora, nós encontramos aquela foto online da Melody envelhecida...

TF: Espera um segundo. Ainda não terminei.

BJ: Ei, Tarin? Este é o meu show. Quando você tiver seu próprio programa jurídico...

TF: A Cara não é a única que desapareceu. Riyonna Briggs, a recepcionista que a mandou para o quarto errado na sua primeira noite aqui... ela também está desaparecida. Tenho certeza de que alguém levou as duas. Cara encontrou um pedaço de papel no spa escrito "Cara Burrows — ela está segura?" Por que você não está mencionando isso? Além disso, e o cartão de crédito que Robert e Hope Katz usaram para reservar seu quarto... isso foi rastreado? Se não, por que não?

BJ: Ei, ei, calma, senhora. Ainda não ouvi nada sobre o cartão de crédito de Katz, mas essa é uma pergunta muito boa e já vou perguntar ao detetive Sanders. Agora, antes que você se entusiasme muito, Tarin... Riyonna Briggs não está desaparecida. Deixou o trabalho de repente depois que o chefe a criticou. Ela saiu de seu escritório em prantos e correndo. Provavelmente está em casa lambendo suas feridas.

TF: Eu não acho que ela...

BJ: Obrigada, Tarin Fry. Que figura, senhoras e senhores! Vocês não a amaram? Estaremos de volta depois de um curto intervalo, então não saiam daí.

14 de outubro de 2017

O som de chaves chocalhando me desperta com um sobressalto. Por uma fração de segundo, estou na minha cama em casa com Patrick roncando ao meu lado e o teto tremendo enquanto as crianças pisoteiam no andar de cima se preparando para a escola. *Outro dia comum...*

Então, caio em mim: onde eu estou, onde não estou, onde talvez nunca mais esteja.

Mais um dia neste pesadelo. Outra manhã no inferno.

No momento em que a porta do trailer se abre, minha mente já mergulhou através de cada sentimento que eu não desejaria para o meu pior inimigo.

Exceto o meu raptor. Eu desejaria todas as coisas ruins para ele. É o primeiro pior inimigo que já tive.

Eu não o culpo menos porque nada disso foi ideia dele. Eu o culpo mais.

Esta manhã, ele tem uma bandeja na mão.

— Eu lhe trouxe outro sanduíche de salsicha e bacon. Certifiquei-me de que o bacon estava crocante. E café e suco. Toranja rosa desta vez, para variar. Gosta de toranja? Cara? Você está bem?

Você viu a Melody?

Eu não respondo. Para quê?

Ele põe a bandeja na bancada da cozinha. Eu espero que ele comece sua rotina habitual: tirar a arma da gaveta, depois vir me desamarrar. Em vez disso, ele se vira e começa a caminhar de volta para a porta.

Ele está indo embora? Como posso comer ou beber se ele não me desamarrar?

— Espere! — grito.

— Não se preocupe, não vou a lugar algum. Estou pegando outra coisa. Não posso carregar tudo de uma só vez.

Fecho os olhos e engulo com força enquanto tento imaginar o que essa outra coisa possa ser. Outra arma? Uma faca?

Quando ele retorna, está segurando uma pilha espessa de papéis e um objeto menor, plano, com um padrão de hexágonos sobre ele como uma colcha de retalhos — verde com pontos brancos em um hexágono, cor-de-rosa em outro...

À medida que ele se aproxima, vejo que os papéis não estão soltos, mas encadernados. Embora não apropriadamente, não com uma lombada como um livro. Capas plásticas transparentes...

— Você precisa ler isso — diz ele, colocando-os ao meu lado.

— O que é? — Não há nada onde eu esperaria que o autor e o título estivessem, apenas uma primeira página em branco sob o plástico.

— Um livro. Leia-o.

Algo em sua expressão me faz ter coragem suficiente para perguntar:

— Há... respostas nele?

— Sim. Há. — Ele permite que o sorriso que estava brincando ao redor de sua boca se mostre.

Tento imitá-lo, refletir o sorriso de volta para ele. Ele acha que me trouxe um presente.

— O que você disse ontem... você estava certa. Eu achei que você merecia saber algumas coisas e isso não faria mal nenhum. Como você disse.

E Melody concordou?

Um pensamento que tive antes de adormecer ontem à noite me volta. Ela tem quatorze anos agora, mas quando seu assassinato foi forjado, tinha apenas sete. Não há como uma criança de sete anos ser capaz de formular e executar um plano como esse. Estaria o Cara da Arma no comando no começo e então, gradualmente, conforme ela foi ficando mais velha, Melody teria assumido o comando? Será que ela descobriu uma maneira de manipulá-lo ao longo dos anos, de modo que ele finalmente cedesse todo o poder para ela? Uma garota de doze, treze, quatorze anos poderia fazer isso?

Se ela consegue, talvez eu também consiga.

— Eu quero que... esse tempo que você passa aqui seja o mais suportável possível para você, Cara. Olhe o que mais eu trouxe.

Ele segura o objeto plano no ar. É um laptop com uma capa decorada — isso é o que o objeto em *patchwork* é. De jeito nenhum ele escolheria esse padrão. No entanto, uma garota de quatorze anos o escolheria.

Sinto um nó na garganta. O computador é um passo longe demais. Por que ele está me dando tanto do que eu quero de repente? Isso me deixa apreensiva.

— Você vai me deixar enviar uma mensagem para minha família? — pergunto. Ouvir-me dizer essas palavras me faz sentir fraca de esperança, zonza de terror. Se ele disser que não...

Você viu a Melody?

— Café da manhã e banheiro primeiro. Depois, conversaremos.

Parece levar uma eternidade, mas finalmente acabou e o Cara da Arma senta-se ao meu lado no sofá. Ele coloca a arma do outro lado dele. Não há como eu me atirar e passar por ele para pegá-la. Está longe demais.

— Qual primeiro? — ele pergunta. — Você quer começar a ler um pouco do livro ou ver algo que possa achar interessante no laptop?

Ambos. Ambos agora.

Dou de ombros sem poder fazer nada.

— Ok, vamos começar com isso, então. — Ele abre o laptop e digita uma senha. Não consigo ver o que é. Ele digitou muito rápido. — Eu tenho um vídeo para te mostrar, mas primeiro quero que leia algo: uma declaração pública que Jeff e Kristie Reville fizeram depois que os pais de Melody foram acusados de seu assassinato. Leia devagar. Não há pressa.

Porque eu vou ficar trancada aqui até morrer?

Ele diz:

— Kristie e Jeff permaneceram leais a Annette e Naldo Chapa até o fim. Como você vai ver.

Há um número de referência no topo da tela que tem algo a ver com a polícia da Filadélfia; uma data, um título — Declaração feita por Kristie e Jeff Reville — e o endereço deles. Passo os olhos por tudo isso e começo a ler a declaração.

```
Fomos hoje informados pelos nossos advogados
de que Annette e Naldo Chapa foram acusados do
assassinato da sua filha Melody e que não te-
remos de enfrentar acusações relacionadas com
este assunto. É impossível exprimir em palavras
```

o imenso alívio e gratidão que sentimos por termos sido finalmente absolvidos. Nós dois adorávamos Melody e nunca teríamos pensado em fazer qualquer mal a ela. Nós a amávamos como se fosse nossa própria filha.

Estes últimos meses têm sido angustiantes e cansativos para nós, pois nossos bons nomes foram arrastados pela lama que é o tribunal da desinformada opinião pública. Descobrimos que saber-se inocente de um crime é de escasso consolo quando o mundo inteiro acredita na sua culpa. Há um sentido muito real, capaz de arruinar uma vida, em que a culpa realmente habita nos olhos do espectador e não é apenas o fato objetivo que nosso sistema de justiça acredita que seja.

Estamos profundamente gratos pelo apoio de todas as pessoas que se manifestaram a nosso favor e mesmo àquelas que não fizeram mais do que salientar que, até agora, nada tinha sido provado contra nós. E a todos lá fora que acreditavam que éramos culpados de homicídio e que continuam a acreditar nisso, dizemos o seguinte: não temos nada contra vocês. Se não tivéssemos tido a certeza de que éramos inocentes, também nós poderíamos ter sido convencidos pelos meios de comunicação e pela máfia online de que devíamos ser assassinos. Compreendemos que a condenação dura e generalizada que recebemos foi um reflexo do quanto as pessoas se preocupavam com Melody — e por esse amor e cuidado demonstrados por ela, seremos sempre gratos, mesmo se sofremos como resultado.

Somos e sempre seremos gratos, também, pelo apoio de Bonnie Juno e da equipe do *Justiça com Bonnie*. Eles defenderam a nossa inocência desde o primeiro dia e apreciamos os seus esforços em nosso nome. No entanto, não podemos endossar ou tolerar a abordagem punitiva e acusatória que a mesma equipe adotou em relação aos nossos vizinhos e amigos Annette e Naldo Chapa.

Annette e Naldo estão agora na posição em que estávamos há pouco tempo: todo o país, ao que parece, acredita que eles assassinaram Melody. Fala-se muito de provas contra eles, como se falava quando éramos suspeitos. Pedimos que as pessoas reservem o julgamento e mantenham a mente aberta. Em nossa opinião, Annette e Naldo não podem ter prejudicado Melody. Conhecendo-os como nós os conhecemos, não podemos acreditar que sejam culpados. Nós também sabemos por nossa própria experiência que a mesma prova sólida pode ser usada como base para qualquer número de histórias inventadas e, muitas vezes, a história que soa mais provável em um nível superficial, a que é mais fácil de contar, é a única que é ouvida, independentemente dos fatos.

As evidências, tanto neste caso como num sentido mais geral, só vão até certo ponto. Nós não temos nenhuma prova, mas acreditamos em nossos corações que Melody ainda está viva e lá fora, em algum lugar. Seu corpo não foi encontrado e, por isso, nos apegamos à nossa esperança de que ela esteja segura e bem.

Até que ela seja encontrada — até que a pessoa que a roubou de sua vida seja pega e punida —, nós pretendemos ficar ao lado de Annette e Naldo Chapa. Sabemos que, por tomarmos essa posição, seremos acusados de deslealdade e traição à Melody, mas tudo que podemos fazer é reafirmar a forte convicção de que seus pais são inocentes. A verdadeira traição à Melody seria aceitar como verdade o que nos parece uma mentira e permitir que o verdadeiro culpado nesta questão escape das consequências de suas ações hediondas.

— Kristie e Jeff Reville mudaram de ideia depois que Annette e Naldo foram condenados pelo assassinato de Melody? — pergunto.

— Não.

— Então, os quatro ainda são... amigos?

É uma pergunta estúpida? Será que assassinos condenados que foram presos para toda a vida têm amigos? Suponho que alguns deles devem ter: amizades conduzidas por carta, reuniões ocasionais ao longo de uma mesa em uma sala cheia de outros assassinos e seus entes queridos...

— Não. — A voz do meu sequestrador endurece. — Isso é culpa de Annette e Naldo, não de Jeff e Kristie. Não permitem que os visitem, nada.

Uma coisa parece clara: ele é pró-Reville, anti-Chapa.

— Posso ver o livro agora? — pergunto. Ele acena com a cabeça e o entrega a mim.

Você viu a Melody?

Eu o abro e viro para a primeira página escrita. Ela começa sem um título ou número de capítulo ou qualquer outra coisa:

Durante muito tempo, achei que a minha irmã Emory foi quem teve sorte. Às vezes, ainda me sinto assim. Ela morreu antes que pudessem matá-la. Vida nenhuma é melhor do que uma vida passada à espera de morrer.

≋

Priddey ficou contente de ter saído do complexo do spa do Swallowtail. Ele sabia que esses lugares existiam, deixou Althea uma vez em um assim para as comemorações de aniversário de uma amiga, mas ver por dentro era outra coisa. Isso o fazia pensar em um culto religioso: pessoas bem-aventuradas andando em roupões brancos idênticos — andando muito devagar, todas com os mesmos olhos vazios e sorrisos amenos.

Ele tinha visto apenas uma expressão facial interessante o tempo todo em que esteve ali: uma mulher jovem o olhou quase agressivamente. Talvez ele tenha quebrado uma regra do spa.

O pessoal do spa não usava os roupões brancos. Tinha um uniforme diferente — calças largas, túnica, crachá. Até onde Priddey podia dizer, todos lhe disseram a verdade: nenhum deles tinha visto Cara Burrows no spa mais recentemente do que seu marido Patrick a vira pela última vez.

Priddey tinha sido autorizado a olhar o conteúdo do vaso prateado na gruta de cristal. Ele encontrou muitas expressões duvidosas de angústia e também o pedaço de papel sobre o qual Tarin Fry havia falado, com "Cara Burrows

— ela está segura?" escrito nele. Abaixo dessas palavras, alguém — talvez a própria Cara, mas Priddey sabia que não devia presumir nada — tinha escrito uma resposta dizendo que ela não se sentia segura, tendo lido o acima.

Esse papel estava agora no bolso de Priddey. Enquanto o colocava em um envelope de evidências, ele se viu conjeturando: poderia ser verdade? Melody poderia estar viva?

Apenas leve a nota para Sanders. Ele pode fazer as especulações.

Priddey estava prestes a subir a bordo de seu carrinho de golfe quando ouviu uma voz alta. Feminina.

— Ei, policial!

Ele virou-se. A garota com a expressão agressiva estava marchando em direção a ele, descalça, ainda com seu roupão branco. Aqui fora, ela parecia muito mais jovem — não mais do que dezesseis ou dezessete anos.

— Você está aqui para encontrar Melody Chapa? — ela perguntou.

— Melody Chapa foi assassinada há sete anos — respondeu Priddey.

— Você não parece ter certeza sobre isso.

— Não?

— Não. Não parece. Também não parece que você se importa. Já encontrou Cara?

— Conhece Cara Burrows?

A garota acenou com a cabeça.

— Mais ou menos.

— Qual é o seu nome?

— Giselia Fry. Zellie, coloquialmente.

Coloquialmente? *Espere — Fry?*

— Você é filha de Tarin Fry?

— Sim. Atire em mim. Seria a coisa mais gentil que poderia fazer.

Priddey não pôde deixar de sorrir.

— Sua mãe tem nos ajudado.

— Não, não tem. É por isso que estou aqui de roupão de banho. Ela está mentindo.

— Que mentira?

— Ela disse que viu Melody depois que Cara Burrows desapareceu. Ela *não* viu Melody.

— Como você sabe?

— Ela me disse. Gabou-se disso, como os dois policiais idiotas tinham caído totalmente nessa.

— A sua mãe gabou-se de ter mentido à polícia a você, filha dela?

— Sim. E por mais que eu não queira ser, tipo, uma *informante*, Cara e Riyonna Briggs estão desaparecidas, então pensei que seria melhor eu dizer alguma coisa, caso isso importe.

Priddey se perguntou se isso seria algum tipo de piada.

— Então quando sua mãe nos disse que tinha visto Melody Chapa viva, aqui no resort ontem, isso não era verdade?

— Não.

A menina parecia ser bastante sincera.

— Por que ela mentiu?

— De acordo com ela ou de acordo comigo? Porque, pessoalmente, acho que ela não suporta que haja um drama, a menos que ela tenha um papel principal. Mas não é isso que *ela* diria. Diria que fez isso para garantir que vocês levariam a história a sério, sobre Melody estar viva. Com Cara desaparecida e aquela velhota maluca como única testemunha, ela temia que não acontecesse, então decidiu dar um passo à frente.

— Mentir não vai nos ajudar a encontrar Cara Burrows — disse Priddey.

— Eu sei disso. Ela discorda. Por que você pensa que estou lhe dizendo? Presumindo que você *pense*.

Priddey deixou passar o insulto.

— Além disso, pouco antes de eu vir para o spa, eu entrei no banheiro do nosso quarto de hotel e ela estava sentada completamente vestida ao lado da banheira. Ela me viu e enfiou algo na manga da camisa, então negou completamente. Embora eu a tivesse visto e ela soubesse disso.

— Que tipo de coisa?

— Papel. Foi tudo que consegui ver — disse Zellie.

Priddey acenou com a cabeça.

— Bem, obrigado por me dizer.

— Você vai falar com ela?

— Creio que sim. Eu vou manter seu nome fora disso.

— Não se incomode. É inútil. Quem mais teria te contado? — Zellie abanou a cabeça, exasperada. — Você *crê* que sim? Só está fingindo ser policial? Não me parece um policial de verdade.

Priddey praguejou baixinho enquanto ela se afastava.

≈

— Por que você parou de ler? — pergunta meu sequestrador.

— Você esperava que eu lesse tudo de uma só vez, imediatamente?

— Não acha interessante?

Não, é só que estou muito ocupada: primeiro olhando para o cano da arma que você está apontando para mim, depois rezando para que eu encontre uma maneira de sair daqui, depois desejando que você estivesse morto...

Você viu a Melody?

— Gostaria de ouvir o que você pensa quando estiver pronta para compartilhar seus pensamentos — ele diz.

— Bem, é claro que supostamente foi escrito por Melody Chapa.

Ele fica tenso. Não gostou que eu tivesse dito isso. Eu não deveria ter chegado a esta conclusão? É tão óbvio.

— Supostamente? — Posso ouvir em sua voz que ele está com medo da resposta que vou lhe dar.

— Não há como ter sido escrito por uma garota de quatorze anos.

— Por que você diz isso?

— É muito bem elaborado. Frase por frase, é muito bem escrito e fluente. Eu tenho uma filha de quatorze anos muito inteligente e instruída, mas ela não escreve como... como um livro publicado por um adulto. Nem ninguém com quem eu tenha trabalhado quando era agente educacional em uma instituição de caridade trabalhando com adolescentes e lendo o que escreviam todo dia.

— Quatorze anos já é idade mais do que suficiente para escrever bem. Mozart criou algumas de suas melhores obras quando tinha menos de cinco anos, não foi?

— Não.

— Não foi? — Meu captor franze o cenho. — Ouvi dizer que sim.

— Eu acho que ele escreveu "Brilha Brilha Estrelinha" quando era criança, mas não tenho certeza se você pode chamar isso de sua melhor obra. Na verdade, eu não tenho certeza se ele escreveu isso. Pode ser uma daquelas coisas que todo mundo acha que é verdade, mas não é. Como Melody estando morta.

— Você vai começar a ser desagradável? É isso que acha que eu mereço?

Ele fica sério. Isso me faz querer lutar pela minha versão da realidade — a versão verdadeira.

— Você quer dizer porque não me bateu, nem me deixou faminta, nem me matou ainda? Você me trouxe sanduíches de bacon, então eu deveria estar grata? Aqui está uma dica para te ajudar com o resto de sua vida: ninguém que você derrubar com clorofórmio, amarrar com cordas e trancar em um trailer contra a sua vontade jamais vai ser grato a você. Aí está: acabei de lhe poupar uma vida de decepção.

Ele suga os lábios. A pele ao redor da boca fica branca.

Eu não deveria ter dito isso. Preciso de uma estratégia, não andar para trás e para a frente entre aplacá-lo num minuto e atacá-lo no outro.

— Que caridade? — ele pergunta calmamente.

— O quê?

— Você disse que costumava trabalhar para uma instituição de caridade.

— Por que é que isso importa?

— Não importa. — Ele dá de ombros. — Só estou conversando.

— Por favor, não se sinta na obrigação. — Não quero parecer sarcástica e espero que não pareça. Não vale a pena antagonizá-lo. Eu só não quero ter que conversar com ele.

— Eu não estou fazendo isso por um senso de obrigação — ele diz. — Se as coisas fossem diferentes, você e eu poderíamos ser amigos. Não sente isso? Cara?

— Ainda podemos ser amigos — digo sem expressão. — Com uma condição: você me deixa ir. Agora mesmo. Se fizer isso, eu posso perdoar tudo o que aconteceu até agora.

Ouvindo a minha voz fria e séria, tenho vontade de chorar. Eu sei que estou lidando com isso de maneira totalmente errada. Não que haja uma maneira correta de reagir quando sequestrado, mas... eu deveria ter um plano cuidadosamente pensado. Deveria decidir como agir perto dele, como falar com ele, e então agir sempre do mesmo modo, mas meu medo e raiva tornam quase impossível fingir, me impedir de deixar escapar o que está dentro da minha cabeça a qualquer momento.

Uma mistura de decepção e repugnância contorce seu rosto.

— Cara...

— Não é difícil — continuo. — Você se importa com Melody, claramente. Tudo o que precisa fazer é se preocupar igualmente comigo. Eu tenho um marido e filhos. Ela não tem. Você quer me conhecer melhor? Tudo bem: eu era agente educacional de uma instituição de caridade chamada Heartlight. O nome do meu marido é Patrick. Ele dirige uma empresa que emoldura lembranças esportivas. Meus filhos são Jess e Olly. Desisti do meu emprego quando tive a Jess e, de repente, a minha família era tudo o que me importava. Mas depois fiquei grávida de novo por acidente e descobri que eu era a única pessoa que se preocupava com a nossa família. Os outros disseram: "Bebê novo? Não, obrigado." Foi aí que me perguntei, pela primeira vez, se eu estaria errada ao desistir da minha carreira por uma família com a qual, ao que parece, ninguém se importa, além de mim.

Por que estou dizendo isso? Eu pareço odiar Patrick e as crianças, quando tudo o que quero é voltar para eles. Mesmo assim, não consigo parar. Respiro fundo, uma respiração entrecortada, e continuo:

— Quero dizer, eles se preocupam com *eles mesmos*, claro, mas não com a família como um todo, ou então não estariam tão ansiosos para que eu me livrasse do mais novo membro dela, esse novo bebê. Foi assim que acabei sozinha no Arizona. Eu não podia olhar para eles, não podia arriscar abrir a boca na presença deles, caso eu começasse a gritar coisas com eles que jamais poderia retirar. Então, eu me levantei e saí, me dei de presente férias no Arizona. Você sente que me conhece melhor agora? Somos amigos? Eu pareço a você alguém que merece ter uma vida tanto quanto Melody Chapa?

Ele vira a cabeça para o outro lado à menção do nome dela, como se eu tivesse dito algo ofensivo.

Por minutos, ele não fala. Então pega o computador, dizendo:

— Eu quero que você veja este vídeo.

Ele mencionou um vídeo antes. E trouxe o livro...

Por alguma razão, há coisas que ele quer que eu saiba, ou que acredite. Para que eu pense bem dele quando ele finalmente me soltar ou para que eu pense bem dele antes de morrer? Se eu retiver a minha boa opinião e deixar claro que ainda não estou convencida, vou viver mais tempo?

Concentro toda a minha energia em não dar um soco em sua cabeça enquanto ele digita no teclado.

— Aqui vamos nós — ele diz.

Está no YouTube: uma mulher e um homem num palco com assoalho de madeira empoeirado. Material preto brilhante atrás deles em todos os lados. O homem está sentado em uma cadeira de madeira de encosto alto, de frente para a câmera, vestindo uma camisa de xadrez e calças de veludo cotelê marrom. Careca em cima, óculos quadrados com aros de metal, tufos de cabelo castanho nos lados da cabeça. Uma barba que é castanha nos lados, ruiva no meio. Ele parece ter uns cinquenta anos. Olly diria que parece um nerd.

A mulher é baixa — não muito mais alta do que a cadeira em que o homem está sentado — com cabelos castanho-

-dourados e ondulados em um rabo de cavalo. Ela também parece ter quarenta e muitos, quase cinquenta anos. Seu rosto, particularmente sua boca, me faz pensar em um pato. Ela está andando devagar ao redor do homem. Em sua mão está um pincel com tinta verde na ponta. Depois de rodeá-lo duas vezes, ela para, olha para a câmara e diz: "A grande imagem não tem forma."

O homem, também diretamente para a câmara, repete a fala: "A grande imagem não tem forma."

"Tudo é um continuum", diz a mulher.

"Não há objetos, apenas não objetos", diz o homem.

Ela: "A arte não pode ser separada da realidade."

Ele: "A arte não é uma representação da realidade."

Ambos juntos: "Arte é realidade e realidade é arte."

A mulher usa o seu pincel para pintar a palavra "O" na testa do homem, depois o passa para ele. Ele se levanta da sua cadeira, revelando-se consideravelmente mais alto que ela. Então, ele se inclina e pinta algo no palco. Quando ele se endireita e recua, o ângulo da câmera muda para mostrar o que ele pintou nas tábuas do assoalho: "A grande imagem não tem."

A mulher avança e o homem pinta a palavra "forma" em sua testa. Eles se dão as mãos e fazem uma reverência.

É isso: clipe terminado.

— Kristie e Jeff Reville? — eu pergunto. — Eu li na internet que ele é um professor de arte e ela é uma artista.

— Sim, eram Jeff e Kristie. Eu queria que você visse isso. Para que você soubesse.

— Soubesse o quê?

— Que eles nunca poderiam magoar ninguém. São boas pessoas. Entre as melhores.

Ele viu um clipe diferente daquele que eu vi? Para mim, os Reville pareciam loucos. Qualquer um que faça um vídeo de si mesmo pintando palavras verdes na testa um do outro... isso não me parece normal.

Além disso, quando a pessoa que atesta por você é um homem que sequestra mulheres e as mantêm sob a mira de uma arma...

— Teria sido um deles que escreveu o livro, o livro de Melody? Jeff ou Kristie?

— Por que você acha isso?

— Eu percebo que você não está dizendo "Claro que não. Melody escreveu o livro". Não consigo pensar quem mais poderia ser além de Kristie ou Jeff Reville. Duvido que tenha sido você e dificilmente terá sido Annette e Naldo Chapa. O pouco que eu li até agora não os mostra com uma boa luz.

— Cara, Cara. — Ele solta a arma lentamente. — Quando se trata desses dois, não há luz boa. Se você duvida que eles mereçam estar onde estão, então tenho outra coisa que você precisa ver.

— Por mais terríveis que fossem como pais, se a Melody está viva, eles não deveriam estar cumprindo pena perpétua pelo seu assassinato.

Ele está pegando o laptop novamente.

— Veja o que você pensa depois de ter assistido a isso. Você verá que Annette e Naldo não perderam o sono por causa da filha desaparecida. Nem um piscar de olhos.

JUSTIÇA COM BONNIE (27 de agosto de 2012)

BJ: Bem-vindos de volta ao programa. Temos conosco no estúdio a analista de computação forense dra. Lucie Story. Bem-vinda, Lucie.

LS: Muito obrigada, Bonnie. É ótimo estar aqui. Sou a maior fã do programa.

BJ: Isso é muito gentil da sua parte. Bem, nós fazemos o nosso melhor aqui no *Justiça com Bonnie* para ajudar a fazer justiça às vítimas e suas famílias. Embora, neste caso, como você provavelmente sabe, esse programa acredita que a família da pequena Melody — seus pais Annette e Naldo Chapa — são os culpados.

LS: Bonnie, depois do que vi em primeira mão, não posso discordar de você, embora obviamente isso seja para um júri decidir em algum momento no futuro.

BJ: Eu só queria ter a fé que já tive em júris. Mas, Lucie, você está aqui hoje para nos contar o que encontrou quando fez uma análise forense da atividade online de Annette Chapa durante o período entre o desaparecimento de Melody e a acusação de assassinato de Annette e Naldo Chapa. Você mesma fez essa análise, não foi?

LS: Sim, fiz a pedido da polícia da Filadélfia.

Sophie Hannah

BJ: E o que você encontrou?

LS: Melody desapareceu e foi dada como desaparecida em 2 de março de 2010. No início, como tenho certeza de que a maioria das pessoas está ciente, as suspeitas dos detetives de investigação estavam concentradas nos vizinhos do lado, Jeff e Kristie Reville. A primeira vez que houve qualquer indicação de suspeita na direção de Annette e Naldo foi em 22 de março, quando *você* disse sem ambiguidade neste programa que suspeitava deles, Bonnie.

BJ: Isso mesmo. Tenho orgulho de dizer que não tive medo de falar quando todo mundo era muito estúpido ou estava muito assustado para arriscar o pescoço. Pude ver imediatamente: aqueles pais sabiam onde a filha estava porque a tinham posto lá. Mas diga aos nossos telespectadores em casa, Lucie, como essa data, 22 de março, é relevante para o que você encontrou quando examinou o laptop de Annette Chapa?

LS: Ok, veja bem: entre 2 de março, quando Melody desapareceu, e 22 de março, quando você disse ao vivo neste programa que acreditava que Annette e Naldo Chapa eram responsáveis pelo desaparecimento da filha deles, havia um padrão para o uso da internet de Annette Chapa.

BJ: E a questão relevante aqui é a época em que ela usou a internet, não tanto quais sites ela visitou, correto?

LS: Sim. Embora mais tarde, os sites que ela visitou se tornem relevantes — mas chegarei a isso no devido tempo. Assim, durante esse período — de 2 a 22 de março — Annette Chapa não trabalhou. Ela estava em casa concentrada apenas em encontrar a Melody, segundo ela. Encontrar...

BJ: Encontrá-la morta, não viva. Ela parecia convencida de que a pequena Melody estava morta.

LS: Exatamente o que eu estava prestes a dizer. Encontrar o corpo dela e o seu assassino — e isso vindo da boca da própria Annette. Então, durante esse período — de 2 a 22 de março — Annette estava online não constantemente, mas regularmente. Com uma frequência razoável durante todo o dia e noite. Então, por volta das onze, onze e meia da noite, acabava — mais nenhuma atividade online. E então ela ficaria offline até por volta das oito, oito e meia da manhã seguinte.

BJ: E assim uma pessoa racional presumiria... ?

LS: Que ela estava dormindo.

BJ: Claro. Quero dizer, quem não teria um sono ininterrupto de nove horas por noite logo após a filha ter sido raptada, certo?

LS: Suponho que Annette Chapa possa não ter dormido durante essas noites. Quero dizer, ela pode ter estado deitada, acordada, chorando por tudo o que sabemos. E eu não posso comentar sobre a psicologia disso, Bonnie — essa não é a minha especialização. Eu sei que Ingrid Allwood disse que angústia, ansiedade, depressão — essas coisas podem levar uma pessoa a se refugiar no sono, e até mesmo, em alguns casos, trazer uma espécie de narcolepsia — que é assumir que Annette Chapa *estava* dormindo...

BJ: Neste ponto, não estou disposta a dignificar mais um disparate de Allwood com uma resposta. Mas deixe-me perguntar-lhe o seguinte: você verificou o padrão da atividade online de Annette Chapa *antes* de 2 de março de 2010?

LS: Sim, verifiquei. Praticamente a mesma coisa, embora obviamente Annette estivesse trabalhando até o dia em que Melody desapareceu e sua atividade online refletiu isso. Mas o padrão à noite era o mesmo. Às onze, onze e trinta, parece que ela se desconectava e ia dormir.

BJ: E então nenhuma outra atividade online até as oito, oito e meia da manhã seguinte?

LS: Não, quando ela estava trabalhando, ela acordava mais cedo. Seu primeiro log-on era tipicamente às seis e meia, sete.

BJ: O que faz sentido se ela tivesse de ir ao escritório. Mas, Lucie, você concorda comigo que das 23h30 às 7h, mudando para 23h30 às 8h depois que a Melody desapareceu... não estamos vendo uma mudança radical na rotina dela aqui, estamos?

LS: Não. É mais ou menos a mesma coisa.

BJ: E é por isso que uma certa psicoterapeuta de celebridades está falando besteira. Qualquer que tenha sido a tristeza ou depressão que Annette Chapa sofreu depois que Melody desapareceu, isso não a fez dormir muito mais do que o normal — apenas uma hora extra pela manhã, e isso foi claramente por não precisar ir ao escritório. Ela, com certeza, teve longas noites de sono depois de assassinar sua filha! Eu adoraria perguntar à sra. Allwood — eu me recuso a chamá-la de "doutora" — se ela já se deparou com uma mãe cujo filho querido está desaparecido e isso mal afeta seus padrões de sono.

LS: Bonnie, não estou alegando que sei as horas que Annette Chapa dormiu ou ficou acordada em março de 2010. As evidências que reuni mostram apenas quando ela estava online e offline.

BJ: Entendo isso e as pessoas vão tirar a única conclusão que é plausível: que Annette Chapa não perdeu nenhum sono por causa de sua filha desaparecida. Pelo contrário, ela teve uma hora extra de sono todos os dias depois disso. Agora, diga-nos o que muda depois de 22 de março no que diz respeito à utilização da internet por Annette?

Você viu a Melody?

LS: A partir de 22 de março, o padrão muda completamente, Bonnie. Suponho que Annette deve ter dormido meia hora aqui e ali, mas a partir de 22 de março, não há longos períodos de oito ou nove horas ininterruptas quando estava offline. E quando digo nenhuma, falo sério: nenhuma.

BJ: Isso é realmente fascinante, não é?

LS: É mesmo. Não há muito de um padrão depois de 22 de março. Algumas noites, a atividade na internet parava por volta das duas ou três da manhã, outras noites às quatro ou cinco da manhã. Uma vez interrompida, pode começar de novo uma hora e meia ou três horas depois. Mas o que se pode dizer com certeza é que, depois de 22 de março, Annette Chapa não teve outra noite de sono decente. E é particularmente digno de nota que, de 22 a 25 de março, ela parece não ter dormido nada.

BJ: Ela esteve toda a noite na internet?

LS: Parece que sim.

BJ: Tudo bem, então me deixe esclarecer isto: o desaparecimento de Melody não manteve a mãe acordada à noite, mas parece que o fato de eu dizer ao vivo no ar que achava que ela era indubitavelmente culpada... fez isso? Essa é uma conclusão razoável a se tirar?

LS: Bem... certamente quando olhei para a atividade de internet de Annette Chapa entre 22 e 25 de março, eu descobri que muita coisa estava focada em torno de você. Em termos leigos, ela verificou sua vida minuciosamente.

BJ: E acho que isso não é surpreendente. Se alguém fosse ao programa jurídico favorito dos Estados Unidos e *me* acusasse de homicídio em primeiro grau, eu faria muito mais do que verificar.

Sophie Hannah

O que é mais surpreendente é o que aconteceu entre 22 de março e 28 de setembro de 2010, quando Annette e Naldo Chapa foram finalmente — graças a Deus em sua misericórdia! — acusados do assassinato da pequena Melody. Conte-nos sobre isso.

LS: Como já disse, Annette Chapa não teve uma noite de sono sólida depois de 22 de março.

BJ: Então são *seis meses* sem dormir bem. Isso é incrível! E também horrivelmente revelador, em minha opinião. Olha, eu os acusei em 22 de março, claro, mas ninguém ouviu. Ninguém queria ouvir. O mundo inteiro estava convencido de que Kristie e Jeff Reville haviam sequestrado e matado a pobre Melody, e que eu estava errada, sendo estúpida e vingativa em insistir no contrário. As evidências, naquela época, pareciam apontar para os Reville, e isso não mudou até 2 de setembro, quando eu recebi Mallory Tondini no programa. Então, por que diabos Annette Chapa não se acalmou, por volta do início de abril, digamos, e pensou consigo mesma: "Parece que ninguém está prestando atenção àquela horrível mulher Juno — eu não preciso me preocupar com ela."? Por que é que ela não voltou a dormir direto então?

LS: Obviamente não posso responder a isso, Bonnie. Não sei o que se passava pela cabeça dela. Posso dizer-lhe, no entanto, que, no lugar de Annette Chapa, eu teria ficado petrificada se achasse que você suspeitasse que eu tivesse cometido assassinato e não acho que esse medo fosse fácil de perder. Todo mundo sabe que você é tenaz, que se importa apaixonadamente com a justiça e que é improvável que você desista. Além disso, que sua especialidade — e a especialidade deste programa — são os casos em que a pessoa errada fica sob suspeita enquanto a certa é ignorada.

BJ: É verdade que não posso aceitar detetives e promotores que olham para um caso e decidem quem vai ser o culpado... Bem, aí está, senhoras e senhores: quando era apenas uma pequena irritação insignificante como uma filha desaparecida que poderia estar morta, Annette Chapa ainda conseguia dormir regularmente oito ou nove horas todas as noites. No momento em que ela percebeu que seu próprio bem-estar estava em jogo — que eu suspeitava dela e faria tudo o que pudesse para levá-la à justiça —, de repente ela não dorme mais tão bem, pobrezinha.

LS: Suponho que seja possível ser uma mãe egoísta e sem amor e ainda não ser uma assassina, mas...

BJ: Ah, por favor!

LS: Sabe, Bonnie, espero não estar falando fora de hora, mas sinto-me um pouco desconfortável com o julgamento que se aproxima e com a acusação de homicídio, especificamente, quando nenhum corpo foi encontrado. Eu queria lhe perguntar...

BJ: Nenhum corpo, mas muito sangue, Lucie, e fios de cabelo da pequena Melody mostrando claramente que ela foi envenenada com arsênico enquanto viva e o que é conhecido como moscas de caixão em dois locais onde o sangue da Melody também foi encontrado — o tipo de mosca que você só encontra onde há um cadáver. É por isso que, mesmo sem um corpo, uma cena de crime ou testemunhas oculares, um grande júri tomou a decisão de julgar Annette e Naldo Chapa por assassinato. É uma lástima que a pena de morte tenha sido retirada da mesa. Obrigada, analista de computação forense dra. Lucie Story por se juntar a nós. E estaremos de volta depois do intervalo, quando teremos a companhia da antiga assistente de Naldo Chapa, Julie Smithfield.

Sophie Hannah

Vamos ouvir como foi trabalhar de perto com o pai de Melody. Vou perguntar à srta. Smithfield o que ela sente sobre o iminente julgamento de Chapa pelo assassinato de sua filha e se ela pode lançar alguma luz sobre o caráter de sua esposa, a natureza de seu casamento e de sua vida familiar.

14 de outubro de 2017

Assim, o Swallowtail, além de todos os seus outros atrativos, tinha um labirinto. Apenas um pequeno, Dane Williamson havia dito a Priddey, mas popular entre os hóspedes ainda assim. Era conhecido como o Labirinto da Meditação por causa das caminhadas guiadas de meditação que ocorriam dentro dele nas noites de terça e quinta-feira e nas manhãs de domingo.

— Não se preocupe em alcançar a borboleta — disse Williamson com um sorriso irônico quando acenou para o carrinho de clube de Priddey. — Não é o destino que conta. O importante é a viagem.

Priddey estivera naquela viagem, a pé, há quase quarenta minutos à procura de Tarin Fry. Nada de carrinhos de golfe com motorista no labirinto, infelizmente. As passagens verdes eram muito estreitas. Cada uma parecia idêntica à outra. Cada esquina parecia sussurrar: "Experimente-me, experimente-me. Você não o fez antes. Eu poderia ser o caminho certo." Priddey tinha descoberto que, quanto mais uma esquina parecia uma opção certeira, mais provável era que levasse a um beco sem saída. Nenhuma das ouriçadas placas de sebe tinha características distintivas. Onde quer que ele estivesse na grade verde, o sol batia nele. Se soubesse que ia ficar preso ali por tanto tempo, teria levado um chapéu.

Qual era o objetivo de um labirinto? E o que fizeram as pessoas que nunca tiveram a chance de encontrar o caminho certo? Estatisticamente, era razoável que isso acontecesse de vez em quando. Como é que elas voltavam? Uma vez que você tivesse encontrado o centro do labirinto, era isso: provação terminada? Haveria uma saída rápida? Priddey desejava ter feito algumas ou todas essas perguntas a Dane Williamson antes de iniciar a caminhada.

Enquanto caminhava, ele chamou o nome de Tarin Fry e o de Cara Burrows também. Um labirinto seria o lugar perfeito para se esconder, contanto que você tivesse roupas à prova de intempéries e suprimentos de comida e água. Se ouvisse passos se aproximando, você poderia facilmente se mover em uma direção diferente.

Priddey não tinha dito a Williamson por que queria verificar o labirinto. Ele não era normalmente reservado, mas com Bonnie Juno e sua equipe por perto, ele se sentia inclinado a guardar as coisas para si mesmo pelo tempo que fosse possível. Verdade seja dita, ele não queria que ninguém soubesse o que estava fazendo até que ele mesmo soubesse. Será que Priddey se importava que Zellie Fry achasse que ele era um idiota? Ou será que essa vontade de saber — sobre Melody, sobre Cara Burrows, sobre Riyonna Briggs — era contagiosa? Em caso afirmativo, onde é que isso deixava a resolução que ele havia tomado há oito meses? Se era trabalho, ele não deveria se preocupar.

Ele, com certeza, não se importava de estar perdido em um labirinto com apenas a palavra de uma criada do

Swallowtail para continuar. Ela disse que tinha visto Tarin Fry na entrada do labirinto há uma hora. O resto da história estava beirando o inacreditável.

Depois de mais dez minutos, Priddey decidiu parar de dizer a si mesmo que qualquer curva à esquerda ou à direita na distância parecia promissora.

— Sra. Fry — gritou ele, cansado. — Tarin Fry? Está me ouvindo?

Ouvindo um barulho arranhado, ele parou e chamou o nome dela de novo.

— Quem é? — respondeu a voz de uma mulher. Perto. Americana. Onde quer que estivesse, ela estava perto. *Aleluia*.

— Aqui é o detetive Orwin Priddey. É Tarin Fry?

Nenhuma resposta.

— É Riyonna Briggs?

— Ah, por favor. Você acha que a Riyonna está andando por aí em um labirinto? Essa é a sua melhor teoria? Por quê? Só por diversão?

— Minha senhora, qual é o seu nome? Com quem estou falando?

— Sou eu. Tarin. Odeio desapontar, mas não há nenhuma reunião de garotas em pleno andamento aqui. Estou sozinha.

— Eu preciso falar com você.

— Você está falando comigo. Se quer me ver enquanto falamos, venha me encontrar no centro. Você está quase lá.

— Alguma ideia de como eu chego até você?

Uma risada incrédula de Tarin.

— Vamos, você está bem aqui. Se eu meter o dedo por aqui, posso te tocar.

Priddey esquadrinhou a folhagem ao redor dele, mas não viu nenhum dedo saliente.

— Você não vê a borboleta? Uma escultura grande, horrorosa, as asas se destacando acima da sebe?

— Não. Pela experiência que tive até agora, se eu ando na direção que acho que é a direção certa, vou acabar ainda mais longe. Você acha que poderia vir ao meu encontro?

Ela disse algo em resposta, mas ele não conseguiu ouvir. Pelo tom, soava como um resmungo. Depois:

— Claro. Não se mexa.

Meio minuto depois, Tarin Fry apareceu na frente dele.

— Vamos lá — ela disse, acenando.

— Onde estamos indo?

— De volta à borboleta. Há bancos lá. E sombra.

Priddey queria sair do labirinto, mas não disse nada. Um pouco mais de tempo não iria matá-lo. O mesmo acontecia com o trabalho. Ele iria sair logo — sair daquela grade verde e sair da polícia.

A borboleta era uma escultura de pedra no centro de um tanque redondo grande que escorria e lançava jatos de água em várias direções ao mesmo tempo. Em torno disso, em um pequeno pátio hexagonal pavimentado com lajes de pedra hexagonais, havia cinco bancos de encosto curvo. Priddey e Tarin sentaram-se lado a lado no único banco que não estava diretamente sob o sol, embaixo de uma outra escultura: uma árvore prateada brilhante com um tronco curvo de espelho e folhas planas, largas, que forneciam uma sombra muito necessária.

— A borboleta cauda-de-andorinha, símbolo do estado do Arizona. — Tarin gesticulou em direção à escultura. — Eu sou do Kansas. Não temos uma borboleta estadual. Na verdade, temos um inseto estadual: a abelha-europeia. Mas quem quer um inseto idiota que ferroa? Eu preferia ter uma borboleta.

Priddey foi direto ao ponto.

— Sra. Fry, a senhora andou bancando a detetive?

— Não.

— Não? Tem certeza?

— Você está usando o tempo do verbo errado: passado contínuo ou mais-que-perfeito, ou seja lá o que for, em vez de passado perfeito. Eu não *andei* bancando um detetive, não. Não por um longo período de tempo ou em bases regulares. Agora, se você me perguntasse se eu já, em um passado recente...

— Você já se fez passar por um detetive do Arizona? Sim ou não?

— Uma vez, rapidamente, sim. E é muita sorte sua que eu o tenha feito.

Entendendo que não haveria nenhuma contrição iminente, nem qualquer temor de consequências, Priddey seguiu em frente.

— Enganou para ter acesso ao quarto 324 fazendo-se passar por uma policial?

— Sim.

— E... agora está se escondendo em um labirinto?

— Escondendo? Se eu tivesse a intenção de me esconder, vocês jamais me encontrariam. Vim para cá para *pensar*, não para me esconder. — Tarin deu uma risadinha repentina. — Quer saber qual é a graça? A arrumadeira que me deixou entrar, ela devia saber que eu não era uma policial. Ela já tinha me visto antes. Eu pude ver que ela pensava: "Essa não é a hóspede daquele quarto lá?" Há alguns dias, ela entrou no meu quarto e tentou começar a limpar cedo demais e eu tive que enxotá-la. Mas, no final das contas, ela assentiu e me deixou entrar porque eu parecia estar muito *convencida* de que era uma detetive. Isso transparece, sabe? Minta com absoluta confiança e os idiotas acreditarão em você, mesmo quando a evidência de seus próprios olhos contradiz o que você está lhes dizendo.

Priddey percebeu que ela o observava pelo canto dos olhos.

— Acho que isso é verdade — ele disse finalmente.

— Você realmente não se importa, não é? O Bajulador Sanders só se interessa em participar do programa difamador de Bonnie Juno, e você ou é uma espécie de budista esquisito ou carece de um lobo cerebral. Eu posso não ter um distintivo, mas sou uma detetive melhor do que qualquer um de vocês dois. Quem foi que impediu a arrumadeira de sumir com um caminhão de provas em potencial do quarto 324 que acabara de recolher com o aspirador de pó e confiscou o saco de lixo? Não foi você, nem Sanders, nem Bonnie Juno tampouco. Vocês todos acham que Cara está bem, que ela apenas fugiu quando o marido apareceu e não tem nada a ver com a confusão de Melody Chapa. Vocês estão enganados. Ela corre perigo. Se não quer fazer nada a respeito disso, pode me colocar em contato com alguém que queira?

Priddey pensou em Lynn Kirschmeier. Ela seria perfeita. Lynn era do FBI em Phoenix e nada tiraria o brilho do temperamento radiante de Bryce Sanders como sua chegada inesperada em cena. O problema é que a última coisa que Priddey queria era estar em contato com Lynn outra vez, e isso era culpa de Sanders, como quase todo o resto.

Lynn poderia facilmente ter ouvido sobre o desaparecimento de Cara Burrows no programa *Justiça com Bonnie*. Essa poderia ser a versão oficial, se Priddey a trouxesse sem

Você viu a Melody?

consultar Sanders primeiro. Priddey sabia que Lynn jamais diria a Sanders que fora ele, Priddey, quem lhe dera a dica.

— O que você encontrou no quarto 324? — ele perguntou a Tarin Fry.

— Fora o saco do aspirador de pó que levei para as provas? Nada. Há uma grande chance que você encontre o DNA de Melody lá, se quiser se dar ao trabalho de procurar.

— Então, você não encontrou nenhum pedaço de papel? Aquele que depois sua filha a viu examinando no banheiro, fazendo com que você imediatamente o enfiasse na manga?

Tarin Fry ficou animada diante da menção de sua filha.

— Zellie falou com você?

— Segundo ela, você estava mentindo quando disse que tinha visto Melody Chapa. Você só disse isso porque acredita que Cara Burrows e a sra. McNair viram Melody e você queria... dar apoio à ideia de que ela está viva.

Tarin riu e bateu palmas.

— Ora, ora, vejam só Zellie! Eu eduquei bem essa garota. Ela tem opinião própria.

— O que ela me disse é verdade?

Tarin estreitou os olhos para ele. Em seguida, estalou a língua num sinal de irritação e disse:

— Quer saber de uma coisa? Vou confiar em você e, se me decepcionar, vou fazer com que se arrependa pelo resto de sua vida. Mas quanto a Sanders e Bonnie Juno? Eu jamais confiaria neles, de modo que tudo que eu lhe disser é confidencial. Você não passa adiante. Fechado?

— Eu não devo esconder informações do detetive Sanders. Ele é meu superior.

— E, no entanto, você o detesta profundamente — disse Tarin.

Priddey sentiu os músculos de seu rosto se enrijecerem. Como esta mulher podia saber tanto?

— Sou uma florista — ela respondeu a pergunta que ele não formulou. — Pense em quando as pessoas compram flores. Casamentos. Funerais. Aniversários. Os compradores de flores são emocionais, e eu vejo *todas* as emoções, acredite. Assim, agora eu as reconheço, mesmo quando as pessoas tentam escondê-las. Não é difícil. A expressão de seu rosto quando você diz o nome de Sanders e fala de como você tem que acatar a autoridade dele? Você é o sujeito comprando uma coroa de flores muito cara para o funeral do homem que se casou com a única mulher que você já amou na esperança de que, se gastar mais do que pode, ninguém vai adivinhar o quanto você está louco para dançar em cima do túmulo do seu rival.

Tarin abriu sua bolsa, tirou uma folha de papel dobrada e a entregou a Priddey.

— Tome.

Ele abriu a folha. Estava amarrotada e suja, mas ao mesmo tempo continha um desenho a lápis incrivelmente detalhado. Acima da imagem, alguém havia rabiscado em uma caligrafia infantil "Doodle Da...". O resto da segunda palavra estava borrado. Alguém havia derramado uma substância escura sobre o papel ou o deixado cair em algum líquido.

— O que é isto?

— Do quarto 324. O papel que Zellie me viu enfiar dentro da manga. A arrumadeira idiota deixou-o no quarto, esqueceu de tirar o lixo, obviamente. Está manchado de Coca-Cola e a palavra que não dá para ler é "Dandy".

— Como você sabe disso?

— Quando Cara entrou no quarto em sua primeira noite aqui, com o homem e a menina lá dentro, ela ouviu a

Você viu a Melody?

menina dizer: "Eu derramei Coca-Cola em Poggy. *E em Doodle Dandy.*"
Priddey deixou que a incredulidade transparecesse em seu rosto.
— Você não disse nada até agora sobre Doodle Dandy.
— Eu sei. Não mencionei isso porque achei que seria uma distração desnecessária. Poggy era a parte importante e eu não queria turvar as águas. Não importa. A questão é a seguinte: aqui está Doodle Dandy. E eu o encontrei na cesta de lixo do quarto 324, o que prova que esse é o quarto em que Cara esteve, onde ela se deparou com Melody Chapa, vulgo Hope Katz. Eu apostaria um bom dinheiro de que Dandy é o nome do sujeito, o acompanhante de Melody. Aliás, Robert Katz.
— Baseada em quê? — Priddey perguntou.
— A minha Zellie vem fazendo aulas de arte desde que chegamos aqui. Eles fizeram desenho, pintura, mosaico... Imagine o que fizeram antes de mais nada?
— Não sei.
— Esboços. O que significa que isso veio da aula de arte, certo? As crianças não têm mais imaginação. Seus títulos são todos *Mamãe em aquarela*, *Papai em tinta-spray*. Estão colados por todas as paredes do estúdio de artes. Exceto Zellie. Ela chamou sua pintura de *Declínio Irreversível*. Ha!
— E você acha que Doodle Dandy significava literalmente um *doodle*, quer dizer, um esboço de Dandy? — Priddey mostrou-se cético. — Quantos caras se chamam Dandy?
— Só precisa haver um — respondeu Tarin com impaciência. — Procure por alguém associado a Melody que se chame Dandy, como nome, sobrenome ou apelido.
Isso era uma ordem? Para Priddey, Dandy parecia a pronúncia errada de uma criança pequena para a palavra "daddy",

papai. Mas isso era impossível se a garota que tivesse feito o desenho fosse Melody Chapa. Seu pai estava na cadeia.

— Além do mais, isso significa que Melody estava na aula de arte, ao menos durante a parte do esboço — Tarin continuou. — Zellie diz que muitas crianças desistiram logo no começo, quando viram o quanto as aulas seriam "puxadas". Pergunte ao professor. Aposto que encontrará o nome "Hope Katz" na lista. Além disso... eu estive pensando em Riyonna Briggs.

— O que tem ela?

— Tente encontrá-la e converse com ela. Se não conseguir encontrá-la, investigue-a... sem dizer a Sanders, Bonnie Juno, Dane Williamson ou qualquer outra pessoa que tente desviá-lo para outra direção. Acho que é assim que você vai encontrar Cara, via Riyonna. — Tarin Fry colocou a mão sobre o estômago. — Intuição, uma sensação que vem de dentro.

Priddey disse:

— Não sei ao certo se você acha que Riyonna Briggs corre perigo ou se está querendo dizer que ela é a responsável pelo desaparecimento de Cara Burrows.

— Eu também não sei ao certo. Felizmente, há uma maneira de saber, chama-se investigação. Chama-se trabalho de detetive. Sugiro que você experimente. — Tarin Fry se levantou e atravessou o pátio com determinação, como uma mulher que sabe exatamente para onde está indo.

15 de outubro de 2017

O barulho da chave virando, da porta se abrindo: *um arranhado, um clique, um estalido*. Aprendi a me manter imóvel quando ouço esses sons familiares. Eles não significam que eu vá a lugar nenhum ou que qualquer coisa vá mudar. Parece estranho que eu costumasse dizer a mim mesma: "Fique calma. Não crie esperanças." Nesta manhã, após minha quarta noite neste maldito lugar, não há nenhuma descarga de adrenalina, nenhuma aceleração de batimentos cardíacos. Nada.

— Cara?

Não levanto os olhos. De que adianta fazer mais perguntas, iniciar mais uma conversa? Ele nunca vai me deixar ir embora.

Eu tentei de tudo que pude imaginar — tudo exceto fazê-lo acreditar que perdi a esperança.

Não perdi. Mas um dia vou ter que fazê-lo e, se o fizer, este fingimento — minha simulação — terá se tornado algo como uma preparação para o pior.

— Cara? Você está bem? Eu trouxe o café da manhã. Delicioso e nutritivo. É sério, isto é bom para você, para o bebê também. Eu recebi ordens expressas: nada mais de frituras.

Isso faz meu coração se acelerar. Então, sinto-me uma tola. Quem quer que me queira viva e saudável hoje pode mudar de ideia amanhã. Ou talvez só queiram me animar para me pegarem desprevenida.

Hoje de manhã, meu sequestrador está sem camisa, apenas de jeans e tênis Nike. Sinto um nó na garganta quando vejo aqueles cachos familiares de cabelos de peito escuros. Esta é a segunda vez que o vejo seminu. Da última vez, não foi por culpa dele, mas desta vez é. Da outra, eu tinha certeza que jamais voltaria a acontecer.

Como ele se atreve a vir aqui assim, como se fôssemos um feliz casal em convivência? Não é nada demais para ele. Não deve nem sequer ter pensado nisso. Em sua cabeça, ele está vestido adequadamente.

Não na minha.

Ele segura uma bandeja nas mãos. Há um copo de suco de laranja e um prato com uma pasta branca amorfa e uma pasta verde amorfa.

— O que é *isso*? — pergunto.

— Omelete de claras e espinafre no vapor.

O aspecto é horrível. Como uma paródia grotesca dos ovos à fiorentina que comi em minha *casita* no outro dia. Antes de tudo isso acontecer.

Não suporto pensar em *antes*. Esta é a minha vida agora: este trailer e um homem que odeio e que gostaria de ver morto.

— Posso comer um sanduíche de bacon em vez disso? Não creio que possa comer isso aí.

— Cara, isso é realmente bom para você. E para o bebê.

— Eu vomitaria se tentasse engolir isso.

— Ouça, você não é o único afazer na agenda de ninguém — ele retruca. — Entende o que quero dizer? Este é o café da manhã de hoje, é pegar ou largar.

Você viu a Melody?

— Desculpe-me, você mantém outras mulheres amarradas em trailers por todo o Arizona? Essa seria uma operação de fornecimento de alimentos bastante extensa, sem dúvida.

— Engraçadinha — ele diz, os lábios cerrados. Eu imagino que, silenciosamente, está se parabenizando por sua contenção.

O que é engraçado é que tudo indica que eu posso ser maldosamente sarcástica e não dar a mínima. Lágrimas assomam aos meus olhos quando me ocorre que, se eu tivesse podido atacar Patrick da mesma forma, ainda que uma só vez, eu poderia não ter sentido necessidade de fugir do país. E então nada disso estaria acontecendo a mim ou à minha família.

De nada adianta ficar desejando. Não se pode desfazer o passado.

— Vamos tentar nos dar bem, ok? — diz o homem com uma voz mal-humorada. — Nós conseguimos até agora, apesar das circunstâncias difíceis.

— Concordo. Não vamos estragar um agradável encarceramento.

Ele coloca a bandeja na mesa.

— Por que você está agindo assim de repente?

— Estou agindo assim porque, das opções disponíveis para mim, é a única forma que eu tenho de exercitar a liberdade. E se você não conseguiu deduzir isso sem a minha ajuda, não deve ser muito inteligente. — Se ele for estúpido e sem imaginação, deve haver alguma coisa que eu possa fazer, alguma forma de enganá-lo.

Ele tira a arma do bolso traseiro, coloca-a ao lado da bandeja e me ajuda a sentar. Eu me encolho enquanto ele desamarra meus pulsos e sua pele toca a minha.

— Vá em frente, exercite sua liberdade — ele diz. — Não vou levar para o lado pessoal.

— Meu corpo também precisa de exercício — digo. — Depois do café da manhã, podemos sair e dar uma volta? Com a arma, se essa for a única maneira, apenas... qualquer coisa. Eu preciso me movimentar. Adequadamente, não apenas andar em pequenos círculos por esta sala.

— Sinto muito. — Ele pega a arma e a aponta para mim. — Você não pode sair. Arriscado demais. Coma a sua comida.

— Quando eu não posso sair? Hoje? Nunca? Você não pode fazer isso! Eu tenho que ter permissão de ir lá fora. Até prisioneiros têm.

— Sinto muito, Cara.

— Não há nenhuma faca ou garfo.

— O quê? Ah. Desculpe. — Ele tira do bolso um garfo de plástico branco, do mesmo bolso de onde saiu a arma, e o lança para mim. Ele aterrissa sobre a bandeja.

A omelete ainda está morna, embora quase fria. E, no entanto, ele a trouxe para o trailer sem tampa. Nenhuma cobertura com filme plástico, nenhuma sólida cobertura redonda de inox como no Swallowtail para manter comidas quentes. Isso deve significar...

Como foi que não deduzi isso antes? Ele tem dois trailers. Eu estou em um deles e ele dorme no outro. Com Melody provavelmente, como no quarto de hotel. Nunca ouço o barulho de um carro antes da chegada dele, de modo que seu trailer deve estar a uma curta distância daqui. É onde ele prepara minha comida ou talvez seja Melody quem cozinha. Talvez não seja um trailer, mas uma casa isolada e eu esteja em algum lugar do seu terreno.

Você viu a Melody?

Não sei ao certo se me ajuda saber disso, presumindo-se que eu esteja certa. Ainda assim, é bom ter mais informações, ainda que ínfimas.

Após algumas garfadas de claras de ovo insossas e alguns pequenos goles de suco de laranja, tenho energia para mais conversa.

— Feito na hora — digo, indicando o copo com a cabeça. — Um toque agradável. Se eu algum dia tiver que avaliar este sequestro no TripAdvisor, eu lhe darei quatro estrelas em vez de três.

Ele continua olhando à distância, como se eu não tivesse falado.

— Temos que pensar em alguma coisa — digo a ele. — Eu preciso de exercício. Preciso sair deste espaço pequeno, confinado. Então, que tal isto: esperamos até ficar escuro, no meio da noite, e então você vem, me pega e vamos dirigindo por algum lugar realmente isolado e simplesmente andamos por lá por mais ou menos uma hora? Depois, voltamos. Você pode me manter amarrada enquanto dirige e manter a arma apontada para mim durante todo o resto do tempo, enquanto estivermos caminhando. Não vejo nenhum risco nisso. O que acha?

— Deixe-me pensar no assunto.

Tenho vontade de gritar.

Mantenha a calma, Cara.

Fecho os olhos para não ter que ver a arma apontada para mim, erguendo-se e abaixando-se em sua mão instável. Tento me imaginar em algum outro lugar. Não em casa — é doloroso demais. Não devo pensar em como seria estar em casa.

Swallowtail: aquela bela, grande, piscina azul... Braçadas longas, suaves, de um lado ao outro. Ou talvez eu grite

"Marco! Polo!" com todas as minhas forças como a garota com as tranças grossas.

Espere.

O que foi isso? Algo passou pela minha mente tão rápido que eu não vi o que era — como um fantasma vislumbrado em um espelho e que desaparece antes de você se virar.

Algo a ver com a garota de tranças...

— Cara, coma. Você não terá forças para andar em lugar algum se não colocar um pouco de comida para dentro.

Caminhando, correndo...

Penso em Lilith McNair, no que eu a ouvi dizer. "*Eu a vi* correndo. *Melody, correndo... Como é que de repente ela pode correr? Meu primo Isaac pode* correr? *Deixe-me lhe dizer, ele não consegue nem* andar!" O primo Isaac da sra. McNair que morreu de linfoma...

A menos que ele não tenha morrido. Nada do que ela disse ou escreveu online deixou claro que ele estivesse morto. Eu apenas presumi isso. É igualmente possível que ele ainda esteja vivo, mas muito doente. Sim, isso funcionaria.

Juntando isso com a garota na piscina...

Oh, meu Deus. Será que estou certa? Eu desejo desesperadamente estar certa. Poderia fazer alguma coisa com isso, mas como posso saber se é verdade?

— Cara? — Ouço o clique da trava de segurança da arma. O que quer que esteja transparecendo em meu rosto, isso preocupou meu carcereiro. Ótimo. Que ele fique com medo. Que ele fique aterrorizado do modo como somente aqueles que sabem que estão fazendo algo terrivelmente errado podem ficar.

As tranças da garota do Marco Polo voavam como duas cordas grossas por toda a piscina naquele dia. Nenhum integrante da equipe do resort sequer piscou o olho. *Todos* que eu vi nas piscinas do Swallowtail tinham os cabelos descobertos.

O que significa que não há nenhuma regra dizendo que toucas de banho devem ser usadas. No entanto, no quarto para o qual Riyonna me encaminhou por engano, o quarto de Melody, eu vi uma daquelas terríveis toucas de natação de borracha. Ao menos, é o que eu achava que era.

Não exatamente cor-de-rosa, não exatamente bege. Cor da pele.

— Cara, qual o problema? Alguma coisa errada?

Ninguém usaria uma daquelas toucas por vontade própria. Somente alguém incrivelmente preocupada com o estado de seus cabelos e não posso acreditar que Melody Chapa teria se preocupado com danos causados pelo cloro. O que a preocupava era esconder a marca marrom próxima à linha dos cabelos que poderia revelar sua identidade, a marca que ela escondia esfregando a testa o tempo todo em que eu estava olhando para ela. Aquela touca de natação teria escondido muito bem a marca enquanto Melody estivesse circulando pelo resort.

Também teria chamado atenção para ela como "Aquela que Agia de Modo Diferente". Em uma piscina cheia de cabeças descobertas, uma garota usando uma touca de banho se destacaria. Melody, que estava oficialmente morta, não podia se permitir chamar atenção dessa maneira, então alguém teve uma brilhante ideia: reinventá-la como Hayley, a vítima terminal de câncer. Hope Katz devia ser seu nome falso para fins de reserva de quarto, mas pelo resort, na aula de Arte para Iniciantes com Zellie Fry, Melody fazia o papel da pobre e trágica Hayley, que nunca deixava de usar a touca de borracha cor da pele, a que fazia com que todos acreditassem que ela havia perdido os cabelos com a quimioterapia. Enrolar um lenço em volta da cabeça para que ninguém percebesse a linha de junção — fácil.

Quanto mais eu penso nisso, mais provável me parece.

Hayley, a paciente de câncer... faz pleno sentido. A sra. McNair a viu pelo resort e a reconheceu pela foto que vira online de como Melody pareceria aos quatorze anos. Ela sabia que Hayley era Melody, mas ninguém lhe daria ouvidos porque havia dito anteriormente o mesmo a respeito de muitas outras crianças que não eram.

Quando ela viu Melody correndo à noite segurando Poggy, ficou ainda mais convencida de que tinha razão. As palavras que ouvi por acaso — "Como é que, de repente, ela pode correr? Meu primo Isaac pode *correr*? Deixe-me lhe dizer, ele não consegue nem *andar!*" — tanto eram confusas quanto, ao mesmo tempo, inteiramente lógicas. A sra. McNair reconheceu não somente Melody, como também a garota com câncer que ela vira andando pelo resort. E sabia o bastante, pelo linfoma de seu primo Isaac, que qualquer doente em estágio terminal geralmente não consegue correr. Ela estava tentando dizer a Riyonna que finalmente tinha a prova de que a garota que ela achava que era a Melody não podia ser quem alegava que era — porque doentes de câncer em estágio realmente terminal não saem pulando como pessoas saudáveis.

Cabelos longos e escuros esvoaçando atrás dela, disse a sra. McNair a Riyonna. Por que ela iria mencionar esse fato a menos que o considerasse mais uma prova: que a jovem que se dizia chamar Hayley não havia perdido os cabelos, que tudo não passava de um embuste?

O único problema com a minha teoria é Tarin. Eu estava com ela no carrinho do resort quando ela foi pegar Zellie depois da aula. Ela estava aborrecida porque queria uma

Você viu a Melody?

pintura de Zellie, e Zellie insistira em dá-la à doente Hayley. Se Hayley — Melody — fugiu do Swallowtail na madrugada da minha primeira noite ali, como ainda podia estar na aula de arte depois disso para discutir com Tarin por causa de um quadro? Ela não poderia ter voltado, de modo algum. Arriscado demais.

A menos que...

— Cara, que diabos está acontecendo com você?

Eu o deixei furioso ao manter meus pensamentos para mim mesma.

O mesmo aconteceu com o primo Isaac. Ele só precisava estar doente, mas eu presumi que estava morto. O mesmo com Hayley e a aula de arte. Tarin nunca disse que Hayley estava lá naquele dia. Ela disse, ao contrário, que Hayley havia piorado. Foi por isso que Zellie foi tão insistente em lhe dar a pintura de presente: porque ela estava mais doente do que o normal. Isso significa que a menina devia estar ausente da aula, e a briga que presumi que tenha sido entre ela e Tarin na verdade fora entre Zellie e a mãe.

Não há nenhum motivo para presumir que Hayley estivesse lá naquele dia. Absolutamente nenhum.

Eu levanto os olhos para o meu carcereiro e sorrio.

— Seu plano está fadado ao fracasso — digo, longe de estar tão confiante quanto deixava transparecer. Mas era possível que funcionasse. Fiquei em silêncio e visivelmente preocupada por apenas um ou dois minutos e ele está parecendo mais apavorado a cada segundo que passa.

Seu pomo de Adão move-se freneticamente na garganta. A arma balança para baixo e para cima.

— O que você quer dizer? Diga-me o que está querendo dizer.

Ele está consumido pela necessidade de saber o que se passa em minha mente, para o caso de que possa atingi-lo. Eu posso usar isso.

Não olhe para a arma. Não deixe que ela a amedronte e a faça recuar.

— Recoloque a trava de segurança da arma e coloque-a no chão junto aos seus pés. Então, eu lhe direi.

— Não. De jeito nenhum.

— Meus tornozelos estão amarrados. Você não corre risco nenhum se colocá-la no chão. Levaria cinco segundos para pegá-la de volta e soltar a trava de segurança. É evidente que eu não posso correr até você, certo?

Ele balança a cabeça de um lado para o outro. Uma gota de suor escorre por sua testa.

— Coloque-a no chão ou não lhe contarei nada — digo.

Ele cerra os lábios — uma linha fina. Eu começo a contar. Oito segundos depois, ele faz o que ordenei: coloca a arma no chão.

— Obrigada.

Eu conseguirei fazer o que tenho que fazer em seguida: controlá-lo usando nada mais do que uma mistura de restrição e sugestão?

— As regras mudaram a partir de agora — digo a ele. — Eu já entendi tudo. Você quer manter Melody a salvo. Entendo isso. Mas você fracassará, a menos que eu o ajude. Primeira coisa: quero saber quem você é. Qual é o seu nome?

Isso nunca vai funcionar, é impossível. Não tenho tanta sorte assim.

— Leon — ele responde. — Eu sou Leon.

Você viu a Melody?

— O que, em nome de Deus, você estava fazendo lá?

— A voz de Bonnie Juno — Tarin a teria reconhecido em qualquer lugar. Ela não se apressou em responder. Não pensara que seria necessário dizer: ela estava nadando com a filha. Qualquer um familiarizado com nado de peito e água não teria que perguntar.

— Oh, meu Deus, é Non-Bon-Jovi — murmurou Zellie.

— Ugh. Ela não lhe dá vontade de se afogar em vez de acenar? — Tarin murmurou. *Acabou a diversão, hora de sair*, disse a si mesma, mas seu corpo desobedeceu. Ela inspirou devagar, desejando armazenar o aroma verde, úmido, fresco, dentro de si, ao qual pudesse recorrer sempre que suas reservas de paz interior estivessem acabando. Ela amava aquela piscina e teria gostado de imaginar uma maneira de impedir que qualquer pessoa, exceto ela e Zellie, a usassem. Queria que pertencesse apenas a elas.

Não havia muita probabilidade disso ocorrer. A piscina fazia parte do resort, a única parte que os carrinhos de golfe não podiam alcançar porque não havia caminhos. Felizmente, a maioria da clientela do Swallowtail não via nenhuma razão para se aventurar até aquele posto avançado.

Uma pessoa não deveria precisar se afastar de tudo, quando "tudo" era um resort e spa cinco estrelas, mas Tarin fazia isso ao menos uma vez por dia e era ali que se refugiava. Depois de trinta a quarenta voltas, a ânsia de estrangular todos aqueles que a haviam contrariado geralmente se aplacava. Mas agora ali estava a realidade na forma da maldita Bonnie Juno, equilibrando-se em seu vestido azul fosforescente e sapatos de salto agulha de pele de leopardo, enchendo a mente de Tarin outra vez com ideias de estrangulamento.

Ela enfiou a cabeça embaixo da água e prendeu a respiração até Zellie cutucá-la. Emergindo, ela disse, sem fôlego:

— Por que Non-Bon-Jovi? Soa engraçado, mas não é, quando se pensa nisso. Não faz sentido.

Zellie se virou para flutuar de costas.

— Como em Jon Bon Jovi, mamãe, estrela de sua incrível coleção de CDs.

— Sim, isso eu entendi. Mas fora o "Bon"...

— Non-Bon porque desagradável, tipo, *tão* desagradável. Non-Jovi porque está longe de ser jovial. Coloque tudo junto e você tem Non-Bon-Jovi.

— Hum. — Tarin franziu a testa. — Não consigo chegar à conclusão se isso é brilhante ou terrível.

Sem se deixar deter por não ter recebido nenhuma resposta à sua pergunta, Bonnie Juno aproximava-se equilibrando-se em seus saltos altos. Ela parou quando chegou às plantas aquáticas à borda da piscina e disse:

— O que *é* isto? Um lago?

— Olá, Bonnie. — Tarin saiu da água e vestiu seu roupão. — Não. Embora, estranhamente, seja chamado de O Lago. É uma piscina natural, projetada para parecer um lago. Nenhum produto químico.

— Natural? — Bonnie torceu o nariz. — É cheio de sapos e criaturas gosmentas?

— Não sei. Nunca encontrei um sapo aqui, mas pode ser.

— Não entendo. Este resort está cheio de belas piscinas com garçons e serviço de bar à sua espreguiçadeira e vocês escolhem nadar aqui? Deve ser imunda.

— Não — diz Tarin. — Vê o jardim aquático do outro lado do pequeno muro? É a zona de tratamento. De algum modo, e não me pergunte como, essa parte limpa a parte em que você nada. Todas essas plantas aquáticas lá estão...

fazendo alguma coisa. Devorando algas invasoras ou algo assim.

— A mim parece horrível. — Bonnie inclinou-se para espreitar a água.

— Por sua aparência, eu diria que você não é uma fã do natural — disse Zellie, que ainda estava na água.

— Ha! — Bonnie pareceu gostar da observação. — Não, não sou. Com certeza. — Virou-se para Tarin. — Viu o detetive Priddey na última hora?

— Não. Ele também desapareceu?

Bonnie franziu os lábios.

— Fiz meu pessoal dar uma olhada no quarto 324, de Robert e Hope Katz. Você falou sobre rastrear o cartão de crédito que eles usaram para reservar o quarto?

— Sim. E?

— Você tinha razão. O cartão usado para fazer a reserva não pertencia a nenhum Robert e Hope Katz.

— Então são nomes falsos. Eu sabia.

— Sim, mas esse é apenas um lado da história. O outro lado é a quem o cartão realmente pertencia.

— Quem? — perguntou Zellie.

— Sua filha está ansiosa para descobrir, sra. Fry. E você? Ou já sabe e é por isso que não está perguntando? Eu me pergunto, vocês estão de conluio?

— Quem? Eu e Zellie? — perguntou Tarin.

— Não, não você e Zellie. Diga-me, você deliberadamente nos apontou na direção do seu co-conspirador porque decidiu que tudo está ficando muito arriscado para você agora, então é hora de libertá-la? Foi por isso que nos disse para descobrirmos de quem era o cartão usado?

— Meu co-conspirador? — Tarin riu. — Eu lhe garanto, a última vez que conheci alguém com quem queria estar num conluio foi há mais de uma década. Eu tinha menos rugas, menos queixo... merda, foi uma grande época.

Bonnie esboçou um sorriso.

— Acho que o estado de Non-Bon chega a todos nós na plenitude do tempo.

— Não há *como* você ter ouvido isso — protestou Zellie.

— E mesmo assim, eu ouvi. Então, vá entender.

— Peço desculpas pela grosseria da minha filha — disse Tarin. — Ela herdou do pai. Que nome estava no cartão de crédito?

— Riyonna Briggs.

— Pensei que você fosse dizer detetive Priddey. — Zellie parecia desapontada.

— Riyonna? — disse Tarin. — Uau.

— Sim — disse Bonnie. — Ela não foi levada à força nem foi embora entre lágrimas porque o chefe gritou com ela.

— Ela correu antes que os policiais descobrissem que fazia parte do esquema.

Isso significava o que Tarin pensava que significava? Ela precisava se afastar da Bonnie para poder pensar; ficar longe de Zellie também.

— Então agora não deixamos pedra sobre pedra em nossa caçada por aquela trapaceira mentirosa e inútil — disse Bonnie no tom justiceiro que Tarin conhecia tão bem de seu programa de TV. — Porque onde quer que ela esteja, é lá que vamos encontrar Cara Burrows. Espero que não seja tarde demais para salvá-la.

Tarin e Zellie trocaram um olhar.

— Acha que Riyonna levou a Cara? — Tarin perguntou.

— Sim. Acho — disse Bonnie Juno.

— Leon?

Ele balança a cabeça, confirmando.

— Sobrenome?

— Por que você precisa saber isso? Se eu lhe disser isso... — Ele se interrompe com um esgar. — Olhe, e se eu lhe disser o meu apelido em vez do meu sobrenome? Desde a infância. É Dandy. As pessoas mais próximas de mim me chamam de Dandy.

Ouço a voz da garota na minha cabeça. *Eu entornei Coca-Cola em Poggy. E em Doodle Dandy.* A voz de Melody.

— Dandy?

— Sim, por causa de Leon ser como leão. Quando era pequeno, minha mãe dizia que eu era o seu *dandy lion, dandelion*, dente-de-leão... a flor, você sabe. — Ele parece envergonhado. — Foi encurtado para Dandy e pegou.

— E o seu sobrenome, por favor?

— Ora, Cara. Estou tentando cooperar com você, mas...

— Não. Está tentando entrar num acordo, é diferente. Eu não quero fazer concessões. Quero que responda às minhas perguntas. A todas elas. E você não está pensando direito. Você decidiu que serei capaz de rastrear você pelo seu sobrenome, mas não por Dandy. Isso é uma tolice. Acha que se houver um pedido de informações sobre um homem chamado Leon, conhecido como Dandy, as pessoas não irão telefonar e dizer seu nome? Claro que vão: sobrenome e tudo. Por isso, mais vale você me dizer.

— Cara, não posso.

— Então não vou lhe dizer o que concluí e como isso vai denunciá-lo e colocá-lo na prisão por muito tempo.

Os olhos dele se movem de um lado para o outro.

— Gostaria de lhe dizer, mas não posso.

Ele parece incrédulo de repente, como se algo impossível de acreditar tivesse sido sugerido por uma voz que só ele pode ouvir.

— Acha que *quero* manter uma mulher grávida presa aqui? Longe da sua família? Meu Deus, Cara! Eu *gosto* de você. Você parece ser uma ótima pessoa.

— "Cara Burrows — ela está segura?" Foi você quem escreveu isso?

— O quê?

— Escreveu isso em um pedaço de papel e o colocou em um vaso na gruta de cristal?

— Não.

Por alguma razão, eu acredito nele.

— Algo que eu não entendo — eu digo. — Você tirou a Melody do Swallowtail rapidamente assim que soube que eu a ouvira mencionar Poggy. Mas por que correr o risco de mantê-la ali em primeiro lugar? É um resort de férias, cheio de gente. Ela devia estar morta. Por que não escondê-la em um lugar onde ela possa gritar "Poggy" a plenos pulmões de agora até o Natal? Por que não mantê-la aqui, por exemplo?

— Nós fizemos isso. — Leon desliza pela parede até uma posição sentada. — Aqui mesmo, neste trailer. E em outros. Durante anos.

Inspiro energicamente. Eu sabia, mas ainda é um choque ouvi-lo confirmar isso.

— Então a garota que vi era Melody Chapa. Ela está viva.

— Sim.

— Os pais dela não a assassinaram.

— Não, não fizeram isso. Mas teriam feito, se não a tivéssemos tirado de lá.

— "Nós" quem?

Ele abana a cabeça.

— Desculpe. Não vai ouvir nomes de mim. Acredite ou não, todas as pessoas envolvidas no plano de resgate são boas pessoas. Fizemos o que fizemos para salvar a vida da Melody. Foi necessário.

— Você não respondeu à minha pergunta: por que levá-la para um spa e arriscar a exposição?

— Como você se sentiria se ficasse fechada em trailers por sete anos, se nunca pudesse sair, se nunca tirasse férias?

— Pergunte-me daqui a sete anos. Até lá, já devo saber a resposta. A menos que eu esteja morta.

Dizer essas coisas em voz alta me faz sentir como se não pudessem acontecer na vida real.

— Não pensamos que fosse um risco. — Leon suspira.— O rosto de Melody mudou muito, ela não era mais uma garotinha gorducha, era uma adolescente linda e graciosa. Não pensei que houvesse a menor hipótese de alguém a reconhecer.

E você a fez se chamar Hayley e usar um couro cabeludo falso que cobria sua única marca distintiva, só para ter certeza. Obrigou-a a fingir que tinha câncer terminal. Que férias devem ter sido para ela.

— Ela sabia que não devia tirar Poggy do nosso quarto, nem mencioná-lo. Ela só o fez porque você entrou no quarto e acordou-a de um sono profundo.

— E estraguei tudo. Eu sei. Mas estou interessada: qual foi o plano que todos vocês fizeram depois de eu ter tido a desconsideração de cruzar o seu caminho? Sequestrar-me, prender-me rapidamente — esse foi o primeiro passo. Isso faz sentido. Mas e depois? Do meu ponto de vista, não há muitas opções. Ou você me mata... mas não, isso não vai funcionar. Tarin Fry sabe tudo o que eu vi e ouvi, e duvido que ela esqueça o assunto — especialmente estando eu desaparecida. A menos que a mate também.

— Eu não quero matar ninguém. Nunca matei e espero nunca matar.

E depois? Eles devem ter pensado para além da primeira fase de me terem trancado em segurança. O que eu estaria pensando, na posição de Dandy Leon? Que plano eu faria?

— Se Melody não está morta, isso significa que seus pais não deviam estar na cadeia. Mas se eles saírem, então ela tem de ir viver com eles outra vez. Ela ainda é menor de idade. Não sei como um juiz lidaria com um menor que dissesse: "Eu odeio os meus pais. Por favor, em vez de viver com eles, posso viver num trailer velho com o Leon armado?" Ele pode dizer: "Desculpe, você tem que ir com seu pai e sua mãe." Você não pode deixar que isso aconteça — digo devagar. — Não quando você se esforçou tanto para fingir seu assassinato a fim de afastá-la deles.

Ah, meu Deus. Eu só consigo pensar em uma possibilidade.

— O plano é manter-me aqui até a Melody ser adulta?

Leon não diz nada. Fica olhando para o chão.

— Então você me deixa ir e eu volto para casa, para a minha família, que está apenas começando a superar a minha morte e seguir em frente com suas vidas. A essa altura, eles já presumiram que eu estou morta. E você e os seus companheiros conspiradores estão a salvo: eu sei que a Melody está viva, mas como posso provar isso se não sei quem você é? Foi essa a ideia?

Leon meneia a cabeça. Ele parece cansado — como se já não pudesse mais aguentar o nosso embate.

— A ideia era... *é*... conseguir uma cirurgia plástica para Melody — diz ele. — Vai acontecer em breve. Um mês mais ou menos, achamos. Seis, no máximo. Demorou muito tempo para encontrar alguém em quem possamos confiar.

— Para se livrar da reveladora mancha de pele marrom — digo eu.

Ele assente.

— Também para fazer algumas outras mudanças no rosto dela, para que fique mais diferente da imagem online que todas as aberrações obsessivas aprenderam de cor. Uma vez que a cirurgia tivesse sido feita, poderíamos deixá-la ir. Você não reconheceria Melody se a visse novamente e não saberia quem eu era, de jeito nenhum você poderia ter descoberto.

— Mas agora, porque o obriguei a me dizer que você é Leon, o Dandy Lion, você vai ter que me matar? E eu causei tudo isso contra mim. Correto?

Nenhuma resposta. Quero que ele negue, mesmo que eu não acreditasse nele.

Eu engulo o medo que queima a minha garganta e digo:

— Mate-me se quiser, mas depois não terá a minha ajuda para evitar aquele longo período atrás das grades. A escolha é sua.

Ele se lança para a arma, agarra-a e aponta-a para mim. Eu dou uma guinada para trás, batendo o ombro contra alguma coisa.

— Me diz o que você sabe ou pensa que sabe! Agora mesmo, ou eu disparo!

Você consegue fazer isto, Cara. Não deixe que ele a distraia.

— Não. Eu lhe disse: estamos seguindo as minhas regras agora. Não as suas.

Ele se move para tocar o lado da cabeça e bate com a arma contra ela. Como se ele tivesse se esquecido de que ela estava em sua mão.

— Santo Deus! — ele exclama.

Ele já não faz nenhuma ideia do que está fazendo.

— Vamos começar de novo — eu digo. — Qual é o seu nome? Leon de quê?

— Reville. Leon Reville, está bem? Está satisfeita agora?

~≈~

O detetive Orwin Priddey estava ouvindo atentamente sobre um cão. Era interessante, mas não da maneira que o orador pretendia.

O nome do cão era Stoppit — "Porque ele era muito escandaloso quando filhote e eu tinha que ficar gritando 'Stop it! Stop it!' o tempo todo para ele ficar parado. Depois de algum tempo, ele começou a reagir como se esse fosse o seu nome, por isso pensei, 'Vale a pena trocar.' — e a sua proprietária era Janelle Davis, a melhor amiga de Riyonna Briggs. Ela parecia ter cerca de cinquenta anos: alta, branca, atlética, com linhas de expressão ao redor dos olhos, cabelo castanho-escuro no comprimento do queixo e uma franja pintada de vermelho alaranjado, como se alguém lhe tivesse ateado fogo à frente. Suas roupas tinham estilo, mas estavam sujas, com marcas de patas lamacentas visíveis em suas calças de linho branco.

Ela e Priddey estavam sentados na varanda de sua pequena casa em Scottsdale bebendo uma limonada caseira tão boa que quase compensava a interminável conversa sobre o cachorro. Stoppit, que se parecia muito com um rato grande e peludo, dormia no colo de Davis. Cada vez que ela se mexia, ele acordava e rosnava, depois caía instantaneamente no sono outra vez. Priddey não conseguia compreender por que alguém queria uma coisa dessas na vida.

Você viu a Melody?

Ele tentou novamente conduzir a conversa numa direção útil.

— Então você disse que Riyonna era... a madrinha do Stoppit?

Não foi o que Davis havia dito, mas Priddey sentiu-se demasiado constrangido para repetir as palavras exatas dele.

— Não, não. Haha! Eu não sou louca. Ah, maldição! Desculpe, querido. — Ela acariciou o cão, que tinha rosnado em resposta à sua risada, e continuou em um sussurro. — Ele é um menino tão amistoso quando não está cansado, mas se estiver tentando dormir e eu o incomodar, ele deixa bem claro o seu descontentamento.

— Você estava dizendo sobre a Riyonna...

— Sim, estava. — A voz dela voltara ao volume normal. — Bem, tenho certeza de que até uma pessoa que não tenha um cachorro como você saberia que os cães não têm madrinhas. Quero dizer, não há nenhuma cerimônia religiosa oficial nem nada. Foi por isso que pensei que seria bom inventar uma nova palavra: "*cão*drinha". A Ri é a sua cãodrinha. Fizemos a nossa própria pequena cerimônia. Foi tão legal, sério. Você devia ter visto. Veja, o Stoppit adora bolas de tênis, mas só quando são novinhas em folha e amarelo-limão brilhante...

— Desculpe, minha senhora... Como eu disse, realmente não tenho muito tempo, então se eu pudesse perguntar-lhe novamente... Tem a certeza que não viu nem teve notícias de Riyonna nestes últimos dias?

Antes de deixar o Swallowtail, Priddey tinha procurado na internet por qualquer pessoa ligada ao caso Melody Chapa que se chamasse "Dandy". Ele não tinha encontrado nada. Então, ainda seguindo as instruções de Tarin Fry, ele começou por Riyonna Briggs. Graças às suas frouxas definições de privacidade no Facebook, ele havia descoberto Janelle Davis e foi capaz de colher comentários e fotos de que ela e Riyonna eram amigas íntimas há muitos anos. Encontrar Davis tinha sido bastante fácil. Se ao menos conversar com ela fosse a mesma coisa...

— Tenho certeza — disse ela. — Mas vou lhe dizer quando eu vou ter notícias dela: quarta-feira. É o aniversário de Stoppit, e a Ri nunca falta um ano. No ano passado, ela comprou uma tigela de água com o nome dele pintado: Stoppit Nicodemus Davis.

Nicodemus? Inacreditável.

— Quarta-feira também é o meu aniversário — disse Priddey, prendendo um suspiro. Típico. O rato inflado e peludo era o seu espírito animal.

— Sério? — Davis emitiu um guincho de prazer. — Stoppit querido! O nosso visitante aqui tem o aniversário no mesmo dia que você! Não é uma coincidência incrível? — O cão abriu um olho e rosnou. — Ah, Janelle, você é uma mãe tão terrível — Davis repreendeu a si mesma. — Toda vez que o pobre garoto adormece, você o acorda. Que tipo de mãe faz isso?

— Então a Riyonna deve vir aqui na quarta-feira? — Priddey perguntou.

— Ah, sim. Ela não perderia o aniversário de *um certo rapazinho*, não, por nada neste mundo. Não estou dizendo o nome dele porque ele acorda quando eu falo. Quanto a onde Ri está neste momento... — Davis encolheu os ombros. — Talvez aquele chefe cabeçudo dela tenha ido longe demais e ela não tenha aguentado mais. Pode ter ido à caça de um novo emprego e já não é sem tempo. Há anos que lhe digo que ela devia sair. Nunca conheci Dane Williamson, mas ele parece um idiota: muito simpático com quem ele precisa impressionar, terrível para os subalternos na hierarquia. Eu odeio esse tipo.

— Estou surpreso que você não esteja mais preocupada com Riyonna — disse-lhe Priddey. — Eu olhei suas interações no Facebook. Vocês duas normalmente se comunicam várias vezes ao dia, mas não tem havido nada desde 11 de outubro. Isso não lhe parece estranho?

— Bem, acho que sim. — Davis pareceu momentaneamente confusa. Depois, ela estreitou os olhos e sorriu. — Sabe o que mais? Talvez a Ri tenha conhecido um cara simpático e esteja ocupada deixando ele maluco. Isso seria *ótimo*. Não tem tido nenhuma ação na vida dela desde que acabou com o Deray ou, devo dizer, desde que *ele* acabou com *ela*. Descartou-a como se ela fosse lixo. Aquele homem partiu mesmo o seu coração. Stoppit também o adorava e sentiu muito a falta dele depois que ele partiu. Ficou deprimido por meses. Mas, pensando nisso, quando Ri conheceu Deray, eu não consegui falar com ela por cerca de uma semana e meia. Ela estava à deriva acima de tudo, numa névoa de felicidade amorosa. Aposto que é isso que está acontecendo agora.

Stoppit, Nicodemus, Deray. Três nomes estranhos...

Num impulso, Priddey disse:

— Srta. Davis, conhece alguém chamado Dandy ou que tenha o apelido de Dandy?

— Dandy. — Ela franziu a testa e mordeu o lábio. — Sim.

— Conhece?

— Espere, vou me lembrar. Já ouvi esse nome há não muito tempo. *Dandy*... Ah, já sei! — Ela deu a Priddey um olhar conhecedor. — É ele?

— Quem?

— O novo homem da Ri? Vamos, desembucha!

— Não faço ideia de quem seja o Dandy. Foi por isso que perguntei.

— Não tenho certeza se acredito em você, detetive. Você tem uma cara impenetrável. As pessoas devem lhe dizer isso muitas vezes.

— Não. Nunca.

— Hum. Bem, há algumas semanas atrás, Ri e eu e *um certo rapazinho*... — ela indicou o cão — estivemos num churrasco. Ri recebeu um telefonema e agiu de forma reservada, o que era incomum para ela. Ela normalmente não esconde nada de mim. Mas desta vez ela disse "Ei, Dandy" e depois correu para perto de uma árvore bem longe de onde eu estava, como se não quisesse que eu ouvisse a conversa. Quando ela reapareceu toda fingida com um ar de inocente, eu disse: "Então, quem é esse Dandy?" E ela *mentiu* sobre isso. — Davis riu. — Ri nunca mente, mas juro que ela mentiu naquele dia. Ela disse: "Dandy não. Andy... do trabalho." E eu disse: "Ah, é? Então como é que nunca te ouvi falar de um Andy do trabalho?" E ela evitou a pergunta. Eu não a pressionei. Pensei que ela me contaria no seu próprio tempo. Mas agora tudo está se encaixando. Ela tem um novo homem na vida dela, Dandy, e foi para algum lado com ele. Como eu disse: ela estará de volta na próxima quarta-feira. Não perderia uma festa de aniversário *tão importante*.

— E você não sabe nada sobre esse Dandy?

— Absolutamente nada. Eu só a ouvi dizer o nome. Isso é literalmente tudo o que posso lhe dizer.

— Há quanto tempo você e Riyonna são amigas?

— Há *muito* tempo. Desde a infância. Vivíamos na mesma rua na Filadélfia, fomos para a mesma...

Stoppit levantou a cabeça e rosnou alto.

— Sshh! — Davis deu um tapinha em sua cabeça suavemente com a mão espalmada.

Filadélfia. A palavra rolou pela mente de Priddey. Melody Chapa tinha nascido na Filadélfia, viveu na Filadélfia, tinha sido assassinada na Filadélfia.

— Então, por que é que você e a Riyonna acabaram ambas no Arizona?

— O meu ex arranjou um emprego aqui. Eu o segui e, alguns anos depois, Ri me seguiu. Ela veio visitar algumas vezes e adorou, adorou o clima, e depois... — Abruptamente, Davis parou.

— O que é? — disse Priddey. — Você ia dizer outra coisa.

— Já te disse: ela se mudou para cá há alguns anos.

— Quantos anos?

— Quando ela se mudou? Vejamos, foi depois que eu e o Chad terminamos, e por volta da mesma época eu pensei em comprar um cachorro, e Ri e Deray se casaram no outono de 2014, então... deve ter sido no outono de 2013. Outubro, eu acho.

— Srta. Davis, eu ficaria muito grato se me dissesse o que decidiu não me dizer antes. Se Riyonna estiver com algum tipo de problema, isso pode nos ajudar a encontrá-la.

— Bem, ela não gosta de falar sobre o assunto, mas acho que isso não significa que você e eu não possamos. Não é que seja um segredo. Ri fez parte de um júri na Filadélfia. Isso foi há *muitos* anos, tipo, quinze anos ou algo assim, não me lembro exatamente. Foi um caso de homicídio: um homem que estrangulou a mulher e, antes que pergunte, é tudo o que eu sei. Ri não me disse nenhum outro detalhe de identificação. Realmente não queria falar sobre isso. Mas sei que ela achou a experiência traumática.

Ri tinha cem por cento de certeza que o sujeito era culpado, mas a equipe de defesa encantou os outros jurados e ele foi absolvido. Foi insuportável de ver, disse ela, insuportável de fazer parte daquilo, embora obviamente não tenha sido culpa dela. Ela e apenas uma outra mulher tinham dito "culpado" desde o começo e se mantiveram firmes. Outros tinham sido todos a favor de condená-lo no início, mas depois se deixaram convencer.

— E Riyonna achou essa experiência perturbadora?

— Ah, minha nossa! Ela não parava de falar sobre isso, culpando-se, dizendo que não fez o suficiente para convencer os outros jurados, embora fosse claro para mim que havia feito tudo o que podia. Ela é demasiado sensível para o próprio bem, sério.

— E isso foi há cerca de quinze anos?

— Isso mesmo — confirmou Davis.

— Então, não entendo — disse Priddey. — Se era parte do motivo para ela querer deixar Filadélfia, por que ela só se mudou para o Arizona há quatro anos? Por que esperar dez anos?

— Ah, compreendo. Não, ela ficou bem no início. Depois foi chamada para participar de um júri uma segunda vez. Pode imaginar o efeito que isso teve sobre ela.

Convocação para novo serviço de jurada em 2013. O julgamento de Annette e Naldo Chapa?, Priddey se perguntou.

— Ela me telefonou aos prantos, perguntou se poderia morar comigo por algum tempo. Eu disse claro, por que não? Isso permitiu que ela se abstivesse do serviço de jurada com base em que estava se preparando para se mudar para o Arizona, digamos, na semana seguinte. Ela não contou a eles quando tinha tomado essa decisão, nem por

Você viu a Melody?

quê. Pediu-me para fingir que já tínhamos combinado isso há meses.

— Então, na verdade, ela não teve que prestar serviço em um júri uma segunda vez? — Priddey abandonou sua promissora teoria.

— Não. Ri *com certeza* não teria suportado. Ela entregou sua notificação no tribunal naquele mesmo dia e veio para cá. Caramba, todas essas perguntas sérias. — Janelle Davis estremeceu. — Estou começando a ficar um pouco preocupada. Ri está bem, não é? Quero dizer, ela não está correndo perigo por causa de algum psicopata que devia estar preso há muitos anos, não é? Tenho que lhe dizer, sua capacidade de julgamento amoroso nunca foi boa.

— Não temos nenhum motivo para acreditar que algo de ruim tenha acontecido a ela — disse Priddey. — Só precisamos encontrá-la.

— Assim que o fizer, diga-lhe para me ligar, sim?

— Vou passar o recado.

— Acho que é melhor lembrá-la do aniversário de *um certo rapazinho* também, se a encontrar. — Davis apontou para Stoppit. — Como eu digo, ela normalmente não esqueceria, mas se algo de estranho se passa na vida dela, quem sabe?

— Certo. — Hora de acabar com aquela limonada e ir embora.

— Ele vai saber se ela não estiver na festa dele — murmurou Davis, mais para si mesma do que para Priddey. — Ele conhece todas as nossas tradições de ocasião especial e sabe que Ri está sempre presente. O que farei se ela não tiver aparecido até quarta-feira?

— Leon Reville — repito. — Então... o que, você é irmão de Jeff Reville? O cunhado e a Kristie?

— Primo do Jeff. — Ele pousa a arma e cobre a rosto com as mãos. Ele pode estar chorando.

As coisas estão começando a fazer sentido. Eu penso em voz alta.

— Kristie e Jeff viviam ao lado dos Chapa, que eram pais psicologicamente abusivos. Eles podiam ver que, se não tomassem medidas, Annette e Naldo acabariam por matar Melody. Não podiam ir às autoridades porque o tipo de tortura mental sobre a qual tenho lido no livro de Melody é muito difícil de provar... e Melody, aos sete anos de idade, provavelmente teria tido muito medo de falar contra os pais. Então Kristie e Jeff a envolveram e fizeram um plano: fazer Melody desaparecer, fingir seu assassinato. Permitir que a suspeita caísse primeiro sobre a Kristie, isso foi inteligente. Mas depois, ter provas de que foi Annette e Naldo Chapa e, como que por magia, eles são levados para a prisão para o restante de suas vidas.

Nada do Leon. Ele ainda está com o rosto coberto.

— Bem? Estou certa? — Não tenho certeza se preciso de uma resposta. Como posso estar errada? Não há mais nada que possa explicar tudo.

Finalmente, ele retira as mãos do rosto e olha para mim.

— Você tem razão — diz ele de modo quase inaudível.

Hora de fingir alguma bondade.

— Leon, ouça. Você gostaria que eu não tivesse entrado no seu quarto de hotel? Eu também gostaria. Não é culpa minha ter entrado e também não é culpa sua. Acabamos onde estamos por acidente, mas ainda pode ficar tudo bem. Ninguém precisa saber de nada disso. Eu juro, não vou contar a ninguém sobre você ou sobre estes últimos dias. Vou

Você viu a Melody?

dizer que não me lembro onde estive, que estava errada sobre ver a Melody. Tudo o que eu quero em troca é enviar uma mensagem aos meus filhos no Instagram dizendo que estou bem e a salvo. Você pode escrevê-la para mim. Não vou tocar no computador.

Os olhos dele vagavam pelo trailer. Não creio que ele estivesse me ouvindo.

— Se fizer isso por mim, ficarei grata, não ficarei? Leon, *olhe* para mim. Pense no tipo de pessoa que você sabe que eu sou. Sou apenas uma mãe que ama os seus filhos e quer voltar para eles. Eu não quero problemas. Por que haveria de querer? Não quero que aconteça nada de mal à Melody.

Ele agora está olhando para mim com mais firmeza.

— Eu acho que você, Kristie e Jeff fizeram a coisa certa? Não. Tenho de ser honesta e admitir que não acho.

— Se não tivéssemos feito isso, eles a teriam matado. Não leu o suficiente do livro da Kr... — Ele para, mas é tarde demais.

— O livro da Kristie? Então Kristie Reville o escreveu?

Nós esperamos.

— A história pertence à Melody — diz Leon, por fim. — É dela. Kristie só a redigiu. Ela o converteu no que é agora.

Eu sabia. Não só pelo estilo de escrita demasiado polido, mas também pela escolha das palavras. O papel que encontrei no vaso de cristal dizia: "Mamãe e papai me amam?" No livro, é sempre "Meus pais" ou "Minha mãe e meu pai".

— Se fosse assim tão ruim para Melody em casa, seria possível ter feito com que a polícia ou o serviço social a levassem a sério. Não posso acreditar que isso fosse impossível. Algum de vocês sequer tentou?

— Você é ingênua se acredita nisso, Cara. Sério.

— Olha, posso não concordar com o que fizeram, mas concordo que a Melody está melhor se não tiver de voltar a ver os pais.

— Sim, ela está.

— É por isso que não vou dizer uma palavra sobre isto a ninguém depois que você me deixar ir.

— Deixar você ir? — Ele parece confuso. — Droga, Cara, eu não posso... Pensei que você só queria enviar uma mensagem aos seus filhos.

— Isso primeiro. Depois, você vai me deixar sair daqui. Você vai me libertar. E vai dizer ao Jeff e à Kristie, e à Melody, que nenhum de vocês tem nada a temer de mim. Porque essa é a verdade. Se está preocupado em admitir que me deixou ir, pode dizer que fugi. Talvez possa dizer que eu o ameacei: se não me deixasse ir, eu não lhe diria o que você precisa saber para manter os três fora da prisão; você, o Jeff e a Kristie.

— Você realmente me ameaçou — diz Leon com uma voz embotada.

— Leon, se fizer isso por mim, me ajudar a dizer aos meus filhos que estou bem e depois me deixar ir, eu juro que lhe digo o que você precisa saber. Você tem que confiar em mim. Por favor...

Ele se levanta. Apanha a arma, não a aponta para mim.

— A mensagem... sim, eu posso fazer isso, acho. Mas não posso deixá-la ir, Cara.

Merda. Merda merda merda.

— Obrigada — digo. Por enquanto, a mensagem é suficiente. É um progresso, um progresso significativo. *Seja paciente, Cara.*

— Mas nenhuma mensagem pode ser enviada deste computador porque está registrado em meu nome. Tenho um iPad que não pode ser rastreado até mim. Eu vou buscá-lo.

— Obrigada. Agradeço muito, Leon.

Você viu a Melody?

Alguns segundos depois, estou sozinha no trailer. Trancada. Meus tornozelos estão atados, mas os meus pulsos não estão. Ele se esqueceu de tomar a precaução de amarrá-los antes de sair.

Não posso fazer nada a não ser ficar quieta. Mesmo que pudesse de alguma forma usar as minhas mãos para sair daqui, não seria capaz de fazê-lo a tempo. Não antes de ele voltar com o iPad.

Pense. Resolva isso. Tem de haver um modo.

Pensei que ele concordaria em me deixar ir, mas talvez assim seja melhor. Não tenho nada para lhe dizer que vá ajudá-lo. Se ele tivesse concordado em libertar-me em troca de informações úteis, logo teria descoberto a minha mentira. Foi um plano estúpido, louco, nascido do desespero.

Agora, por outro lado...

Ouço a chave outra vez. A porta se abre. Dandy, o leão, está de volta com o iPad. Eu esperava um do mesmo tamanho que o que eu tinha no Swallowtail, mas este tem o dobro do tamanho. Não é um mini. Onde é que ele o arranjou? Do carro dele, lá fora?

— Está bem, então o que faço? — Ele está segurando o iPad na mão esquerda. A arma está projetando-se para fora do seu bolso.

— Instagram, certo?

Ele aproxima-se e senta-se ao meu lado.

— Obrigada. Muito obrigada.

E começo a chorar. É em parte alívio e em parte horror à minha própria reação. A minha gratidão é real.

— Olhe para o lado enquanto digito o meu código.

Desvio os olhos. A arma ainda está no bolso dele, mas no lado errado. Eu teria de contorná-lo para agarrá-la.

— Pronto, já pode olhar. Aqui está o Instagram. Vou precisar da sua identificação e senha.

— "Docendo79" é o meu nome de usuário. A senha é meu nome, depois 79, todas as letras em minúsculas.

— Aqui — diz Leon.

Agora. Agora é a minha oportunidade. Se eu não a aproveitar, posso não ter outra.

Eu enrijeço meu corpo e solto uma arfada.

— O quê? — pergunta ele. — O que foi?

— Ouviu isso? Lá fora?

— O quê? Diga-me.

— Uma voz. Parecia tão perto.

— Eu não ouvi.

— Como é que não ouviu? Deve ter vindo bem de perto lá fora. Eles estão aqui?

Tento parecer o mais assustada possível.

— Eles estão aqui, não estão? Jeff e Kristie, eles estão aqui para me matar. Você os chamou! É covarde demais para fazer isso você mesmo.

— Cara, acalme-se.

— Eu ouvi uma voz, Leon. Não a imaginei. Ouvi alguém dizer: "Helen".

— Helen?

Ah, merda. Merda, merda. Eu disse o nome errado. Não é Helen. Algo parecido... O medo e a adrenalina estão mexendo com a minha memória.

— Não... — Ainda posso salvar a situação. Eu preciso. Meu coração parece estar inchado, com o dobro do tamanho habitual, empurrando para sair pela minha garganta.

Qual é o nome certo? Você o tinha há alguns minutos atrás.

Hayley. Era isso.

Você viu a Melody?

— Helen, não — digo. — Hayley, foi esse nome.

— Tem certeza? — Seus olhos se arregalam, repentinamente tomados de pavor.

— Acho que sim.

Por que eu disse isso? Eu devia ter dito *Sim, tenho certeza*, mas não confio em minha memória neste momento, após uma escorregadela tão grave. Preciso de botões, como meu carro alugado. M1, M2, um para Hayley, um para Helen.

Não. Nenhum para Helen. Não há nenhuma Helen.

O que há de errado comigo? Estou ficando louca?

Botão de memória um. Botão de memória dois.

Franzo as sobrancelhas quando algo me ocorre: um detalhe estranho. Será que isso muda alguma coisa? Não tenho certeza, mas parece-me estranho. É um detalhe tão minúsculo e insignificante. E, no entanto...

Leon largou o iPad. Ele me segura pelos braços, sacudindo-me.

— Cara, tem certeza que disseram Hayley?

— Sim — sussurro. E depois: — Shh. — Como se eu ainda estivesse tentando ouvir algo fora do trailer.

Ele acredita em mim. Soltando meus braços, Leon se dirige para a porta do trailer caminhando devagar e suavemente para que ninguém do lado de fora possa ouvi-lo.

Como se ele não tivesse um prisioneiro para guardar. Como se fôssemos um casal comum e o nosso alarme de arrombamento tivesse disparado no meio da noite. Ele é o marido corajoso, desce as escadas silenciosamente para verificar se estamos a salvo...

Eu calculei bem. Ele nunca me viu falando com Tarin e Zellie no Swallowtail — ele e Melody saíram logo depois de eu ter chegado lá. Tanto quanto ele sabe, não há como eu saber a respeito de Hayley.

À porta, ele tira a arma do bolso. Armado contra o mundo exterior, em busca do alvo imaginário que eu criei para ele.

Ele desapareceu. Eu estou sozinha. A porta está fechada, mas ele não a trancou.

Ele não trancou a porta.

Eu ouço passos de corrida.

O iPad, desbloqueado. A porta, destrancada. O que devo fazer? Tenho tão pouco tempo. Talvez não mais do que segundos.

O iPad primeiro. Agarro-o e começo a escrever um comentário abaixo da última foto da Jess: "Estou em um trailer, não sei onde. A duas horas (acho) do Swallowtail. Diga à polícia: entreviste colega de Jeff Reville de novo sobre a questão da meia ensanguentada no carro. Banco do carro move-se para a frente. Terá Kristie mo"

Ouço passos de novo. Mais perto. Andando ao redor do trailer, esmagando alguma coisa.

Isso é uma loucura. Estou digitando quando deveria estar fugindo daqui.

Largo o iPad e começo a trabalhar nas cordas à volta dos meus tornozelos. É mais fácil do que eu esperava: uma simples série de nós. Não preciso de engenhosidade nem força, só de paciência. Difícil, quando ele pode reaparecer a qualquer segundo.

Quando eu já desfiz todos os nós, o barulho lá fora havia parado. Nenhum passo, nada.

Eu me levanto. Minhas pernas estão doloridas por terem ficado amarradas por tanto tempo e caio depois dos três primeiros passos.

Levante-se. Saia.

Você viu a Melody?

Ignorando a dor, obrigo-me a ficar em pé outra vez, dou um passo, depois outro.

Estou quase à porta quando penso em Jess e Olly. Eles estarão acordados à noite pensando se estou morta?

Movendo-me o mais rápido que posso, volto para o iPad, rezando para que a tela não tenha se trancado. Se eu precisar do código de acesso, estou em apuros.

A tela está mais escura, mas não preta. Eu toco nela e ela se acende novamente. Aí está o meu comentário inacabado ainda parado na caixa. O que devo acrescentar? Que eu estou bem? Segura? E se não estiver? E se Leon me matar quando eu estiver tentando fugir?

O nome dele: Leon, ou Dandy — isso é o mais importante a acrescentar. E Hayley, a Hayley falsa com o seu falso câncer...

Estou prestes a começar a digitar novamente quando ouço passos à distância...

Pense, Cara. Mexa-se.

Meu coração batendo desenfreadamente, eu posto meu comentário do jeito que está: incompleto. É o melhor que eu posso fazer. Depois, corro: para a porta, para fora do trailer, em uma direção aleatória. Passando por uma torre de eletricidade, entrando em um aglomerado de árvores. Não há outros trailers, não há casas que eu possa ver.

Paro de repente, congelada pela enormidade do que acabo de fazer. A minha respiração parece perigosamente audível e visível, como se estivesse anunciando a minha presença a todo mundo num raio de quilômetros.

Mexa-se. Não posso ficar parada. Ele vai correr atrás de mim e me pegar. Quando começo a correr novamente, meu cérebro grita para eu parar; isso é uma armadilha — não estou fugindo dele, mas de alguma forma em direção a ele.

Sem saber onde Leon está, não poderei evitar bater de frente com ele a qualquer momento. A ideia é tão aterrorizante, que quase me dá vontade de voltar atrás. Pelo menos, quando eu estava trancada e mantida sob a mira de um revólver no trailer, eu sabia que o veria. Agora, quando posso não vê-lo, um repentino vislumbre dele à distância seria o suficiente para fazer parar o meu coração.

Ignorando todas as ameaças da voz em pânico na minha cabeça — de que ele sairá de trás do próximo cacto alto e da próxima pedra, e da próxima, e da próxima —, corro sem parar. Eu tenho que acreditar que voltarei em segurança.

Se eu pudesse ao menos saber onde ele está... Que está atrás de mim, não à frente...

Pense em outra coisa.

Penso em Jess. E se ela ler a minha mensagem e pensar que eu não a acabei porque algo me impediu: uma faca no estômago ou uma bala no cérebro? Isso é o que eu pensaria. A ideia me dá vontade de uivar, mas não posso arriscar que o Leon me ouça.

Eu não estou morta, Jess. Eu vou viver. Estou a caminho de casa.

~~~

Priddey estava apagando mensagens de Sanders, quando seu telefone tocou com uma nova chamada. Sem identificação de chamada. Ele estava na parte de trás de um táxi, quase no Swallowtail. Ele esperava que fosse Sanders, mas a voz era de uma mulher.

— Orwin, é Lynn. Recebi a sua mensagem.

— Lynn?

— Quer o título completo? Agente Especial Assistente Lynn Kirschmeier, FBI.

— Eu sei. Não pensei que você iria ligar de volta tão cedo.

— Sim. Esta história de Melody Chapa estava no nosso radar antes de eu receber a sua mensagem. Bonnie Juno está na cidade, hein?

— Sim. Sorte a nossa.

— Precisamos conversar — disse Lynn. — Onde você está? No Swallowtail Resort and Spa?

— É onde eu deveria estar.

— E onde o Bryce Sanders está, não é?

— Sim. Meu oficial *superior*.

Lynn respira fundo, audivelmente.

— A vida nem sempre corre como nós queremos — comenta ela.

Priddey, Lynn Kirschmeier e Sanders tinham começado na polícia ao mesmo tempo. Não demorou muito até se tornar óbvio para Priddey que Sanders não tinha princípios. Ele era um vácuo moral, um predador sem consciência que fazia o que lhe apetecia a qualquer momento. Agredia violentamente aqueles que prendia se eles o olhassem "da maneira errada", aceitava subornos, alguns deles sexuais, e deixava claro — ao menos para Priddey — que se divertia muito fazendo todas essas coisas. Ele parecia, desde o início, orgulhoso do seu mau comportamento e dizia a Priddey que não havia nada que pudesse fazer a esse respeito — seria a palavra de Sanders contra a dele se ele dissesse alguma coisa, e era óbvio em quem se acreditaria. O fato de Priddey saber que Sanders apresentaria uma versão mais convincente dos acontecimentos do que a sua própria versão mais verdadeira só o fazia odiar mais o homem.

Então, um dia, Lynn Kirschmeier confidenciou a Priddey: graças a um investigador particular, Lynn tinha provas de que Sanders tinha acumulado uma pilha de dinheiro à parte vendendo drogas que havia apreendido no apartamento de um suspeito. Ela perguntara a Priddey se ele sabia alguma coisa sobre as artimanhas de Sanders — qualquer coisa que estivesse disposto a compartilhar. Priddey contou-lhe todos os detalhes do que ele vinha guardando há quase um ano. O conhecimento de que existiam provas concretas contra Sanders mudou tudo para ele. Mas Lynn, afinal, quis oferecer a Sanders uma saída menos humilhante. Com um Priddey infeliz ao seu lado, ela disse a Sanders que, se ele deixasse a polícia e deixasse o Arizona e nunca mais voltasse, ela enterraria as provas incriminatórias e se certificaria de que elas nunca mais viriam à tona.

Priddey não concordava com a maneira de Lynn de lidar com o assunto, mas ele conseguia ver a lógica. O bonito, loiro e encantador Bryce Sanders, apesar de seu veio cruel e da sua moral inexistente, era popular com seus colegas — mais do que Lynn ou Priddey.

— Eles nunca vão esquecer o que fizemos, Orwin — disse ela. — Mesmo aqueles que acham que fizemos a coisa certa, vão se sentir diferentes em relação a nós. Vai ser uma mancha contra nós para sempre.

Priddey havia se convencido de que não se importava de agir à maneira de Lynn. Sanders iria embora para nunca mais voltar; isso era tudo o que importava.

Só que ele regressou. Lynn Kirschmeier entrou para o FBI e, depois de estar fora do caminho por alguns anos, Sanders voltou com o mesmo sorriso encantador e detestável no rosto perfeito de menino ingênuo. A força policial de Paradise

Valley mal conseguiu conter sua empolgação, especialmente as mulheres.

Sanders deve ter sabido que Lynn não diria nada agora — de jeito nenhum arriscaria sua carreira estelar como agente do FBI. Se ela dissesse a verdade, Sanders também diria: ele iria a público com o fracasso dela em denunciar seus crimes tantos anos antes. Priddey, se perguntado, teria de revelar que, sim, Lynn Kirschmeier sabia que Sanders tinha roubado drogas e depois lucrado com a venda delas, e que ele também tinha sabido. Priddey teria de bom grado destruído sua própria carreira para arruinar Sanders, mas não podia fazer isso com Lynn, que, ele pensou, já devia saber há algum tempo que Sanders estava de volta e notoriamente não tinha conseguido contatar Priddey para discutir o que eles deveriam fazer a respeito — tão notoriamente quanto ele não a havia contatado.

— Não se preocupe, OP. Sou um homem mudado — disse Sanders a Priddey com um piscar de olhos logo depois de reaparecer. — Desta vez, serei bom como ouro.

Quando ouviu essas palavras, Priddey soube não só que Sanders não estava sendo sincero, como também que o seu significado pretendido era precisamente o oposto. O que ele estava tentando dizer, sabendo que Priddey entenderia a verdadeira mensagem, era: "Você não verá nada, não será capaz de provar nada, mas eu estarei fazendo o que eu quiser, como sempre faço."

À primeira vista, Sanders realmente fora bom como ouro desde a sua volta — tão bom que recentemente obteve a promoção que Priddey merecia.

— Você será o próximo, amigo. — Ele consolara Priddey com uma fingida magnanimidade. Ou ao menos Priddey presumira que era falsa. Depois do que ele e Lynn haviam feito, ele não podia acreditar que a amabilidade de Sanders para com ele fosse genuína. Ele não era do tipo que perdoa. Não, ele concluíra que podia ferir Priddey mais eficientemente fingindo ser seu melhor colega, parecendo estar seguindo as regras e forçando Priddey a fingir a sua parte de um relacionamento de trabalho aparentemente excelente.

A reação de Priddey ao fato de Sanders ter sido promovido acima dele foi parar de se importar com tudo e qualquer coisa relacionada ao trabalho. Dali em diante, ele pegaria seu contracheque e não colocaria nenhum empenho ou iniciativa em seu trabalho até pensar em alguma outra forma de reagir. Isso tinha sido fácil até essa questão no Swallowtail surgir. A maior parte do que seus dias de trabalho lhe traziam era bastante medíocre; esse caso de Melody Chapa era diferente. Ele não conseguia pensar em um único cenário que explicasse e conciliasse tudo que parecia estar acontecendo ali. Isso o frustrava e o fazia querer tentar encontrar a resposta.

— Encontre-me no Cartel Coffee Lab, East 5th Avenue 7124, o mais rápido possível.

Lynn desligara antes que Priddey pudesse responder. Ele compreendeu: juntos, eles haviam tentado um ato heroico que fracassara e agora ela não queria falar com ele tanto quanto ele não queria falar com ela.

Priddey disse ao motorista do táxi o destino, em seguida digitou "Julgamento de assassinato Chapa" na caixa de pesquisa na tela de seu celular. Ele tinha razão: Annette e Naldo Chapa foram julgados em 2013 — junho daquele ano —, mas não na Filadélfia, como havia presumido. Em vez disso, o julgamento tivera lugar no condado Lehigh, Pensilvânia, depois que foi decidido que eles dificilmente teriam um julgamento justo em sua cidade natal. A crença de Bonnie Juno em sua culpa mostrou-se contagiosa por todo o país, porém em nenhum lugar mais do que na Filadélfia, onde algumas pessoas haviam começado a usar camisetas estampadas com o lema de Juno do momento: "Culpados!" e "Melody RIP" em letras menores embaixo.

Seria loucura que ele agora acreditasse que poderia ser verdade — que Lilith McNair e Cara Burrows tenham visto Melody de quatorze anos — simplesmente porque uma agente do FBI estava se interessando? Provavelmente. Era mais provável que Kirschmeier só estivesse interessada no ângulo da turista britânica desaparecida.

Se os Chapa foram julgados no condado de Lehigh, então Riyonna Briggs, que na época vivia na Filadélfia, não estaria fugindo por causa daquele júri em particular, mesmo que não tivesse optado por se mudar para o Arizona. Sem ligação, portanto. Então, por que é que parecia que tinha de haver uma?

Priddey digitou "Riyonna Briggs, julgamento por homicídio, Filadélfia" na caixa de busca.

Aqui vamos nós...

Riyonna Briggs foi um dos vários jurados que deram entrevistas à imprensa depois de um homem chamado Benjamin Chalfont ter saído livre de um tribunal da Filadélfia absolvido do assassinato por estrangulamento manual de sua esposa, Elyssa.

A leitura de letras pequenas num veículo em movimento estava fazendo Priddey sentir náuseas. Ele pressionou o botão para abrir um pouco a janela.

Tinha de haver uma ligação, por meio de Riyonna Briggs, entre este caso Chalfont e os Chapa. Ou talvez não houvesse. Seja como for, Priddey não estava pronto para desistir.

Ele digitou "Benjamin Chalfont Melody Chapa" na caixa de busca e pressionou o retorno. Nenhuma alegria. Ele tentou todas as combinações de nomes que conseguia pensar: Elyssa e Annette, Naldo e Riyonna. Nada.

— Com licença — disse o taxista.

— Já chegamos? — Priddey ergueu os olhos.

— Ainda não. A estrada está bloqueada ali à frente, está vendo? Então, você tanto pode sair e andar um quarteirão por ali... — ele esticou o braço para fora da janela e apontou — ou posso levá-lo até à porta, mas vai demorar um pouco mais.

— Não tem problema demorar — disse Priddey, que ainda não acabara sua pesquisa. Além disso, os táxis não deveriam levá-lo até o local onde você queria ir?

E o Jeff e a Kristie Reville? Eles nunca foram a julgamento por nada, mas mesmo assim, vale a pena tentar. Nunca se sabe onde se pode encontrar uma ligação. Ele colocou "Jeff Reville Benjamin Chalfont" na caixa de busca e pressionou o retorno. A seguir, ele tentaria, juntamente com o nome Chalfont, Victor Soutar, depois Larry Beadman ou talvez Nate Appleyard — todos os nomes que ele lia enquanto refrescava a memória do caso Melody Chapa ontem à noite.

Bem no fundo, Priddey não podia acreditar que a experiência de Riyonna Briggs como jurada na Filadélfia — tão traumática que acabou por fazê-la mudar-se para o Arizona — não estava ligada a Melody de alguma forma.

Benjamin Chalfont. Annette e Naldo Chapa. Dois julgamentos de homicídio, ambos na Pensilvânia, ambos com uma ligação a Riyonna Briggs...

Os resultados da pesquisa apareceram na tela. Priddey olhou duas vezes.

— Santa Mãe de Deus — ele exclamou, arfando.

Ele pestanejou e olhou novamente. *Ainda estava lá.* Priddey clicou no resultado superior e começou a ler, o coração disparado.

O motorista teve de lhe dizer duas vezes que tinham chegado ao Cartel Coffee Lab. Priddey saiu do táxi. Ele girou o ombro direito, que tinha se enrijecido durante a viagem — de tantos cliques no telefone com o polegar.

Havia apenas uma pergunta que ele queria responder agora: a agente especial assistente Lynn Kirschmeier já sabia ou ele estava prestes a lhe dar o choque de sua vida?

Às vezes, acho que gostaria de ver os meus pais novamente. Não no mundo real, mas de uma forma segura e fantasiosa, onde eu saberia que eles não poderiam me fazer mal. Há perguntas que eu gostaria de lhes fazer. Por "eles", acho que me refiro à minha mãe. Ela é a que tem as respostas. Não tenho certeza se o meu pai alguma vez entendeu nada disso, nem mesmo a sua parte.

Eu perguntaria sobre a ocasião em que minha mãe estava me esperando depois da escola quando deveria estar trabalhando em um lugar chamado Oakmont. Fiquei surpresa ao vê-la e, para variar, ela parecia feliz por me ver. Ela me disse para eu me sentar no banco da frente e, quando voltávamos para casa, disse: "E então. Ouvi dizer que você tem um namorado." Ela disse isso em um tom de confidência, de melhores amigas, que nunca a tinha ouvido usar antes.

Eu tinha seis anos de idade. Claro que eu não tinha namorado. A ideia toda me assustava. Sharona, na minha turma, tinha dito a todos que Woody Finnigan era o namorado dela, e eles tinham andado pelo pátio de mãos dadas algumas vezes parecendo satisfeitos consigo mesmos, como se soubessem um segredo que o resto de nós não sabia.

Todos nós sabíamos que era só faz-de-conta, mas mesmo assim me fez sentir horrível pensar sobre aquilo. E se ele tentasse beijá-la e ela não conseguisse fazê-lo parar? E se ele tivesse mau hálito? Era isso que os meus amigos e eu tínhamos discutido todo aquele dia, fascinados e horrorizados ao mesmo tempo.

Você viu a Melody?

Eu me perguntava se a minha mãe tinha ouvido algo de alguém e entendido mal, pensando que era eu e não a Sharona. Mesmo assim, não conseguia ver quem lhe teria contado.

— Não — comentei. — Eu não tenho namorado.

— Ora, vamos — ela disse com uma risadinha. — Você pode me dizer. Sou sua mãe. Se não pode dizer a mim, a quem você pode dizer?

— Mas não tenho namorado.

— Não minta, Melody.

— Não é uma mentira. Garotos são nojentos.

— Então por que é que a Kristie me disse o contrário? Ela diz que você tem um namorado chamado Woody Alguma coisa. — A voz dela tinha perdido o calor amoroso.

— Não! Woody Finnigan, mas ele é o namorado da Sharona, não meu.

Como Kristie poderia ter dito isso à minha mãe? Ela sempre me ouviu bem e se lembrava do que eu dizia. Por isso, eu a amava mais do que amava meus próprios pais, embora me sentisse culpada por isso. E o que quer que eu lhe dissesse, ela sabia que não devia contar à minha mãe. Ela entendia como era a vida em casa para mim.

— Eu contei à Kristie sobre *Sharona* e Woody, não eu e Woody — expliquei.

Minha mãe encostou o carro na beira da estrada, desligou o motor e virou-se para me encarar.

— Melody, você vai me dizer a verdade. Você tem uma última chance de fazer isso. Está claro? Só uma chance.

Congelada no meu lugar, acenei com a cabeça. Como tantas vezes quando eu estava com ela, a única parte de mim que podia mover-se eram as lágrimas. Não me ocorreu pensar no que aconteceria se eu falhasse na minha última chance. Eu tomava como certo que o meu destino seria tão inimaginavelmente horrível

— muito pior do que o meu dia a dia, que já era bastante ruim — que não valia a pena arriscar.

— Você tem um namorado chamado Woody Finnigan?

— Sim — sussurrei.

— Tem?

— Sim.

— Hum-hum. Desde quando?

— Semana passada.

— Sei. — Ela começou a dirigir novamente. Não trocamos mais nenhuma palavra durante todo o trajeto para casa. Eu chorei e ela fingiu não reparar.

Quando paramos fora de casa, ela disse alegremente:

— Não pense que não sei que você mentiu para mim, Melody. Você não me engana. Woody não é seu namorado. Você disse a verdade da primeira vez: ele é o namorado da Sharona. Falei com a mãe dela enquanto esperava por você nos portões. Ela contou-me tudo sobre isso.

Com isso, a minha mãe entrou, deixando-me sozinha no carro, colada de terror ao meu assento. Ela teve que sair e me buscar meia hora depois. Ela fingiu não conseguir imaginar por que eu não a teria simplesmente seguido para dentro de casa, como costumava fazer.

Eu não podia me permitir pensar sobre isso enquanto estava com ela, então fiz o meu melhor para agir normalmente. Mais tarde, na cama, tentei entender, mas quanto mais pensava sobre isso, menos fazia sentido. Nunca tinha acontecido nada assim. Eu me perguntei se tentar me fazer mentir seria o novo jogo dela, mas ela nunca mais fez isso de novo.

Se eu a encontrasse hoje, ou daqui a vinte anos, e lhe perguntasse do que se tratava o incidente do Woody Finnigan, será que ela me diria? Será que sequer se lembraria?

15 de outubro de 2017

O cabelo da Lynn Kirschmeier estava mais curto. Ela o tinha cortado naquele que Priddey achava ser um estilo "mulher séria". Era um corte de cabelo que as mulheres políticas pareciam preferir — Hillary Clinton, Angela não-sei-o-quê, a chanceler alemã. Em seu terninho cinza-claro, Lynn poderia ser uma presidente ou primeira-ministra. Sob outros aspectos, ela não tinha mudado em nada. Ainda bebia suco de laranja direto do frasco, ainda não se maquiava e usava muito perfume.

Ela estava acompanhada de um colega — um jovem negro de terno azul, que ele usava com uma camisa que era exatamente da mesma tonalidade. A sua gravata, ao menos, era de uma cor diferente: vermelho-escuro. Lynn apresentou-o como agente Jomo Turriff. Foi ele quem pediu a Priddey a história completa e lhe disse para não omitir nenhum detalhe. Se Turriff já tinha ouvido falar de preâmbulos antes de ir direto ao assunto, ele não mostrou sinais disso — nem mesmo um quebra-gelo de uma linha.

Três cafés pretos depois, os dois agentes estavam a par da situação. Lynn tinha sorrido para a descrição de Janelle Davis e Stoppit feita por Priddey; Turriff não tinha.

— Deixe-me ver se entendi direito — disse ele. — Tarin Fry admitiu que mentiu sobre ser detetive para tirar o lixo do quarto 324 da empregada e também admitiu que nunca viu Melody Chapa viva; ela só disse isso para ter certeza de que você levou os outros avistamentos a sério?

— Sim e sim — confirmou Priddey.

Em resposta, a expressão do Turriff não se alterou nem um centímetro.

— Tem o desenho que ela lhe deu, o do Doodle Dandy?

Priddey tirou dois envelopes de provas do seu bolso e entregou-os.

— O esboço e as anotações da gruta de cristal — disse ele. Turriff pegou-os sem sequer um agradecimento. O sujeito não era nem um pouco simpático, isso era certo. Depois de sua experiência com Sanders, talvez Lynn tenha deliberadamente evitado trabalhar com aquele tipo de homem.

— Qual é a sua impressão de Fry? — perguntou ela a Priddey.

— Ela é inteligente. Determinada. Um pouco impiedosa, mas não necessariamente de uma maneira ruim. Acho que está preocupada com Cara Burrows e achou que ninguém estava levando seu desaparecimento suficientemente a sério.

— Um mentiroso é um mentiroso — disse Turriff sem rodeios.

Lynn fez uma careta para ele que o próprio não conseguia ver, mas Priddey viu. Foi uma cara de "Pelo amor de Deus, deixe de ser um porre".

— Mentirosa ou não, concordo com ela — disse Lynn. — Você devia nos ter chamado assim que a Cara Burrows desapareceu, Orwin.

Nem sempre fazemos o que devemos, Lynn. Como você sabe.

— Não que eu o esteja culpando — acrescentou ela. — O detetive Sanders devia ter nos chamado, se é ele que está no comando.

Ela disse o nome dele sem vacilar.

— Há algo que você precisa saber. — Priddey dirigiu suas palavras a Turriff. — O serviço de jurado que Riyonna Briggs queria evitar...

— O que tem? — disse Turriff.

— No início, pensei que isso poderia estar ligado ao julgamento dos Chapa, que foi no mesmo ano, mas eu estava completamente enganado. Riyonna não saberia de antemão qual seria o caso dela como jurada e, de qualquer forma, os pais de Melody foram julgados no condado de Lehigh, Pensilvânia, não na Filadélfia. Mas eu não podia deixar passar tão facilmente. Pensei: "Tem de haver alguma coisa, alguma ligação."

— E encontrou uma? — Lynn perguntou.

— Encontrei. Volta à primeira experiência de Riyonna Briggs como jurada: o julgamento de Benjamin Chalfont. No que diz respeito a Riyonna, Chalfont era inegavelmente culpado. Outros também pensaram assim no início, mas foram persuadidos por alguns dos seus defensores no júri. No final, apenas dois jurados ficaram com "culpado" e não foram dissuadidos. Sei disso porque Riyonna deu uma entrevista logo após o julgamento. Ela falou da sua angústia perante a injustiça da absolvição de Chalfont — a sua própria e a angústia do único outro jurado que manteve o voto de "culpado". Quando vi o nome daquele outro jurado, aquele que não era Riyonna Briggs, os meus olhos quase saltaram das órbitas.

— Quem? — perguntou Turriff.

— Kristie Reville.

Lynn assobiou.

Finalmente, uma expressão facial de Turriff: ele enrugou a testa.

— Então a vizinha e babysitter da Melody Chapa sentou-se num júri ao lado da Riyonna Briggs. Que trabalha no resort onde os hóspedes afirmam ter visto Melody Chapa viva.

— Sim — disse Priddey. — E não é tudo.

— Claro que não é. — Lynn tirou o telefone do bolso, pressionou algumas teclas e passou-o a Priddey por cima da mesa.

— O que é isto? — perguntou ele.

— Temos quase certeza que foi Cara Burrows que escreveu. Ela deixou isso como um comentário embaixo de uma foto que a filha publicou no Instagram. Sua filha disse ao pai, que disse ao Sanders, que por fim, muito mais tarde do que devia e não exatamente de boa vontade ou amavelmente, o entregou a nós.

Ela olhou para Priddey para ver se ele havia compreendido: sob todos os aspectos que contavam, ela era agora mais poderosa do que Sanders.

Isso não importava. Isso não consertava as coisas.

Priddey leu a mensagem duas vezes: "Estou em um trailer, não sei onde. A duas horas (acho) do Swallowtail. Diga à polícia: entreviste colega de Jeff Reville de novo sobre a questão da meia ensanguentada no carro. Banco do carro move-se para a frente. Terá Kristie mo"

— "Terá Kristie movido a meia?", achamos que ela queria dizer — disse Lynn. — Interrompida, obviamente.

Por que Cara Burroughs não pôde terminar de digitar aquela frase?

Você viu a Melody?

Priddey concordou que "mo" foi provavelmente o início de "movido". E o último uso completo de "mover" foi em relação ao banco do carro, não à meia.

— Orwin? Em que você está pensando?

Ele estava pensando que queria continuar a pensar mais um pouco.

Kristie Reville estava no lugar do motorista quando Nate Appleyard reparou na meia ensanguentada de Melody Chapa no chão do seu carro. Ela moveu o banco do carro para a frente para cobrir a meia, mas era tarde demais — Appleyard tinha visto e contado à polícia.

Espere. Espere.

— Acho que sei o que isto significa — murmurou Priddey. Ele começou a se levantar, depois se sentou novamente. — Se eu estiver certo... — Mas por que é que ninguém percebeu naquela ocasião? Era tão óbvio quando se pensava nisso. Ou talvez não fosse. Talvez só fosse absolutamente óbvio se a pessoa soubesses o que Priddey sabia. O que, atualmente, Lynn e Turriff não sabiam.

— Preciso lhes contar uma coisa. Algo importante.

— É este o "isso não é tudo" que você mencionou há um minuto? — Lynn perguntou. — Vá em frente, conte-nos.

Foi o que Priddey fez.

≈≈

Finalmente, uma estrada. Cactos altos e rochas recortadas do outro lado e, ao longe, a montanha. A montanha Camelback ou uma outra? Não sei dizer.

Não há carros na estrada. Nem um único carro.

A estrada é de areia vermelha batida, como o chão da gruta de cristal.

Eu tenho que parar aqui. Não posso ir mais longe. Estou correndo há mais de uma hora, talvez duas. Tropeçando, na verdade, mais do que correndo. Todos os ossos do meu corpo parecem quebrados e cada centímetro das minhas entranhas doem. Meus pés descalços estão cobertos de sangue, meus tornozelos inchados.

Caio de joelhos quando ouço um barulho, caso seja uma arma sendo disparada, mas está tudo bem. Não é nada. Eu estou a salvo. *Por enquanto.*

O silêncio aumenta à minha volta, deixando-me nervosa, e começo a pensar qual seria o barulho se não era o de uma arma. Um motor de carro arrancando?

Por favor, que seja um carro vindo. Ou uma van, ou uma pessoa. Qualquer coisa. Qualquer um, menos ele.

Por favor. Eu preciso voltar para casa, voltar para a segurança. Tenho que garantir que o meu bebê esteja bem.

Não, um carro não, por favor, pensando melhor. Se um carro vier, é ele quem deve estar dirigindo-o. É provável que seja ele. Imagino-me no centro de um círculo que ele desenhou com uma linha vermelha à volta. Ele ainda pode me alcançar onde quer que eu esteja no círculo. Tenho de sair dele — mas como posso, se não sei onde fica o limite?

Eu deveria me levantar, caso precise correr de novo, mas minhas pernas não se movem. A ideia de colocar o meu peso sobre os pés me faz chorar.

Eu caio de lado e fico deitada ali por algum tempo, na beira do capim, no limite da estrada. Há um cacto perto de mim com pontas de folhas afiadas o suficiente para serem armas letais.

Ao ouvir um ronco, esforço-me para ficar numa posição sentada.

Você viu a Melody?

É um carro. Um motor. Foi o que eu ouvi e agora está se aproximando. Consigo vê-lo se aproximando na minha direção ao longo da estrada.

A minha boca se enche de bílis.

Oh, meu Deus. É ele. Deve ser ele. Leon não pode ter me levado para o trailer sem um carro, e quem mais poderá ser, realmente, senão ele à minha procura?

Olho novamente para o cacto de folhas afiadas. Não há como eu poder arrancar um daqueles tentáculos grossos e emborrachados e furar seu coração com ele; se eu pudesse, furava.

Tudo o que posso fazer é tentar me arrastar para fora da estrada, para longe dele. Eu soluço enquanto em parte rolo e em parte rastejo, tentando me esconder na terra, no cascalho e nos restos de galhos e folhas à beira da estrada.

Ouço uma porta bater.

— Desculpe-me, senhora. Você está bem? Precisa de ajuda?

Isto é um sonho? Porque aquela voz não soava como ele.

Não quero me permitir ter esperança. Talvez seja um sonho. Não me importo se for. Eu gosto dele até agora.

— Sim, ajuda, preciso de ajuda.

— Temos de levá-la a um hospital. Ou talvez à polícia. Não, primeiro o hospital.

— Não. Swallow.

— Como disse?

— Swallowtail. — Parte de mim ainda não consegue acreditar que algo de bom aconteceu. Uma voz no meu cérebro sussurra: "Este pode ser ele disfarçado." Ou um amigo enviado por ele.

— O lugar do spa?

Obrigo-me a olhar para o rosto do homem. Ele não parece muito gentil, nem solícito. Parece um pouco entediado, irritado e inocente. Sem ligação com Leon Dandy Reville.

Ele é a minha melhor aposta.

— Sim — eu digo.

— Senhora, acho que não vão permitir a sua entrada lá no seu estado.

— Estou hospedada lá. — Levanto o braço direito e olho para ele antes de deslizar a minha mão lentamente para o bolso do meu short, pensando se posso confiar na minha memória do que parece ter sido há tanto tempo.

Sim. Está lá.

Eu puxo o cartão-chave da minha *casita*. Tem o logotipo do Swallowtail. Tento segurá-lo para mostrá-lo ao homem que me ajuda, mas os meus dedos não funcionam bem e eu o deixo cair.

— Swallowtail — volto a dizer. — Por favor, leve-me ao Swallowtail.

Descobri algo hoje, algo ligado a uma conversa que tive com minha mãe há anos.

— Você gostaria de um irmãozinho ou uma irmãzinha? — ela me perguntou um dia à mesa do café da manhã. Meu pai também estava. Ele pareceu surpreso. Acho que eu devia ter uns quatro anos à época.

—Uma irmã não — respondi rapidamente. Emory era minha irmã. Ter uma irmã, para mim, significava ter uma irmã morta, e eu já tinha uma dessas. Um irmão era diferente. Eu podia imaginar ter um irmão não morto, mas isso seria insuportável de uma maneira diferente. Eu o amaria e teria que vê-lo sofrer. Ou, se os meus pais planejassem ser muito mais gentis com ele do que comigo, então ele teria que me ver sofrer e, se ele fosse como eu, isso o deixaria triste e assustado. — E não um irmão — acrescentei, depois de pensar nisso.

— Nenhum dos dois? — disse a minha mãe. — Por que não? Eu sei que você não ama Emory, mas pode amar um novo irmão.

Isso foi dito para me fazer sentir culpada. Eu realmente amava Emory, ou pelo menos a ideia dela. Ao mesmo tempo, me perguntava: como você pode amar alguém que morreu antes de você nascer?

— Suponho que algumas pessoas sejam demasiado egoístas para amar alguém além de si mesmas — disse a minha mãe, em um tom prosaico.

Meu pai comeu sua torrada e bebeu seu café, olhando pela janela como se nada de importante estivesse sendo dito, nada a que ele precisasse prestar atenção.

— Na verdade, eu *adoraria* um irmãozinho — falei. Eu devo ter me sentido com mais coragem que de costume naquela manhã. — Mas eu teria medo que ele morresse.

— É mesmo? — disse a minha mãe. — Bem, dizem que sempre se mata aquilo que se ama. — Ela olhou de relance para o meu pai, que a ignorou.

Eu não sabia o que ela queria dizer. Ela estaria dizendo que pensava que eu mataria deliberadamente o meu próprio irmãozinho?

Naquele momento, ela parecia desligada do meu pai e de mim de uma forma que eu não conseguia entender. Quando falou a seguir, sua voz tinha um som distante, como se ela tivesse se desviado para um mundo só seu.

— Sabe, acho que isso não está certo — disse ela. — Eu acho que é o contrário: você ama aquele que matou. Mas só quando é tarde demais.

— Annette — disse o meu pai num tom de aviso. — Chega.

A minha mãe respondeu imediatamente, voltando ao seu modo de conversa normal.

— Sim — ela disse. — Que assunto horrível e macabro.

Espere, espere. Essas palavras passavam muitas vezes pela minha cabeça quando eu vivia com os meus pais. *Espere, espere, isso está errado. Alguma coisa não está certa. Eu só preciso de uma chance de descobrir o que é.*

Enquanto a minha mãe e o meu pai falavam de planos para o dia, eu silenciosamente repeti o que tinha ouvido:

Ela: Você ama aquele que matou. Mas só quando é tarde demais.
Ele: Annette. Chega.

Eu só tinha visto a minha mãe demonstrar amor por uma pessoa: Emory. Depois de estar morta. Enquanto ela estava viva, eu não

Você viu a Melody?

estava por perto para testemunhar nada, então não posso dizer o que a minha mãe sentia por ela.

Eu me perguntava se a minha mãe tinha matado Emory deliberadamente. Ela havia me dito que Emory tinha morrido na barriga dela. Meu pai também tinha dito isso, mas talvez não fosse verdade.

Assim que eu tive idade suficiente para entender, os Sorrisos Amáveis me contaram sobre Mallory Tondini e me mostraram a famosa entrevista que ela deu na TV. Depois disso, não tive escolha a não ser acreditar que Emory tinha morrido no ventre da minha mãe. De certa forma, foi um alívio saber disso, mas também me confundiu. Eu achava que tinha entendido e claramente estava errada. Mallory Tondini trabalhava no hospital e estivera lá quando os meus pais perderam Emory, então se ela achava que tinha sido uma morte natural, então deve ter sido.

Eu perguntei aos Sorrisos Amáveis o que eles pensavam de tudo isso, mas eles não pareciam querer falar sobre isso. Perguntei se havia uma maneira de minha mãe poder ter comido ou bebido algo que tenha feito Emory morrer dentro dela, sem que Mallory ou alguém no hospital percebesse. Eles disseram que não pensavam assim. Eu não conseguia compreender por que é que pareciam tão tristes se isso era verdade. Era obviamente melhor se os meus pais não tivessem matado a minha irmã.

Não sei como levei até hoje para enxergar isso: eu só ficava com os Sorrisos Amáveis em primeiro lugar por causa do que eles temiam que os meus pais fizessem comigo. A minha mãe estava falando de mim, não de Emory, à mesa do café da manhã naquele dia. Ela estava infeliz pela sua incapacidade de me amar e sabia que a única maneira de me amar era se ela me matasse primeiro. Acho que era isso que ela estava tentando comunicar ao meu pai: "Você quer que eu ame Melody? Está bem, mas a única maneira de isso acontecer é se eu matá-la primeiro. Amar Emory é fácil — ela está morta."

Não admira que os Sorrisos Amáveis sentissem que não tinham outra escolha senão me tirar da casa dos meus pais.

16 de outubro de 2017

Orwin Priddey empertigou-se quando saiu do carro e viu Bonnie Juno atravessando resolutamente o estacionamento do resort em sua direção. Como alguém que passou a maior parte de sua vida tentando impedir que qualquer expressão honesta de seus pensamentos ou sentimentos ganhasse o mundo exterior, ele nunca se sentira confortável perto de pessoas que falavam o que pensavam, independentemente das consequências. E quando essa qualidade estava aliada a uma determinação feroz de conseguir o que queria a qualquer custo, como acontecia com Juno...

— Ei, detetive! — ela gritou por cima dos carros estacionados. — Aí está você! Onde diabos você estava? Agora, é melhor dizer neste segundo e não me vir com histórias mal contadas: Onde está Cara Burrows?

A determinação também era uma das qualidades de Priddey, embora ele demonstrasse isso com menos intensidade. Como resultado, as pessoas raramente esperavam que ele se mantivesse firme em suas posições. Muitas vezes, não percebiam que era isso que ele estava fazendo até que uma percepção gradual começasse a tomar conta deles: *Eu pedi a ele para fazer X, e ele não disse que não faria, então por que é que ele ainda não fez?*

Era uma característica da interação humana que interessava a Priddey há algum tempo: que a menos que você dissesse explicitamente ao mundo quem e o que você era — "Sou um fanfarrão que não faz prisioneiros e é melhor você acreditar nisso"; "Sou uma mãe caseira, amante de futebol, que só pensa em seus filhos" —, havia uma forte chance de que mesmo aqueles mais próximos de você tivessem uma ideia incorreta a seu respeito, ou, talvez mais deprimente, não tivessem nenhuma.

— Pare de me enrolar! — Juno disse num acesso de cólera, o rosto vermelho agora quase tocando o de Priddey. — Onde ela está?

— Desculpa se você não foi informada. — Nunca fez mal nenhum começar com um pedido de desculpas. — Cara está a salvo. Ela foi encontrada. Ou melhor, ela encontrou o caminho de volta sem qualquer ajuda nossa. — Ele não estava inclinado a reclamar créditos pelo feito de outra pessoa.

— Está falando sério? Acha que eu não sei disso? Santo Deus, por favor, não me diga que sei mais do que você sobre o que está acontecendo.

— Não sei nada quanto a isso, senhora.

— Eu sei que Cara voltou ontem. Pegou uma carona, foi examinada por médicos, tudo isso.

— Ela sofreu alguns pequenos ferimentos no processo de fuga, mas vai ficar bem. O bebê também.

— O que eu não sei é onde ela está agora — Juno continuou esbravejando. — Não consigo encontrar o detetive Sanders nem o Dane Williamson. Os agentes Kirschmeier e Turriff estão me tratando como se eu não existisse! Claramente, eles nunca ligam as suas televisões!

— Não creio que a ligação com a mídia seja a prioridade deles no momento — disse Priddey. — Dito isso, eu sei que ninguém está deliberadamente tentando excluí-la. Estou a caminho da sala Rutherford B. Hayes agora, um pouco atrasado. Estou surpreso por você ainda não estar lá.

— Sala Rutherford Behave? — Juno encolheu-se como se ele tivesse dito algo obsceno. — O que é isso?

— Rutherford B. Hayes. Ex-presidente dos Estados Unidos.

— Que diabos ele tem a ver com alguma coisa?

— Nada. Há aqui uma sala de reuniões com o nome dele e é para lá que vou agora.

— Sei — disse Juno entre dentes. — Então você está a caminho de um acolhedor alerta sobre o qual ninguém me falou. Os federais chegam e, de repente, sou jogada para escanteio!

— De maneira nenhuma. — Desde que Juno não voltasse seu interesse para Cara Burrows, Priddey estaria feliz em tranquilizar e aplacar. — A agente Kirschmeier quer e espera que você esteja lá. Sem câmeras, obviamente.

— Por que obviamente? E se Kirschmeier me quer tanto, como é que ninguém me disse nada sobre nenhuma reunião? Eu sei quando as pessoas estão me evitando! E sei o porquê: estão todos aterrorizados de ouvir o quanto estão errados. Acha que Annette e Naldo Chapa não podem estar por trás de tudo isso? Acredita mesmo nisso?

Então ela ainda estava insistindo naquele ângulo. A mulher era incrível. Annette e Naldo Chapa: fingindo a morte da filha durante sete anos para garantir que as suas condenações pelo assassinato dela continuassem valendo. Não fazia sentido nenhum.

Não morda a isca. Ela quer que você pergunte por que fariam isso para que ela possa esguichar mais bobagens.

— Ninguém a está evitando, minha senhora. Venha comigo agora e vai ver.

Você viu a Melody?

Priddey tentou liderar o caminho e falhou. Os líderes precisam de pelo menos uma pessoa seguindo-os.

Juno manteve-se firme.

— Espere um segundo. É na Cara que eu estou mais interessada. Onde ela está neste momento?

Ela estava com o marido em uma *casita* que o resort reservava para visitantes importantes. Seus filhos estavam a caminho da Inglaterra com a avó. Priddey não tinha intenção de dizer nada disso a Bonnie Juno. Cara Burrows precisava mais de tempo a sós com a família do que precisava ajudar a aumentar as audiências de, como Lynn tinha chamado ontem à noite, *Distorcendo a Justiça com Bonnie*.

— Algo engraçado, detetive?

— Não, senhora.

— Preciso de uma entrevista com a Cara no programa desta noite. O que significa que a Heidi precisa prepará-la para isso e...

— Não. Desculpe. Nada de entrevistas com Cara Burrows.

— O *quê*? Você está louco? Sem ela, há um enorme buraco na história!

— Vai ter que ser preenchido de outra forma.

— Detetive, você está colocando. Minha. Paciência. À prova.

Althea, esposa de Priddey, descrevia isso como o seu superpoder: a capacidade de não dizer nada e parecer neutro durante o tempo que o seu adversário levasse para ficar sem fôlego.

— Eu estava muito enganada a seu respeito! — Juno explodiu. — Nunca o considerei um cara durão, mas veja só você agora! Sem deixar Cara decidir por si mesma se ela quer falar comigo, você está tirando toda a autonomia dela e fazendo essa escolha em seu nome. Eu gostaria de saber como você é melhor do que quem a raptou.

— A sra. Burrows deixou claro aos agentes Kirschmeier e Turriff que deseja ficar sozinha com a família dela.

Como se a menção do seu nome o tivesse evocado, Turriff apareceu naquele momento. Ele caminhava energicamente em direção a ambos.

— Vamos — disse Priddey. Desta vez, Juno seguiu-o.

— Estamos esperando por vocês dois — gritou Turriff quando eles se aproximavam.

— Está vendo? — perguntou Priddey. — Como eu disse: você está convidada. Ninguém está tentando evitá-la.

— Cara Burrows está — disse Juno, amuada. — Ela tem um *dever* aqui. Eu acho que ela não percebe...

— Houve um desdobramento — Turriff a cortou. Ele olhou apenas para Priddey ao dizer: — Nós os pegamos: Leon Reville e Melody. Foram encontrados.

≋

Melody Chapa estava bebendo leite morno na sala de estar de uma casa em algum lugar em Phoenix. Perto de Phoenix, pelo menos. Ela não sabia exatamente onde se encontrava e isso a estava fazendo se sentir de um modo esquisito. Nos últimos sete anos, ela se mudou muito, mas Dandy sempre lhe mostrou cada novo lugar no mapa primeiro. Ela gostara disso. Os mapas eram incríveis. Quando ela crescesse, iria querer ser cartógrafa. Não sabia exatamente o que este trabalho envolvia, mas parecia sério e importante; e, se significava olhar mapas, ela sabia que iria gostar.

A casa tinha a frente pintada de branco, um alpendre de colunas e uma grande garagem que se projetava para a frente de modo estranho na lateral da casa. Melody a achava feia. Pelo que ela pudera concluir, a residência pertencia ao FBI. Ou eles tinham permissão para usá-la. Havia uma mulher na casa chamada Jennifer que era simpática, mas ninguém parecia achar que ela fosse importante, ou pelo menos os dois agentes não achavam — Lynn e Jomo.

Talvez esta casa fosse a casa da Jennifer. Ela ainda não tinha feito nenhuma pergunta difícil e não parecia pretender fazer. Ela também tinha algo a ver com o FBI, mas também era uma espécie de babysitter. Parecia uma avó. Havia trazido um cobertor, apesar de estar quente. Quem iria querer um cobertor?

Melody não queria ser rude e dizer "Não, obrigada", então ela deitara Poggy no chão de ladrilhos e o cobrira com o cobertor. Jennifer pareceu achar que isso era uma coisa boa de ser feita. E não se opôs.

O leite tinha um sabor enjoativo. Melody arrependeu-se de tê-lo escolhido em vez de suco de laranja. Pensou que gostava de leite, mas esta era a primeira vez que o tomava aquecido. O que Jennifer pensaria se ela deixasse a maior parte dele?

Melody estava assustada com muitas coisas, mas o que mais a assustava era não saber o que as pessoas iriam pensar dela a partir de agora. Por "pessoas", ela queria dizer estranhos, e isso era todo mundo, exceto um punhado de pessoas. Ela sempre soube o que Dandy pensava dela desde o primeiro dia em que o conheceu. "Você é uma garota corajosa, Melody", disse-lhe ele. "Nada do que aconteceu é culpa sua." Ele tinha repetido essas frases muitas vezes desde o primeiro encontro dos dois, quando Melody tinha sete anos de idade.

Melody também sabia o que Kristie e Jeff pensavam dela: que era perfeita e brilhante em todos os sentidos. Isso obviamente não era verdade, embora às vezes fosse bom de ouvir.

O que Melody pensava e sentia sobre todos eles era mais difícil, mas ela nunca se preocupou com isso. As suas próprias emoções e opiniões não eram uma ameaça para ninguém, enquanto que as dos outros poderiam definitivamente prejudicá-la. Como Zellie, do grupo de arte, que disse que um dos quadros de Melody era "enjoativo", o que quer que isso significasse. E como Kristie, que disse: "Eu te amo muito, Criança Favorita, e muito mais."

Melody passara a odiar o apelido ao longo dos anos. Era uma tolice, já que Kristie parecia não conhecer nenhuma outra criança. E a ideia de ser uma favorita era alarmante. Era opressivo, como um braço apertando sua garganta. E agora havia a nova pressão de saber que o mundo inteiro estava pensando coisas sobre ela. Melody não gostava nada disso.

Estava tudo bem quando todos acreditavam que tinha sido roubada dos pais e assassinada. Todos sabiam a opinião que deviam ter sobre isso. E quando foi decidido que seus pais a tinham matado, Melody sabia que ela não era a única, e isso foi um pensamento reconfortante. Dandy tinha dito que de todas as crianças que são assassinadas, na maioria das vezes seus próprios pais são culpados do crime.

Agora era tudo diferente e assustador. Logo todos saberiam que Melody tinha fingido ser uma vítima de assassinato quando não era. As pessoas iriam pensar que era uma mentirosa. Eles não iriam entender que não era assim. E, pior de tudo, Dandy não estava ali para lhe dizer para não se preocupar, que estava tudo bem porque muitas outras garotas também tinham fingido ser assassinadas e mantido o fingimento durante anos e anos — o que Melody sabia que não tinham.

Você viu a Melody?

Ela havia fingido muito. Não só estar morta, mas também, como Hayley, fingiu ter câncer. Será que o mundo a culparia? Ou as pessoas diriam que ela era apenas uma criança e que não podia ser responsabilizada?

Dandy saberia. Ele também era a única pessoa capaz de lhe dar uma resposta sincera. Mas Melody não fazia ideia se algum dia voltaria a ver Dandy outra vez.

≋

— Então você tem Leon "Dandy" Reville, mas não Jeff ou Kristie ou Riyonna Briggs — disse Bonnie Juno.

Lynn Kirschmeier acenou com a cabeça.

— Os três seguem à solta, mas os melhores agentes estão trabalhando nisso aqui e na Filadélfia.

— Os melhores, hein? — Juno não parecia estar impressionada.

Priddey não ficou surpreso. Ela era o tipo de pessoa que não reconhecia os feitos de ninguém a não ser os dela.

Também estavam presentes Jomo Turriff, Bryce Sanders, Heidi Casafina, Dane Williamson e Tarin Fry.

Sanders tomou um gole de água do seu copo.

— A Melody foi interrogada sobre o livro? — Ele dirigiu a pergunta a Turriff, não a Lynn. Ele não tinha olhado para ela nem uma única vez; Priddey observava.

Turriff acenou com a cabeça.

— Diz que ela contou a história aos Sorrisos Amáveis, que o escreveram. É tudo que concorda em dizer... Sorrisos Amáveis. Ela se recusa a dizer nomes, se cala.

— Leon Reville disse a Cara Burrows que Kristie Reville foi quem, de fato, escreveu tudo — diz Lynn.

— Estou desconfortável com a forma como todos vocês estão tirando conclusões — disse Heidi Casafina. — Não sabemos ao certo se esta menina é a Melody.

— Os resultados do DNA vão demorar, mas é ela — disse Lynn. — Se não está convencida agora, sra. Casafina, em breve estará.

— O que significa isso?

— Significa calar a boca e ouvir — disse Tarin Fry.

— Bonnie, você acha que é ela? — perguntou Heidi. — Acha que esta garota é a Melody?

Juno olhou para Lynn Kirschmeier.

— Ela diz que é a Melody Chapa, certo?

— Sim, ela diz.

Juno deu de ombros, mas parecia atordoada.

— Então acredito nela, eu acho.

— Então, qual é a teoria? — Tarin Fry perguntou. — Ou, para ser mais direta... que diabos aconteceu aqui?

— Prefiro não especular — respondeu Turriff.

— Permita-me, então — disse Tarin. — Kristie Reville e Riyonna Briggs sentaram-se juntas no júri de Benjamin Chalfont em 2003. Sabemos que ambas estavam convencidas de que ele havia matado a mulher, mas ninguém mais estava, então ele se safou. Não é difícil imaginar o que aconteceu em seguida: discussões justiceiras sobre como a lei é uma droga, como permite que os culpados saiam livres, o que significa que não há proteção ou justiça real para ninguém. Se você quer justiça, vai ter que obtê-la sozinho, ninguém mais se importa. Então, anos mais tarde, Kristie Reville descobre que está vivendo ao lado de um casal que tem a certeza de que é um perigo para a filha deles...

— Desculpe-me. — Heidi Casafina virou-se para Turriff. — Por quanto tempo você vai deixá-la continuar assim, inventando à medida que elabora? Quero dizer, quem *é* ela? Uma florista do Kansas? Por que está aqui?

— Também tenho uma pergunta — disse Bonnie Juno. — O que todos nós estamos fazendo ao redor dessa mesa? Há alguma informação nova? Porque se não há...

— O meu tempo é tão valioso quanto o seu, sra. Juno — disse-lhe Lynn. — Sim, o agente Turriff e eu temos novas informações para partilhar com você.

— Então vamos ouvi-lo. A meu ver, há muita coisa que não se encaixa, como a ideia de que Riyonna Briggs, se ela estivesse envolvida nesta trama fraudulenta, mandaria Cara Burrows para o quarto de hotel que ela reservou com o próprio cartão de crédito, com o nome dela mesma no quarto, para esconder a Melody. Por que é que ela sabotaria a si mesma dessa maneira?

— Nunca ouviu falar de alguém sob pressão que comete um erro? — questionou Sanders.

— Muitos erros parecem ter sido cometidos aqui, detetive. Por que Leon Reville raptou Cara Burrows? Alguém pode me dizer? Qual foi o objetivo? Ela já tinha contado à sua amiga Tarin sobre ter visto Melody, a história toda.

— Talvez Leon Reville não soubesse disso — especulou Priddey.

— Como a única pessoa aqui que conhece bem Riyonna, não acredito que ela esteja envolvida em nada ilegal — disse Dane Williamson.

— Porque ela respeita a lei?— Tarin Fry revirou os olhos. — O problema é que, depois de ver o assassino de esposas Chalfont sair livre, ela pensa que ninguém mais o faz, ninguém além dela e de Kristie Reville. É claro que elas sentiram que não tinham escolha.

— Como está claro?— Heidi Casafina ergueu as mãos. — Você está inventando coisas! Nada está claro.

— O que Leon Reville está dizendo até agora? — Priddey perguntou a Lynn.

— Leia o livro — disse ela.

— Não o tenho.

— Não, isso é o que ele está dizendo. É *tudo* o que ele está dizendo. Está sempre repetindo: "Leia o livro, está tudo no livro."

— Esta é a sua nova e brilhante informação? — Bonnie Juno disse desdenhosamente. — Leon "Dandy" Reville dizendo a todos para lermos um livro?

— Ele não está dizendo nada a *você*. — Lynn tirou o ferrão das suas palavras com um sorriso largo. Juno ainda parecia picada. — E não, essa não é a informação que queremos partilhar com você. Agente Turriff?

Turriff pegou a sua deixa e levantou-se.

— Antes de deixar o trailer, Cara Burrows enviou uma mensagem para a filha usando o Instagram — disse ele. — Como se segue: "Estou em um trailer, não sei onde. A duas horas", abre parênteses, "acho", fecha parênteses, "do Swallowtail. Diga à polícia: entreviste o colega de Jeff Reville de novo sobre a questão da meia ensanguentada no carro. Banco do carro move-se para a frente. Terá Kristie"... e depois as letras "m, o".

— M, o? — disse Tarin Fry. — Como em modus operandi?

— Não, como nas duas primeiras letras da palavra "mover". Se a sra. Burrows não tivesse temido que Leon Reville pudesse voltar a qualquer momento e privá-la de sua oportunidade de fuga, ela teria completado essa frase. Tendo falado com ela, posso confirmar o que teria sido: "Terá Kristie movido o banco do carro de novo antes de ir embora?"

— Estou totalmente perdida. — Heidi Casafina suspirou ruidosamente. — Não podia estar mais perdida.

Você viu a Melody?

— E você, Bonnie? — Lynn perguntou-lhe.
— Estou seguindo — respondeu Juno, concordando com a cabeça. — Acho que sei aonde querem chegar.
— Deixe-me explicar — disse Turriff. — Quando a sra. Burrows chegou em Phoenix, ela alugou um carro, um Range Rover. Tinha uma característica que ela nunca tinha encontrado antes: botões de memória numerados de um a quatro para que quatro posições de condução diferentes pudessem ser guardadas. Quer conduzir o carro depois de seu cônjuge o ter conduzido? Basta apertar o botão M2, o banco ajusta-se automaticamente à sua posição de condução mais confortável. Da próxima vez que o cônjuge entrar, ela pressiona M1, o banco volta ao seu ajuste ideal.
— O primeiro nome da sua mulher é Cônjuge, agente Turriff? — Sanders deu uma risadinha consigo mesmo. Todos o ignoraram.
— No dia em que Melody Chapa desapareceu, o colega de Jeff Reville, Nate Appleyard, viu a meia manchada de sangue no carro de Kristie Reville — continuou Turriff. — Jeff e Kristie Reville estavam no carro conversando. Appleyard aproximou-se deles. Kristie estava visivelmente chocada e parecia que estivera chorando. Appleyard viu a meia ensanguentada no chão do carro. Ele afirmou muito claramente: a meia estava posicionada cerca de dez centímetros à frente do pé de Kristie Reville. Isso significa, obviamente, que o pé da Kristie estava facilmente visível. Isso significa que não estava perto do pedal do acelerador. Quando se tem o pé no acelerador, alguém parado fora do carro não consegue ver dez centímetros à frente dele.
— É verdade — disse Heidi Casafina —, mas eu ainda não vejo...
— Kristie Reville tem apenas um metro e cinquenta e oito centímetros de altura — disse Turriff. — Ela é uma pessoa

de baixa estatura. Nate Appleyard disse que, chocada com a sua aparição repentina e sabendo que ele tinha visto a meia, Kristie moveu o banco do carro para a frente para cobri-la. E depois, ele disse à polícia, ela foi-se embora.

— E daí? — Sanders deu de ombros. — Não vejo o significado.

— Vou explicar, detetive Sanders — disse Lynn vagarosamente. — Leon Reville mostrou à Cara Burrows um vídeo no YouTube enquanto ela estava no trailer. Nele, Kristie Reville estava em cima de um palco. Cara viu como Kristie era baixa. Foi quando ela se lembrou do que tinha lido online sobre Nate Appleyard e a meia. Ela pensou nas posições de condução: como pessoas diferentes colocavam o lugar do condutor de forma diferente. Graças aos quatro botões de memória no seu carro de aluguel, isso estava fresco em sua mente. Ela começou a se perguntar. Kristie Reville moveu o banco para a frente para esconder a meia do Appleyard e então ela foi embora, foi o que Appleyard disse à polícia. Isso significa, então, que, depois de mover o assento para a frente, os pés dela alcançaram os pedais. Ela não estava muito à frente para conduzir confortavelmente. Appleyard não a viu voltar a mover o banco para trás outra vez antes de ir embora.

— O que significa — Turriff assumiu o controle — que *antes* de Appleyard se aproximar dela, Kristie Reville deve ter empurrado seu assento de volta para onde ela não podia alcançar o pedal do acelerador ou o freio, de volta para dez centímetros atrás de onde estava a meia manchada de sangue. Só que, por que ela faria isso? Quem faz isso? Quem estaciona e depois empurra o assento para trás?

— Você deve estar brincando comigo — disse Heidi. — Quem quiser esticar as pernas depois de uma longa viagem, é lógico. Eu mesma já fiz isso, tenho certeza.

— Estou com a Heidi — disse Sanders.

— Talvez — admitiu Turriff. — Outra hipótese é que alguém que não era Kristie conduziu o carro por último, estacionou-o no parque de estacionamento da escola onde Jeff Reville trabalhava, depois saiu, recuperou o seu próprio carro e foi embora. Esse alguém teria sido uma pessoa muito mais alta do que a Kristie.

Mais alta do que Riyonna Briggs também, pensou Priddey. Jeff Reville era muito alto, mas nunca tinha aprendido a dirigir. O seu primo Leon, como Priddey, podia ser considerado pequeno para um homem.

Pela expressão de Heidi, era claro que ela ainda não tinha descoberto quem poderia ser esse possível motorista alto. Mas, por outro lado, por que o faria? Ela ainda não sabia do julgamento do Chalfont.

— Isso é loucura — disse ela.

— Não, é lógico — Lynn corrigiu-a. — Cara Burrows pensou nisso, e o detetive Priddey também, quando leu a mensagem de Cara no Instagram para a filha dela. Sabe, ele tinha acabado de fazer a sua própria descoberta. — Ela parou para tomar um gole da sua garrafa de suco de laranja. — Ele tinha descoberto que o julgamento que havia reunido Kristie Reville e Riyonna Briggs, o julgamento por homicídio de Benjamin Chalfont, também as tinha colocado em contato com outra pessoa. Alguém com pernas muito mais longas que as de Kristie Reville.

— Kristie Reville e Riyonna Briggs acharam um ultraje que Chalfont tenha saído daquele tribunal como um homem livre, mas elas eram apenas juradas — disse Turriff. — Imaginem como o procurador principal deve ter se sentido.

Esse foi o momento em que a expressão da Heidi mudou.

O breve silêncio na sala foi o mais pesado que Priddey já havia presenciado.

— Acho que você sabe de quem estamos falando agora, Heidi — disse Lynn com tranquila autoridade. — Uma ex-procuradora da Filadélfia? Que desistiu de tudo para se tornar apresentadora de um programa de TV?

O rosto de Heidi tinha perdido toda a sua cor. Ela virou-se para a sua chefe.

— Bonnie, o que está acontecendo?

— Bonnie Juno — disse Turriff. — Correto. Foi quem processou Benjamin Chalfont. Foi quem decidiu, anos mais tarde, juntamente com Kristie Reville e Riyonna Briggs, que às vezes, se você quer salvar uma vida inocente, tem que tomar a lei, e a justiça, em suas próprias mãos. Não é verdade, sra. Juno?

— E finalmente chegamos lá — disse Juno com um sorriso.

— Quer dizer mais alguma coisa, Bonnie? — Lynn perguntou-lhe. — Ou vamos aguardar e fazê-lo ao vivo na edição desta noite do seu programa?

— Bonnie, diga a eles que não é verdade! — Heidi começara a chorar. — De que eles estão te acusando? Eu não entendo.

Turriff continuou:

— Sra. Juno, antes de decidir como quer responder, tenha em mente que ainda temos as amostras de DNA do carro de Kristie Reville em 2010.

— Não se preocupe. — Juno acenou com a mão no ar. — Eu não sou nenhuma tola. Quando acabar, acabou, certo? Dei o meu melhor, e falhei. Acontece. Mas vocês ainda precisam de algo de mim, algo mais do que uma admissão. Querem saber onde estão Jeff e Kristie. Onde está a

Riyonna. Só há uma maneira de descobrirem e é se eu lhes disser. Então? — Ela levantou as sobrancelhas: um desafio para Turriff e Lynn.

— A oferta de ao vivo no seu programa de hoje à noite não era séria — disse Lynn a ela.

— Ah, não é isso que eu quero. A partir de agora não é mais o meu programa, certo? Já não é. Heidi, você assume o controle. Mude seu nome, distancie-se de mim. Faça seu próprio programa. Vou lhe dar acesso exclusivo à história: a *verdadeira* história do que aconteceu a Melody Chapa.

Por um segundo, Heidi pareceu feliz. Atordoada, assustada... mas também um pouco extasiada. Então, ela sacudiu a cabeça violentamente e contraiu o rosto como se tivesse acabado de perceber que esta grande oferta de sua chefe era algum tipo de punição disfarçada.

— Eu não posso fazer isso — disse ela. — Eu tenho que... não, não posso. Depois do que você fez, *não posso*.

— Sim, você pode, Heidi — disse Bonnie Juno com firmeza. — Agente Kirschmeier, o que eu quero não é algo para mim.

— Deixe-me adivinhar — disse Lynn. — Os órfãos esfomeados da África? As crianças refugiadas da Síria? Todos nós sabemos qual é o seu tipo de filantropia, Bonnie, filantropia para raptos de crianças em particular.

— Vou precisar de uma garantia inexpugnável de que Melody não será enviada para morar com seus pais quando eles saírem da cadeia — declarou Juno. — Uma garantia totalmente irrevogável, verificada pela minha equipe jurídica, para que eu saiba que não estão tentando me enganar. Me deem isso e eu lhes direi o que querem saber.

23 de outubro de 2017

— Mãe, Tarin Fry disse que você devia se divorciar do papai? — Jess pergunta enquanto seguimos por uma estrada que parece ser feita de areia rosa compactada. Estamos a caminho do Clearwater Resort and Spa, em Sedona, a duas horas de Paradise Valley.

— Ela fez isso? — Olly pergunta à irmã, parecendo confuso, como muitas vezes acontece quando está absorto num jogo ao telefone e perdeu uma parte inteira da conversa. — Não se divorcie do papai, mamãe. Isso não é da conta de Tarin Fry. Mas se fizer, vou viver com o papai, ele joga futebol comigo. Você sempre arranja uma desculpa.

— Sim, mas a favor da mamãe, ela realmente ouve quando você fala com ela — diz Jess. — Papai faz aquela coisa de gente velha, em que não pode ouvir e fazer algo no telefone ou no computador ao mesmo tempo. Então, você lhe pergunta, tipo, "Não devíamos ir para a escola agora?" e ele não responde durante dez segundos e depois diz: "Acho que está na geladeira."

— Sim. — Olly ri. — Hashtag Senile 2k17.

— Tarin não me disse para me divorciar do seu pai — digo. — E ela é a última pessoa de quem eu aceitaria

Você viu a Melody?

conselhos de vida. Ela é casada com alguém com quem não suporta sair de férias.

Eu sei que Jess não vai deixar o assunto acabar aqui. Alguns minutos depois, ela diz:

— Mas você disse que Tarin ficou feliz por você ter deixado o papai uma vez. Então, por que ela não tentaria te obrigar a fazer isso de novo?

— Tarin *não pode* me obrigar a fazer nada, amor. Ela não é a Bruxa Má do Oeste.

— Temos certeza disso? — Patrick murmura. — Tentando me fazer enviar um e-mail para mim mesmo dizendo: "Socorro, fui raptada, com amor, Cara." — Ele faz um ruído de repugnância.

— Ela queria que eu lhe dissesse que nunca o perdoará por não o ter enviado. — Eu sorrio.

— Ela acabaria me mandando para uma prisão do Arizona se eu tivesse lhe dado ouvidos!

— Quem é a Bruxa Má do Oeste? — Olly pergunta.

— Não importa, Ol. — Mentalmente, acrescento a uma lista sempre crescente: tenho que garantir que o novo bebê assista *O mágico de Oz*, *Annie* e *E.T.* e todos os clássicos que amo, todos os filmes que Jess e Olly se recusam a assistir porque parecem "velhos e esquisitos". Talvez eu construa uma parede entre a parte da casa onde o bebê fica e onde Jess e Olly vivem. Se eu não o fizer, o bebê estará zombando de mim e de Patrick quando ele ou ela tiver seis meses.

Sinto-me culpada assim que o pensamento passa pela minha mente: é o tipo de piada que eu costumava fazer sem pensar, do tipo que eu agora nunca conseguirei fazer sem que uma sensação oca atravesse o meu estômago.

Retiro o que disse. Sem paredes, sem oceanos, sem barreiras, sem conflitos não ditos que separem qualquer um de nós, nunca mais. Fico nervosa em deixar Patrick ou as crianças fora da minha vista. A minha maior ansiedade sobre esta viagem que estamos fazendo agora é que, por um período de tempo, terei de estar numa sala sem meu marido e meus filhos. Fiz o Patrick prometer que ficaria de olho em Olly e Jess em todos os momentos em que eu não estivesse lá para fazê-lo.

— Tarin é incrível — digo, querendo defendê-la apesar da sua opinião desfavorável sobre o meu marido. Isso me torna desleal? Eu acho que não. Sim, Patrick tem defeitos e pode ser insensível, mas eu também sou; eu também posso ser. Por mais que doa ao meu orgulho admitir isso, tenho que encarar o fato de que descobrir sobre o novo bebê fez com que tanto eu quanto Patrick nos comportássemos mal. Não apenas mal; terrivelmente. O fato de não ter sido capaz de me perguntar como eu me sentia foi igualado pela minha incapacidade de dizer: "Você realmente me machucou e me irritou, e precisamos falar sobre isso." Pegar uma parte de nossas poupanças e desaparecer, em vez disso, assustando os meus filhos, minando a certeza que sempre tiveram de que a nossa família é um lugar seguro — isso era imperdoável, a menos que...

A menos que todos nós decidamos nos perdoar uns aos outros. Isso, começo a pensar, é o que significa lealdade: não fingir que aqueles próximos a nós são perfeitos, mas amar incessantemente e dedicar sua vida a pessoas que você sabe que possuem graves defeitos, porque você não espera que eles não possuam; você as adora de qualquer maneira. De agora em diante, vou pensar no que há de errado com o meu próprio caráter cada vez que eu me encontrar cismando com um dos defeitos de Patrick, ou de Jess ou de Olly.

Sempre que a minha culpa sobre o que fiz ficar muito intensa, me lembrarei das palavras sábias de outra pessoa profundamente defeituosa, Tarin, e elas me farão sentir melhor. Três dias depois de ter escapado do trailer, ela me levou para almoçar em um hotel chamado Biltmore e manteve comigo uma conversa animada:

— Cara, não consigo dizer como vou ficar chateada com você se tirar a moral errada desta história. Estou falando sério. Nenhuma das coisas ruins que aconteceram com qualquer um aconteceu porque você precisava de uma pausa e deu a si mesma uma estadia no Quartel General do Guacamole. Você estragou a trama de Bonnie Juno por mero acaso, e é *ótimo* que o tenha feito. Isso não significa *de forma alguma* que nenhuma mulher deva deixar seu irritante marido em casa e ir para um hotel cinco estrelas. E se algum dia eu ouvir você tentar torcer as coisas dessa maneira, eu vou surtar, juro. Faço isso pelo menos uma vez por ano... marido irritante, deixado em casa... e nunca me deparei com uma vítima de homicídio que não está morta. Então, isso é uma prova... a meu favor.

— Por que Tarin é tão incrível? — pergunta Olly.

— Ela suspeitou do envolvimento de Bonnie Juno desde o início — eu lhe digo. — Ouviu Bonnie dizer descaradamente à polícia que *ela* e *sua* equipe iriam investigar o desaparecimento de Riyonna Briggs, de uma forma que soou a Tarin como se ela quisesse assegurar de que mais ninguém o fizesse.

É engraçado que as coisas que ficam na sua mente se tornam as memórias mais poderosas. Eu teria que me esforçar agora para visualizar o interior do trailer do Dandy, mas ainda posso vividamente imaginar a expressão perturbada de Riyonna quando lhe disse que ela havia me mandado para o quarto 324 e que já havia pessoas lá dentro, um homem e uma garota. Ela quase começou a chorar. Achei que foi exageradamente solícita e conscienciosa. Agora que sei a verdade, parece tão óbvio: a angústia dela era demasiado extrema. Era o horror de alguém que tem medo de levar a si mesma e aos seus amigos à prisão por muito tempo, tudo por causa de um erro estúpido e descuidado.

Mesmo assim, não consigo pensar em Riyonna como uma pessoa má. Quando ela escreveu "Cara Burrows — ela está segura?" naquele pedaço de papel, acho que não queria perguntar se eu era um risco; acho que ela estava preocupada comigo e se perguntava se eu estaria segura, dado o que eu tinha visto. Ela temia que Bonnie Juno mandasse Dandy me matar, e o pensamento a aterrorizava — ou talvez seja exatamente isso o que eu gostaria de pensar. Não posso provar.

— Mãe? — diz Olly.

— Sim, querido?

— Se você não tivesse ido ao resort Swallowtail e visto a Melody Chapa, será que a Bonnie Juno teria se safado? Os pais de Melody teriam ficado na prisão para sempre?

— Não sei — digo ao mesmo tempo em que Patrick diz:

— Provavelmente.

— O que vai acontecer com a Melody agora? — pergunta Jess. — Onde ela vai morar? Será que vai ter que voltar para a sua família horrível?

— Lynn Kirschmeier acha que é quase certo que não. Depois de tudo o que Melody passou, é pouco provável que os tribunais a mandem de volta para os pais abusivos. O detetive Priddey disse-me que a Melody tem uma tia em Portland, Oregon. Todos parecem pensar que ela provavelmente vai acabar vivendo com ela.

— Por quanto tempo a Bonnie Juno e todas as pessoas que a ajudaram vão ficar na prisão? — Olly pergunta.

— Não sei, Ol. Não faço ideia.

Você viu a Melody?

— Você está nervosa por se encontrar com a Melody pela primeira vez?

— Olly, não bombardeie a mamãe com perguntas — diz Patrick.

— Não é a primeira vez, estúpido — diz Jess, cansada. — Ela a conheceu no quarto do hotel, se lembra?

— Sim e o segundo encontro delas vai ser num resort de cinco estrelas diferente — diz Patrick. — O maior mistério de tudo isso, que nenhum oficial da lei me explicou até agora, é como Melody continua terminando em todos esses resorts de luxo. O Swallowtail estaria na conta de Bonnie Juno, mas quem está financiando esta última viagem?

— Cale-se, pai, seu *noob* — replica Jess. — Sempre podemos contar com você para pensar em todas as coisas chatas.

— Lynn Kirschmeier disse que tinham decidido tirá-la de Phoenix — digo. — Não sei por quê, mas deve haver uma razão. Escondê-la da mídia, possivelmente.

— Eu acho que ela é uma oligarca secreta — diz Patrick. — Só está disposta a voltar dos mortos se lhe entregarem champanhe e caviar numa bandeja de prata.

— Não sou estúpido — diz Olly calmamente a Jess no banco de trás.— A primeira vez que mamãe conheceu Melody, ela não sabia quem ela era, e Melody estava fingindo ser outra pessoa. Esta é a primeira vez de verdade, hoje.

— Suponho que sim. — Então, como se percebesse que ela havia escorregado, Jess acrescenta: — Mas eu ainda estou certa. Você *está* nervosa, mãe? Sobre conhecê-la? Eu me pergunto sobre o que é que vocês vão falar. Eu não saberia o que dizer.

Eu também não saberia. Não sei.

— Não estou particularmente nervosa, não — minto.— Tenho certeza de que vai correr tudo bem.

DECLARAÇÃO DE BONNIE JUNO - 23 DE OUTUBRO DE 2017

Caros concidadãos,

A primeira coisa que gostaria de dizer é que amo meu país e meus compatriotas. Eu também amo a lei, que tem sido a minha vocação durante toda a vida. Mas há algo que eu amo ainda mais, e é a Justiça. E com isso não me refiro ao meu programa, *Justiça com Bonnie*, embora eu também tenha amado isso de todo o meu coração. Não, refiro-me à Justiça, aquela luz brilhante que todas as pessoas civilizadas devem valorizar mais do que qualquer outra virtude. Justiça que significa cada cidadão receber o que merece e, igualmente importante, não receber o que não merece.

Às vezes, a lei não pode, ou não quer, fazer a verdadeira justiça. Eu acreditei apaixonadamente que esse fosse o caso em relação a Melody Chapa e seus pais, Annette e Naldo Chapa. Quando minha amiga Kristie Reville me contou sobre os horrores que estavam acontecendo naquela família — quando ela me disse que estava assustada que se não conseguíssemos tirar a pequena Melody daquela casa, seus pais encontrariam uma maneira de provocar a sua morte — eu sabia que tinha que agir. Foi por isso que fiz o que fiz: imaginei, juntamente com Jeff, Kristie e Leon Reville, e com a ajuda de Riyonna Briggs, uma maneira de salvar Melody. Confiem em mim quando digo que as autoridades, se tivéssemos levado as nossas preocupações com a pequena Melody a elas, teriam acabado por se revelar incapazes de realizar uma operação de resgate eficaz. Depois de ouvir longamente a descrição de Kristie sobre o comportamento de seus sinistros vizinhos do lado, eu entendi o que eram os monstros sutis e brilhantes Annette e Naldo Chapa. Eles eram especialistas em garantir que nada poderia ser provado contra eles. Seus métodos de tortura eram ambíguos o suficiente para garantir que eles teriam escapado para sempre se eu não tivesse intervindo.

Kristie, Riyonna e eu encontramo-nos pela primeira vez num tribunal. Juntas, testemunhamos um terrível aborto da justiça que não fomos capazes, apesar dos nossos melhores esforços, de evitar. Testemunhamos um escárnio de justiça que ninguém parecia ser capaz de reconhecer, além de nós três. Não estávamos dispostas a ficar paradas e deixar que outro crime igualmente hediondo acontecesse debaixo dos nossos narizes, não se pudéssemos evitar.

Estou preparada para enfrentar o castigo da lei pelo que fizemos. Eu nunca teria revelado o paradeiro dos meus associados, mas estou mais orgulhosa de todos eles do que posso expressar por se apresentarem de bom grado quase imediatamente. Nós agora somos fortes juntos. Kristie, Jeff, Leon e Riyonna estão felizes, assim como eu, por pagarem o preço pelo que fizemos. Julgamos que vale a pena, seja qual for o tempo que tenhamos que servir atrás das grades.

Vai valer a pena, porque — muito simplesmente — conseguimos salvar a vida de Melody Chapa. Seus pais, longe de ficarem encantados por descobrirem que a filha está viva depois de todos esses anos, deserdaram-na por um livro que ela escreveu enquanto estava escondida e pelo que seu conteúdo revela sobre os seus verdadeiros personagens. Acho que só esse fato já diz tudo.

Posso não conseguir mais apresentar o meu programa, mas continuo a ser a nerd da lei que sempre fui, e detesto pontas soltas como sempre detestei, por isso gostaria de partilhar com vocês algumas respostas às perguntas que eu faria se fosse o público americano. Estávamos planejando matar Cara Burrows? Absolutamente não. Assim que fosse seguro soltá-la, depois da cirurgia plástica da Melody, ela estaria livre para ir embora. Ela poderia ter sido capaz de levar a polícia e o FBI a Leon Reville, mas nunca à Melody — eu teria garantido que assim fosse — e isso era tudo com que nos preocupávamos: a segurança de Melody, o futuro de Melody.

Qual era exatamente o plano feito por mim e pelos meus companheiros que buscavam justiça? Essa pergunta já foi bem respondida por Jeff

Você viu a Melody?

Reville, mas quero dar a minha versão. Em 2 de março de 2010, Kristie levou Melody para a escola. Eu tinha arranjado de estar na Filadélfia na hora combinada e também dirigi até o estacionamento da escola naquele dia em um carro que eu tinha alugado com um nome falso. Quando o estacionamento ficou vazio, Kristie e eu trocamos de carro. Ela dirigiu o meu até a casa de Victor Soutar. Eu conduzi o dela, com a Melody lá dentro, até onde tinha concordado em encontrar Leon Reville. Ele assumiu a guarda da Melody nesse momento.

Nós não tínhamos contado o plano à Melody. Isso foi difícil — explicar-lhe tudo mais tarde. Crianças pequenas geralmente amam seus pais, por mais terríveis que eles possam ser. Não tenham dúvidas, fizemos tudo o que pudemos para tranquilizar e confortar Melody. De fato, a única razão pela qual eu dirigi o carro de Kristie naquele dia e ela dirigiu o meu foi porque sabíamos que Melody se sentia tão perfeitamente à vontade no velho Toyota surrado de Kristie.

Kristie e eu tínhamos combinado de nos encontrarmos mais tarde naquele dia no estacionamento de uma escola diferente, aquela onde Jeff Reville trabalhava. Nessa altura, trocamos os nossos carros de volta. Eu deixei o lugar do motorista na posição de condução de pessoas altas, que tem sido muito comentada na mídia, e deixei a meia ensanguentada no chão do carro, como planejado. Nate Appleyard não deveria vê-la. Estava lá para a polícia encontrar assim que eles revistassem o carro de Kristie.

Para adicionar uma camada de segurança, nós arranjamos para que, no início, a suspeita recaísse sobre Kristie e Jeff. Para isso, precisávamos fazê-los parecer bastante culpados — daí a meia ensanguentada. Caso contrário, se tivéssemos tido tudo apontando para a culpa de Annette e Naldo Chapa desde o início, eles poderiam ter sido levados muito mais a sério quando dissessem que estavam sendo incriminados, como inevitavelmente teriam feito. Do jeito que fizemos, quando os pais de Melody foram acusados, ninguém nos Estados Unidos suspeitou de Jeff e Kristie, mas todos suspeitaram que Annette e Naldo não só tinham assassinado como também tinham tentado incriminar Jeff e Kristie. É muito mais difícil alegar que você está sendo incriminado quando o país inteiro está convencido de que você acabou de ser pego tentando incriminar outra pessoa.

A nossa era uma estratégia arriscada, mas funcionou, e isso me deixa orgulhosa. Eu até fiz Jeff e Kristie emitirem uma declaração pública protestando a inocência dos Chapa — porque quem faria isso por um casal que eles mesmos incriminaram por assassinato?

Houve outras coisas que fizemos e pelas quais tive de lutar contra a discordância de todos os meus quatro ajudantes — coisas arriscadas.

Você viu a Melody?

O sangue na mão e no braço da Kristie, por exemplo (que, aliás, era da própria Kristie e não da Melody). E a meia manchada de sangue movendo-se, como que por magia, do carro da Kristie para a mochila da escola de Melody, onde eventualmente seria encontrada pela polícia. Todos, menos eu, sentiram que estas partes do plano eram desaconselháveis porque faziam a Kristie parecer não só incriminada como realmente culpada. Por que havia sangue no braço dela? Será que ela realmente deixou seu carro destrancado duas vezes para que Annette e Naldo Chapa pudessem primeiro colocar a meia de Melody no carro dela e depois, mais tarde, tirá-la? Isso parece altamente implausível! Certamente é mais provável que Kristie tenha se mexido e escondido a meia depois que Nate Appleyard a viu no carro dela? Por que, perguntou a minha preocupada equipe de ajudantes, eu iria querer incluir algo no nosso plano que comprometesse tão descaradamente a Kristie?

A resposta — como disse a todos na época e estou feliz por dizer que eles acabaram aceitando meu maior conhecimento, como ex-procuradora, de cenas de crime — é que, na realidade, as únicas pessoas que parecem completa e puramente inocentes uma vez que todas as provas foram apresentadas são os mais astutos dos culpados. Vocês que estão lendo esta declaração podem não saber disso, mas, por favor, confiem em mim: nas proximidades de um assassinato, os verdadeiros inocentes sempre, sem exceção, têm detalhes ligados a eles que não podem ser facilmente explicados. Não sei por que isso deveria ser assim; só sei que é. Eu queria que Kristie e Jeff tivessem as suas perguntas "Sim, mas espere, e quanto a...?" que sempre fazem as pessoas especularem. Toda pessoa inocente que já tinha sido considerada suspeita que eu já havia encontrado em ambas as minhas vidas profissionais — como promotora e como comentarista jurídica — tinha tais perguntas pairando no ar ao seu redor, mesmo depois que alguém tivesse ido para a cadeia pelo crime.

E, convenhamos, Kristie *podia* ter cortado o braço naquele dia por coincidência, ela *podia* ter deixado o carro destrancado duas vezes e Annette Chapa *podia* ter decidido que mover a meia do carro para a mochila era uma forma mais eficaz de incriminar a sua amiga e vizinha... Tudo isso é possível. O fato é que o maior perigo para todos nós, assim como para a pequena Melody, era que parecesse que não havia confusão, nenhum detalhe irreconciliável, nenhuma discrepância, porque alguém tinha um plano infalível.

O testemunho de Mallory Tondini foi inteiramente, cem por cento, genuíno. Annette Chapa realmente disse todas aquelas coisas terríveis no depoimento de Mallory e esse é outro fato que deve falar por si mesmo ao explicar e justificar (na minha opinião) o que eu e os meus companheiros justiceiros fizemos.

Você viu a Melody?

Tivemos que fazer algumas coisas terríveis, dilacerantes, pelo caminho. Precisávamos do sangue de Melody em quantidades substanciais. Precisávamos do cabelo dela para mostrar que havia ingerido arsênico. Não vou me deter nos detalhes. Basta dizer que tivemos bons conselhos médicos em todas as etapas (não posso e não vou revelar a fonte, naturalmente), e fizemos tudo o que pudemos para tornar essas várias provações o mais indolor e tolerável possível para a Melody.

E agora, o lado da cirurgia plástica. Vários comentaristas têm perguntado por que esperamos tanto tempo. Por que não fazê-lo imediatamente e deixar Melody tentar levar uma vida normal, em vez de mantê-la escondida em um trailer após o outro? A resposta é uma combinação de razões. Não queríamos fazê-lo muito cedo depois do arsênico e da sangria, mas o principal era que precisávamos que Melody tivesse idade suficiente para entender as implicações da cirurgia e que seu consentimento fosse significativo e válido. Quatorze anos ainda era muito jovem? Talvez. Além disso, também devo dizer que, mesmo quando você é a grande Bonnie Juno, não é fácil encontrar um competente cirurgião plástico que concorde em pegar seu dinheiro e ficar calado sobre algo assim. Receber moscas e larvas de cadáveres de policiais que lhe devem favores é moleza, em comparação. Nós finalmente encontramos um cirurgião plástico adequado (novamente, sem nomes), mas é claro que agora não vamos fazer uso dos serviços dessa pessoa.

Por que fomos imprudentes o suficiente para permitir que Melody andasse por aí num resort de férias movimentado? Primeiro, a pobre criança precisava de umas férias. Mas provavelmente não teríamos corrido esse risco se não fosse por uma coincidência extraordinária. Riyonna Briggs havia se mudado para o Arizona para estar mais perto de sua melhor amiga e conseguido um emprego em um resort em que a sra. Lilith McNair era uma hóspede regular. Quando Riyonna me disse que a sra. McNair escolhia uma criança diferente a cada ano e insistia que essa criança era Melody Chapa, eu vi uma chance. Onde melhor esconder a Melody? Se alguém dissesse "Espere, essa não é a Melody Chapa?", certamente o pessoal do resort gemeria e diria: "Oh, Senhor, outra não! A loucura da sra. McNair deve ser contagiosa!" A essa altura, todos já sabem como lidamos com o que vimos como o único risco possível — a marca marrom perto da linha do cabelo de Melody — por isso não vou comentar mais sobre isso, além de dizer que lamento profundamente qualquer dano que esta parte da nossa história tenha causado aos que sofrem de câncer e suas famílias. Estou, é claro, ciente de que o câncer é uma doença devastadora e não apenas um acessório a ser usado quando se adequa a uma determinada agenda; senti, no entanto, que não tinha escolha nas circunstâncias; daí "Hayley" ter surgido.

Melody adorou suas férias no resort Swallowtail. Ela nadou um pouco, teve aulas de arte e, em geral, se divertiu muito. É uma menina adorável e é forte. Ela vai ficar bem agora, aconteça o que acontecer.

Um resultado maravilhoso da verdade que vem à luz é que agora Melody será capaz de se reunir devidamente com Kristie e Jeff Reville, uma vez que eles tenham cumprido suas sentenças. Os três poderão então viver abertamente como uma família, se assim o desejarem. Finalmente, Kristie e Jeff serão capazes de proporcionar a Melody a parentalidade amorosa que ela nunca recebeu dos próprios pais.

Se o nosso plano tivesse sido bem-sucedido, isso nunca teria sido possível. Por muitos anos, tivemos que limitar o número de vezes por ano que Kristie e Jeff podiam ver Melody a uma ou duas. Esses anos foram de agonia, particularmente para Kristie, que escreveu centenas de cartas a Melody para compensar a falta de contato pessoal. Então, mais recentemente, nós nos acomodamos a uma rotina de uma vez por mês, mas para que essas reuniões passassem despercebidas, tivemos que gastar grandes quantias de dinheiro e pular por muitos obstáculos práticos. Para Kristie e Jeff, saber que agora poderão, um dia, conduzir a sua relação com a sua amada Melody de forma inteiramente aberta é a realização de um sonho.

Assim sendo, como posso ter algum arrependimento? Eu não tenho nenhum. Na verdade, isso não é verdade. Não posso deixar de desejar que a sra. Cara Burrows de Hertford, Inglaterra, tivesse ficado em casa com a sua família em vez de vir para o Arizona quando ela veio — pelo bem dela, não meu. Lamento que ela tenha ficado enredada nisso. Lamento também ter tido que tentar convencer o marido de que a sua aversão a ele era tão forte que ela havia desaparecido por opção e apenas para evitá-lo. Não me fez sentir bem comigo mesma dizer essas coisas a um homem transtornado que voou de um outro país. Consolo-me com o conhecimento de que a sra. Burrows está agora felizmente reunida com a sua família, e isso é tudo o que importa. Não guardo nenhum rancor dela e desejo o melhor a ela e seus entes queridos.

Tenho me perguntado muitas vezes se teria sido o destino que fez com que Riyonna Briggs cometesse o erro idiota com o número do quarto do hotel. Ela afirma que foi seu sentimento de culpa por causa do que fizemos, e a maneira como isso estava mexendo com sua mente, mas eu pensei comigo mesma quando ela me disse: "Talvez não estejamos destinados a nos safar com isso. E talvez não haja problema." Eu disse a ela: "Chame a polícia. Você teve uma denúncia de que uma garota supostamente morta, uma garota assassinada, foi vista viva no seu hotel, então é isso que você deve fazer: chamar a polícia." Riyonna protestou, mas eu disse: "É o que uma pessoa inocente faria." Ao mesmo tempo em que eu dizia a Leon Reville para tirar Melody dali antes que os detetives começassem a bisbilhotar o local, eu pensava comigo mesma: "Pode ser que tenha acabado. Se o Senhor quer que sejamos detidos, chamar a polícia deve cuidar disso."

Quando ficou claro para mim que o FBI sabia toda a verdade, eu não neguei e não reclamei. Em última análise, preocupo-me pouco comigo. Tentei ser a humilde serva da Justiça e do nosso querido Senhor, e espero ter conseguido. O meu amor por ambos permanece orgulhoso e forte como sempre.

O amor, em última análise, é tudo o que importa: espalhar e partilhar o amor, enquanto banimos o ódio. Kristie e Jeff Reville amam Melody com todo o seu coração. Grande parte do amor do nosso plano veio deles. A conspiração maquiavélica, o plano de passar por cima da lei dos homens? Foi aí que eu entrei — eu e, correndo o risco de parecer vulgar, o meu dinheiro, porque, deixe-me dizer-lhes, não se pode fazer algo assim sem vastos recursos à sua disposição.

Se quiser culpar alguém pelo que todos nós fizemos, culpe a mim. Kristie, Jeff e Leon Reville e Riyonna Briggs não têm nada além de bondade dentro deles.

23 de outubro de 2017

O Clearwater Resort em Sedona é cercado por belas rochas vermelhas por todos os lados. Boynton Canyon, como é chamado, e é deslumbrante. Em muitos aspectos, fora a vermelhidão vívida da paisagem, o lugar é semelhante ao Swallowtail. Há um edifício principal, uma rede de pequenas ruas, muitas *casitas*, reluzentes piscinas turquesas, serviço de motorista de carrinhos de golfe.

E agora eu. E Melody Chapa.

Estou sentada no sofá da *casita* onde ela está hospedada com a sua nova acompanhante — uma mulher de cabelos grisalhos e óculos chamada Jennifer. Melody está sentada numa poltrona em frente a mim.

— Isso deve ser estranho para você — digo, esperando iniciar uma conversa. É a minha segunda tentativa. Eu esperava, quando cheguei aqui, que Jennifer pudesse ajudar na fase embaraçosa das apresentações, mas ela não disse praticamente nada. Ela está organizando as coisas na área da cozinha a menos de dois metros de onde Melody e eu estamos sentadas, mas é como se ela estivesse em um universo separado. Suponho que o FBI deve treinar estas pessoas para parecerem invisíveis. — É certamente estranho para mim.

Melody acena com a cabeça.

— O detetive Priddey disse que você tem filhos — diz ela.

— Tenho, sim. Jess e Olly. Jess tem mais ou menos a sua idade. Eles estão aqui. Quero dizer, não *aqui*, mas... no resort. Estão com o pai deles, provavelmente pedindo *smoothies* em algum lugar.

Ela me observa. É como se estivesse à espera que eu dissesse mais.

— Estou esperando um terceiro filho, que está aqui. — Dou palmadinhas no meu ventre.

— Como vai chamá-lo?

— Não sei.

— Meu nome favorito para menina é Georgia.

— É um nome adorável.

— A agente Kirschmeier diz que os meus pais não querem me ver. Dizem que eu menti sobre eles, que menti no meu livro, por isso não querem falar comigo. Eles se recusam. Acha que isso é verdade?

Ah, meu Deus. Eu esperava que os preâmbulos pudessem durar um pouco mais.

Não seja covarde, Cara. Ela lhe fez uma pergunta. Isso tudo é muito pior para ela do que para você.

— Acho que provavelmente você pode confiar no que a agente Kirschmeier lhe diz — respondo.

Melody acena com a cabeça.

— Acho que eles não têm culpa. Os meus pais, quero dizer. Eu escrevi alguns... — ela hesita. — Eu escrevi algumas *coisas* sobre eles.

— Você quer dizer que contou à Kristie e ela as escreveu?

Tenho pensado muito em Kristie e no seu papel de *ghost writer* no livro de Melody. As partes que li estavam cheias de dúvidas sobre a própria Kristie e sobre Jeff, presumivelmente. Os Sorrisos Amáveis. "Melody" havia escrito em vários lugares e de várias maneiras diferentes que ela não sabia se podia confiar neles ou não. Em determinados lugares, eles eram apresentados como ineptos e insensíveis. Será que Kristie incluiu essas seções porque Melody havia expressado esses sentimentos para ela e ela achara errado omiti-los, por mais pouco lisonjeiros que fossem, ou era mais complexo do que isso? Seria a culpa na mente inconsciente de Kristie se revelando, usando Melody como porta-voz? Ou — pior, a possibilidade mais cínica de todas — será que Kristie, ou Bonnie Juno, calculou que a melhor maneira de fazer parecer que a Melody escreveu o livro ela mesma era fazer com que expressasse dúvidas sobre a pessoa que realmente o escreveu?

Um olhar de confusão passa pelo rosto de Melody.

— Sim, Kristie escreveu tudo. Mas ainda é o meu livro. É a minha história.

— Claro. — Como é que alguém vai conseguir falar com esta menina de uma forma normal? Só consigo pensar que ela esteve escondida durante sete anos, forçada a conspirar na mais horrível mentira.

— Se um dos seus filhos escrevesse coisas ruins sobre você num livro, você seria capaz de perdoá-los? Você voltaria a falar com eles?

— Eu perdoaria o que quer que meus filhos fizessem e sempre iria querer falar com eles e tê-los na minha vida. — *Mas eu não sou Annette nem Naldo Chapa.* — E se os seus pais não se sentem assim, a culpa é deles, Melody. Não sua.

Ela concorda, acenando com a cabeça.

Você viu a Melody?

— Porque eles são maus pais. Não são como você. Você é uma boa mãe. Percebi desde a primeira vez que a vi. Achei que você era boa.

Maus pais, bons pais, coisas ruins, coisas boas... Como era de esperar, o vocabulário dela é básico. Pergunto-me como seria a sua história escrita inteiramente e só por ela e não editada por Kristie Reville.

— Kristie diz que ela e Jeff sempre foram meus pais, se essa palavra significa as pessoas que cuidam de você — diz Melody. — Você acha que isso é verdade?

— Bem, eu suponho...

Um barulho de assobio alto começa, engolindo o resto da minha frase e me fazendo dar um salto. É Jennifer na cozinha; ela abriu uma torneira.

Melody inclina-se para a frente, de olhos arregalados.

— Eu não me lembro — sussurra ela.

— Como assim? Do que você não se lembra?

— Das coisas que a Kristie escreveu no livro que aconteceram comigo. Não me lembro delas.

A minha respiração fica presa na garganta. Sinto-me tonta. Os olhos para os quais estou olhando são olhos que nunca vi antes: dois túneis escuros de terror. A garota que estava aqui há cinco segundos desapareceu. Esta Melody é uma pessoa diferente.

— Não se lembra de nenhuma delas? — eu pergunto.

Ela balança a cabeça e depois olha para Jennifer. Será que está esperando que ela se vire ou que a torneira se feche? Eu acho que sim. Acho que descobriu que, enquanto a água estiver correndo, não seremos ouvidas.

— Kristie disse que eu falei dessas coisas para ela quando era pequena, mas eu simplesmente não me lembro. Acha que isso é ruim? E eu fingi que sim, porque o Jeff também disse que eu falei. E depois *eu* disse que sim aos outros Sorrisos Amáveis. À Bonnie. Ela acreditou porque eu ajudei a... a fazer parecer verdade. É ruim que eu tenha feito isso. — Ela fala depressa. Para dizer o máximo que puder enquanto a torneira ainda estiver aberta?

— Então... quando sua mãe cortou Rosa, a ursa, e quando ela a convenceu a fingir que Woody era seu namorado... você não se lembra dessas duas coisas acontecendo?

A torneira se fecha. Jennifer vira-se para nós.

— Pronto, já acabei na cozinha — diz ela animadamente.

— Cara, quer beber alguma coisa? Café?

— Não, obrigada. Melody? Você quer... — Não posso fazer a pergunta, não agora que temos uma audiência. Eu já disse demais. *Idiota.*

— Qual é o problema? — Jennifer pergunta com uma voz diferente e mais alerta. — Melody? Há algum problema?

— Não, obrigada, Jennifer. Eu estou bem. — Ela é uma atriz melhor do que eu. Muito melhor.

Mas isso é uma loucura. Jennifer está do nosso lado. Ela está do lado da Melody. Não há razão para esconder isso dela.

— Ouça... — começo a dizer.

— Sim. — Melody olha diretamente para mim, mas não é a mesma garota que falou tão desesperadamente há um momento atrás. Esta é a Melody Oficial. A Melody Pública. — Lembro-me de todas as coisas que você acabou de dizer: Rosa e Woody.

— Mas você me disse que não. — O pânico se avoluma dentro de mim, sobe à garganta. É a minha palavra contra a dela. Dela, de Kristie e de Jeff Reville.

Os únicos pais amorosos que ela provavelmente terá.

— Pode contar à Jennifer, Melody. Estão todos do seu lado: eu, Jennifer, a polícia...

— Está bem, vou precisar saber do que se trata.

Jennifer aproxima-se rapidamente de nós como se fôssemos uma briga num bar que precisasse ser apartada.

— Não é nada — diz Melody calmamente. — Eu realmente me lembro, Cara. É sério. — Ela já não parece assustada. — Eu me lembro de tudo.

Agradecimentos

Estou imensamente grata, como sempre, às legiões de verdadeiras estrelas da Hodder, especialmente Carolyn Mays, que aperfeiçoou imensamente este livro com a sua brilhante contribuição editorial. Igualmente, estou grata à minha incomparável equipe na William Morrow nos Estados Unidos pelo seu apoio e entusiasmo inabaláveis, mesmo quando eu sugeri possibilidades de títulos americanos estranhos que não atrairão ninguém além de mim e talvez alguns outros excêntricos como eu. Obrigada a Tomas Kruijer, da House of Books, pelo seu compromisso apaixonado com este romance desde o momento em que soube da sua existência.

Como sempre, não podia estar mais agradecida a meu fantástico agente, Peter Straus. Gostaria também de agradecer ao maravilhoso Matthew Turner, o companheiro de Peter, por ser sempre brilhante e atento ao caso, e ao meu incrível agente de cinema e TV Will Peterson, cujo entusiasmo por este livro tem sido muito encorajador. Obrigada a Faith Tilleray por projetar um novo e surpreendente site de autor para mim.

Um enorme obrigado a Jamie Bernthal, que me dá a melhor ajuda, conselho e apoio possíveis todos os dias e em todos os sentidos: prático, editorial, criativo, tudo. Eu não poderia fazer a maior parte do que faço sem ele.

Obrigada à minha família — Dan, Phoebe, Guy e Brewster — por fazer com que tudo isso valesse a pena, e por fornecer, entre outras coisas, perspectivas interessantes sobre a melhor maneira de usar um divisor de talheres, instruções do Instagram e o vocabulário da moda entre os jovens. Vocês são todos *"dank AF"*. O que quer que isso signifique. Graças a Adele Geras e Chris Gribble por lerem e oferecerem feedback quando este romance ainda estava em andamento, e a Emily Winslow, minha sócia do grupo de dois escritores, cujas ideias editoriais foram excelentes como sempre.

Por último, mas não menos importante, obrigada ao estado do Arizona — com uma menção especial à fantástica livraria Poisoned Pen — por ter conquistado o meu coração ao ponto de eventualmente dizer a mim mesma: *"Tenho* que situar um romance no Arizona." E obrigada aos vários e inspiradores resorts e spas do Arizona, em que eu alegremente me hospedei, nadei e flutuei, sonhando com assassinatos fictícios...

Três livros, um programa de TV e um podcast sobre verdadeiros casos de crime nos Estados Unidos me inspiraram muito enquanto escrevia este romance: *Without a Doubt*, de Marcia Clark, *Imperfect Justice: Prosecuting Casey Anthony*, de Jeff Ashton, *Conviction: the Untold Story of Putting Jodi Arias Behind Bars*, de Juan Martinez, *Making a Murderer*, de Laura Ricciardi e Moira Demos, e *Serial*, de Sarah Koenig e Julie Snyder. Os meus agradecimentos aos criadores desses livros absolutamente fascinantes. Graças a vocês, minha fantasia de um dia me tornar uma juíza americana que grita "Faça isso no meu tribunal de novo e eu o expulsarei" continua forte!

Impressão e Acabamento:
GRÁFICA E EDITORA CRUZADO